COLLECTION FOLIO

R. L. Stevenson

Dans les mers du Sud

RÉCIT
D'EXPÉRIENCES ET D'OBSERVATIONS
FAITES DANS LES ÎLES MARQUISES,
LES POMOTOU ET LES GILBERT,
AU COURS DE DEUX CROISIÈRES
SUR LE YACHT « LE CASCO » (1888) ET
LE SCHOONER « L'ÉQUATEUR »

Traduit de l'anglais
par M.-L. des Garets

Gallimard

Robert Louis Stevenson est né en 1850 à Édimbourg. Son vrai nom était Lewis Balfour. Sa mauvaise santé l'empêcha de devenir ingénieur comme son père et son grand-père, et, au sortir de l'Université, il commença à écrire. Il fit le récit de voyages en France et publia en particulier un *Voyage avec un âne dans les Cévennes*. Il y rencontra d'ailleurs non seulement un âne, mais aussi une Américaine, de dix ans son aînée et qui était mariée, Fanny Osbourne. Quand elle eut divorcé, il s'embarqua pour l'Amérique, sur un bateau d'émigrants, et l'épousa en Californie.

Il publie en 1882 *L'Île au trésor,* qui paraît d'abord en feuilleton dans un journal pour enfants. Tout de suite, le roman apparaît comme un des plus beaux livres jamais écrits pour la jeunesse. Puis ce sera *La Flèche noire* et des poèmes pour les enfants.

Toujours à la recherche d'un climat favorable à sa santé, il se fixe un temps en Océanie, dans les îles Samoa. Sa propriété s'appelle Vailima. Les indigènes l'adorent et le surnomment Tusitala, le « diseur de contes ».

L'œuvre de Stevenson comporte de grands romans *(Enlevé, Le Maître de Ballantrae),* des poèmes, des récits de voyages, ses lettres de Vailima, des essais, du théâtre. C'est un des plus grands stylistes de la langue anglaise, et aussi un maître de la nouvelle, comme en témoigne le célèbre *Dr. Jekyll and Mr. Hyde.* Il est mort en 1894, après une vie qui fut un combat héroïque sans répit pour créer quelque chose, en dépit des souffrances et de la maladie.

Première partie

LES ÎLES MARQUISES

CHAPITRE PREMIER

L'abordage d'une île

Depuis près de dix ans, ma santé n'avait cessé de décliner ; et peu de temps avant d'entreprendre mon voyage, je croyais bien être arrivé au dernier acte de la vie et n'avoir plus rien à attendre que la garde-malade et l'entrepreneur des pompes funèbres. On me conseilla d'essayer des mers du Sud, et l'idée ne me déplut pas de traverser comme un fantôme, et porté comme un ballot, des sites qui m'avaient attiré quand j'étais jeune et bien portant. Je frêtai donc la goélette du Dr Merrit, le *Casco* — soixante-quatorze tonnes —, mis à la voile de San Francisco, vers la fin de juin 1888, visitai les îles de l'Est et me trouvai, au début de l'année suivante, à Honolulu. Une fois là, manquant de courage pour retourner à ma vie de réclusion et à ma chambre de malade, je résolus de filer sous le vent sur une goélette marchande, *l'Equateur*, d'un peu plus de soixante-dix tonnes, passai quatre mois parmi les Atolls (îles basses de corail) du groupe Gilbert, et atteignis Samoa vers la fin de 1889. Entre-temps, l'habitude et la reconnaissance avaient commencé de m'attacher aux îles ; j'avais regagné les forces voulues ; je m'étais fait des amis, découvert des intérêts nouveaux ; le temps, au cours de mes voyages, avait passé comme dans les féeries : je décidai d'y rester. Je préparai ces pages en mer, au cours d'une troisième croisière, sur le steamer de commerce *Janet-Nicoll*. Si des jours suffisants me sont accordés, je les passerai là où, plus que partout ailleurs, m'apparurent la vie riante, et l'homme plein d'intérêt. Déjà les haches de mes noirs serviteurs creusent les fondations de ma future demeure ; et il faut que j'apprenne à me faire entendre de mes lecteurs du bord des plus lointaines mers...

Que j'aie annulé de la sorte le verdict du héros de Lord Tennyson est moins extraordinaire qu'il ne semble d'abord. Peu d'hommes quittent les îles, une fois qu'ils les ont connues ; ils laissent leurs cheveux blanchir aux lieux mêmes où ils abordèrent ; l'ombre des palmes et les vents alizés les éventent, jusqu'à ce qu'ils meurent, ayant peut-être caressé jusqu'au bout le rêve d'un retour au pays natal, rarement réalisé, plus rarement apprécié et plus rarement encore renouvelé. Aucune partie du monde n'exerce une attraction aussi puissante sur celui qui la visite ; ma tâche est de communiquer à ceux qui voyagent au coin de leur feu, quelque idée de sa séduction, et de décrire la vie, sur terre et sur mer, de centaines de milliers d'êtres, quelques-uns de notre sang et parlant notre langue, tous nos contemporains, et cependant, aussi loin de nous par leurs pensées et leurs coutumes que Rob-Roy ou Barberousse — les Apôtres, ou les Césars.

La première impression reste toujours unique. Le premier amour, le premier lever du soleil, le premier contact avec une île des mers du Sud sont des souvenirs à part, et ont ému en nous une sorte de virginité des sens. Le 28 juillet 1888, à 4 heures du matin, la lune avait disparu du ciel depuis une heure. A l'orient, un foyer rayonnant de clarté annonçait le jour, et plus bas, sur la ligne d'horizon, le rivage matinal se dessinait déjà, noir comme de l'encre. Nous savons tous, par ouï-dire, avec quelle rapidité le jour paraît et disparaît sous ces basses latitudes. C'est un point sur lequel tous les touristes scientifiques ou sentimentaux sont d'accord, et qui a inspiré plus d'un beau poème. La durée, certainement, varie suivant les saisons ; mais voici un cas tel que je l'ai noté exactement. Bien que l'aube commençât de poindre vers 4 heures, le soleil ne se leva qu'à 6, et ce ne fut qu'à 5 h 1/2 que nous commençâmes à distinguer des nuages de l'horizon les îles attendues. Ainsi donc, 8 degrés sud et deux heures pour que le jour se lève ! Nous passâmes ce temps sur le pont, dans le silence de l'attente, l'émotion habituelle à l'atterrissage, rehaussée par l'étrangeté des rivages dont nous approchions. Lentement ils prenaient forme dans l'obscurité décroissante. Ua-huna, élevant son sommet tronqué, apparut la première par tribord avant ; presque sur la même perspective surgit notre lieu de destination, Nuka-hiva, enveloppée de nuages ; et, entre les deux, plus au sud, les premiers rayons du soleil éclairèrent les aiguilles de Ua-pu. Elles surgissaient sur la ligne d'horizon, comme les tours de quelque monstrueuse église surchargée d'ornements ; elles étaient là, debout, dans l'éclat radieux du matin, comme les signaux d'approches d'un monde de merveilles.

Pas un des passagers du *Casco* n'avait jamais mis les pieds dans les îles, ni ne connaissait, sauf par hasard, aucun de leurs dialectes ; et c'est, sans doute, avec un peu du plaisir anxieux qui fait tressaillir le cœur des explorateurs, à la veille des découvertes, que nous approchâmes de ces rivages pleins d'inconnu.

Le pays se soulevait en pics et en vallées profondes, s'affaissait en falaises qui l'arc-boutaient sur la mer ; cent modulations faisaient passer son coloris par toute une gamme de perle, de rose et d'olive et le tout était couronné de nuages opalescents. La fusion des teintes indéfinies trompait les yeux ; les ombres des nuages se confondaient avec les mouvements du terrain, et l'île, sous ce dais immatériel, scintillait et s'élevait en une seule masse devant nous. Pas un signal, pas une fumée de ville à attendre ; pas un pilote pour nous remorquer. Et cependant notre port était là, quelque part, dans cette pâle fantasmagorie de rochers et de nuages ; et non loin, plus à l'est, — seul point de repère donné — une pointe de terre appelée indifféremment cap d'Adam et d'Eve, ou cap Jacques et Jeanne, caractérisée par deux figures colossales, œuvres grossières de la nature. C'est elles que nous avions à trouver. Pour cela, nous peinâmes et interrogeâmes anxieusement l'horizon, jouant des longues-vues, discutant sur les cartes, et le soleil était bien au-dessus de nos têtes et la terre toute proche quand nous les découvrîmes. Pour un bateau arrivant, comme le *Casco*, par le Nord, elles ne présentaient, à la vérité, qu'une des moindres particularités d'une côte, en tout, remarquable : les vagues jaillissant très haut, bien au-dessus de sa base ; les montagnes étranges, austères, empanachées, s'élevant par-derrière ; et « Jacques et Jeanne » ou « Adam et Eve » suspendus comme une paire de verrues au-dessus des brisants.

De là, nous longeâmes la côte. Nous entendions, à babord, les explosions du ressac. Quelques oiseaux volaient et pêchaient sous la proue du navire : seuls bruits, seuls rappels de vie, tant humaine qu'animale, dans toute cette partie de l'île. Emporté par son élan et par les mourantes brises, le *Casco* glissait entre les falaises, découvrait une crique, laissait entrevoir une plage et quelques arbres verts, et fuyait de nouveau, incliné sur la houle. A la distance d'où nous les regardions, les arbres semblaient des noisetiers, la plage ressemblait à n'importe quelle plage d'Europe ; plus loin, les formes des montagnes rappelaient, en plus petit, les formes des Alpes, et les forêts, qui élevaient leurs masses en rempart, formaient une excroissance à peine plus haute que nos bruyères d'Ecosse. De nouveau, la falaise s'entrouvrit, cette fois plus largement, et le *Casco*, porté par le vent, commença de glisser dans la baie d'Anaho. Les cocotiers — ces girafes du monde végétal, si pleins de grâce, si gauches et, pour l'œil européen, si étranges — étaient massés sur la berge et aux flancs abrupts des monts. Des collines rudes et dénudées encadraient la passe de chaque côté et elle était fermée du côté de la terre, par un amas de montagnes déchiquetées. Dans chaque crevasse de cette barrière, les arbres étaient blottis, perchés, nichés comme les oiseaux dans les ruines ; et dans le lointain, ils dentelaient et verdissaient les crêtes effilées des sommets.

Le long de la côte orientale, notre schooner, maintenant privé de brise, continuait cependant d'avancer lentement : belle créature qui, une fois en marche, semblait trouver en elle-même son élan. Des bêlements d'agneaux s'élevaient tout près du bord — du flanc de la colline montait un chant d'oiseau ; les senteurs du sol et de centaines de fruits et de fleurs cheminaient à notre rencontre, et, çà et là, une ou deux maisons apparaissaient, dressées au pied des collines, et l'une d'elles, entourée semblait-il, d'un jardin. Ces habitations très en vue, ces traces de culture, — que ne les connaissions-nous alors ! — nous eussent révélé le passage des blancs ; et nous aurions pu approcher d'une centaine d'îles sans rien retrouver de semblable. Longtemps après, seulement, nous découvrîmes le village indigène, situé (selon la coutume universelle) à l'abri d'une courbe du rivage et d'un bouquet de palmiers ; en face, la mer, grondant et écumant sur un arc concave de récifs. Car le cocotier et l'insulaire sont tous deux les voisins et les amants de la vague. « Le corail croît, le palmier pousse, mais l'homme s'en va », dit le triste dicton haïtien. Mais, tous trois, tant qu'ils durent, sont les communs habitués des grèves. Nous devions jeter l'ancre dans une anfractuosité, parmi les roches, près de l'angle sud-est de la baie. Répondant à nos besoins, la baie était là ; le schooner vira sur lui-même; l'ancre plongea. Faible fut le bruit, mais l'événement immense : mon âme s'en fut, avec ces amarres, à des profondeurs d'où nul treuil ne le saurait extraire, nul plongeur la retirer ; de ce jour, quelques-uns de mes compagnons de bord et moi-même devions demeurer à jamais les esclaves des îles Vivien.

Avant même que l'ancre eût touché le fond, un canot se détachait en pagayant du village. Il portait deux hommes : l'un blanc, l'autre brun, et le visage tatoué de traits bleus, tous deux vêtus de costumes européens d'une blancheur immaculée : le *trader*[1] de l'endroit, Mr. Regler et le chef des naturels, Taipi-Kikino. « Capitaine, est-il permis de venir à bord ? » Telles furent les premières paroles que nous entendîmes aux îles. Les canots succédèrent aux canots jusqu'à ce que le navire fourmillât d'hommes vigoureux, hauts de six pieds, déshabillés de toutes les façons, les uns portant une chemise, les autres un pagne ; l'un vêtu seulement d'un mouchoir à peine attaché; le plus grand nombre couverts de la tête aux pieds des échantillons du plus grotesque tatouage. Quelques-uns, barbares et armés de couteaux. L'un d'eux, qui se dresse dans ma mémoire comme quelque chose de bestial, accroupi sur ses jarrets, au fond d'un canot, suçant une orange et la recrachant de tous côtés, avec la vivacité d'un singe ; — tous parlant à la fois — et nous ne comprenions pas un mot ! — tous essayant de trafiquer avec nous, qui n'avions aucune velléité de trafic ! — ou nous offrant des curiosités de leur île à des prix parfaitement absurdes ! Pas un mot de bienvenue, pas une marque de politesse ; aucune main tendue, sauf celles du chef et de Mr. Regler. Comme nous persistions à refuser les articles qu'on nous offrait, des récriminations s'élevèrent hautes et rudes, et l'un d'eux, le pitre de la bande, se répandit en railleries sur notre avarice,

1. Trafiquant.

au milieu des rires et des moqueries. « Voilà un fier bateau ! » — disait-il entre autres plaisanteries irritées — qui n'a même pas d'argent à bord ! » J'éprouvai, je l'avoue, un sensible dégoût, et même certaines craintes. Le bâtiment était manifestement en leur pouvoir ; nous avions des femmes à bord ; je ne savais rien de mes hôtes, sauf que c'était des cannibales ; le guide (mon seul conseiller) se répandait en prudentes recommandations et, quant au trafiquant, sa présence partout ailleurs eût dû me rassurer : les blancs n'étaient-ils pas, dans le Pacifique, les instigateurs et les complices habituels des crimes des indigènes ? Lorsqu'il lira cette confession, Mr. Regler, notre ami si affectionné, pourra se permettre de sourire.

Plus tard, dans la journée, comme j'étais assis, écrivant mon journal, ma cabine fut envahie d'un bout à l'autre par les Marquisans ; trois générations de peaux brunes, accroupies, les jambes repliées, sur le plancher, et me regardant en silence, avec des yeux troublants. Tous les Polynésiens ont de grands yeux, lumineux et noyés comme ceux de certains animaux et de quelques Italiens. Une sorte de détresse m'envahit à me trouver assis là, sans défense, sous le regard fixe de toutes ces prunelles, et ainsi bloqué dans un coin de ma cabine par cette foule silencieuse ; et aussi une sorte de rage de les sentir hors de la portée de toute communication articulée, comme des fauves — ou des sourds de naissance — ou encore, les habitants d'une autre planète !

Pour un garçon de douze ans, passer la Manche, c'est changer de ciel ; pour un homme de vingt-quatre ans, traverser l'Atlantique, c'est à peine un léger changement de régime. Et cependant, j'étais loin désormais de l'ombre que projette encore l'Empire romain, dont les croulants édifices dominèrent tous nos berceaux, dont les lois et les lettres nous enveloppent de toutes parts, et n'ont pas cessé de nous contraindre et de nous dominer.

J'allais voir maintenant ce que pouvaient être des hommes dont les pères n'avaient jamais lu Virgile et n'avaient été ni conquis par César ni gouvernés par la sagesse de Caïus ou de Papinien. J'avais du même coup franchi cette zone confortable des langues-sœurs où il est si aisé de remédier à la confusion de Babel !

Et voici que mes nouveaux semblables demeuraient assis devant moi, muets comme des images. Je n'avais envisagé aucune relation humaine au cours de mes voyages et je pensais à mon retour (car à cette époque, je pensais encore au retour) en feuilleter les souvenirs comme un album de gravures sans texte. Mais non... et voici que j'en arrivais à me demander si les dits voyages allaient se prolonger longtemps, et si une fin rapide ne les menaçait pas ? Peut-être mon futur ami Kauanui, que je remarquais, assis en silence parmi les autres comme un homme de quelque autorité, allait-il soudain, bondir sur ses jarrets, pousser un cri de ralliement strident, le bateau être pris d'assaut, et tout l'équipage massacré pour subvenir aux frais du festin.

Rien de plus naturel que ces appréhensions ; rien aussi de moins fondé. Dans toute l'expérience que j'ai acquise des îles, je n'ai plus jamais reçu d'accueil aussi menaçant ; si j'en recevais un semblable aujourd'hui, j'en serais plus alarmé, et dix fois plus surpris que je ne le fus alors.

La majorité des Polynésiens sont gens d'un commerce facile, francs, aimant à se faire remarquer, avides de la moindre affection comme de bons chiens caressants ; et même, parmi ces Marquisans si récemment et si imparfaitement dégagés d'une sauvagerie sanguinaire, tous devaient devenir nos amis, et l'un d'eux, tout au moins, pleurer sincèrement notre départ.

CHAPITRE II

Nous devenons amis

L'empêchement du langage est un inconvénient dont je m'étais particulièrement exagéré l'importance.

Les idiomes polynésiens sont faciles à connaître superficiellement, mais difficiles à parler avec élégance. Ils se ressemblent extrêmement, et si l'on a une teinture de l'un ou deux d'entre eux, on peut tenter, non sans espoir, de se faire comprendre dans les autres.

De plus, non seulement le polynésien est facile à écorcher tant bien que mal, mais les interprètes abondent. Presque dans chaque île et dans chaque village, on trouve des missionnaires, des trafiquants ou une population blanche de rebut vivant de la générosité des indigènes ; et là où ils ne peuvent vous venir en aide, souvent les naturels eux-mêmes ont ramassé, çà et là, quelques mots d'anglais, ou bien, si c'est dans la zone française (mais c'est plus rare) un amalgame de français et d'anglais, ou un efficace sabir qu'on appelle dans l'Ouest « Beach-la-mar » et que les polynésiens apprennent facilement. D'ailleurs, on l'enseigne maintenant dans les écoles de Hawaï, et grâce à la multiplicité des navires anglais, et à la proximité des Etats-Unis, d'une part, et des colonies de l'autre, il peut être appelé à devenir et deviendra presque certainement la langue du Pacifique. Je veux en donner quelques exemples.

Je rencontrai à Majuro un jeune homme des îles

Marshall qui parlait un anglais excellent. Il l'avait appris dans une maison de commerce allemande de Jaluit et était pourtant incapable de dire un mot d'allemand. J'ai entendu raconter par un gendarme, qui avait tenu une école à Rapa-iti que, tandis que les enfants avaient les plus grandes difficultés et une extrême répugnance à apprendre le français, ils ramassaient des bribes d'anglais en route, et comme par hasard. Sur un des atolls les plus perdus des Carolines, mon ami, Mr. Benjamin Hird, fut stupéfait de trouver les jeunes gens jouant au cricket sur la plage et parlant anglais ; et c'est en anglais que l'équipage du *Janet-Nicoll,* une troupe de jeunes noirs venus de différentes îles de la Mélanésie, communiquait avec les autres naturels, au cours de notre croisière, transmettant les ordres, et parfois plaisantant sur le panneau d'avant.

Mais rien ne m'a peut-être frappé plus vivement qu'un mot, entendu sur la vérandah du tribunal de Nouméa. Une cause venait d'être entendue, une poursuite pour infanticide, intentée contre une indigène, véritable femme-guenon. L'auditoire fumait des cigarettes en attendant le verdict. Une dame française, aimable, anxieuse, et toute prête aux larmes, faisait des vœux pour l'acquittement de l'accusée, et déclarait qu'elle la prendrait comme bonne pour ses enfants. Ce projet souleva des exclamations dans l'assistance ; cette femme était une vraie sauvage, disait-on ; ne parlant aucune langue. « *Mais, vous savez,* objecta la jolie dame sentimentale, *ils apprennent si vite l'anglais*[1] ! »

Mais, pouvoir parler aux gens n'est pas tout. Et au début de mes relations avec les naturels, deux choses me furent d'un grand secours. Tout d'abord, c'est moi qui faisais visiter le *Casco.* Celui-ci, avec ses lignes élégantes, ses grandes vergues, et ses ponts immaculés,

1. En français dans l'original.

les tentures cramoisies de son salon, les boiseries blanches, les dorures, et les miroirs aux multiples reflets de l'étroite cabine, nous attirait des centaines de visiteurs. Les hommes évaluaient ses dimensions avec leurs bras — comme avaient fait leurs pères pour les vaisseaux de Cook ; les femmes déclaraient les cabines plus belles même qu'une église. Des Junons opulentes ne se lassaient pas de s'asseoir sur les chaises et de contempler dans les glaces leur image béate ; et j'ai vu l'une de ces dames relever sa robe et, avec des cris d'étonnement et de plaisir, frotter son séant aux coussins de velours. Des biscuits, des confitures et des sirops faisaient les frais de la réception ; et, comme dans les salons européens, l'Album de photographies circulait à la ronde. Ces graves personnages, leurs costumes de tous les jours et leur physionomie coutumière, se trouvaient transformés par trois semaines de navigation en choses merveilleuses, précieuses et exotiques ; effigies inconnues, costumes barbares, elles étaient maintenant maniées et considérées dans la cabine errante avec une excitation et une surprise innocentes. Sa Majesté était souvent reconnue, et j'ai vu des sujets français baiser son image. Captain Speedy, dans un uniforme de guerrier abyssin, qu'on supposa être celui de l'armée anglaise, rencontra une approbation unanime, et les photographies de Mr. Andrew Lang furent admirées aux îles Marquises. Voilà le lieu de retraite qui s'impose à lui quand il sera fatigué du Middlesex et d'Homère.

Mais plus importante encore, pour moi, était la connaissance acquise dans ma jeunesse de nos Ecossais des Highlands et des Iles. Il y a un siècle à peine, ceux-ci se trouvaient encore dans l'état de bouleversement et de transition qui est l'état actuel des Marquisans. Dans les deux cas une autorité étrangère s'imposa, les clans désarmèrent, les chefs furent déposés, de nouvelles coutumes introduites, et principalement cette habitude d'envisager l'argent comme moyen et objet de l'existence. L'ère du commerce remplaçant subitement, pour chacun, l'ère de la guerre chez les autres et du communisme patriarcal chez eux. La coutume chère du Tatouage, prescrite chez l'un, comme chez l'autre un costume aimé. Pour chacun la suppression d'un de leurs luxes préférés : les bœufs, amenés sous le couvert de la nuit, des pâturages de la plaine, refusés au Highlander, si amateur de viande ; le cochon long, piraté dans le village voisin, refusé au Canaque, mangeur d'hommes.

Les murmures, le secret ferment, les craintes et les rancunes, les alarmes et les soudains conciliabules des chefs marquisans me rappelaient continuellement les jours de Lovat et de Struan. L'hospitalité, le tact, les bonnes manières innées, et une susceptibilité pointilleuse, sont des traits communs aux deux races ; commune aussi aux deux langues l'habitude de laisser tomber la consonne médiane. Voici une table des deux mots polynésiens dont l'usage est le plus répandu :

	MAISON	AMOUR [1]
Tahiti	Fare	Aroha
Nouvelle-Zélande ..	Whare	
Samoa	Fale	Talofa
Manihiki	Fale	Aloha
Hawaï	Hale	Aloha
Marquises	Hale	Kaoha

L'élision de la consonne médiane, si particulière au mot marquisan, n'est pas moins commune en pays gaélique et dans la basse Ecosse. Et chose plus étrange encore, cette consonnance dominante de la langue

1. Là où ce mot est employé comme salutation, je lui donne cette forme.

polynésienne, cette abréviation marquée d'une apostrophe qui est souvent, ou toujours la pierre tombale d'une consonne défunte, se remarque encore en Ecosse à l'heure qu'il est. Quand un Ecossais prononce « water » — « better » — ou « bottle » : wa'er, be'er ou bo'le, le son est exactement celui que nous retrouvons en Polynésie. Et à mon sens, nous pouvons aller plus loin et dire que, si une telle population pouvait être isolée et que cette prononciation défectueuse devînt une règle, cela pourrait expliquer le premier degré de la transition du T au K qui est le vice des langues polynésiennes. Néanmoins, la tendance des Marquisans est de mener contre les consonnes, ou tout au moins contre la lettre L, pourtant si usuelle, une vraie guerre d'extermination. Un hiatus est désagréable à toute oreille polynésienne ; et l'oreille de l'étranger même s'habitue vite à ces lacunes barbares ; mais chez les Marquisans seuls, vous trouverez des noms comme : Haaii ou Paaaeua, dont chaque voyelle doit être prononcée séparément.

Ces points de rapprochement entre un peuple des mers du Sud et quelques-uns de mes compatriotes obsédaient mon esprit quand j'étais aux îles ; et, non seulement ils m'inclinaient à considérer mes nouvelles connaissances avec bienveillance, mais ils modifiaient sans cesse mon jugement. Un Anglais civilisé arrive aujourd'hui chez les Marquisans, et il est stupéfait de trouver des hommes tatoués ! Des Italiens policés vinrent en Angleterre il n'y a pas longtemps et trouvèrent nos pères fardés au pastel, et lorsque je leur rendis visite, étant encore un petit garçon, je me divertis extrêmement de trouver l'Italie encore si arriérée : ce qui prouve combien les prééminences de races sont incertaines et soumises aux caprices du jour et de l'heure. Ainsi je découvrais des moyens de communication que je recommande aux voyageurs. Quand je désirais connaître un détail touchant les coutumes des sauvages ou leurs superstitions, je me reportais à l'histoire de mes pères et amorçais ce que je désirais savoir par quelque trait de barbarie analogue : Michaël Scott, la tête de Lord Derwent-Water, la seconde-vue ; la Water-Kelpie, se sont révélés ainsi des amorces toutes-puissantes ; la tête du taureau noir de Stirling me valut la légende de « Rahero » et ce que je savais des Cluny Macphersons ou des Appin Stewarts me permit de connaître et m'aida à comprendre les *Tevas* de Tahiti.

Dès lors, l'indigène sentit son embarras se dissiper, ses instincts de parenté s'éveillèrent et ses lèvres se descellèrent. C'est cet instinct de la parenté que le voyageur doit exciter et partager ; sinon, il fera mieux de rester chez lui. La seule présence d'un « Cockney » gouailleur suffit pour jeter, sur toute une assemblée, un voile de tristesse.

Le village d'Anaho est situé sur une bande de terre basse, étendue entre la partie occidentale du rivage et le pied des montagnes qui le dominent. Un bouquet de palmiers balançant à perpétuité ses grands éventails verts, le jonche de ses branches mortes, — comme pour un triomphe — et l'abrite, — comme un berceau. Une route court d'un bout à l'autre du couvert entre des lits de fleurs, qui tiennent lieu, pour toute la communauté, de boutique de modiste ; et, çà et là, dans le doux crépuscule, dans l'air saturé de parfums innombrables, encore à la portée du bruit persistant du ressac contre les récifs, se dressent, assez disséminées, les maisons indigènes. Nous avons vu le même mot, dans presque toutes les langues polynésiennes, désigner, avec à peine une ombre de différence, la demeure de l'homme. Mais, bien que le mot soit le même, la structure elle-même varie continuellement ; et les Marquisans qui sont parmi les insulaires, les plus arriérés et les plus barbares, sont pourtant les plus commodément logés. Ni les huttes en herbe de Hawaï, ni les maisons en cages d'oiseaux de Tahiti, ni le hangar ouvert aux persiennes décrépites des courtois Samoans, ne peuvent être comparés aux *paepae-hae* ou maisons plates-formes des Marquisans. Le paepae est une terrasse oblongue, construite sans ciment en pierres volcaniques noires, de vingt à cinquante pieds de long, élevée de quatre à huit pieds au-dessus du sol, et à laquelle on accède par un large escalier. Derrière celui-ci, et venant à peu près à moitié de sa largeur, la façade ajourée de la maison se déploie comme une galerie couverte ; l'intérieur est parfois propre et presque élégant dans sa nudité ; l'espace réservé aux heures de sommeil, divisé par une longue cloison ; tantôt vous y verrez une étoffe éclatante suspendue à un clou, et, seuls indices de civilisation, une lampe et une machine à coudre de White. A l'extérieur, à une extrémité de la terrasse brûle, sous son appentis, le feu de la cuisine ; à l'autre bout, en général, se trouve un enclos à cochons ; l'espace restant sert pour la sieste du soir et de salle de festin *al-fresco* pour les habitants. Dans certaines maisons, l'eau est amenée de la montagne dans des conduits de bambou perforés pour la garder fraîche.

Hanté par mes réminiscences d'Ecosse, je demeurai saisi en évoquant la saleté repoussante des huttes de tourbe et de pierre dans lesquelles j'avais reçu l'hospitalité aux Hébrides et dans les îles du Nord. Deux choses, je crois, peuvent expliquer ce contraste. En Ecosse, le bois est rare, et avec des matières aussi grossières que la tourbe et la pierre, tout espoir de propreté est à jamais banni. Et puis, l'Ecosse est froide. Le gîte et le foyer sont des nécessités si pressantes que l'homme ne cherche pas au-delà. Il est dehors tout le jour, le ventre creux, ou peu s'en faut, et la nuit venue, quand il a dit : « Aha ! » il fait chaud ici ! son appétit est satisfait, ou bien, s'il lui faut quelque chose, c'est quelque chose de plus haut ; une subtile école de poésie et de chant est sortie de ces huttes grossières, et un air comme « Lochaber no more », est une preuve de raffinement plus évidente et plus impérissable qu'un palais.

Autour de ces maisons plates-formes, gravite un peuple considérable de parents et de subordonnés. A l'heure du crépuscule, lorsque le feu pétille, quand l'odeur du fruit à pain grillé emplit l'air, et que la lueur de la lampe filtre déjà à travers les piliers de la maison, vous pouvez les voir silencieusement assemblés autour du repas, hommes, femmes et enfants, tandis que les chiens et les porcs gambadent de compagnie sur l'escalier de la terrasse, battant l'air de leurs queues rivales.

Les étrangers amenés par le navire furent bientôt également bienvenus : invités à tremper leurs doigts dans l'écuelle de bois, à boire les noix de coco, à tirer leur bouffée de la pipe commune, et à entendre et soutenir des débats ardus sur les méfaits des Français, le canal de Panama, ou la position géographique de San Francisco et de New Yo'ko. — Dans un hameau d'Ecosse, hors d'atteinte d'aucun touriste, j'ai reçu la même hospitalité simple et digne.

J'ai mentionné deux faits : la conduite déplorable de nos premiers visiteurs et le cas de la dame qui se frotta sur les coussins — qui pourraient donner une idée très fausse des manières marquisanes. La grande majorité des Polynésiens a de très bonnes façons ; mais le Marquisan est très particulier : à la fois agaçant et séduisant, sauvage, timide et raffiné. Si vous lui faites un présent, il affecte de l'oublier et il faut le lui offrir de nouveau au moment du départ : une charmante formalité, que je n'ai rencontrée nulle part ailleurs. La moindre allusion vous délivrera de sa société tant il a, à la fois, de modestie et de fierté farouches, alors que la plupart des insulaires, plus aimables, mais grossiers, s'agrippent comme des mouches autour de l'étranger qui ne peut plus s'en débarrasser. Le Marquisan n'oublie jamais ni un manque d'égards ni une injure. Je causais un jour, sur le bord de la route, avec mon ami Hoka lorsque je vis soudain ses yeux lancer des éclairs et sa taille se redresser dans un mouvement de défi. Un cavalier blanc descendait la montagne et, en passant, tandis qu'il s'arrêtait pour échanger des salutations avec moi, Hoka restait là, les yeux étincelants, hérissé comme un coq de combat ! C'était un Corse qui, des années auparavant, l'avait appelé « cochon sauvage » — « coçon chauvage » — comme il disait ! Avec des gens si délicats et si chatouilleux, il fallait s'attendre à plus d'une bévue de la part de notre équipage de blancs-becs. Ainsi, au cours d'une de ses visites, Hoka tomba dans un silence significatif et, peu après, quitta le bateau avec des formalités glaciales. Quand j'eus reconquis ses faveurs, il m'expliqua, d'une manière adroite et piquante, en quoi je l'avais offensé : je lui avais demandé de nous vendre des noix de coco, et à son point de vue, les denrées alimentaires étaient des choses qu'un gentleman ne doit pas vendre, mais donner, au moins à un ami. Une autre fois, j'offrais à l'équipage une collation de chocolat et de biscuits ; j'avais péché — je n'ai jamais pu savoir comment — sur quelque point d'étiquette ; et bien que je fusse remercié, assez sèchement d'ailleurs, mes présents furent laissés sur le rivage. Mais notre maladresse la plus grave fut un manque d'égards dont nous nous rendîmes coupables vis-à-vis de Toma, le père d'adoption de Hoka, et, à ses propres yeux, le chef légitime d'Anaho. Premièrement, nous n'allâmes pas lui rendre visite comme peut-être nous aurions dû le faire, dans sa jolie maison neuve à l'européenne, seule de son genre dans tout le village. Deuxièmement, quand nous vînmes à terre pour rendre visite à son rival Taipi-Kikino, c'est Toma que nous rencontrâmes au bord du rivage : un magnifique type d'homme, et magnifiquement tatoué ; et c'est à lui que nous demandâmes :

« Où est le chef ? » — « Quel chef ? » s'écria Toma, et il tourna le dos aux blasphémateurs. Il ne nous pardonna jamais. Hoka venait journellement parmi nous, mais seul, je crois, de toute la contrée, ni Toma ni sa femme ne mirent jamais les pieds à bord du *Casco*. Et ce que la résistance à pareille tentation devait leur coûter, il est difficile à un Européen de l'apprécier ! La cité volante de Laputa fixée pour une quinzaine dans Saint James Park n'offre qu'une pâle image de l'attraction qu'offrait le *Casco,* ancré devant Anaho ; car l'habitant de Londres jouit d'une certaine variété dans ses plaisirs, tandis que le Marquisan s'achemine vers la tombe à travers une suite de jours d'une implacable uniformité.

La veille du jour fixé pour notre départ, une délégation vint à bord, dans l'après-midi, pour nous porter les adieux des insulaires. Elle était composée de neuf de nos meilleurs amis, chargés de présents et vêtus comme pour une fête. Hoka, le premier entre les chanteurs et les danseurs, le plus parfait dandy d'Anaho et le plus beau garçon du monde, insolent, fastueux, théâtral, léger comme une plume et fort comme un bœuf — devenu à cette heure méconnaissable, tandis qu'il était assis là, silencieux et courbé, les traits plombés et affaissés. C'était quelque chose d'étrange de voir ce garçon si profondément affecté ; plus étrange encore de reconnaître dans son dernier présent une des curiosités que nous avions refusées le premier jour, et de reconnaître dans notre ami, si brillamment accoutré et si sincèrement bouleversé par notre départ, l'un de ceux qui, alors, à moitié nus, nous avaient assaillis et insultés lors de notre arrivée ; plus étrange que tout peut-être, de reconnaître dans ce manche d'éventail sculpté, dernière de ces curiosités du premier jour dont les propriétaires nous comblaient à présent, — leur marchandise la plus précieuse, pour laquelle ils s'étaient efforcés de nous exploiter tant que nous étions des étrangers pour eux, et qu'ils nous donnaient pour rien à présent que nous étions devenus des amis.

Cette dernière visite ne fut pas longue. L'un après l'autre, ils nous serrèrent la main, redescendirent dans leurs canots, et Hoka tourna de suite le dos au bateau, de sorte que nous ne vîmes plus son visage. Taïpi, au contraire, restait debout, nous faisant face, avec des gestes d'adieu pleins de grace ; et quand le capitaine Otis abaissa le pavillon, toute la bande nous salua à coups de chapeaux. Ce furent leurs adieux ; notre séjour à Anaho était un incident clos, et bien que le *Casco* demeurât au mouillage encore près de quarante heures, aucun d'eux ne revint à bord, et je crois même qu'ils évitaient de se montrer sur le rivage. Cette réserve et cette dignité sont le trait le plus fin du caractère marquisan.

CHAPITRE III

L'homme qui fut laissé sur la plage

On écrirait des volumes sur les beautés d'Anaho. J'ai le souvenir de m'être parfois éveillé à 3 heures du matin : l'air était doux et parfumé. La longue houle se répandait dans la baie qu'elle semblait emplir jusqu'au bord, puis elle se retirait. Le *Casco* roulait lentement profondément, silencieusement. De temps en temps, une poulie criait comme un oiseau. Du côté de l'Océan, le ciel était brillant d'étoiles et la mer tout illuminée de leurs reflets. Regardant dans cette direction, j'aurais pu chanter avec le poète hawaïen :

Les cieux resplendissaient au-dessus de nos têtes ;
Innombrables étaient les yeux des étoiles[1]*...*

Puis je me tournais du côté de la terre, des nuages menaçants planaient au-dessus de nous ; les montagnes, sur l'horizon, se détachaient en masses noires ; et j'aurais pu me croire soudain transporté à dix mille lieues de là, à l'ancre dans un lac d'Ecosse ; sans doute, lorsque le jour viendrait, j'apercevrais des pins, des bruyères, des fougères vertes et des toits de gazon laissant échapper la fumée de la tourbe, et les premiè-

1. *« Ua Maomao Kalani, ua Kahaea luna,*
« Ua pipi ka maka o ka hoku... »

res paroles qui frapperaient mes oreilles seraient, non point canaques, mais gaéliques.

Le jour, lorsqu'il vint, apporta de nouveaux points de vue et d'autres pensers. Je l'ai vu se lever dans bien des parties du monde ; ce fut toujours un des plus vifs plaisirs de ma vie, et l'aube qui me causa l'émotion la plus profonde, je la vis briller sur la baie d'Anaho.

Les montagnes surplombaient le port de leurs pentes abruptes, infiniment variées dans la forme de leurs découpures et de leurs inclinaisons, couvertes de gazon ou de forêts ou terminées en falaises. Chacune d'elles avait sa teinte particulière : safran, soufre, giroflée ou rose. L'air avait le chatoiement du satin ; des nuances plus subtiles flottaient comme des promesses d'efflorescences, et les plus sombres annonçaient une solennelle éclosion. La lumière était celle des matins coutumiers, incolore et pure, et sur ce fond de joaillerie, les moindres détails se détachaient. Cependant, autour du village, sous les palmiers où traînait l'ombre bleue, les brasiers d'écales, de noix de coco, et les minces filets de fumée trahissaient le réveil de l'activité journalière ; le long du rivage, hommes et femmes, jeunes gens et jeunes filles revenaient du bain en brillants accoutrements, rouges, bleus et verts, tels que nous aimions en voir dans les petites images coloriées de notre enfance ; peu à peu, le soleil avait achevé d'éclairer les collines de l'Orient, et l'éclat du jour était sur toutes choses.

Cet éclat s'étendait et croissait, tout travail, en général, cessant avant qu'il eût paru. Deux fois par jour, une certaine rumeur de troupeaux et de bergers s'élevait du côté des collines qui bordent la mer. Parfois, un canot sortait pour la pêche. Parfois, une ou deux femmes remplissaient languissamment un panier dans un champ de cotonniers. Parfois, le son d'une flûte s'élevait de l'ombre d'une habitation, modulant sur trois notes d'une façon qui rappelait : « Que le jour me dure », indéfiniment répété. Parfois encore, d'un bout à l'autre de la baie, deux naturels communiquaient à la manière marquisane, en sifflant suivant des conventions établies. Tout le reste n'était que sommeil et silence. Le flot se brisait et scintillait autour des côtes. Une sorte de grue noire pêchait dans les eaux agitées. Les cochons noirs ne cessaient de galoper de tous côtés à leurs affaires ; quant aux hommes, ils semblaient tous morts, ou comme si leur sommeil dût se prolonger éternellement.

Ma retraite favorite était de l'autre côté du village, dans un coin de la crique, au pied d'une falaise couverte de lianes. La baie était bordée de palmiers et d'une sorte d'arbre appelé *purao*, qui tient le milieu entre le figuier et le mûrier et porte une fleur pareille à un grand pavot jaune avec un cœur marron. De place en place, des rochers empiétaient sur le sable ; la baie était toute submergée ; et le ressac tourbillonnait, tout chaud, jusqu'à la hauteur de mes genoux, jouant avec les coques de noix de coco ; ainsi notre océan, plus familier, joue avec les épaves, les algues et les vieilles bouteilles. A l'heure du reflux, des merveilles de forme et de couleur ruisselaient à mes pieds ; je voulais les saisir ; elles m'échappaient ; je les atteignais, pour les trouver, tantôt plus belles que tout ce que j'avais entrevu : coquilles faites pour être l'ornement d'une vitrine, ou — serties d'or — la parure d'un doigt de femme ; tantôt, illusion de sable coloré ; fragments broyés et cailloux qui, à peine secs, devenaient aussi ternes et aussi communs que les graviers d'une allée de jardin. Je me suis acharné à ce jeu d'enfants, durant des heures, sous le soleil implacable, conscient de mon incurable ignorance, mais avec un plaisir trop ardent pour en être humilié. Cependant que le merle (ou son frère des tropiques) sifflait dans les buissons au-dessus de ma tête.

Un peu plus loin, au tournant de la baie, un filet d'eau ruisselait au fond d'une caverne, pour se déverser de là dans la mer par un escalier de rochers. Le courant d'air pénétrait sous le feuillage jusqu'au fond de la caverne, devenue, par sa fraîcheur, un abri délicieux. Elle s'ouvrait sur la baie d'azur où le *Casco* était mouillé avec sa tente et ses riantes couleurs. Au-dessus d'elle s'étendait une voûte de puraos, et, plus haut que ceux-ci encore, des palmiers brandissaient leurs luisants éventails, tel un sorcier que j'ai vu, se faisant à lui-même, un halo de lames de sabres ! Car sur ce point du monde, sur une langue de terre basse au pied des montagnes, les vents alizés s'engouffrent dans la baie d'Anaho comme un courant dont rien ne diminue jamais la force ni la vélocité, et qui est d'une céleste fraîcheur.

Il arriva qu'un jour je me trouvai à terre, dans la crique, avec Mrs Stevenson et le cuisinier du bord. N'était le *Casco* mouillé à quelque distance, une ou deux grues, et l'incessant tumulte du vent et de la mer, la face du monde était d'une solitude préhistorique ; la vie apparaissait comme immobilisée, et le sentiment de l'isolement était intense et rafraîchissant. Tout à coup, les alizés se précipitant dans l'isthme en rafales, s'acharnèrent sur les feuilles de palmiers dont ils balayèrent le dessus de la caverne ; or voyez ! au sommet de deux des palmiers, se trouvait un indigène, assis dans une immobilité d'idole et nous surveillant, eût-on dit, sans un clignement de paupières. L'instant d'après, l'arbre à nouveau se refermait et la vision avait disparu. Cette découverte de présences humaines planant sur nos têtes dans un lieu où nous nous étions crus absolument seuls, l'immobilité de nos espions subarboricoles, et la pensée que peut-être, nous étions surveillés ainsi à toute heure, nous secoua d'un frisson. La conversation languit sur la plage. Quant au cuisinier (dont la conscience n'était pas claire) il ne mit plus jamais les pieds sur le rivage et, deux fois, comme le *Casco* semblait dériver vers les rochers, nous nous amusâmes à voir l'empressement avec lequel cet homme aidait à la manœuvre, persuadé que la mort le guettait sur la côte. Un an après, aux îles Gilbert, l'explication de tout ceci jaillit d'elle-même. Les naturels tiraient du vin de palme, chose défendue par les lois, et lorsque le vent nous révéla subitement leur présence, ils furent certainement beaucoup plus troublés que nous-mêmes.

Au-dessus de la caverne habitait un vieillard grisonnant et mélancolique, du nom de Tari (Charlie) Coffin. Il était originaire de Oahu, dans les îles Sandwich et avait parcouru les mers dans sa jeunesse sur des baleiniers américains : circonstance à laquelle il devait son nom, sa connaissance de l'anglais, son accent nasillard du Sud-Est et l'infortune de son innocente vie. Car un capitaine, parti de New Bedford, le transporta à Nuka-hiva, et l'y abandonna parmi les cannibales. Le motif de cet acte était d'une inconcevable mesquinerie; les gages du pauvre Tari, ainsi économisés, n'auraient guère compromis le crédit des armateurs de New Bedford. Et l'acte lui-même fut un véritable assassinat. Sans doute, au début, l'existence de Tari n'avait dû tenir qu'à un fil. Dans le désespoir et les terreurs de cette période de sa vie, il semble être devenu fou, infirmité qui le laissait exposé encore à des accidents du même genre; ou peut-être, un enfant s'était pris d'un caprice pour lui et avait-il obtenu sa grâce ? Quoi qu'il en fût, il en réchappa, se maria dans l'île, et lorsque je fis sa connaissance, il était veuf, avec un fils marié et une petite-fille. Mais le souvenir de Oahu l'obsédait ; sa louange était pour toujours sur ses lèvres; se souvenant d'elle, il la regardait comme le lieu par excellence de la danse, des chants et du plaisir, et j'aime à croire qu'en ses songes il la revisite avec complaisance. Je me demande ce qu'il penserait s'il s'y trouvait réellement transporté et voyait la ville moderne d'Honolulu avec l'animation de son commerce, et le palais avec ses gardes, et le grand hôtel, et l'orchestre de Mr. Berger avec ses uniformes et ses instruments exotiques ; ce qu'il penserait de voir les figures brunes devenues si rares, et si nombreuses les figures blanches, et la terre familiale vendue pour être transformée en plantation de cannes à sucre, et la race de son père disparue ou peut-être, seulement, les derniers d'entre eux frappés de la lèpre et emmurés entre les vagues et les falaises de Molokai ?... Puisqu'ainsi, même dans les îles des mers du Sud, si simplement, si tristement, tout se transforme...

Tari était pauvre, et pauvrement logé. Sa maison était une construction de bois, élevée par des Européens ; c'était, en réalité, sa résidence officielle, car Tari était le berger des moutons du promontoire. Je peux donner un inventaire complet de son contenu : trois petits barils, une boîte à biscuits en fer-blanc, une casserole de fer, plusieurs coupes faites de noix de coco, une lanterne et trois bouteilles contenant probablement de l'huile, tandis que les hardes de la famille et quelques nattes étaient jetées sur les chevrons.

Dès ma première rencontre avec cet exilé, il avait conçu pour moi une de ces sympathies sans cause comme il en naît aux îles, m'avait donné des noix de coco à boire et m'avait emmené au-dessus de la caverne « pour voir mon habitation » — seule distraction qu'il avait à offrir. Il aimait les « Amélicains », disait-il, et les « Inglisman », mais il abhorrait les « Flessman » et il avait soin d'expliquer que s'il nous avait crus des « Français » nous n'aurions pas eu la moindre noix de coco, ni vu sa maison. Je puis, en partie, m'expliquer son antipathie pour les Français, mais pas du tout sa tolérance envers les Anglo-Saxons. Le jour suivant il m'apporta un porc, et quelques jours après, une partie des nôtres étant descendus à terre, le trouvèrent en train d'en apporter un autre. Nous étions encore étrangers aux coutumes des îles : nous fûmes navrés de cette générosité que le pauvre homme pouvait difficilement se permettre, et par une bévue impardonnable quoique assez naturelle, nous refusâmes le porc. Si Tari avait été un Marquisan, nous ne l'aurions jamais revu ; étant ce qu'il était, le plus doux des hommes, le plus rompu à la souffrance, le plus mélancolique, il prit une revanche cent fois plus pénible pour nous. Le canot portant les neuf indigènes venus nous faire leurs adieux s'éloignait à peine que le *Casco* fut abordé de l'autre côté. C'était Tari, venu tard, parce qu'il n'avait pas de canot à lui et était arrivé difficilement à en emprunter un ; venu solitaire (tel que, d'ailleurs, nous l'avions toujours vu), parce qu'il était un étranger dans le pays, et le plus triste compagnon. Le reste de ma famille, lâchement, se déroba à l'entrevue. Je fus obligé de recevoir seul notre ami offensé et l'entrevue dut se prolonger plus d'une heure, car il ne pouvait se décider à partir ! « Vous partez ? Je ne vous verrai plus — no, sir ! » gémissait-il ; « le beau bateau ! » s'exclamait-il, le « no, sir » lancé brusquement du nez dans une inflexion ascendante, écho de New Bedford et du traître baleinier. Entre ces expressions de peine et de louange, il revenait sans cesse à l'incident du porc refusé. « J'aimais tant vous faire des présents, disait-il ; je n'avais qu'un porc et vous n'en avez pas voulu ! » Il était un pauvre homme, il n'avait pas un grand choix de cadeaux à faire ; il n'avait qu'un porc, répétait-il, et je l'avais refusé ! Je me suis rarement senti aussi malheureux qu'en le voyant assis là, si vieux, si gris, si pauvre, accablé d'un destin si pesant, si lamentable d'aspect, et moi, réalisant de plus en plus l'affront que je lui avais fait, bien innocemment ! mais, c'était l'un de ces cas où toute parole est vaine.

Le fils de Tari était inerte et souriant ; sa bru, une

fille de seize ans, jolie, aimable et grave, plus intelligente que la plupart des femmes d'Anaho et parlant assez bien le français; sa petite-fille, un embryon de créature, encore à la mamelle. Je pénétrai dans leur antre, un jour où Tari était absent; je trouvais le fils fabriquant un sac de coton, et Madame allaitant Mademoiselle. Je m'assis auprès d'eux sur le sol, et la jeune femme commença de me questionner sur l'Angleterre; je tâchai de la lui décrire, empilant les noix de coco sur les casseroles pour représenter les maisons et expliquer le mieux que je pouvais par les paroles et les gestes la surpopulation, la faim, le travail perpétuel. « Pas de cocotiers? Pas de popoi? » me demandait-elle? Je lui dis qu'il faisait trop froid et me lançai dans une pantomime explicative, chassant les courants d'air, me blotissant auprès d'un feu imaginaire pour m'assurer qu'elle comprenait. Mais elle comprenait parfaitement; elle fit observer combien ce devait être mauvais pour la santé, et demeura un instant très grave, méditant sur cette peinture de tristesses inconnues. Elles excitaient sûrement sa pitié, car elles éveillèrent en elle une autre pensée toujours présente à l'esprit des Marquisans; elle commença, avec une affliction souriante et des yeux de mélancolie, à se lamenter sur la mort de son propre peuple. « Ici, pas de Canaques », dit-elle; et détachant le bébé de son sein, elle le tendit vers moi de ses deux mains. « Tenez — un petit bébé comme cela; et puis mort. Tous les Canaques meurent. Ensuite plus rien. » Ce sourire, cette mère-enfant me proposant comme exemple ce fruit minuscule de sa chair et de son sang, m'affectèrent étrangement; ils exprimaient un si tranquille désespoir! Pendant ce temps, le mari travaillait à son sac, toujours en souriant; et l'inconscient bébé se débattait pour atteindre un pot de confiture de framboises, don de l'amitié, que j'avais apporté dans leur caverne; et dans une perspective de siècles, j'entrevis leur sort, tout semblable au nôtre, la mort montant comme un flux, et le jour, déjà déterminé, où il n'existerait plus ni Beretani, ni races d'aucune sorte, et (ce qui me toucha singulièrement), ni œuvres littéraires, ni lecteurs.

CHAPITRE IV

La mort

La pensée de la mort domine toutes les autres dans l'esprit des Marquisans. Et comment pourrait-il en être autrement ? La race est peut-être la plus belle qui soit : la taille moyenne des hommes est de six pieds ; ils sont fortement musclés, exempts de graisse, prompts dans l'action, gracieux au repos et les femmes, quoique plus grasses et plus lourdes, sont pourtant de beaux animaux. D'après les apparences, aucune race ne semble plus viable ; et cependant la mort les fauche à pleines mains. Lorsque Mgr Dordillon vint pour la première fois à Tai-o-hae, il estimait le nombre des habitants à plusieurs milliers ; il vient seulement de mourir, et dans la même baie Stanislas Moanatini a compté sur ses doigts huit indigènes survivants. — Ou bien, prenez la vallée de Hapaa, connue des lecteurs d'Herman Melville, avec l'orthographe grotesque de Hapar (il n'y a que deux écrivains qui aient parlé des mers du Sud avec quelque génie, tous deux américains : Melville et Charles Warren Stoddard ; et au baptême du premier, qui est aussi le plus grand, quelque fée influente dut être négligée : « Il lui sera donné de voir », « il lui sera donné de conter » ; « il lui sera donné de charmer », dirent les bienveillantes marraines, mais la dernière s'écria : « Il ne lui sera pas donné d'entendre »). La tribu de Hapaa comptait quelque quatre cents hommes quand la petite vérole s'abattit sur eux et les réduisit d'un quart. Six mois plus tard, une femme mourut de la tuberculose ; le mal se répandit par toute la vallée comme un incendie, et moins d'un an après, les deux seuls survivants, un homme et une femme, s'enfuirent de cette solitude recréée. Peut-être un jour, quelque Adam et Eve semblables et flétris, représenteront-ils parmi les races nouvelles le résidu tragique de la Grande-Bretagne. Quand j'entendis ces choses pour la première fois, ces chiffres me stupéfièrent ; à présent, j'incline à les croire vraisemblables. Au début de l'année de mon séjour là-bas, par exemple, ou à la fin de l'année précédente, un premier cas de phtisie se déclara dans une famille de dix-sept membres, et au mois d'août, quand l'histoire me fut répétée, un seul survivait, et c'était un petit garçon retenu au loin par ses études. Et la dépopulation travaille par les deux bouts, les portes de la mort grandes ouvertes, et celle des naissances semi-close. Ainsi, dans le semestre finissant au mois de juillet 1888, il y eut douze décès et une seule naissance dans le district de Hatiheu. En temps ordinaire, sept ou huit morts de plus étaient à prévoir, et Mr. Aussel, le gendarme chargé de ces observations, nota cette unique naissance. A ce compte, rien de surprenant à ce que la population de cette région ait décliné, en quarante ans, de 6000 habitants à moins de 400, chiffres évalués avec l'autorité de Mr. Aussel, et la rapidité de ce déclin a dû être accélérée en avançant vers la fin...

Un bon moyen d'apprécier la dépopulation est d'aller, par terre, de Anaho à Hatiheu, sur la baie adjacente. La route est bonne mais terriblement escarpée. Il nous semblait à peine avoir dépassé la maison déserte située tout en haut d'Anaho et déjà nous plongions sur son toit avec une sensation de vertige : le *Casco*, au large dans la baie, roulant comme pour tenir une gageure, diminuait à vue d'œil et, peu après, par la brèche de l'isthme de Tari, Ua-huna apparut suspendue comme un nuage sur l'horizon. Au-delà du sommet où le vent, vraiment froid, soufflait et sifflait dans les roseaux, et secouait la chevelure verdoyante des pandanus, nous entrâmes subitement, comme par une porte, dans la vallée voisine et la baie de Hatiheu. Un cirque de montagnes l'enferme de trois côtés. Sur le quatrième, le rempart a été réduit en ruines ; il s'abaisse jusqu'à la mer en fragments de roches escarpées, et présente la seule ouverture praticable de la baie bleue. L'intérieur de cette vallée est rempli d'arbres précieux et magnifiques : orangers, arbres-à-pain, pommes-roses, cocotiers, les marronniers des îles et, à titre de mauvaises herbes, l'ananas et le bananier. Quatre ruisseaux intarissables l'arrosent et entretiennent sa verdure éternelle ; et, suivant le fond du vallon, longeant tantôt l'un tantôt l'autre, sur un assez long parcours, la route descend dans cette vallée fortunée.

La chanson des eaux et le décor familier des galets nous donnèrent une forte impression de « home », mais la végétation exotique, la croissance folle des pandanus, les troncs à contre-forts des banians, les cochons noirs galopant dans le taillis, et l'architecture des maisons indigènes, la dissipèrent avant que nous ayons eu le temps d'en jouir.

Du côté de Hatiheu, les maisons sont situées assez haut : plus haut encore les paepaes déserts offrent le spectacle le plus mélancolique. Quand une habitation indigène est abandonnée, la superstruction — chaume de pandanus, les pilotis qui l'entourent, le bois de construction fragile des tropiques — pourrissent rapidement, et sont bien vite dispersés par le vent. Seules, les pierres de la terrasse subsistent ; aucune ruine, aucun tumulus, aucun dolmen, ne présentent une apparence d'antiquité aussi sévère. Nous passâmes devant six ou huit de ces plates-formes, désormais privées de leur maison. Mr. Osbourne me dit qu'on les compte par douzaines, sur la route principale de l'île, là où elle traverse la vallée de Taipi ; et comme les routes ont été faites bien après leur construction et peut-être leur désertion, et qu'elles sont simplement des lignes tracées au hasard à travers le fourré, la forêt doit être aussi, des deux côtés, remplie de ces survivantes : tombes de familles entières. Ces ruines sont *tabou*[1] dans le sens le plus strict ; aucun indigène ne doit les approcher ; elles sont devenues des avant-postes du royaume des morts. Ce semblerait une coutume naturelle et pieuse, de la part des centaines d'hommes qui demeurent, arrière-garde des milliers qui ont péri, de ne jamais fouler aux pieds les pierres du foyer de leurs pères. En réalité, cet usage semble reposer sur une conception différente et plus brutale. Mais la maison, la tombe et la dépouille même des morts ont toujours été particulièrement honorées par les Marquisans. Jusqu'à ces derniers temps, le corps était quelquefois conservé dans la famille, et chaque jour oint d'huile et exposé au soleil, jusqu'à ce que, passant par des transformations successives et répugnantes, il se desséchât et devînt comme une sorte de momie. On dépose toujours des offrandes sur les tombes. A « Traitors bay », Mr. Osbourne vit un homme acheter un miroir pour le placer sur celle de son fils. Et le sentiment d'horreur que leur inspire la profanation des tombes, inconsidérément froissé par la construction de nouvelles routes, est une des causes principales de la haine des indigènes contre les Français.

Le Marquisan voit venir avec effroi l'extinction prochaine de sa race. La pensée de la mort est assise à ses côtés tandis qu'il mange, et elle se lève avec lui de sa couche ; il vit et respire à l'ombre de cette menace, affreuse à supporter ; et il est si accoutumé à cette

1. Tabou — ou « Tapu » — est la forme tahitienne correcte.

appréhension, qu'il en salue la réalisation avec soulagement. Il ne cherche même pas à supporter la moindre déception ; pour un affront, pour la rupture d'une de ses fugitives et faciles affaires d'amour, il demande un refuge immédiat à la tombe. Il est de mode, à présent, de se pendre. Trois cas de cette sorte se sont produits à l'ouest de Hiva-oa, durant la première moitié de 1888, mais quoique ce soit là une forme de suicide commune dans d'autres parties des mers du Sud, je ne puis croire qu'elle reste populaire aux îles Marquises. Bien plus appropriée au caractère marquisan est l'ancienne manière de s'empoisonner avec le fruit de l'*eva ;* il offre à celui qui veut se tuer, une mort cruelle mais délibérée, et lui donne le temps de vaquer à ce protocole de la dernière heure, auquel il attache une importance si remarquable. Le cercueil peut être préparé, les porcs tués, les lamentations des pleureurs s'élever déjà dans la maison ; alors seulement, le Marquisan prend conscience de la fin qui approche, le cercle de sa vie est fermé, ses vêtements (comme ceux de César !) ajustés pour l'acte final. « Ne louez aucun homme avant qu'il soit mort », disaient les anciens ; « n'enviez aucun homme avant d'avoir entendu les pleureurs », pourrait être la parodie des Marquisans. Le cercueil, quoique d'une importation récente, attire étrangement leur attention. Il est, pour un Marquisan déjà mûr, ce qu'une montre est pour un écolier en Europe. Depuis dix ans, la reine Vaekehu importunait les Pères pour en obtenir un ; à la fin, ces jours-ci seulement, ils remplirent son désir, lui donnèrent son cercueil, et l'âme de la pauvre femme est en repos. Je me suis laissé conter un plaisant exemple de la force de cette préoccupation. Les Polynésiens sont sujets à un mal qui semble relever plutôt de la volonté que du corps. On m'a dit que les Tahitiens avaient un mot pour le désigner, *érimatua,* mais je ne le trouve pas dans mon dictionnaire. Un gendarme, Mr. Nouveau, a vu des hommes atteints par le germe de cette maladie mentale ; il les chassait de leurs maisons, les obligeait de travailler sur les routes et, en deux jours, ils étaient guéris. Mais le remède suivant est plus original : un Marquisan, mourant de ce découragement — je devrais dire, peut-être, de cet acquiescement — a été vu, lors de l'accomplissement de son vœu suprême, à la seule vue de cet ermitage rêvé : son cercueil, revenant subitement à la vie, guérissant, repoussant la main de la mort, et reprenant pour des années ses occupations — sculptant des *tikis* (idoles), disons-le, ou huilant les « barbes de vieillard ». On conçoit, d'après tout ceci, avec quelle facilité ils accueillent la mort quand elle les approche naturellement. J'en recueillis un exemple, pittoresque et féroce. A l'époque où la petite vérole sévissait à Hapaa, un vieillard en fut atteint ; il n'avait aucun espoir de guérison ; il fit creuser sa tombe au bord de la route, et vécut dedans pendant près de quinze jours, mangeant, buvant, fumant avec tous ceux qui passaient par là, les entretenant de sa fin, et parfaitement indifférent à son sort, comme à celui des amis qu'il contaminait !

Cette disposition au suicide, ce mol attachement à la vie n'est pas particulier aux Marquisans. Ce qui leur est particulier, c'est la dépression générale, et l'acceptation de leur fin nationale. Les plaisirs sont négligés, les danses languissent, les chansons sont oubliées. Il est vrai que quelques-uns, et peut-être un très grand nombre, sont condamnés ; mais beaucoup prendraient le dessus si l'esprit les soutenait et les vivifiait. A la dernière fête de la Bastille, Stanislas Moanatini pleura en constatant la morne attitude des danseurs.

Quand les gens d'Anaho chantèrent pour nous, ils s'excusèrent du peu de variété de leur répertoire. Ils n'étaient là que des jeunes gens, nous dirent-ils, et les vieux seuls connaissaient les chansons. Ainsi tout l'ensemble de la poésie et de la musique marquisanes était appelé à disparaître par la faute d'une seule génération démoralisée. La pleine signification de ceci apparaît seulement à celui qui connaît les autres races polynésiennes ; qui sait comme le Samoan peut improviser une chanson nouvelle sur les moindres incidents, ou qui a entendu (à Penrhyn, par exemple) une bande de petites adolescentes, de huit à douze ans, chanter pendant des heures, sur un même thème, une chanson suivant l'autre sans interruption. De même, le Marquisan, rebelle à toute industrie, commence à cesser toute espèce de production. Leur bilan d'exportation décline hors de toute proportion même avec la mortalité des insulaires. « Le corail pousse, — le palmier croît — mais l'homme s'en va », dit le Marquisan, et il se croise les bras. Ainsi fait la nature.

Si étrange que cela puisse paraître, nous ne travaillons et ne nous dominons nullement en vue des récompenses d'une autre vie, mais bien à cause du regard timide que nous jetons sur la vie et la mémoire de nos successeurs. Et là où nul de leur famille ou de leur race ne serait appelé à leur succéder, Rothschild chercherait-il à gagner de l'argent et Caton à pratiquer la vertu ? J'en doute. Il est naturel aussi que, parfois, un stimulant temporaire vienne tirer le Marquisan de sa léthargie. Tout le long de la côte d'Anaho, le coton croît comme de la mauvaise herbe ; homme ou femme, quiconque veut le ramasser peut gagner un dollar dans sa journée ; lors de notre arrivée, l'entrepôt du traitant en était absolument dépourvu ; et au moment de notre départ, il était presque plein. Aussi longtemps que nous jouâmes le rôle de cirque, et que le *Casco* fut à l'ancre dans la baie, tout le monde jugea convenable de faire une visite à bord ; et à cet effet, chaque femme dut avoir une robe neuve, et chaque homme une chemise et un pantalon. Jamais, au dire de Mr. Regler, on ne les avait vus déployer une pareille activité.

Il y a dans leur découragement un élément d'effroi.

La crainte des esprits et de l'obscurité est très profondément ancrée dans l'esprit des Polynésiens et non moins dans celui des Marquisans. Le pauvre Taipi, le chef d'Anaho, fut, une fois, contraint de se rendre, à cheval, à Hatiheu, par une nuit sans lune. Il emprunta une lanterne, resta assis longtemps, rassemblant tout son courage pour cette aventure, et lorsqu'enfin il se mit en route, il échangea des poignées de mains avec tout l'équipage du *Casco,* comme pour la dernière séparation. Certaines présences occultes appelées « vehinehae » fréquentent les routes, la nuit, et les rendent terribles ; elles forment comme un brouillard, m'a dit l'un, et au moment où le voyageur passe au travers, elles se dispersent et s'évanouissent ; un autre les décrivait comme ayant des formes humaines et des yeux de chats ; mais, d'aucun je ne pus obtenir le moindre éclaircissement touchant ce qu'elles faisaient et pourquoi elles inspiraient tant de crainte. En tous cas, à leurs yeux, elles incarnent les morts ; car dans l'esprit des insulaires, les morts sont toujours présents. « Lorsqu'un indigène dit qu'il est un homme — écrit le Dr Codrington — il veut dire qu'il est un homme et point un esprit ; et non pas qu'il est un homme et point une bête. A ses yeux, les agents intelligents de ce monde sont les hommes vivants, et les esprits sont les hommes qui sont morts. » Le Dr Codrington parle de la Mélanésie ; mais d'après ce que j'ai appris, ses paroles peuvent également s'appliquer aux Polynésiens. Et ce n'est pas tout. Parmi les Polynésiens anthropophages, un soupçon terrible pèse généralement sur les morts, et les Marquisans, les plus cannibales de tous, n'ont pas de raison d'échapper à de pareilles croyances. A mon sens, les vehinehae sont les esprits affamés des morts qui continuent les embuscades cannibales, occupation de toute leur vie, et sont tapis partout, invisibles, avides de dévorer les vivants. Je réussis à découvrir une autre superstition à travers l'anglais confus de

Tari-Coffin. Les morts, me dit-il, venaient et dansaient la nuit autour du paepae de leur ancienne famille. La famille se sentait, au même instant, bouleversée par une certaine émotion (pieuse tristesse ou frayeur ? je n'ai pu le deviner) et devait « faire une fête » dont le poisson, le porc et le popoi étaient les ingrédients indispensables. Jusque-là, tout est assez clair. Mais ici, Tari commença de me citer la nouvelle maison de Toma, et à me parler de la fête qui s'y préparait pour pendre la crémaillère, comme de deux exemples frappants. Devons-nous, réellement les rattacher l'un à l'autre et y ajouter l'exemple des ruines désertées, comme si les morts ne s'attaquaient qu'aux paepaes des vivants ? — comme s'ils n'étaient tenus à distance — même de la première fondation — que par des fêtes propitiatoires, et aussitôt le feu de vie éteint dans l'âtre, se précipitaient pour reprendre possession de leur ancien domaine.

Je ne parle que par conjectures de ces superstitions marquisanes ; sur les « esprits » cannibales, je reviendrai quelque jour avec plus de certitude. Il me suffit, pour l'instant, de remarquer que les hommes des îles Marquises, pour quelque raison que ce soit, redoutent, et évitent la présence des esprits. Concevez combien les nerfs doivent s'en ressentir dans des lieux où déjà le nombre des morts excède d'autant celui des vivants, et où les premiers se multiplient tandis que les autres disparaissent avec une telle rapidité. Concevez combien ceux qui restent se pressent autour des cendres du foyer de vie : tels les vieux Peaux-Rouges, abandonnés en cours de route, dans la neige, la tribu protectrice partie au loin, la dernière flamme expirante, et la nuit environnante peuplée de loups.

CHAPITRE V

La dépopulation

Sur toute l'étendue des mers du Sud, d'un tropique à l'autre, nous trouvons les traces d'un état passé de surpopulation où les ressources d'une terre tropicale même se trouvaient insuffisantes, et où l'imprévoyant Polynésien, lui-même, tremblait pour l'avenir. Nous pouvons accepter quelques-unes des idées de Mr. Darwin dans sa théorie sur les îles de corail, et admettre une élévation du niveau de la mer, ou l'affaissement d'une partie d'un continent antérieur, refoulant des multitudes de réfugiés sur le sommet des montagnes. Ou, plus simplement, nous pouvons imaginer un peuple de pirates, émigrants d'un pays trop plein, se répandant d'une île à l'autre, s'y établissant et se multipliant d'une manière excessive dans ces résidences nouvelles. Dans l'un comme dans l'autre cas le résultat devait être le même : tôt ou tard, la population devait devenir trop dense et la famine imminente. Les Polynésiens affrontèrent ce danger croissant par divers moyens actifs et préventifs. Ils découvrirent la façon de conserver l'arbre à pain en l'enfouissant dans des puits artificiels, et on peut voir encore, aux îles Marquises, m'a-t-on dit, de ces puits de 40 pieds de profondeur et d'un diamètre à l'avenant. Mais cela ne suffisait pas pour cette surabondance d'hommes ; et les cas de famine et le cannibalisme assombrissent les annales du passé. Chez les Hawaïens — peuple plus résistant sous un climat plus exigeant — l'art de l'agriculture fut poussé assez loin. Des canaux d'irrigation sillonnèrent le pays, et les viviers de Molokai sont là pour témoigner du nombre et de l'activité des anciens habitants. Entre-temps, par tout le monde des îles, les infanticides se multiplièrent. Sur les atolls de corail, où le danger était plus évident, ils étaient rendus obligatoires par des lois qui punissaient ceux qui s'y dérobaient. A Vaitupu, dans les Ellis, deux enfants seulement étaient autorisés par couple, et un seul à Nukufetau ; dans cette dernière île, le couple était sinon soumis à l'amende ; parfois l'amende était payée et l'enfant épargné.

Ceci est caractéristique, car aucun peuple au monde n'a le culte des enfants à ce point ni autant de patience avec eux. Les enfants sont la joie et l'ornement de leurs demeures ; ils leur tiennent lieu de jeux et de galeries de tableaux et « Heureux est l'homme qui en a plein son carquois ». Les familles se disputent les bâtards abandonnés ; et les enfants adoptés jouent et grandissent, sans distinction, avec les enfants légitimes. Nulle part, l'adulation — je peux presque dire la déification — de l'enfant n'est poussée aussi loin que dans les îles de l'est ; et plus que partout, d'après mes propres observations dans le groupe des Pomotou, qu'on nomme aussi le Bas ou Dangereux Archipel. J'ai vu un Pomotouan se détourner de moi avec embarras et désapprobation parce que j'avais suggéré de fouetter un marmot. Pas de jour ou l'on ne voie dans ces îles un enfant frappant sa mère, même à coups de pierres, et celle-ci, loin de le punir, ose à peine lui résister. Dans quelques-unes, lorsque le chef avait un enfant, il donnait sa démission et était remplacé, comme si — tel le frelon — l'accomplissement de cette mission eût été sa seule raison d'être. Et dans quelques autres, les moindres paroles d'enfants avaient puissance d'oracle. Ces temps-ci, encore, aux îles Marquises, si un enfant avait manifesté quelque éloignement pour un étranger, on m'assure que cet étranger aurait été massacré ; et j'aurai à revenir, plus loin, sur l'exemple d'un cas tout opposé : comment un enfant de Manihiki s'étant prise de caprice pour moi, ses parents acceptèrent de suite la situation et me comblèrent de présents.

La nécessité de détruire les enfants ne devait pas manquer de heurter de tels sentiments et nous trouvons, je crois, la trace de cette opposition dans la Confrérie tahitienne de Oro. A une certaine époque, un nouveau dieu fut ajouté à l'olympe des îles de la Société ou quelque dieu ancien refourbi et rendu à la popularité : Oro était son nom et il peut être comparé au Bacchus des anciens. Ses fidèles allaient de baie en baie et d'île en île. Ils étaient partout accueillis par des réjouissances. Ils étaient vêtus de toile fine, chantaient, dansaient, donnaient des représentations ; ils faisaient des tours d'adresse ou de force et étaient les artistes, les poètes et les libertins de l'archipel. Leur vie était publique et toute épicurienne ; l'initiation, un mystère et les plus grands de la région aspiraient à faire partie de la Confrérie. Si par droit de succession, un couple était appelé à prendre le commandement sur une tribu, on leur accordait, pour raison politique d'épargner un enfant : tous les autres enfants, qui comptaient un père ou une mère dans la Compagnie d'Oro, étaient condamnés dès l'instant de leur conception. Une franc-maçonnerie, une secte d'agnostiques, une compagnie d'artistes, l'interdiction à tous de laisser une descendance — je ne sais ce que les autres y peuvent voir, mais pour moi l'intention est évidente. La famine menaçant les îles et le remède nécessaire faisant horreur, il était proposé à l'âme indigène sous ces ornements de mystère, de plaisir et de parade.

Nous avons là un côté de la question. L'anthropophagie parmi les plus doux des hommes ; l'infanticide chez des hommes adorant les enfants, l'industrie chez la race la plus indolente, l'esprit d'invention chez le peuple le moins porté au progrès ; les relations d'anciens voyageurs, les vestiges partout disséminés d'anciennes habitations, cette païenne armée du Salut, dite Confrérie d'Oro, et la tradition universelle des îles, tout indique un ancien état de sur-population poussé jusqu'au danger. Et, aujourd'hui, nous nous trouvons en face de l'inverse. Aujourd'hui, aux îles Marquises, dans les huit îles de Hawaï, à Mangareva, dans l'île de Pâques, nous voyons les mêmes hommes mourir comme des mouches. Pourquoi ce changement ? En admettant que l'arrivée des blancs, le changement des coutumes et l'introduction de nouvelles maladies et de nouveaux vices expliquent suffisamment la dépopulation, pourquoi celle-ci n'est-elle pas universelle ? La population de Tahiti, après une période de décroissance alarmante, est devenue de nouveau stationnaire. J'entends parler d'un résultat pareil chez quelques tribus de Maori ; dans plusieurs des Pomotou, un léger accroissement se fait sentir ; et, à l'heure qu'il est, les Samoans sont aussi bien portants et ont autant d'enfants que par le passé. Et, en admettant que les Tahitiens, les Maoris et les Pomotouans se soient adaptés aux conditions actuelles, que ferons-nous des Samoans qui n'ont jamais eu à en souffrir ?

Ceux qui ne connaissent qu'un seul groupe d'îles sont enclins aux solutions toutes faites. Ainsi ai-je entendu attribuer la mortalité des Maoris à leur changement de résidence, des hauteurs fortifiées des collines au voisinage bas et marécageux de leurs plantations. Comme c'est plausible ! Et pendant ce temps, les Marquisans meurent en masse dans les mêmes maisons où leurs pères se multiplièrent. Ou encore l'opium ? Les Marquises et les Hawaï sont les deux groupes d'îles les plus atteints par ce vice ; la population d'ici est l'une des plus civilisées, là, de beaucoup, la plus barbare de toute la Polynésie ; l'une et l'autre cependant sont de celles qui périssent le plus rapidement. C'est là un cas probant contre l'opium.

J'ai sous les yeux un pamphlet excellent et plein de mérites du Rev. S.E. Bishop. « Pourquoi disparaissent les Hawaïens ? » Tous ceux qui s'intéressent à la question devraient lire ce tract extrêmement documenté ; et pourtant les vues de Mr. Bishop auraient été modifiées par une connaissance plus étendue des autres groupes d'îles. Samoa est, pour l'instant, l'exception principale et la plus instructive à la règle ; sa population est la plus chaste et l'une des plus sobres des îles. Elle n'a jamais été éprouvée ni déprimée par aucune épidémie grave. On ne s'est jamais occupé de la manière de s'habiller. En bien d'autres îles, le « Tabard », simple et seyant des filles eût fait jeter les hauts cris à Tartuffe ; au modeste « lava-lava » ou kilt, frais et sain, Tartuffe s'est arrangé pour substituer les chaudes et étouffantes culottes. Enfin et surtout, leurs divertissements, loin d'avoir été contrariés, ont été, au contraire, multipliés.

Le Polynésien tombe facilement dans le découragement. Les deuils, les déceptions, la crainte des nouvelles épreuves, la décadence ou la proscription de ses anciens plaisirs l'inclinent aisément à la tristesse, et la tristesse le détache de la vie. La mélancolie du Hawaïen et le vide de sa nouvelle existence sont frappants ; et cette remarque s'applique encore plus aux Marquisans.

A Samoa, par contre, des chants et des danses incessants, des jeux perpétuels offrent une image animée et souriante de la vie des îles. Les Samoans sont aujourd'hui les habitants les plus gais de notre planète, et les plus gâtés en divertissements. L'importance de tout ceci peut difficilement être exagérée. Dans un climat et sur un sol où il suffit de se baisser pour trouver sa subsistance, le plaisir et la distraction sont de première nécessité. Il en va autrement chez nous où la vie propose chaque jour un nouveau problème, et où le seul fait de continuer à exister offre un sérieux intérêt et quelque chose de l'ardeur d'un combat. C'est ainsi que dans certains atolls où la gaieté n'est pas particulièrement remarquable, mais où l'homme est obligé de peiner pour assurer son pain quotidien, la santé et le chiffre de la population se maintiennent; mais dans les îles de lotus en même temps que déclinent les plaisirs, la vie elle aussi décline. De ce point de vue nous pouvons considérer également la diminution des guerres comme une des causes de la démoralisation. Nous nous sommes tellement habitués, en Europe, à considérer ce lugubre métier de la guerre sur une grande échelle, avec le cortège d'épidémies et de cadavres pestilentiels qu'il traîne à sa suite, que nous avons pour ainsi dire oublié son origine : la guerre d'embuscade, le plus hygiénique — sinon le plus humain des sports. De ceci comme du reste de ses amusements et de ses intérêts, l'insulaire a été récemment privé sur une centaine d'îles. Le Samoan au contraire continue de le pratiquer à son gré.

Tout compte fait, le problème semble se poser ainsi : là où peu de changements ont été effectués, importants ou non, salutaires ou nuisibles, la race survit ; là où il y a eu le plus de changements importants ou non, bienfaisants ou malfaisants, elle périt. Chaque modification, si insignifiante soit-elle, augmente la somme des nouvelles conditions auxquelles la race est tenue de s'adapter. Il ne semble y avoir, *a priori,* aucune comparaison possible entre l'abandon du « sour-toddy » pour le mauvais gin et celui du kilt des îles pour une paire de pantalons européens ; et pourtant, je suis loin d'être persuadé que l'un ne soit pas plus nuisible que l'autre; et que la race, rebelle à ces nouvelles coutumes, ne mourra pas un jour, de ces piqûres d'épingles. Nous sommes ici en face d'une des plus graves difficultés du missionnaire. Dans les îles polynésiennes, il obtient facilement une autorité prééminente ; le roi devient son « maire du Palais » ; il peut proscrire, il peut commander ; et la tentation l'incline souvent à en abuser. C'est ainsi que (de l'avis unanime) les catholiques à Mangareva, et, à ma connaissance, les protestants à Hawaï, ont réussi à rendre la vie plus ou moins impossible à leurs adeptes. Et les douces créatures, sans défense (comme des enfants en pénitence), attendent la mort en bâillant.

Il est facile de blâmer le missionnaire, mais c'est son rôle d'opérer des transformations. Et c'est son rôle aussi de prévenir la guerre ; et cependant, j'ai cité la guerre elle-même comme un des éléments de la santé générale. D'un autre côté, il serait peut-être aisé au missionnaire de procéder avec plus de prudence, et de considérer tout changement comme une affaire importante. Je prends, par exemple, le type moyen du missionnaire. Je suis sûr que je ne fais que lui rendre justice en supposant qu'il hésiterait à bombarder un village, fût-ce pour convertir tout un archipel. Mais l'expérience commence à nous prouver (au moins pour ce qui concerne les îles de la Polynésie) qu'un changement d'habitudes est plus meurtrier qu'un bombardement.

Il y a un point, avant d'en finir, où je m'expose à la critique. Je n'ai rien dit de l'hygiène déplorable, des bains pris en pleine fièvre, des mauvais soins donnés aux enfants, de la médication indigène — toutes causes fréquemment alléguées. Et je n'en ai rien dit parce qu'il s'agit de conditions communes aux deux époques, et peut-être même plus effectives dans le passé que dans le présent.

N'en est-il pas de même en ce qui concerne la dissolution des mœurs, demandera-t-on ? Le Polynésien n'a-t-il pas toujours été dissolu ? Sans nul doute, il l'a toujours été ; sans nul doute, il l'est devenu davantage depuis l'arrivée de ses particulièrement chastes visiteurs d'Europe !

Prenez le passage de Cook sur Hawaï, je ne doute pas qu'il soit parfaitement exact. Prenez le récit candide, presque innocent, par Kruseustern, du séjour d'un cuirassé russe aux Marquises ; considérez la honteuse histoire des missions à Hawaï même où (in the war of lust) les missionnaires américains furent un jour canonnés par un aventurier américain, et, un autre jour, razziés et maltraités par l'équipage d'un navire de guerre américain ; ajoutez-y l'habitude, prise par les baleiniers, de s'arrêter aux Marquises et d'y compléter un chargement de femmes pour la croisière ; considérez, en outre, sous quel aspect de demi-dieux apparurent tout d'abord les blancs, ainsi qu'il ressort clairement de la réception de Cook à Hawaï ; rappelez-vous quelle était l'habitude des aventuriers et, nous pouvons presque dire, le devoir des missionnaires de tourner en dérision et d'enfreindre jusqu'aux plus salutaires « tapus ». Nous voyons ici tous les instruments de dissolution s'attaquant en même temps à une vertu qui n'a jamais et nulle part été bien solide et bien populaire, et jusque dans les îles les plus dégradées, le résultat a été d'amener une dégradation plus profonde encore.

Telle elle me fut confirmée par les détails que m'a donnés Mr. Lawes, le missionnaire des îles Savage et répétés par Stanislas Moanatini. Des liseurs de récits de voyage récuseront peut-être mon autorité et se déclareront mieux informés ; je préfère la déclaration d'un natif intelligent comme Stanislas, même si elle est isolée, à la relation du plus honnête voyageur. Un navire de guerre s'arrête dans un port, jette l'ancre, débarque un détachement, reçoit et rend une visite, et le capitaine aussitôt d'écrire un chapitre sur les mœurs de l'île ! On ne s'inquiète pas de savoir quelle est la classe sociale qui a été fréquentée. Cependant, nous ne serions guère enchantés de voir juger l'Angleterre d'après les dames qui paradent à Radcliffe Highway et les gentlemen qui partagent avec elles leurs salaires.

En ce qui concerne les Marquisans, nous aurions pu hasarder l'hypothèse de quelque avilissement dans les manières ; il est impossible de donner des détails ; qu'il suffise de dire qu'elles semblent s'inspirer des rêves d'un enfant ignorant et vicieux et que leurs débauches sont poussées jusqu'au point où l'énergie, la raison et la vie elle-même apparaissent comme suspendues.

CHAPITRE VI

Chefs et tabous

Nous admirions extrêmement les manières pleines de douceur et de galanterie du chef Taipi-Kikino. C'était, à table, un convive élégant, habile à manier le couteau et la fourchette ; une belle figure quand il passait, son fusil en bandoulière, partant pour la chasse aux « poulets sauvages », toujours gai et cherchant à s'insinuer dans vos bonnes grâces ; et je me demandais souvent d'où lui venait sa bonne humeur. Son budget officiel semblait fait pour l'assombrir. Ses dépenses — car on ne le vit jamais qu'en vêtements d'une blancheur immaculée — devaient excéder de beaucoup son revenu de six dollars par an, soit deux shillings par mois. Il était lui-même un homme peu fortuné, et sa maison la plus pauvre du village. Son frère aîné, Kauanui, devait, pensait-on, lui venir en aide. Mais comment ce frère aîné avait-il hérité des biens de la famille et vivait-il comme un riche bourgeois, alors que le plus jeune était un pauvre homme et, pourtant, gouvernait comme chef à Anaho ?... Que l'un fût riche et l'autre presque indigent, cela peut vraisemblablement s'expliquer par quelque adoption, car il est relativement rare que des enfants soient élevés par leurs ascendants naturels et héritent de leur avoir ; mais que l'un fût chef, et non l'autre, s'explique (d'une façon très irlandaise) par le fait qu'ils n'étaient chefs ni l'un ni l'autre.

Depuis le retour et les guerres des Français, beaucoup de chefs ont été déposés, et beaucoup de soi-disant chefs ont été nommés. Nous avons vu dans la même maison, un de ces parvenus boire en compagnie de deux de ces Bourbons des îles dépossédés ; hommes dont un seul mot, quelques années auparavant, portait la vie ou la mort, et maintenant, revenus comme leurs voisins au rang de simples paysans. Ainsi, quand les Français renversèrent les tyrans héréditaires, élevèrent les prolétaires des îles Marquises à la dignité de « citoyens libres de la République » et leur octroyèrent le droit de voter pour un conseiller général à Tahiti, ils se crurent sans doute sur le chemin de la popularité ; mais, loin de là, ils ne faisaient que révolter le sentiment public. Peut-être la déposition de certains chefs était-elle nécessaire ; peut-être la nomination de certains autres l'était-elle aussi ; ce n'en était pas moins une besogne délicate. Le Gouvernement de Georges II a exilé plus d'un puissant chef écossais des Highlands ; il ne lui vint jamais à l'esprit de fabriquer des substituts pour les remplacer ; et si les Français se sont montrés plus audacieux, reste à savoir si ce fut avec succès.

Notre chef à Anaho était toujours désigné et se désignait lui-même sous le nom de Taipi-Kikino. Cependant, ce n'était pas là son véritable nom, mais seulement le sceptre attaché à sa fausse position. Dès qu'il fut élu chef, son nom primitif qui signifiait, si j'ai bonne mémoire, « Prince né parmi les fleurs », tomba en désuétude, et on le baptisa de ce proverbe expressif : Taipi-Kikino — « Highwater-man-of-no-account »[1] — ou, en anglicisant plus hardiment : « Mendiant à Cheval » — un spirituel et mordant jeu de mots. En Polynésie, un sobriquet détruit jusqu'au

1. Ce qui semble ne pouvoir se traduire qu'ainsi : « Homme de haute marée, sans importance ! »

souvenir du nom original. Si nous étions Polynésiens, à l'heure qu'il est, il ne serait plus question de Gladstone. Nous parlerions de notre Nestor et nous adresserions à lui comme au « Grand vieil homme » et c'est ainsi que lui-même signerait sa correspondance. Ce n'est pas la popularité, mais la signification du surnom qui est à considérer ici. La nouvelle autorité débuta avec peu de prestige. Il y a maintenant quelque temps que Taipi exerce ses fonctions et d'après tout ce que j'ai vu, il semble y être parfaitement adapté. Il n'est pas du tout impopulaire, et pourtant son pouvoir est nul. Les Français le traitent en chef ; il est reçu à déjeuner chez le résident ; mais pour tout ce qui concerne les fins pratiques de sa situation de chef, une poupée en chiffons aurait la même valeur.

Nous n'étions que depuis trois jours à Anaho quand nous reçûmes la visite du chef de Hatiheu, homme important et célèbre, ancien leader d'une guerre contre les Français, ancien prisonnier à Tahiti, et le dernier mangeur de « cochon-long » de Nuka-hiva. Bien peu d'années auparavant on l'avait vu parcourant à grandes enjambées la plage d'Anaho, portant sur son épaule le bras d'un cadavre. « Ainsi fait Kooamua avec ses ennemis ! » hurlait-il à ceux qui passaient — et il dévorait une bouchée de la chair fraîche ! — Et maintenant, représentez-vous ce gentleman très judicieusement placé dans cette charge par les Français, et nous faisant une visite matinale en costume européen ! C'était le caractère le plus frappant que nous ayons encore rencontré par ses manières pleines d'aménité et de décision, sa haute taille, sa figure rude, rusée, formidable, non sans une certaine ressemblance avec Mr. Gladstone — sauf quand à la couleur brune de la peau, et le tatouage de grand chef, d'un bleu égal sur tout un côté et une partie de l'autre. Une connaissance plus approfondie accrut notre opinion sur son intelligence. Il inspecta le *Casco* d'une manière alors toute nouvelle pour nous, examinant ses lignes et le fonctionnement de ses machines; il lui fallut passer dix minutes à étudier patiemment un morceau de tricot auquel travaillait un des nôtres et il ne s'en alla pas avant d'en avoir compris le principe; son intérêt se changea en excitation à la vue de la machine à écrire dont il apprit à se servir. En partant, il emporta une liste des membres de sa famille avec son propre nom imprimé au bout, de sa propre main. Il avait, en plus, un côté humoristique très développé et hâbleur plus que de raison. Il nous raconta ainsi qu'il était d'une extrême sobriété; — il le devait à sa haute situation —; les gens du commun pouvaient être des brutes, mais le chef ne devait pas s'abaisser à leur niveau! Peu de jours après nous pûmes le voir dans un état d'imbécillité souriante, ayant perdu tout équilibre, et le ruban du *Casco* sens dessus dessous, sur son chapeau déshonoré.

Mais, ce qui nous occupe ici, c'est l'affaire qui, ce matin, l'amenait à Anaho. Le « devil-fish » semblait devenir rare autour des récifs; on jugea opportun de déclarer une sorte de « fermeture ». A cette fin, il est d'usage, en Polynésie, de déclarer un « Tabou » — mais qui devait s'en charger? Taipi l'aurait pu; il aurait dû; c'était un des principaux attributs de sa charge. Mais qui donc eut tenu compte de l'interdiction d'un « Mendiant à Cheval »? Il pouvait bien planter des branches de palmier; l'emplacement ne devenait pas sacré pour cela! Il pouvait prononcer un charme, on savait bien que les esprits ne répondraient pas! C'est pourquoi le vieux cannibale légitimé dut s'en venir à cheval, à travers les montagnes, pour agir à sa place; et le respectable fonctionnaire aux blancs habits put seulement le regarder et l'envier! — A peu près à la même époque, quoique d'une façon différente, Kooamua institua une loi forestière. Les cocotiers étaient malades, car la récolte des noix encore vertes appauvrit l'arbre et le met finalement en danger. Jusqu'ici, Kooamua avait bien pu tabouer les récifs qui étaient propriété publique, mais il ne pouvait en faire autant pour les palmiers des autres ! Il adopta un moyen assez intéressant. Il taboua ses propres arbres et son exemple fut suivi dans tout Hatiheu et Anaho. — Je crois bien que Taipi aurait pu tabouer tout ce qu'il possédait : personne n'eût songé à suivre son exemple ; ce qui prouve le peu de prestige exercé par la dignité d'un chef officiel ; un simple détail nous montrera le peu de cas qu'il en fait lui-même. Je n'en ai jamais rencontré un seul qui n'ait saisi le premier prétexte pour m'expliquer sa situation ; aussi bien, tel que je le voyais, il n'était qu'un chef officiel, mais ailleurs — peut-être sur quelque autre île — il l'était par droit héréditaire : en vertu de quelle cause, il me priait d'excuser la simplicité de ses pompes, fraîchement improvisées.

Comme on le remarquera, sans doute, avec étonnement, ces deux tabous avaient un but tout pratique. Je dis : avec étonnement, parce que la véritable nature de cette institution est très mal comprise en Europe. Elle est généralement regardée comme une prohibition maligne et sans raison — pareille à celle qui, de nos jours, dans certains pays, interdit aux personnes de fumer et qui, hier, empêchait qui que ce soit, en Ecosse, de faire une promenade un dimanche. L'erreur est aussi naturelle qu'injuste. Les Polynésiens n'ont pas été, comme nous, formés par la tradition pratique et fortifiante de l'ancienne Rome ; pour eux l'idée de loi n'a jamais été séparée de celle de morale ou de propriété ; de sorte que le tabou doit suffire à tout et implique indifféremment qu'un acte est criminel, immoral, contraire à l'ordre public, déplacé, ou (comme nous disons) « not in good form » ; c'est pourquoi bien des tabous étaient passablement absurdes, comme, par exemple, ceux qui excluaient certains mots de la langue et particulièrement ceux qui se rapportaient aux femmes. Le Tabou enfermait les femmes de toutes parts. Beaucoup de choses étaient interdites aux hommes ; bien peu étaient permises aux femmes. Elles ne devaient pas s'asseoir sur le pae-pae ; elles ne devaient pas y accéder par l'escalier ; elles ne devaient pas manger de porc ; elles ne devaient pas s'approcher d'un bateau ; elles ne devaient faire la cuisine sur aucun feu allumé par un mâle. Tout dernièrement, lorsque les routes furent achevées, on remarqua qu'au lieu de les suivre, les femmes passaient à travers les taillis qui les bordent, et quand elles arrivaient à un pont, au lieu de passer dessus, préféraient traverser à gué ; routes et ponts étaient l'œuvre des hommes et tabous pour le pied des femmes. Même la selle d'un homme, si cet homme est un indigène, est une chose dont l'usage reste interdit à une femme qui se respecte. Ainsi, du côté de l'île où est situé Anaho, deux bancs en possèdent : Mr. Regler, et le gendarme, Mr. Aussel ; lorsqu'une femme a un voyage à faire il faut qu'elle emprunte la sienne à l'un ou à l'autre. On le remarquera, ces interdictions tendent, pour la plupart, à creuser la distance qui sépare les sexes. Le respect de la chasteté féminine est en général l'excuse de toutes les entraves que les hommes aiment à imposer à leurs épouses et à leurs mères. Ici, le respect n'a rien à faire ; et considérez la vie de ces femmes qui ont encore pieds et mains liés par des convenances dénuées de toute espèce de sens. Les femmes elles-mêmes qui survivent à l'ancien régime avouent qu'en ces jours, la vie ne valait pas la peine d'être vécue. Pourtant, même alors, il y avait des exceptions. Il y avait des chefs-femmes, et, de plus, — on me l'a assuré — des prêtresses ; des coutumes rigides s'inclinaient devant les grandes dames et dans l'enceinte la plus sacrée d'un haut-lieu, le Père Siméon Delmar put voir une pierre qui avait été le trône d'une dame de haute lignée. Combien tout ceci est exactement parallèle aux coutumes européennes qui donnaient aux princesses le droit de pénétrer dans les cloîtres les plus fermés, et appelaient des femmes à régner sur un pays qui leur refusait tout contrôle sur leurs propres enfants.

Mais le tabou est, le plus souvent, l'instrument de restrictions sages et nécessaires. Nous l'avons vu, organe d'un gouvernement paternel. Il sert aussi à renforcer, dans les cas très rares où quelqu'un le désire, les droits de la propriété privée. Ainsi, un homme fatigué des allées et venues des visiteurs marquisans taboue sa porte, et jusqu'à ce jour, vous pouvez voir encore le signal de la branche de palmier comme nos aïeux voyaient la « baguette-pelée » devant une auberge des Highlands. Un autre cas. Anaho est considéré comme « le pays sans popoi ». Le mot popoi sert, en différentes îles, à désigner la principale nourriture du peuple ; ainsi, à Hawaï, c'est une préparation de Taro ; et aux Marquises, une autre préparation faite avec les fruits de l'arbre à pain, Il y a quelques années, la sécheresse détruisit tous les arbres à pain et les bananiers du district d'Anaho ; un singulier état de choses naquit de cette calamité et des coutumes généreuses de l'île. Hatiheu, bien arrosé, avait échappé à la sécheresse ; chaque propriétaire d'Anaho traversa la passe, choisit un habitant de Hatiheu, « lui donna son nom » — un présent onéreux, mais qui ne se refuse jamais — et s'autorisant de cette parenté improvisée, entreprit d'emporter toutes les provisions qui lui étaient nécessaires, tout comme s'il avait payé pour les avoir. D'où un trafic continu le long de la route. On pouvait voir, à toute heure du jour, quelque garçon robuste, vêtu d'un pagne, luisant de sueur, un bâton posé en travers sur ses épaules nues, courant avec une agilité nerveuse sous sa double charge de fruits verts. Et, à l'extrémité de la percée, une douzaine de bornes de pierre, placées sur le bord de la route, à l'ombre d'un bosquet, marquait la halte de repos des porteurs de popoi. Je fus d'autant plus surpris de découvrir, un peu en arrière de la plage et, à moins d'une demi-mille d'Anaho, un massif d'arbres à pain penchant sous la charge de leurs fruits bienfaisants. « Pourquoi ne cueillez-vous pas ceux-ci ? » demandai-je. « Tabou », répondit Hoka ; et je pensais en moi-même (comme font les voyageurs bornés) : quels enfants et quels fous étaient ces gens qui s'en allaient peinant à travers la montagne et dépouilllant des voisins innocents, quand le soutien de la vie croissait ainsi à leur porte ! J'étais complètement dans l'erreur. Au milieu de la destruction générale, ces arbres suffisaient exactement à nourrir la famille de leur propriétaire, et par ce moyen bien simple, en les déclarant « Tabou », il avait renforcé son droit sur eux.

La sanction du tabou est une superstition ; toute infraction est immédiatement punie par la consomption ou autre maladie mortelle. Un lent dépérissement atteint celui qui a mangé du poisson tabou ; et les os du même poisson brûlés avec tous les rites voulus peuvent seuls le guérir. Les noix de coco et les fruits de l'arbre à pain tabous agissent plus rapidement encore. Supposez que vous mangiez un fruit tabou à votre dîner, votre sommeil s'en ressentira dans la nuit même ; au matin, votre cou sera pris d'une enflure et marqué d'une teinte foncée qui s'étendra de là à votre visage, et en deux jours, à moins que l'injection du remède nécessaire n'agisse, vous serez mort. Ce remède se fait avec les feuilles hachées de l'arbre dont le malade a volé les fruits ; ainsi il ne peut être sauvé sans avouer au Tahuku à qui il a volé. Celui dont je recevais ces informations ne connaissait que ces deux cas de tabous ; il n'avait sans doute pas eu l'occasion d'en étudier d'autres ; et comme l'art de les instituer était jalousement gardé par les vieillards, il estimait que ce secret serait bientôt perdu. Je dois ajouter qu'il n'était pas Marquisan, mais Chinois, habitant ce groupe depuis son enfance, et rempli d'une foi respectueuse dans les mystères qu'il m'expliquait. Les hommes blancs parmi lesquels se comptait Ah-Fu en étaient exempts ; mais il connaissait le cas d'une femme de Tahiti qui était venue aux îles Marquises, avait mangé du poisson tabou et, quoique ignorant la faute qu'elle avait commise et le danger qu'elle courait, avait été malade, puis guérie, exactement comme une indigène.

Evidemment, c'est là une croyance profonde ; avec cette race faible et imaginative, elle est, en bien des cas, assez forte pour donner la mort ; il faut qu'elle soit bien forte pour permettre à ceux qui tabouent leurs arbres secrètement, de découvrir les ravisseurs par la maladie qu'ils y gagnent. Ou peut-être, devons-nous comprendre l'idée cachée dans le tabou d'une autre façon, comme un stratagème politique destiné à répandre l'inquiétude et à extorquer des aveux, de telle sorte qu'un homme, dès qu'il se sent malade, se mette la tête à l'envers pour retrouver sa moindre faute et fasse appeler de suite tout propriétaire dont il a frustré les droits. Nous le voyons sans peine, demandant : « Avez-vous dissimulé un tabou ? » et nous ne voyons guère le propriétaire entreprenant de le contredire. Et c'est là peut-être le droit le plus étrange de ce système — que, vu du dehors, il inspire une terreur aussi aveugle — et que, vu du dedans, il se révèle plein d'intentions si évidentes et visibles.

Nous lisons, dans le *Paenamo* du Dr Campbell, l'histoire d'une jeune fille de la Nouvelle-Zélande ; elle avait mangé d'un igname tabou ; on avait eu la folie de le lui dire ; elle tomba immédiatement malade et mourut deux jours après, de simple terreur. Le laps de temps rapporté est le même qu'aux îles Marquises ; et les symptômes furent sans doute les mêmes. Quelle singulière chose qu'une superstition qui a une telle influence ne soit au fond qu'un article de pure fabrication — et que, même ne l'auraient-elles pas inventée de toutes pièces, ses détails aient été évidemment réglés par les autorités de quelque commissariat de police polynésien. Assez heureusement, cette croyance est aujourd'hui — et a probablement toujours été — loin d'être générale. Ainsi chez nous l'idée de l'enfer, grand préservatif pour les uns, n'est qu'une pensée fugitive pour les autres, et pour d'autres encore un sujet de moqueries souvent mal assurées, ainsi du tabou dans les îles Marquises. Mr. Regler a pu voir les deux extrêmes du scepticisme et de la terreur aveugle. Dans le premier cas, il trouva dans le bosquet tabou un individu en train de voler les fruits de l'arbre à pain, joyeux et impudent comme un arabe des rues ; il ne fallut rien moins que la menace d'un scandale pour arriver à le décontenancer. Le second cas est diamétralement opposé. Mr. Regler, ayant demandé à un naturel de l'accompagner dans une traversée, l'homme avait accepté avec assez d'entrain, quand tout à coup, il poussa un cri et bondit en arrière : il avait aperçu, dans le fond du bateau, un poisson mort tabou ; dès lors, même la promesse d'un dollar n'arriva pas à le faire avancer.

On le remarquera, le Marquisan adhère à la vieille idée de la circonscription locale des croyances et des devoirs. Non seulement les blancs sont à l'abri des châtiments qui suivent les infractions, mais ces infractions mêmes, quand ils s'en rendent coupables, sont envisagées sans horreur. C'était Mr. Regler qui avait tué le poisson — et pourtant le pieux indigène n'était pas choqué par sa vue — il refusa seulement de le suivre dans le bateau. Un blanc est un blanc ; le serviteur (pour ainsi dire) de divinités différentes et plus libérales, et nul n'a le droit de le blâmer s'il use de sa liberté. Les Juifs ont peut-être été les premiers à porter atteinte à cette tolérance courtoise entre cultes différents ; et le virus juif est vivace encore dans le Christianisme. Le monde entier doit respecter nos tabous, sans quoi nous grinçons des dents.

CHAPITRE VII

Hatiheu

Les baies d'Anaho et de Hatiheu sont séparées à leur naissance par la pointe effilée d'une seule colline, — le défilé si souvent mentionné — mais cet isthme devient, en s'avançant vers la mer, une péninsule considérable, dénudée et herbeuse, hantée par des moutons, et la nuit et le matin, par les cris perçants des bergers ; on y voit errer aussi quelques chèvres sauvages ; elle est dentelée, du côté de la digue, par des cavernes profondes et pleines de clameurs, et bordée de falaises qui ont la silhouette et la couleur des vieux amas de tourbe. Dans l'un de ces antres obscurs et sonores, nous vîmes un jour, serrées en grappe, comme des oiseaux de mer blottis sur un rocher qu'éclabousse la lame, poussant les mêmes cris que les oiseaux du large lorsqu'ils saluent le vaisseau qui passe, un groupe de pêcheuses n'ayant pour tout costume que leurs éclatants vêtements de dessous. L'explosion du ressac et les frêles voix de femmes résonnent toujours dans ma mémoire. Nous avions, ce jour-là, un équipage composé d'indigènes, parmi lesquels le timonier Kauanui ; c'était notre première expérience de la navigation polynésienne, qui consiste à s'approcher le plus près possible du moindre point de la côte. Ils ne le font pas dans le but de gagner du temps, car ils ont à faire un long chemin pour approcher de tout endroit retiré au fond d'une baie. De même semble-t-il qu'ils ne croient jamais élever leurs demeures assez près de la mer d'une part ; de l'autre, ils ne croient jamais amener leurs bateaux assez près de la terre. Pratiqué dans des eaux sûres, le système n'est pas aussi dangereux qu'il en a l'air, car le reflux autour des rochers repousse l'embarcation. Mais près des côtes où les courants sont plus rapides, je persiste à le croire très dangereux, et le calme des indigènes est, dans ces moments, agaçant à voir. Nous eûmes, au départ, un plaisir sans mélange à voir de si près les contours de la baie et les teintes merveilleuses de la houle. Au retour, où la mer était devenue plus forte et où nous avions le courant contre nous, la hardiesse avec laquelle le timonier rasait les côtes nous déconcerta. Comme nous arrivions en face de la digue, là où les lames se brisent avec le plus de violence, Kauanui saisit cette occasion pour allumer sa pipe ; elle fit ensuite le tour de l'embarcation — chaque homme en tirant une ou deux bouffées, et emplissant de fumée ses poumons et ses joues, avant de la faire circuler. Leurs figures étaient gonflées comme des pommes quand nous arrivâmes au pied des falaises, et que les vagues bondissantes retombèrent, en l'inondant, dans le bateau. A la prochaine pointe ce fut le tour des « cocanetti », le chef de nage m'emprunta mon couteau et lâcha son ouvrage pour ouvrir les noix : ces distractions intempestives sont comparables aux rations de grog qu'on sert au moment du lancement d'un navire.

Suivant mes projets, j'allai d'abord visiter l'école des garçons, car Hatiheu est l'Université des îles du Nord. Le bourdonnement de la leçon vint au devant de nous. Près de la porte, où soufflait un courant d'air plus frais, se tenait le frère lai ; assis autour de lui, serrés en demi-cercle, une soixantaine d'enfants, aux figures foncées, écarquillaient les yeux ; et, au fond de la pièce dénudée, se voyaient des bancs et des tableaux noirs couverts de chiffres à la craie. Le frère se leva pour nous saluer, d'un air humble. « Il était là depuis trente ans » — nous dit-il, montrant du doigt ses cheveux blancs, comme un enfant intimidé tire son tablier. « *Et point de résultats, Monsieur! presque pas de résultats*[1] *!* » Il désigna ses élèves : « Vous voyez là, Monsieur, toute la jeunesse de Nuka-hiva et de Ua-pu. C'est tout ce qu'il en reste entre l'âge de 6 à 15 ans ; et, pourtant, il n'y a que peu d'années encore, nous en avions plus de 120 venant de Nuka-hiva seulement. *Oui, Monsieur, cela se dépérit!* » Des prières, de la lecture et de l'écriture, puis encore des prières et de l'arithmétique, et encore des prières pour terminer, tel semblait être le cours mélancolique des choses. Tous les insulaires ont un goût naturel pour l'arithmétique. A Hawaï, ils font de grands progrès en mathématiques. Dans un village de Majuro, et généralement dans le groupe Marshall, toute la population s'asseoit en rond autour du négociant quand il pèse le copra, et chacun relève les comptes sur sa propre ardoise et vérifie le total. Le négociant, remarquant leurs aptitudes, introduisit des fractions ; ils n'en connaissaient pas les règles ; ils furent d'abord très embarrassés ; mais peu à peu, par un pur effort de pensée, ils arrivèrent à la solution et s'en vinrent, l'un après l'autre, assurer au commerçant qu'il ne s'était pas trompé. Peu d'Européens en eussent fait autant. Les études à Hatiheu sont donc moins fastidieuses pour les Polynésiens qu'un étranger aurait pu le croire, et cependant, combien arides encore ! Je demandai au frère lai s'il leur racontait des contes ? et il me regarda avec étonnement ; s'il ne leur enseignait pas l'histoire et il me dit : « Oh, oui, un peu d'histoire sainte — du Nouveau Testament » ; et il recommença ses lamentations sur le peu de résultats qu'il obtenait. Je n'eus pas le cœur de poursuivre mes questions ; je ne pus que lui dire que ce

1. En français dans le texte.

devait être bien décourageant, et je résistai à l'envie de lui dire que c'était aussi bien naturel ! Il leva les yeux : « Mes jours sont comptés — dit-il — le ciel m'attend ! » Le ciel me pardonne, mais je me sentis plein de colère contre le vieillard et sa trop facile consolation ; car pensez à ce qu'il était à même de faire ! Les enfants de 6 à 15 ans sont enlevés à leurs foyers par le Gouvernement, centralisés à Hatiheu, où ils reçoivent, par semaine, une portion d'alimentation déterminée, et, sauf pendant un mois par an, sont soumis complètement à l'influence des prêtres. Depuis certaines escapades, les vacances ont lieu à une époque différente pour les filles et pour les garçons ; de sorte qu'un frère et une sœur Marquisans, se retrouvent, une fois leur éducation terminée, complètement étrangers l'un à l'autre. C'est une loi très dure et très antipopulaire ; mais quelle force elle met dans les mains des éducateurs, et avec quelle mollesse, quel manque d'intelligence on s'en sert dans les missions ! Ils sont trop absorbés par le souci de développer la piété chez les naturels — tentative dans laquelle ils échouent, de leur propre aveu — et c'est, je crois, la cause d'insuccès de leur pauvre système. Ils pourraient voir pourtant à l'école des filles de Tai-o-hae, le système tout différent appliqué par les sœurs qui la dirigent, si pleines d'entrain, si bonnes ménagères, et un ensemble de propreté, de bonne aération et d'occupations intelligentes et joyeuses, qui devraient leur inspirer des méthodes plus vivantes !

Pourtant les sœurs, elles aussi, gémissent sur leur insuccès. Elles se plaignent que le seul temps des vacances suffit à détruire l'ouvrage de toute l'année ; elles déplorent surtout l'indifférence et le manque de cœur des jeunes filles. Parmi tant de jolies élèves paraissant si affectionnées, qu'elles ont instruites et élevées, deux seulement sont jamais revenues faire une visite de reconnaissance à leurs anciennes maîtresses.

Ces deux-là, il faut le dire, reviennent régulièrement, mais les autres, sitôt leur temps d'éducation révolu, disparaissent dans les bois comme des insectes délivrés de captivité. On peut difficilement imaginer quelque chose de plus décourageant et, pourtant, je ne crois pas que ces dames doivent désespérer. Pour un certain nombre d'années, elles gardent les enfants en bonne santé et les occupent innocemment ; et s'il était possible de sauver cette race, ce serait peut-être par ce moyen. On ne peut faire ce compliment à l'école des garçons de Hatiheu. Le jour est fixé déjà pour eux tous ; pour les maîtres comme pour les élèves, la mort est en route ; elle est sur pied ; elle les guette ; et pendant les nombreux entractes, ils demeurent assis, et bâillent ! Mais, dans la vie, le fil invisible qui mène les destinés transparaît à travers les choses les plus insignifiantes ; l'effort le plus indolent n'est pas perdu ; et l'école de Hatiheu elle-même est peut-être plus utile qu'elle ne paraît.

Hatiheu est une localité de quelques prétentions. L'extrémité de la baie, du côté d'Anaho, peut être appelée l'enceinte civile, car elle se vante de posséder la maison de Kooamua, et, tout près du rivage, sous un grand arbre, celle du gendarme Mr. Armand Aussel, avec son jardin, ses tableaux, ses livres et sa table excellente où les étrangers sont les bienvenus. Le contraste le plus absolu règne entre la gendarmerie et le presbytère et entretient entre eux une opposition sourde, pleine de doléances réciproques. La cuisine d'un presbytère, dans les îles orientales, est un lieu déprimant à voir ; et le plus grand nombre des missionnaires ne font rien pour entretenir un jardin, arrivant déjà péniblement à vivre avec la ration qu'il leur est allouée. Mais jamais vous ne dînerez avec un gendarme sans vous pourlécher les lèvres ! et le saucisson « home-made » de Mr. Aussel et la salade de son jardin sont un régal qui ne s'oublie pas ! Pierre Loti sera sans doute heureux de savoir qu'il est l'auteur favori de M. Aussel, et que ses livres sont lus dans le décor, bien approprié, de la baie de Hatiheu.

L'autre extrémité de la baie est toute religieuse. C'est là qu'une pointe en forme de corne, précieux signal maritime pour Hatiheu, surgit dénudée, des frondaisons de la forêt, et s'abaisse jusqu'au rivage en ravins et en falaises. Du bord de l'une des plus hautes, à 700 ou 1 000 mètres d'élévation environ, une Vierge abaisse son regard insignifiant, comme une pauvre poupée perdue, oubliée là par un enfant géant. Ce laborieux symbole des catholiques semble toujours étrange aux protestants ; nous concevons avec étonnement que des hommes puissent croire utile de travailler pendant tant de jours, et escaladent de tels précipices pour un résultat qui nous fait sourire ; et pourtant c'est, je crois, le sage Mgr. Dordillon qui choisit cet emplacement, et je sais que tous ceux qui mirent la main à l'entreprise se retournent avec orgueil vers ses difficultés vaincues. L'école des garçons est une importation récente ; elle était d'abord à Tai-o-hae, à côté de celle des filles, et ce n'est que dernièrement, à la suite d'une escapade qu'ils firent ensemble, que toute l'étendue de l'île fut interposée entre les deux sexes. Mais Hatiheu a dû être un centre de missions important, depuis longtemps. Environ à mi-chemin de la baie, il n'y a pas moins de trois églises, groupées dans un bouquet de bananiers et d'ananas. Deux d'entre elles sont en bois : l'église primitive, à présent hors d'usage ; et une autre qui, pour quelque raison mystérieuse, n'a jamais été employée. L'église neuve est en pierre avec des tours jumelles, des murailles soutenues par des arcs-boutants et une façade entièrement sculptée. Le dessin, en lui-même, est bon, simple et pur de forme ; mais tout le caractère est dans les détails où l'architecte s'est métamorphosé en sculpteur. Il n'y a pas de mots pour décrire les anges qui montent la garde autour du portail (quoiqu'ils ressemblent terriblement à des archevêques ailés) et les chérubins, dans les coins, et les gargouilles représentant le bouc-émissaire, et le haut relief bizarre et plein de vie où saint Michel (le patron de l'artiste) met à mal Lucifer qui proteste ! Nous ne nous lassions pas de contempler cette imagerie si naïve, si amusante, et pourtant si artistique, dans le meilleur sens du mot, — dans le sens de l'invention, du goût, de l'expression. Je ne sais ce qui était le plus étrange : ou de trouver un édifice de cette valeur dans le coin d'une île barbare, ou de voir une construction si ancienne conserver un tel charme de nouveauté.

L'architecte, un frère lai français, qui est encore bien vivant et médite de nouvelles fondations, tire sûrement son origine de quelque maître-maçon de l'âge des cathédrales ; et c'est en regardant l'église de Hatiheu que je commençai d'apprécier le charme secret de la sculpture médiévale : ce mélange du courage puéril de l'amateur qu'aucune entreprise n'effraye, comme l'élève avec son ardoise, avec la persévérance virile de l'artiste qui ne sait pas quand il a vaincu.

Depuis lors, j'avais toujours eu un vif désir de connaître l'architecte, Frère Michel ; et voici qu'un jour, comme je causais avec le Résident à Tai-o-hae (le port principal de l'île), on nous montra un vieux prêtre, à moitié aveugle, usé, de l'aspect le plus ascétique, et un frère lai du type français le meilleur, bien portant, la physionomie épanouie, intelligente, honnête et joviale, l'œil large et brillant, et une constitution vigoureuse encline à l'obésité. A cela près qu'il était vêtu d'une soutane noire et soigneusement rasé, vous pouvez voir son pareil chaque jour, travaillant joyeusement dans son carré de vigne, dans une demi-douzaine de provinces françaises ; cependant j'ai toujours été hanté par sa ressemblance particulière avec un vieux et charmant ami de mon adolescence que je veux nommer ici, au cas où sa mémoire serait chère aussi à quelqu'un de mes lecteurs : le Dr Paul, du West-Kirk. Dès le premier mot, j'eus la certitude que je tenais mon architecte, et l'instant d'après, nous étions lancés dans une discussion animée au sujet de l'église de Hatiheu. Frère Michel parlait toujours de ses œuvres avec une pointe d'ironie à travers laquelle on pouvait discerner une juste fierté, et les sautes de l'une à l'autre étaient souvent bien humaines et bien divertissantes — « *Et vos gargouilles moyen âge,* m'écriai-je, *comme elles sont originales ! — N'est-ce pas ! Elles sont drôles*[1] *!* » disait-il, avec un large sourire ; et tout de suite avec une gravité subite : « *Cependant il y en a une qui a une patte de cassé ; il faut que je vois cela.* » — Je m'informai s'il s'était servi de modèles — un point que nous discutâmes longuement. « *Non,* dit-il simplement, *c'est une église idéale.* » Le haut relief était son œuvre favorite, et à bien juste titre. Quant aux anges du portail, il avouait qu'il aurait aimé les détruire et les remplacer. « *Ils n'ont pas de vie ; ils manquent de vie. Vous devriez voir mon église à la Dominique ; j'ai là une Vierge qui est vraiment gentille.* » — Ah ! m'écriai-je, ils m'ont dit que vous étiez décidé à ne plus jamais construire d'autre église, et j'ai écrit dans mon journal que je ne pouvais pas le croire. — « *Oui, j'aimerais bien en faire une autre* », confessa-t-il, et il sourit de son aveu. Un artiste comprendra quel attrait cette conversation avait pour moi. Il n'existe pas de lien plus étroit que cette communion dans l'intérêt désintéressé, et l'orgueil un peu effarouché, qui distingue l'homme intelligent, énamouré d'un art quelconque. Il voit les limites de ses aptitudes, les défauts de son métier ; il sourit de se voir ainsi occupé sur les rives de la mort, et voit cependant, dans sa dévotion elle-même, quelque chose qui vaut la peine d'être vécu. Si les artistes avaient le même sens de l'humour que les augures, ils souriraient comme

1. En français dans le texte.

eux en se rencontrant, mais d'un sourire plein d'indulgence.

J'eus l'occasion de voir beaucoup cet excellent homme. Il fit avec nous la traversée de Tai-o-hae à Hiva-oa, une lutte à mort de 90 milles, avec une mer démontée. Ce fut ce qu'on appelle une bonne traversée, et une plume au bonnet du *Casco.* Mais ces quarante-huit heures restent parmi les plus mauvaises qu'aucun de nous ait jamais passées. Nous étions secoués et lancés les uns contre les autres, comme des balles dans un tambour, le matelot fut jeté à bas et eût la tête fendue ; le capitaine était malade sur le pont ; le cook était malade dans la cale. De toute notre compagnie, deux seulement descendirent dîner. J'étais l'un de ces deux. Je me sentais fort misérable ; et ma compagne (qui se disait très à son aise) quitta la table précipitamment avant la fin du repas. C'est dans ces circonstances que nous approchâmes de la côte située sous le vent de cette île mystérieuse de Ua-pu, contemplant avec des yeux éblouis, les criques, les caps, les récifs, les forêts descendantes et les aiguilles de pierres inaccessibles qui surmontent les montagnes. Ce lieu demeure dans un recoin obscur de nos mémoires, comme un décor de cauchemar. La fin de cette pénible traversée, à laquelle furent soumis nos passagers, s'acheva avec les mêmes difficultés. Les vagues déferlaient avec fureur sur la baie de Taahauku ; le bateau échoua et chavira, et tout l'équipage fut submergé. Seul le frère, habitué à ce genre d'expérience, glissa à terre par un miracle d'agilité sans presque se faire mouiller. A partir de ce moment, durant tout le temps que nous demeurâmes à Hiva-oa, il fut notre cicérone et notre protecteur, nous présentant, nous guidant dans nos excursions, nous obligeant en mille manières et se faisant aimer chaque jour davantage.

Michel Blank avait été un charpentier par profession ; il avait gagné de l'argent et s'était retiré, croyant sa vie active terminée ; et c'est seulement lorsqu'il s'aperçut des dangers de l'oisiveté qu'il vint mettre ses capitaux et ses connaissances au service de la mission. Il en devint le charpentier, le maçon, l'architecte et l'ingénieur ; ajouta la sculpture à tous ses talents et se rendit célèbre par sa science du jardinage. Il avait l'expression enviable d'un homme entré au port après les luttes de la vie et qui y a solidement jeté l'ancre ; il vaquait à ses occupations avec une simplicité joyeuse ; ne se plaignait pas des déboires que lui donnaient les résultats, — pensant peut-être, timidement, que ses sculptures étaient un résultat suffisant ; et il était, dans son ensemble, le modèle accompli du missionnaire.

CHAPITRE VIII

Le port d'entrée

Le port — l'entrepôt, la capitale civile et religieuse de ces îles barbares — s'appelle Tai-o-hae et s'étend sur la rive d'une baie verdoyante et escarpée de Nuka-hiva. C'était le milieu de l'hiver quand nous y arrivâmes, et le temps était lourd, orageux et changeant. Tantôt le vent soufflait de terre en tempête par les brèches des précipices éboulés, tantôt, venant du large, il s'engouffrait en rafales, entre les îles gardiennes de la mer. Des nuages épais et sombres étaient suspendus sur les sommets ; la pluie faisait rage, puis cessait ; les dalots des montagnes bouillonnaient et le lendemain on pouvait voir les bords de cet amphithéâtre cernés d'une frange de blancs débris. La ville s'allonge le long de la baie, en une file étroite de maisons, généralement blanches, et toutes cachées dans le feuillage d'une avenue de verts puraos. Une jetée s'avance dans la mer par-dessus une ceinture de récifs ; à l'est, s'élève sur une colline proéminente, couverte de buissons, le vieux fort maintenant transformé en « Calaboose [1] » ou prison ; à l'est, sur la Résidence, également isolée dans un jardin, flottent les couleurs de France. La petite goélette du Gouvernement est presque toujours à l'ancre, juste en face de la colline du Carabous ; le matin elle annonce 8 heures en déployant son pavillon et le soir,

1. Carabous.

elle salue d'une salve de mousquets le coucher du soleil.

C'est là qu'habitent côte à côte, se partageant les conforts d'un club (un billard, de l'absinthe, une mappemonde « Mercator » et une des plus jolies vérandas des tropiques), une poignée de blancs de différentes nationalités ; principalement des fonctionnaires français, des employés de commerce allemands et écossais et les agents du monopole de l'opium. Il y a, de plus, trois aubergistes ; des Ecossais avisés qui possèdent des filatures de coton, deux dames blanches et quelques gens « sur le rivage » — une expression des mers du Sud pour laquelle il n'y a pas d'équivalent. C'est une société agréable et hospitalière. Mais un de ses membres qu'on voyait souvent, assis sur des troncs d'arbres au bout de la jetée, mérite quelques mots de plus pour la singularité de son aspect et de son histoire. Voici bien des années, paraît-il, il s'éprit d'une dame du pays, Grande-Chefesse à Ua-pu. Comme on la pressentait, elle déclara que jamais elle ne pourrait épouser un homme qui ne fût pas tatoué : cela avait l'air si déshabillé ! sur quoi, avec une réelle grandeur d'âme, notre héros se mit entre les mains des Tahukus, et avec un stoïcisme plus grand encore, se laissa faire jusqu'à ce que l'opération fût complètement terminée. Il dut lui en coûter une forte somme, car le Tahuku ne travaille pas pour rien, et certainement des souffrances atroces. Kooamua, tout grand chef qu'il était et de la vieille école, n'était tatoué qu'en partie ; il n'avait jamais pu, nous dit-il — avec une pantomine expressive — supporter cette torture jusqu'au bout. Notre amoureux compatriote était plus résolu ; il fut tatoué de la tête aux pieds selon toutes les règles de l'art ; et quand ce fut fait, il se présenta devant sa maîtresse, un autre homme. Mais, hélas ! cette volage beauté fut incapable de le regarder sans rire. Pour ma part, je l'ai toujours regardé avec admiration ; car de qui peut-on dire qu'il ait aimé comme lui, non avec sagesse, mais avec trop de perfection.

La Résidence est isolée, la colline du Carabous dissimulant le bout de la ville qui s'étend sur la baie. La maison est commode avec de spacieuses vérandas ; elle est ouverte tout le jour, de tous les côtés, et les vents alizés soufflent à plaisir sur ses parquets déserts. Dans la semaine, le jardin offre un aspect qui n'a rien de tropical : une demi-douzaine de convicts travaillent gaîment, maniant la bêche et la brouette et se découvrant avec un sourire devant le visiteur comme de vieux serviteurs attachés à la famille ! Le dimanche, ils disparaissent et il ne reste plus que des chiens de toutes formes et de toutes provenances, qui sommeillent paisiblement dans les allées ombreuses. Car les chiens de Tai-o-hae ont le goût des Cours et font du siège du gouvernement le lieu de leurs siestes et de leurs promenades. Çà et là, des bandes de gazon ras vont se perdre dans un bois peu élevé d'acacias de diverses espèces ; et, au fond de ce bois, un mur en ruines enclôt le cimetière des Européens. Des Anglais et des Ecossais dorment là, et des Scandinaves, et des Français, maîtres de manœuvres et maîtres-ouvriers, mêlant leurs cendres étrangères. Au fond des bois, peut-être, le merle ou, comme ils l'appellent ici, le Rossignol des îles, chante des chansons de chez eux, tandis que le *Requiem* sans fin de la houle résonne aux oreilles. Je n'ai jamais vu un lieu de repos plus tranquille ; mais c'était une source de rêverie inépuisable de se demander quels lointains voyages ces morts avaient accomplis, et dc quelle patries diverses ils étaient partis avant d'en arriver à venir finalement dormir là ensemble ?...

Sur le sommet de la colline du promontoire, s'élève le Carabous, portes et volets ouverts tout le jour à tous les vents. A ma première visite, un chien en était le seul gardien visible. Il se dressa d'ailleurs dans une attitude si menaçante que je me réjouis de mettre la main sur un vieux canon de fusil ; et sans doute le moyen de défense devait lui être familier car le champion battit en retraite instantanément et tandis que je parcourais la cour et les bâtiments, je le vis, avec un couple de compagnons, qui se tapissait dans les coins pour m'éviter. Le dortoir des prisonniers était une pièce spacieuse et aérée, dénuée de tout mobilier ; ses murs, blanchis à la chaux, étaient couverts d'inscriptions en marquisan et de dessins grossiers : l'un d'eux représentait la jetée et était assez bien fait ; un autre représentait un assassinat ; d'autres encore, des soldats français en uniforme. Il y avait une légende en français : « Je n'est *(sic)* pas le sou. » De cette quiétude répandue à l'heure de midi, il ne faudrait pas conclure que la prison fût inhabitée : le Carabous de Tai-o-hae fait d'excellente besogne. Mais quelques-uns de ses occupants travaillaient au jardin de la Résidence, et le reste, probablement dans les rues, aussi libres que les balayeurs de chez nous, quoique beaucoup moins laborieux. A la tombée de la nuit, on les rappelle, comme des enfants dont le jeu est terminé, et le capitaine de port (qui est aussi le geôlier) les mets, pour la forme, sous les verrous, jusqu'à 6 heures du matin. Que l'un des prisonniers ait une course à faire en ville, pour son plaisir ou pour ses affaires, il n'a qu'à décrocher son volet, et, pourvu qu'il soit rentré à temps et qu'il ait convenablement replacé le dit volet le matin, à l'heure de l'appel, quand bien même il aurait rencontré le capitaine dans l'avenue, il ne sera question d'aucune plainte portée et bien moins encore de punition. Mais ce n'est pas tout. Le charmant Résident français, Mr. Delaruelle, m'accompagna un jour dans une visite officielle au Carabous. Dans la cour verdoyante, un gentleman fort déguenillé, les jambes déformées par l'éléphantiasis des îles, nous salua en souriant : « Un de nos prisonniers politiques — un insurgé de Raiatea », me dit le Résident; puis, au geôlier : « Je croyais avoir commandé pour lui une paire de pantalons neufs? » Et comme aucun autre convict n'était visible : « Eh bien, dit le Résident, où sont vos prisonniers? — Monsieur le Résident, répondit le geôlier, en saluant militairement, comme c'est jour de fête, je les ai laissé aller à la chasse. » Ils étaient tous sur la montagne, chassant les chèvres! Nous arrivâmes au quartier des femmes, également désert. — « Où sont vos bonnes femmes? » demanda le Résident; et le geôlier de répondre gaiement : « Je crois, Monsieur le Résident, qu'elles sont allées quelque part faire une visite. » Mr. Delaruelle, qui adorait les excentricités de son petit royaume, avait bien espéré susciter quelque chose de comique; mais, lui-même ne s'attendait à rien d'aussi achevé que ce dernier trait! Pour compléter le tableau de la vie des détenus à Tai-o-hae, il reste à ajouter que ces criminels touchent des appointements aussi régulièrement que le Président de la République. Leur salaire est de 10 sous par jour. Ainsi, ils ont l'argent, le vivre, le couvert, l'habillement, et j'allais écrire, la liberté! Les Français sont vraiment un peuple de bonne composition et font des maîtres faciles. Ils sont, d'ailleurs, portés à considérer les Marquisans avec des yeux indulgents. « Ils vont mourir, les pauvres diables! » disait Mr. Delaruelle; « l'important est de les laisser mourir en paix. » Et, non seulement c'était juste, mais exprimait, je crois, la pensée générale. Pourtant, il y a un autre élément à considérer; car les convicts ne sont pas seulement utiles, ils sont, pour ainsi dire, indispensables à l'existence de la France. Avec un peuple d'une paresse aussi incurable, déprimé par ce qu'on ne peut nommer qu'une pestilence endémique, et animé de mauvais sentiments envers ses nouveaux maîtres, les crimes et le travail des convicts sont une bonne aubaine pour le Gouvernement.

Le vol est, en réalité, le seul de ces crimes. Voleurs timides, au début, les hommes de Tai-o-hae commencent, à présent, à forcer les serrures et à s'attaquer aux coffres-forts. Des centaines de dollars ont été pris à un certain moment ; quoique, avec cette modération réparatrice si particulière chez les voleurs polynésiens, le cambrioleur marquisan ne prend jamais qu'une partie et laisse l'autre, partageant (pour ainsi dire) avec le propriétaire. Si c'est de la monnaie chilienne — courante aux îles — il échappera ; si la somme est en or, en argent français, la police attend jusqu'à ce que la somme entre en circulation et alors, découvre facilement le délinquant. Et maintenant, nous arrivons à la partie la moins édifiante. En bon Anglais, le prisonnier est mis à la torture jusqu'à ce qu'il avoue et — si c'est possible — qu'il restitue l'argent. Etre gardé seul, jour et nuit, dans un trou noir, c'est pour le Marquisan une torture inexprimable. Ses larcins mêmes étant accomplis au grand jour, à ciel ouvert, avec le sentiment de l'entreprise, et en compagnie d'un complice, sa terreur de l'obscurité demeure insurmontable ; représentez-vous donc ce qu'il endure dans son donjon solitaire ! imaginez-vous combien il lui tarde de tout avouer, de devenir un prisonnier officiel, et autorisé à dormir avec ses camarades ! Pendant notre séjour à Tai-o-hae, un voleur était prévenu. Il s'était introduit dans une maison vers 8 heures du matin, avait forcé un coffre et volé environ onze cents francs ; et maintenant dans l'horreur des ténèbres, de la solitude et des égarements d'une imagination de cannibale, toujours hantée par des voisins diaboliques, il avouait, bien à contrecœur, en abandonnant son butin. Dans une cachette qu'il avait déjà révélée, 300 francs avaient été retrouvés, et on s'attendait à le voir dégorger le reste. Ceci serait suffisamment déplaisant si c'était tout ; mais je suis obligé de dire, parce que c'est une question que les Français devraient mettre au point, qu'il se passe continuellement des choses bien plus regrettables. J'ai entendu parler d'un homme qu'on avait gardé six jours, les bras liés derrière lui, autour d'un tonneau ; et au dire universel, tous les gendarmes des mers du Sud seraient armés d'une sorte d'instrument ressemblant un peu à une vis de pression. Je ne sais pas. Je n'ai jamais eu l'aplomb de le demander à aucun des gendarmes — aimables gens, intelligents et sympathiques — dans l'intimité desquels j'ai vécu, et dont j'ai goûté l'hospitalité. Et peut-être la légende repose-t-elle sur une fausse interprétation de ces ingénieuses menottes, grâce auxquelles l'agent de police français réduit si vite un prisonnier à l'impuissance. Mais, physique ou morale, la torture est certainement employée ; et, par une injustice barbare, l'état d'accusation (dans lequel peut se trouver mis un homme parfaitement innocent) est affreusement douloureux ; l'état de condamnation (dans lequel tous sont supposés coupables) est, par comparaison, plein de liberté, et parfaitement agréable. Plus dur encore, peut-être, est le cas, non seulement de l'accusé, mais parfois de sa femme, de sa maîtresse ou de son ami, soumis aux mêmes épreuves. J'avais admiré, dans le système Tabou, l'ingéniosité de ses méthodes pour dépister les malfaiteurs ; il n'y a pas grand-chose à admirer dans celles des Français, et enfermer un enfant timide dans une chambre noire, et s'il fait preuve d'obstination, enfermer sa sœur dans la pièce voisine, n'est pas nouveau, ni humain.

La principale cause de ces vols est le vice nouvellement répandu de l'opium. « Ici, personne ne travaille jamais et tous mangent de l'opium », me disait le gendarme ; et Ah-Fu connaissait une femme qui en absorbait pour un dollar par jour. Le voleur heureux donnera une poignée d'argent à chacun de ses amis, une robe à une femme, passera une soirée dans une des tavernes de Tai-o-hae, pendant laquelle il traitera tous les arrivants, produira un bon morceau d'opium et se retirera dans le bois pour le manger et goûter le sommeil qu'il lui procurera. Un trafiquant qui n'en vendait pas, m'avoua qu'il en perdait l'esprit. « Je n'en vends pas, mais d'autres le font », disait-il. « Les naturels ne travaillent que pour en acheter ; quand ils viennent chez moi pour me vendre leur coton, ils n'ont qu'à traverser pour aller chez un autre acheter de l'opium avec mon argent. Et pourquoi se donneraient-ils l'ennui de faire deux courses ? » A quoi bon discuter ? l'opium est la monnaie courante de ce pays.

L'homme qui était en accusation pendant mon séjour à Tai-o-hae, perdit patience, tandis qu'on examinait en sa présence le marchand d'opium chinois. « Mais naturellement, il m'a vendu de l'opium », s'écria-t-il ; tous les Chinois vendent de l'opium ici. « C'est uniquement pour acheter de l'opium que j'ai volé ! ce n'est que pour acheter de l'opium que tout le monde vole ! Et la seule chose à faire serait de ne laisser entrer ici ni opium ni Chinois. » C'est là précisément ce que fait à Samoa le gouvernement indigène, mais les Français se sont lié les mains, et ont voué, pour 40 000 francs, leurs sujets indigènes au crime et à la mort. Cet horrible commerce a surgi accidentellement. Le Capitaine Hart eut le malheur d'en être responsable, à une époque où les plantations florissaient aux îles Marquises, et où il avait de la peine à garder les coolies chinois. Aujourd'hui, les plantations sont désertées, et les Chinois sont partis, mais entre-temps, les naturels ont hérité du vice, la patente rapporte une forte somme, et le gouvernement besogneux de Papeete ferme les yeux et ouvre ses poches. Naturellement, il est censé n'être vendu qu'aux Chinois seuls ; naturellement aussi, personne n'a les moyens de payer 40 000 francs le privilège de subvenir aux subsides d'une poignée dispersée de Chinois ; et tous savent la vérité, et tous en ont honte. Les fonctionnaires français hochent la tête quand on parle d'opium, et les agents rougissent de leur métier. Ceux qui vivent dans des maisons de verre n'ont pas à jeter la pierre pour cela ; sujet de la Grande-Bretagne, je suis un actionnaire involontaire du plus grand commerce d'opium du monde. Mais le cas britannique est extrêmement compliqué ; des millions en dépendent ; et il devra être réformé avec une extrême prudence, s'il peut l'être jamais. Le commerce français, d'autre part, n'est qu'un remède clandestin et un excès. Aucune industrie indigène n'a été encouragée, mais le poison est solennellement importé. Aucune coutume indigène n'a été respectée, mais le vice a été gratuitement introduit. Et aucune créature n'en profite, sauf le gouvernement de Papeete, — les personnages très peu enviables qui les paient, et les Chinois subalternes qui font la vilaine besogne.

CHAPITRE IX

La maison de Temoana

Durant toutes ces dernières années, l'histoire des îles Marquises a été très compliquée par les allées et venues des Français. Ils se sont emparés au moins deux fois de l'archipel, et l'ont déserté au moins une fois ; et entre-temps, les naturels poursuivaient sans interruption leurs guerres cannibales et intermittentes. A travers ces événements et ces changements de dynastie, évolue une figure considérable, unique dans son genre : celle du grand-chef, un roi : Temoana. Les bribes de son histoire me furent contées : comment il fut d'abord converti par la mission protestante ; comment il fut enlevé et exilé de sa patrie ; comment il servit à titre de cook, à bord d'une baleinière et fut exhibé, pour quelques sous, dans les ports de mer anglais ! comment il s'en revint finalement aux îles Marquises, tomba sous la puissante et bénigne influence du dernier évêque, répandit son influence dans le groupe, gouverna pour un temps en collaboration avec le prélat, et était en mourant le soutien principal du catholicisme et des Français. Sa veuve reçoit une pension de deux pounds par mois du Gouvernement français. Elle porte généralement le titre de Reine, mais dans l'almanach officiel, elle figure comme : *Madame Vaekehu, Grande-Chefesse.* Son fils (légitime ou d'adoption, je ne sais), Stanislas Moanatini, chef de Akaui, remplit à Tai-o-hae l'office d'une sorte de ministre des Travaux Publics, et la fille de Stanislas est grande-chefesse de l'île méridionale de Tauata. Ce sont donc les personnages les plus importants de l'archipel ; ils nous parurent aussi les plus estimables. Ceci est de règle en Polynésie, à peu d'exceptions près ; plus élevé est le rang de la famille, meilleur est l'homme : meilleur dans son esprit, meilleur dans ses mœurs, et généralement supérieur dans sa taille et dans sa force. Un étranger s'avance là en aveugle. Il se choisit des relations comme il peut. A part le tatouage, aux îles Marquises, rien n'indique les différences de rang ; cependant, presque invariablement, nous découvrions, après avoir choisi nos amis, qu'ils étaient des personnages. J'ai dit qu'ils sont « généralement plus grands et plus forts ». J'aurais pu me montrer plus absolu — la règle est générale dans toute la Polynésie et une partie de la Micronésie ; les dignitaires de l'île et même ceux du village ont les os et les muscles plus vigoureux et la chair plus ferme que tous les gens du commun. L'explication courante — qui veut que l'enfant de bonne naissance soit tenu plus proprement, est probablement la bonne. Dans la Nouvelle-Calédonie, tout au moins, où cette différence n'existe pas, ou n'a jamais été remarquée, la pratique du shampooing elle-même paraît être inconnue. Ce serait là un sujet d'étude efficace pour les médecins.

Vaekehu habite à l'extrémité de la ville opposée à la Résidence, au-delà des bâtiments de la mission. Sa maison est installée sur le modèle européen : une table au milieu de la pièce principale ; des photographies et des images religieuses sur les murs. Elle donne, de chaque côté, sur une échappée de vue charmante : à travers la porte d'entrée, on aperçoit une pelouse verdoyante, des porcs familiers, les tombants éventails des cocotiers et la splendeur des lames bondissantes derrière les clairières des forêts qui couvrent les montagnes et couronnent les précipices. C'est là que, dans un violent courant d'air, Sa Majesté nous reçut dans une simple robe d'indienne, sans autres marques distinctives de royauté que la perfection achevée de ses mitaines en tatouage, la recherche de ses manières et le gentil fausset dans lequel toutes ces dames Marquisanes, vraiment raffinées (et Vaekehu entre toutes) aiment à chanter leur langue. Une fille d'adoption servait d'interprète comme nous donnions des nouvelles et énumérions les noms de nos amis d'Anaho ; — tandis que nous causions, nous apercevions, par la porte, une autre dame de la maison occupée à sa toilette, sous les arbres verts, et qui, lorsque ses cheveux furent arrangés et son chapeau enguirlandé de fleurs, apparut sous la véranda du fond, avec de gracieuses salutations.

Vaekehu est très sourde ; *merci* est le seul mot français qu'elle connaisse ; et je ne puis dire qu'elle eût l'air intelligent. Un raffinement d'amabilité exquis, avec une ombre de quiétude, dû peut-être à l'influence des religieuses, est ce qui nous frappa le plus en elle. Ou plutôt, lors de cette première entrevue, nous eûmes conscience d'un état d'âme de dames de charité de notre part, et d'une sorte de condescendance évangélique de la part de notre hôtesse. L'impression suivante nous vint quand elle fut plus à l'aise et vint dîner à bord du *Casco* avec Stanislas et sa petite fille. Elle s'était habillée pour la circonstance ; elle était en blanc, ce qui seyait à ravir à sa figure brune et accusée ; et elle s'assit parmi nous, mangeant ou fumant sa cigarette, complètement à l'écart de toute la société, et ne s'y mêlant que de temps à autre par l'intermédiaire de son fils. Cette position eût facilement pu être ridicule, mais elle sut la rendre décorative, paraissant entendre et s'intéresser à tout ; son visage, quand par hasard elle rencontrait notre regard, s'éclairait du sourire de la bonne compagnie ; et ses incursions dans la conversation — s'il lui arrivait d'en faire — étaient toujours aimables et flatteuses. Pas une attention à l'enfant qu'elle ne remarquât et dont elle ne nous remerciât. Ses adieux à chacun, lorsqu'elle prit congé de nous, furent pleins de grâce et de charme, comme avait été toute sa conduite. Quand Mrs. Stevenson lui tendit la main pour lui dire adieu, Vaekehu la prit, la retint et lui sourit pendant un instant; puis elle la laissa retomber et alors, comme par un second mouvement aimable et avec une sorte de condescendance chaleureuse, elle tendit ses deux mains et embrassa ma femme sur les deux joues. Etant donné les mêmes relations d'âge et de rang, la chose se fût passée de même sur les planches de la Comédie-Française ; ainsi Mme Brohan se fût empressée auprès de Mme Broisat dans le *Marquis de Villemer.* C'est moi qui ramenai nos hôtes à terre : quand j'embrassai la petite fille en la quittant, sur les marches de la jetée, Vaekehu poussa un cri de plaisir, abaissa sa main dans le bateau saisit la mienne et la pressa avec cette douceur flatteuse qui semble être la coquetterie des vieilles dames dans tous les pays du monde. L'instant d'après, elle avait pris le bras de Stanislas et ils s'en allaient, le long de la jetée, dans le clair de lune, me laissant stupéfait! C'était donc là une reine de cannibales! elle était tatouée de la tête aux pieds, et peut-être le plus pur chef-d'œuvre alors existant de cet art, à tel point que, quelque temps auparavant, avant qu'elle fût devenue collet monté, sa jambe était montrée comme une des curiosités de Taio-hae; elle avait passé de chef en chef; on s'était battu pour elle et on l'avait enlevée dans des combats; peut-être étant une si grande dame, s'était-elle assise sur le haut-lieu, et avait-elle trôné là, seule de son sexe, au roulement éperdu des tambours, cependant que les prêtres élevaient les corbeilles de cochon-long ensanglantées. Et maintenant, voyez-la émergeant de ce passé de violence et de fêtes sanguinaires, vieille dame soignée, tranquille et douce, telle que vous en trouveriez chez vous (également avec des mitaines, mais rarement aussi bien élevées) dans une vingtaine de manoirs. Seulement les mitaines de Vaekehu étaient en couleur, non en soie ; et elles avaient été payées, non avec de l'argent, mais avec de la chair humaine grillée. Le désir me vint à l'esprit, comme un choc, de savoir ce qu'elle devait en penser, elle-même, et si dans le fond de son cœur, peut-être, elle ne regrettait pas, en le désirant encore, le passé émouvant et barbare ? Mais quand j'interrogeai Stanislas : « Ah ! fit-il, elle est satisfaite ; elle est dévote, et elle passe ses journées avec les religieuses. »

Stanislas (ou plus exactement Stanislaos, mais la consonnance finale est supprimée suivant la coutume polynésienne) fut envoyé par Mgr Dordillon dans l'Amérique du Sud, et élevé là par les Pères. Son français est coulant, sa conversation sensée et brillante, et en sa qualité de brigadier en chef, il rend de grands services aux Français. Grâce au prestige de son nom et de sa famille, et avec l'aide du bâton, quand c'est nécessaire, il arrive à faire travailler les naturels, et à maintenir les routes dans un état passable. Sans Stanislas et sans les forçats, je me demande ce qu'il adviendrait du régime actuel à Nuka-hiva ; si les grandes routes ne seraient pas impraticables, la jetée emportée, et la Résidence destinée à tomber en ruines sous les yeux des fonctionnaires impotants. Et pourtant, quoiqu'étant un ami héréditaire et l'un des principaux supports de l'autorité française, il a toujours un œil sur le passé. Il me montra où était autrefois la vieille place publique, dont les bornes de pierre semées au hasard marquaient encore l'emplacement ; me dit quelle grande et belle place c'était, avec sa ceinture de maisons populeuses, alors qu'aux jours de fête, le peuple s'y pressait en foule au son des tambours. Le roulement de tambour des Polynésiens exerce sur les nerfs une étrange et sombre influence.

Les blancs n'y échappent pas — à ces sons précipités, leur cœur bat plus fort ; et à en croire les vieux résidents, son action sur les indigènes était énorme. Mgr Dordillon aurait eu beau supplier, Temoana lui-même ordonner et menacer, au premier son du tambour, les instincts sauvages prennent le dessus. Il pourrait, à présent, résonner sur ces ruines, qui s'y rassemblerait ? Les maisons sont détruites, le peuple anéanti, la race éteinte ; et le rebut de la population et les fugitifs d'îles et de baies lointaines campent sur leurs tombeaux. Stanislas se plaignait tout particulièrement du déclin de la danse. « Chaque pays a ses coutumes », disait-il, mais au dire de tout gendarme, peut-être désireux de renforcer avec le nombre des délits les instruments de son propre pouvoir, les coutumes, l'une après l'autre, sont mises à l'index. « Tenez, une danse qui n'est pas permise », me disait Stanislas, « je ne sais pas pourquoi, elle est très jolie, elle va comme ça, » et, plantant son parapluie au milieu de la route, il esquissa les pas et les gestes. Toutes ses critiques du présent, tous ses regrets du passé me frappèrent par leur modération et leur bon sens. Il considérait la trop courte durée des fonctions de Résident comme un des principaux défauts de l'Administration. A peine cet officier a-t-il le temps de rendre quelques services avant d'être rappelé. Je crus comprendre aussi qu'il envisageait avec quelque frayeur le prochain remplacement du gouverneur naval par un gouverneur civil. En tout cas, je suis sûr que, pour mon compte, je l'envisageais ainsi ; car les serviteurs civils de la France ne sont jamais apparus aux étrangers comme la fine fleur de leur pays, tandis que leurs officiers de marine défient toute comparaison au monde. Au cours de sa conversation, Stanislas avait soin de parler de son pays comme d'un pays de sauvages ; et quand il émettait une opinion personnelle, c'était avec une préface en manière d'apologie, alléguant qu'il était « un sauvage qui avait voyagé ». Il y avait dans sa modestie affectée une bonne part d'honnête fierté. Pourtant, il y avait dans cette précaution quelque chose qui m'attrista : et je craignis qu'il ne fît ainsi que s'approprier une insulte trop souvent entendue.

Je me souviens avec intérêt de deux interviews avec Stanislas. Le premier eut lieu par une certaine après-midi de pluie tropicale que nous passâmes ensemble dans la véranda du club. Tantôt causant en élevant la voix quand l'averse redoublait sur nos têtes, tantôt, passant dans la salle de billard, pour consulter dans le jour blafard et couvert, cette mappemonde qui en est le principal ornement. Il ignorait naturellement l'histoire d'Angleterre, de sorte que j'avais beaucoup de choses à lui apprendre. Je lui racontai d'un bout à l'autre l'histoire de Gordon, et de nombreux épisodes de la révolte des Indes, Lucknow, la seconde bataille de Cawnpore, la délivrance d'Arrah, la mort du pauvre Spottiswoode, et la campagne de Sir Hugh' Rose. Il écoutait passionnément ; sa face brune fortement marquée de la petite vérole s'altérait et s'enflammait avec chaque vicissitude. Ses yeux brillaient du reflet des batailles ; ses questions étaient nombreuses et intelligentes et bien souvent, nous ramenaient auprès de la carte. Mais c'est de notre séparation que je garde l'impression la plus forte. Nous devions nous embarquer le lendemain et la nuit était venue, sombre, orageuse et pluvieuse, quand nous escaladâmes la colline pour prendre congé de Stanislas. Il nous avait déjà comblé de présents ; mais bien d'autres nous attendaient. Nous nous assîmes autour de la table chargée de cigares et de noix de coco vertes ; des coups de vent s'engouffraient dans la maison et éteignaient la lampe qui, chaque fois, était instantanément rallumée à l'aide d'une seule allumette ; et ces intervalles périodiques d'obscurité nous étaient un réel soulagement.

Car il y avait quelque chose de douloureux et d'embarrassant dans l'attendrissement de cette séparation. « *Ah ! vous devriez rester ici, mon cher !* disait Stanislas en pleurant ; *vous êtes les gens qu'il faut pour les Canaques ; vous êtes doux, vous et votre famille ; vous seriez obéis dans toutes les îles*[1]. » Nous avions été polis, mais encore pas toujours, ma conscience me le disait, et jamais rien de plus. Et toutes ces louanges étaient la mesure, non de notre considération pour eux, mais de l'absence de cette considération de la part des autres. Le reste de la soirée, en allant chez Vaekehu et en revenant à la jetée, Stanislas me suivit, son bras passé dans le mien et m'abritant sous son parapluie ; et quand le bateau eût pris le large, nous pûmes distinguer encore ses gestes d'adieu dans l'obscurité. Ses paroles, s'il en prononça, se perdirent dans la pluie et le bruit de la mer.

J'ai mentionné les présents, question épineuse dans les mers du Sud, et qui montre bien l'habitude, commune aux ignorants, de juger les races en bloc. Dans bien des endroits, le Polynésien ne donne que pour recevoir. J'ai visité des îles où toute la population me harcela comme les chiens qui se jettent sur la pâtée des chats, et où cette fréquente proposition : « You my pleni, — ami — » ou (avec plus de passion) : « You all'e same my father », devait être accueillie par un fou rire et des exclamations. Et peut-être partout, parmi les gens cupides et rapaces, un présent est-il regardé comme un goujon destiné à amorcer une baleine. C'est la coutume, là-bas, de donner des cadeaux et d'en recevoir, et de tels caractères, se conformant aux habitudes, y regardent de près pour ne pas perdre au change ! Mais pour les personnes d'une autre trempe les choses ne se passent point ainsi. Le Polynésien mesquin est anxieux jusqu'à ce qu'il ait reçu un cadeau

1. En français dans le texte.

en retour ; celui qui est généreux est mal à l'aise jusqu'à ce qu'il ait offert le sien. Le premier est désappointé si vous ne lui avez pas donné plus qu'il n'avait fait ; le second est malheureux s'il croit avoir donné moins que vous. C'est, du moins, le résultat de mes observations. Si elles contredisent celles des autres, je regrette leur sort et m'applaudis du mien : la circonstance ne peut altérer ce que j'ai vu, ni diminuer ce que j'ai reçu. Et réellement ceux qui me contredisent partent d'un point de départ plein de présomption ; comparant le Polynésien avec un personnage idéal composé de générosité et de gratitude, et tel que je n'ai jamais eu le plaisir d'en rencontrer ; et oubliant que ce qui est presque la pauvreté pour nous représente pour eux une richesse inexprimable. J'en donnerai un exemple : je parlais, par hasard, en les admirant, de ces présents de Stanislas, avec certain homme très intelligent, plein de haine et de mépris pour les Canaques. « Eh bien quoi ! qu'étaient-ils ? une poignée de vieilles barbes ! quelle misère ! » Et le même personnage, moins d'une demi-heure après, suivant le cours de pensées différentes s'étendait, à la fin, sur l'estime que les Marquisans font de ces biens, et comme ils le préfèrent à tout autre, sauf celui de la terre, et quels prix fantaisistes ils pourraient atteindre. Usant de ses propres chiffres, je calculai que dans ce seul article, les présents de Vaekehu et Stanislas représentaient entre 2 et 300 dollars ; et le salaire officiel de la reine est de 240 francs par an ! Mais, la générosité, d'une part, et la cupidité affichée de l'autre sont une exception dans les mers du Sud comme chez nous. C'est sans aucun espoir de bénéfice, et sans le moindre désir de plaire, que le Polynésien ordinaire choisit et offre ses présents. Ils représentent pour lui un simple devoir social auquel il se conforme correctement, mais sans le moindre enthousiasme. Et nous comprendrons mieux son état d'esprit si nous le comparons avec le nôtre dans l'absurdité analogue des cadeaux de mariage. Nous donnons, dans cette circonstance, sans aucune pensée de retour ; pourtant, si le cas se présente, et que nous soyons oubliés, nous nous considérons comme offensés. Nous les offrons généralement sans affection, et pour ainsi dire jamais avec un véritable désir de plaire ; et nos présents sont plutôt une preuve de notre situation que la mesure de notre affection pour celui qui les reçoit. Ainsi en va-t-il avec la générosité des Polynésiens ; leurs présents sont une formalité ; ils n'impliquent rien de plus qu'une reconnaissance sociale ; et ils sont donnés et rendus exactement comme nous faisons et rendons nos visites. Et la coutume de souligner les événements et de donner la mesure de ses sentiments par des présents, est universelle dans le monde des îles. Un présent joue pour eux le rôle d'un timbre ou d'un cachet ; et le rôle est entré profondément dans l'esprit des insulaires. La paix et la guerre, les mariages, les adoptions, les naturalisations, sont célébrés ou déclarés par l'acceptation ou le refus de présents ; un insulaire apporte un cadeau aussi naturellement que nous déposons une carte de visite.

CHAPITRE X

Un portrait et une histoire

J'ai eu plusieurs fois l'occasion de nommer l'ancien évêque, le Père Dordillon, « Monseigneur », ainsi qu'on l'appelle encore universellement, vicaire apostolique des îles Marquises et évêque *in partibus* de Cambysopolis. Dans toutes les îles, parmi toutes les classes et toutes les races, on se souvient avec affection et respect de ce vieillard aimable, fin et enjoué. Son influence sur les indigènes était souveraine. Ils le considéraient comme le plus grand des hommes — plus grand qu'un amiral ! — lui confiaient leur argent en garde, lui demandaient conseil dans leurs entreprises, et n'auraient pas planté un arbre sur leurs propres terres sans l'approbation du père des îles. Durant l'exode des Français, il resta seul pour représenter l'Europe, habitant la Résidence et gouvernant par l'intermédiaire de Temoana. Les premières routes furent faites sous ses auspices, et à sa requête. La vieille route qui va de Hatiheu à Anaho fut commencée de chaque côté afin de faire une promenade du soir agréable et fut menée à bien en exploitant la rivalité des deux villages. Le prêtre vantait à Hatiheu les progrès faits à Anaho et disait à la population d'Anaho : « Si vous ne prenez garde, vos voisins auront franchi la colline avant que vous ne soyez même parvenus au sommet ! » On ne pourrait faire de même aujourd'hui ; on le pouvait alors ; la mortalité, l'opium et la dépopulation n'étaient pas arrivés au degré actuel. Les habitants de Hatiheu rivalisaient d'élégance, et avaient coutume de s'en aller, par bandes, dans la fraîcheur des soirs, canotant et ramant dans la baie. Il y a une apparence de vérité dans l'opinion commune qui veut que le double règne de Temoana et de l'évêque ait été le dernier et fugitif âge d'or des îles Marquises. Mais le pouvoir civil fut rétabli, la mission fut mise à la porte de la Résidence en vingt-quatre heures de temps, de nouvelles méthodes survinrent, et ce fut la fin de l'âge d'or quel qu'il fût ! C'est la preuve la plus évidente du prestige du Père Dordillon, d'avoir survécu, sans rien y perdre, à cette brusque déposition.

Sa méthode avec les indigènes était d'une extrême douceur. Il jouait toujours, parmi ces enfants barbares, le rôle du père indulgent ; et il avait soin d'observer dans les moindres choses l'étiquette marquisane. Ainsi dans le singulier système de parenté artificielle, l'évêque avait été adopté par Vaekehu comme un petit-fils ; Miss Fisher de Hatiheu, comme une fille. De ce jour, Monseigneur s'adressa toujours à la jeune femme comme à sa mère, et terminait ses lettres avec les formalités d'un fils respectueux. Avec les Européens, il se montrait strict jusqu'à friser la sévérité. Il ne faisait pas de distinction pour les hérétiques avec qui il était en termes amicaux ; mais il entendait que les règles de son église fussent observées ; et une fois, au moins, il fit jeter un blanc en prison pour avoir profané un jour saint. Mais, même cette rigueur, si intolérable à des laïques, si irritante pour les Protestants, ne put ébranler sa popularité. Nous la mesurerons mieux encore par des exemples de chez nous : nous avons tous connu, plus ou moins, quelque pasteur de la vieille école, en Ecosse, strict observateur du sabbat, formaliste de la loi, prise à la lettre, qui, dans sa vie privée, n'en était pas moins modeste, naïf, de bonne humeur et joyeux. Voilà le genre d'homme que semble avoir été le

Père Dordillon. Et sa popularité résista à une pire épreuve. Il avait la réputation, probablement méritée, d'un homme avisé en affaires, et sachant maintenir l'équilibre dans le budget de la mission. Rien n'expose à autant de ressentiments que la religion s'immisçant dans le commerce ; mais les commerçants rivaux eux-mêmes parlaient avec respect de Monseigneur.

C'est dans l'histoire de ses derniers jours que son caractère se dessine le mieux. Il vint un temps où, sa vue baissant, il dut renoncer à ses travaux littéraires : ses hymnes, ses grammaires, ses dictionnaires marquisans, ses journaux scientifiques, ses vies de saints, et ses poésies religieuses. Il se chercha des intérêts nouveaux : se lança dans le jardinage, et tout le jour on put le voir avec la bêche et l'arrosoir, courant entre les plates-bandes avec une ardeur d'enfant ! Un pas de plus dans le déclin, et il dut abandonner aussi son jardin. Instantanément, une nouvelle occupation fut imaginée, et on le vit, assis à la mission, découpant des fleurs et des guirlandes en papier. Son diocèse était trop étroit pour son activité ; toutes les églises des Marquises furent décorées de l'ouvrage de ses mains, et toujours il fallait en faire de nouveau. « Ah ! disait-il en souriant, quand je ne serai plus, quel bon temps vous passerez à mettre en ordre tout mon fatras ! » Il était mort depuis six mois environ, mais j'eus le plaisir de voir quelques-uns de ses trophées encore exposés, et je les contemplai avec un sourire, tribut qu'il aurait préféré (si j'ai bien compris son heureux caractère) à d'inutiles larmes. La maladie continua progressivement de le réduire à l'inaction ; lui qui avait si vaillamment escaladé les rudes rochers des Marquises, apportant la paix aux élans belliqueux, fut pendant quelque temps encore porté sur une chaise de la mission à l'église, et finalement confiné au lit, immobilisé par l'hydropisie et tourmenté par une sciatique et des ulcères. C'est là qu'il demeura couché deux mois durant sans se plaindre ; et le 11 janvier 1888, dans la soixante-dix-neuvième année de sa vie et la trente-quatrième de ses travaux dans les îles Marquises, il rendit l'âme.

Ceux qui trouvent un plaisir à entendre décrier les Missions tant catholiques que protestantes, ne le trouveront pas dans mes pages. Catholiques et protestants, malgré toutes leurs imperfections, avec toute leur absence de candeur, d'esprit, de sens commun, les missionnaires demeurent les blancs les plus utiles et les meilleurs du Pacifique. Ce sujet nous suivra jusqu'au bout, mais un de ses côtés peut parfaitement être traité ici. Les missionnaires mariés ou célibataires ont chacun leurs avantages et leurs défauts propres. Le missionnaire marié, pris dans son aspect le meilleur, peut offrir au naturel ce qu'il a grand besoin de voir : un tableau élevé de la vie domestique ; mais la femme attachée à ses côtés tend à le garder en contact avec l'Europe, et moins avec la Polynésie et à introduire des coutumes paroissiales qu'il vaudrait bien mieux oublier. Ainsi, l'esprit de la femme missionnaire est continuellement occupé de toilettes ! Elle comprend difficilement qu'aucun costume puisse être convenable en dehors de ceux de Clapham Common ; et pour satisfaire à ce préjugé, l'indigène s'engage dans des dépenses superflues, son esprit s'imprègne des morbidités de l'Europe, et sa santé se trouve en danger.

Le missionnaire célibataire, d'autre part, et que ce soit un bien ou un mal, tombe facilement dans les manières de vivre du pays ; à quoi il ajoute, ce qui est généralement la marque d'un célibataire libre de ses actes, ou un héritage des saints du Moyen Age : je veux dire, la négligence dans ses habitudes et la malpropreté sur sa personne. En cela, bien entendu, il y a des degrés ; et la religieuse (naturellement, et c'est tout à son honneur) est pimpante comme une dame au bal. Pour le régime, il n'y a rien à dire — il doit surprendre et choquer le Polynésien — mais pour l'adoption des coutumes indigènes, c'est autre chose.

« *Chaque pays a ses coutumes* », disait Stanislas; c'est la tâche délicate du missionnaire de les modifier; et plus il le fera en voyant les choses du dedans, et en se plaçant au point de vue indigène, meilleure sera sa besogne; et là, je crois que les catholiques ont parfois l'avantage; dans le vicariat de Dordillon, ils l'avaient certainement. J'ai entendu blâmer l'évêque à cause de son indulgence pour les naturels, et parce qu'il ne sévissait pas avec une énergie suffisante contre le cannibalisme. C'était une forme de sa politique de vivre parmi les insulaires comme un frère aîné; de suivre, là où il pouvait; de diriger, là où il fallait; de ne jamais forcer; et d'encourager le développement des coutumes nouvelles au lieu de déraciner violemment les anciennes. Et tout irait bien mieux à la longue, si cette politique était généralement appliquée.

On pourrait croire les missionnaires indigènes plus indulgents; mais c'est tout le contraire. Le balai neuf emporte tout; et le missionnaire blanc d'aujourd'hui est souvent embarrassé par la bigoterie de son coadjuteur indigène. Comment s'attendre à autre chose? Dans quelques îles, la sorcellerie, la polygamie, les sacrifices humains et l'usage du tabac ont été prohibés, l'habillement des naturels transformé; et, lui-même, fortement mis en garde contre des sectes de chrétienneté rivales; et tout cela par le même homme, au même moment et avec une égale autorité. Quel critérium aidera le nouveau converti à distinguer l'essentiel du superflu?

Il avale l'élixir tel quel; il n'y a eu aucun effort d'intelligence, aucune instruction, et sauf un motif brutal d'utilité quant aux prohibitions, aucun progrès. Pour rappeler les choses par leur nom, c'est là enseigner de la superstition. Il est regrettable de devoir employer ce mot; si peu de personnes ont lu l'histoire, si peu ont jeté même un coup d'œil sur de petits manuels d'athéisme, que la majorité va s'empresser de conclure et décréter que toute la peine est perdue. Et loin de là : ces superstitions semi-spontanées, variant suivant la secte des évangélistes primitifs, et les coutumes de l'île, se trouvent être, en pratique, extrêmement fécondes ; et, en particulier, ceux qui les ont apprises et s'en vont pour les enseigner à leur tour, offrent un exemple au monde. Le plus beau spécimen du héros chrétien que j'aie jamais rencontré était un de ces missionnaires indigènes. Il avait sauvé deux vies au péril de la sienne ; comme Nathan, il avait bravé un tyran à l'heure du sang. Quand toute une population prit la fuite, lui seul demeura à son poste ; et dans les épreuves intimes auxquelles le public demeure étranger, sa conduite emplissait le spectateur de sympathie et d'intérêt. Un pauvre petit homme souriant et laborieux, semblait-il ; et vous doutiez s'il y avait en lui rien de plus que ce qu'il possédait réellement en trop grande abondance : la complaisance et la bonté[1].

Or les seuls concurrents de Monseigneur et de sa Mission des Marquises furent certains de ces évangélistes à peau brune, natifs de Hawaï. J'ignore ce qu'ils pensaient du Père Dordillon ; ils sont la seule classe que je n'aie pas interrogée ; mais je soupçonne le prélat de les avoir regardés de travers, car il était éminemment humain. Pendant mon séjour à Taï-o-hae, le temps des vacances annuelles arriva pour l'école des filles ; et une vraie flotte de baleinières arriva de Ua-pu, afin de rapatrier les jeunes filles de cette île. A bord de l'une d'elles se trouvait Kauwealoha, l'un des pasteurs, un vieux gentleman, beau et rude, de ce type léonin si répandu à Hawaï. Il me fit une visite sur le *Casco* et me raconta l'histoire d'un de ses collègues,

1. Il s'agit ici de Maka, le missionnaire hawaïen, de Butaritari, dans les Gilbert.

Kekela, missionnaire dans la grande île cannibale de Hiva-oa. Peu après la visite d'un négrier péruvien, venu pour enlever des enfants, me dit-il, les bateaux d'un baleinier américain, ayant relâché dans une baie de cette île, furent attaqués et échappèrent à grand-peine, abandonnant leur contre-maître, un Mr. Whalon, entre les mains des naturels. Le captif, les bras liés derrière le dos, fut jeté ainsi dans une maison ; et le chef annonça la capture à Kekela. Et, ici, je commence à transcrire la version de Kauwealoha ; c'est un bon spécimen d'anglais canaque ; et le lecteur est invité à se l'imaginer débité avec une emphase violente et une pantomime parlante :

" I got 'Melican mate', the chief he say. 'What you go do 'Melican mate ?' Kekela he say. 'I go make fire, I go kill, I go eat him', he say 'you come to-mollow eat piece'. 'I not *want* eat 'Melican mate !' Kekela he say ; 'why you want ?' 'This bad shippee, this slave shippee', the chief he say. 'One time a shippee he come from Pelu, he take away plenty Kanaka, he take away my son. 'Melican mate he bad man. I go eat him ; you eat piece'. I no want 'Melican mate !' Kekela he say ; and he *cly* — all night he cly ! To-mollo Kekela he get up, he put on blackee coat, he go see chief ; he see Missa Whela, him hand tie' like this *(Pantomime)* Kekela he cly. He say chief : — 'Chief, you like things of mine ? you like wahle-boat ?' 'Yes', he say. 'You like file-a'm ?' (fire-arms). 'Yes', he say. 'You like blackee coat ?'. 'Yes', he say. Kekela h take Missa Whela by he shoul'a (shoulder), he take him light out house ; he give chief he whale-boat, he file-a'm, he blackee coat. He take Missa Whela he house, make him sit down with he wife and chil'en. Missa Whela all-the-same pelison (prison) ; he wife, he chil'en in Amelica ; he cly — Oh, he cly. Kekela he solly. One day Kekela he see ship. *(Pantomime.)* He say Missa Whela, 'Ma' Whala ? 'Missa

Whela he say, 'Yes', Kanaka they begin go down beach. Kekela he get eleven Kanaka, got oa' (oars), get evely thing. He say Missa Whela, 'Now you go quick.' They jump in whale-boat. 'Now you low!' Kekela he say: 'you low quick, quick!' *(Violent pantomime, and a change indicating that the narrator has left the boat and returned to the beach.)* All the Kanaka they say, 'How. 'Melican mate he go away?' — jump in baot; low afta. *(Violent pantomime and change again to boat.)* Kekela he say, 'Low quick![1] "

1. « Je tiens le contre-maître 'Mélicain », le chef, il dit. — « Quoi vous faire de contre-maître 'Mélicain? » Kekela il dit. — « Je vais faire du feu, je vais le tuer, je vais le manger », il dit : — « vous venir demain manger morceau. » — « Moi, pas besoin manger contre-maître 'Mélicain » Kekela il dit : « pourquoi vous avoir besoin? » — « Ce méchant bâteau, ce bâteau d'esclave », le chef il dit. « Une fois un bâteau, il vint de Pelu, il emporta beaucoup de canaques, il emmena mon fils. Le contre-maître, 'Mélicain, lui, méchant homme. Je vais le manger; vous mangerez morceau. » — « Je n'ai pas besoin manger contre-maître 'Mélicain » Kekela, il dit : et il pleu'a! toute la nuit, il pleu'a! — Le lendemain, Kekela il se leva, il mit des habits noirs, il alla voir chef; il vit Missa Whela, ses mains attachées comme cela. (Pantomime.) Kekela, il pleu'a. Il dit à chef : « Chef vous aimer choses à moi? vous aimer baleinière? » — « Oui », il dit. — « vous, aimer almes-à-feu? » (armes-à-feu). — « Oui », il dit. — « vous, aimer habits noirs? » — « Oui », il dit. Kekela, il prit Missa Whela par les épaules, et le poussa hors de la maison; il donna à chef baleinière à lui, almes-à-feu à lui, habits noirs à lui. Il emmena Missa Whela dans maison à lui, fit asseoir lui avec femme et enfants à lui. Missa Whela, tout de même en pelison (prison) femme à lui enfants à lui en Amélique! lui pleu'er! Kekela, lui tliste! Un jour Kekela, lui voir bâteau. (Pantomime.) Il dit Missa Whela : « Ma 'Whela? » Missa Whela, il dit : « Oui. » Canaques eux commencent à descendre à terre. Kekela, il prend onze Canaques, il prend avilons (avirons), il prend tout. Il dit Missa Whela : « Maintenant, vous allez vite. » Ils sautent dans baleinière. « Maintenant, vous lamer » (ramer). Kekela, il dit : « vous, lamer, vite, vite. » (Violente pantomime, et un changement à vue, indiquant que le narrateur avait quitté le bateau et gagné la terre.) Tous les canaques disent : « Quoi! contre-maître 'Mélicain, lui partir! » — sauter dans bâteau et — lamer après. (Violente pantomime et de nouveau dans le bateau) Kekela, il dit : « Lame vite! »

Je crois qu'à ce moment, la pantomime de Kauwealoha m'avait déconcerté ; je ne me souviens plus de son *ipsissima verba ;* et je puis seulement ajouter, dans mon propre style, bien moins pittoresque, que le navire fut atteint, Mr. Whalon pris à bord, et que Kekela retourna à ses fonctions parmi les cannibales. Mais quelle injustice de traduire les bégaiements d'un étranger dans une langue imparfaitement connue ! Un lecteur superficiel pourrait regarder Kauwealoha et son collègue comme des types d'aimables babouins ; mais j'ai là un antidote. Pour récompenser son acte de courageuse charité, le gouvernement américain fit don à Kekela d'une somme d'argent, et le Président Lincoln lui offrit personnellement une montre en or. De sa lettre de remerciements, écrite dans sa propre langue, je donne l'extrait suivant. Je n'envie pas l'homme qui pourra le lire sans émotion :

« Quand je vis l'un de vos compatriotes, un citoyen de votre grande nation, brutalisé et au moment d'être cuit et mangé, comme un porc est mangé, je courus pour le sauver, plein de pitié et de douleur à la vue de la mauvaise action qu'allaient commettre ces gens, encore plongés dans les ténèbres de l'esprit. Je donnai mon bateau en échange de la vie de l'étranger. Ce bateau venait de James Hunnewell, c'était un don de l'amitié. Il devint la rançon de ce compatriote à vous afin qu'il ne fût pas mangé par les sauvages qui ne connaissaient pas Jéhovah. C'était Mr. Whalon, et cela se passait le 14 janvier 1864.

Quant à la bonne action que j'ai faite en sauvant Mr. Whalon, elle est le fruit d'une semence venue de votre grand pays, apportée par certains de vos compatriotes qui avaient reçu l'amour de Dieu. Elle a été plantée dans Hawaï et je l'ai transplantée dans ce pays, et dans ces régions obscures, afin qu'ils connussent la source de tout ce qui est bon et vrai, c'est-à-dire *l'amour :*

1° L'amour de Jéhovah.

2° L'amour de soi.

3° L'amour du prochain.

Si un homme possède ces trois choses suffisamment, il est bon et saint, comme son Dieu Jéhovah, dans son triple caractère (Père, Fils et Saint-Esprit), un en trois personnes, et trois personnes en une seule. S'il en a deux et pas la troisième, ce n'est pas bien ; s'il en a une et que les deux autres lui manquent, ceci, en vérité, n'est pas bien ; mais s'il chérit les trois, alors il est réellement saint, selon la Bible.

C'est là une grande chose et dont votre nation peut se glorifier à la face de toutes les nations de la terre. De votre grand pays, la semence la plus précieuse a été apportée au pays des ténèbres. Elle y a été implantée non à l'aide de fusils, d'hommes de guerre et de menaces, elle a été plantée par l'intermédiaire des ignorants, des négligés, des méconnus. Telle fut l'introduction de la Parole de Dieu Tout-Puissant dans ce groupe de Nuuhiwa. Grande est ma dette envers les Américains qui m'ont enseigné toutes choses ayant trait à cette vie et à celle qui doit venir.

Comment reconnaîtrai-je votre grande bonté envers moi ? Ainsi David le demandait-il à Jéhovah, et ainsi je vous le demande, à vous, le Président des Etats-Unis ? Et voici tout ce que je puis vous donner au retour — c'est ce que j'ai reçu du Seigneur — l'amour — *(aloha).* »

CHAPITRE XI

« Le cochon-long ».
Un haut lieu cannibale

Rien ne soulève notre dégoût comme le cannibalisme ; rien ne détruit aussi sûrement une société ; rien — nous pourrions le démontrer — n'endurcit et ne dégrade autant les esprits de ceux qui le pratiquent. Et pourtant, nous faisons, à peu de chose près, la même impression sur les Bouddhistes et les végétariens. Nous consommons les corps de créatures qui ont les mêmes appétits, les mêmes passions et les mêmes organes que nous ; nous mangeons des bébés qui, simplement, ne sont pas les nôtres, et l'abattoir résonne chaque jour de cris de souffrance et de terreur. Nous distinguons, c'est vrai, mais la répugnance de bien des peuples à manger du chien, l'animal le plus mêlé à notre intimité, montre bien sur quelles bases précaires repose la distinction. Le porc est l'élément principal de la nourriture animale aux îles, et j'ai eu bien des occasions, l'esprit avivé par mon entourage cannibale, d'observer son caractère et la façon dont il meurt. Beaucoup des insulaires vivent avec leurs porcs comme nous avec nos chiens ; les uns comme les autres vont et viennent autour de l'âtre avec une même liberté ; et le porc des îles est un individu actif, entreprenant et plein de sens. Il épluche lui-même ses noix de coco, et — m'a-t-on dit — les roule au soleil pour les faire éclater ; il est la terreur du berger. Mrs. Stevenson, mère, en a vu un s'enfuir dans les bois, tenant un agneau entre les dents ; j'en ai vu un autre, croyant — à faux — que le *Casco* coulait, nager le long de la lisse dans l'eau tumultueuse, en quête d'un moyen d'évasion. On nous avait appris, dans notre enfance, que les porcs ne pouvaient pas nager ; j'en ai vu un sauter par-dessus bord, nager pendant cinq cents mètres pour gagner le rivage et retourner jusqu'à la maison de son ancien propriétaire. Je me suis trouvé, une fois, à Tautira, propriétaire de porcs, sur une échelle considérable. Tout d'abord, dans mon parc à cochons régnait une bienveillance universelle ; une petite truie, souffrant de coliques, était venue à nous, en quête de secours, avec des plaintes d'enfant ; il y avait aussi un beau sanglier noir que nous appelions Catholicus, car il était un présent spécial des catholiques du village, et donna de bonne heure des marques de courage et d'aménité ; aucun autre animal, chien ou cochon, n'avait le droit de l'approcher au moment de ses repas ; mais, pour les hommes, il montrait une large part de cette tendresse servile, si commune chez les animaux inférieurs, et peut-être leur principal titre à cette appellation. Un jour, en visitant ma porcherie, je fus stupéfait de voir Catholicus bondir en arrière à mon approche, avec des cris de terreur ; et si je fus étonné du changement, je ne fus pas moins embarrassé quand j'en connus la cause. Un des cochons avait été tué le matin ; Catholicus avait assisté au meurtre ; il avait compris qu'il habitait une boucherie, et dès cet instant, sa confiance et sa joie de vivre étaient à jamais abolies ! Nous le gardâmes longtemps encore, mais il ne pouvait plus supporter la vue d'aucune créature à deux pattes, et nous-mêmes, dans ces circonstances, ne pouvions plus rencontrer son regard sans confusion. J'ai assisté depuis, au moins par l'oreille, à cet acte de boucherie ; je crois qu'à la rigueur j'aurais pu supporter les cris de souffrance de la victime, mais l'exécution fut mal faite, et son expression de terreur était contagieuse ; cet humble cœur battait au même diapason que les nôtres. C'est sur ces « redoutables fondations » que repose la vie des Européens, et cependant la race européenne est une des moins cruelles. Les apprêts de ces sortes de crimes, les brutalités préparatoires de son existence sont tous dissimulés ; une sensibilité extrême règne à la surface ; et les dames se trouveraient mal en écoutant la dizième partie de ce qu'elles exigent journellement de leur boucher. Sans doute, même, quelques-unes me maudiront-elles, dans leur cœur, pour la grossièreté de ce paragraphe ? De même pour les cannibales des îles. — Ils n'étaient pas cruels ; à l'exception de cette coutume, c'est une race d'une douceur extrême ; à proprement parler, il y a moins de mal à couper la chair d'un homme après sa mort qu'à l'opprimer durant sa vie ; et même les victimes de leur appétit étaient traitées avec bonté tant qu'elles vivaient, et exécutées rapidement et sans souffrance. Dans les milieux raffinés des îles, on considérait, sans doute, comme de mauvais goût de s'étendre sur ce qui était laid en pratique.

On trouve des traces de cannibalisme d'un bout à l'autre du Pacifique, des Marquises à la Nouvelle-Guinée, de la Nouvelle-Zélande à Hawaï, ici dans tout l'épanouissement de son exercice, là, par des survivances plus faibles, mais significatives. C'est à Hawaï qu'on en trouve le moins. Nous ne relevons les chroniques du cannibalisme à Hawaï que pendant l'histoire d'une seule guerre, où il semble avoir été exceptionnel, comme dans le cas des proscrits montagnards, et de ceux qui tombèrent sous les coups de Thésée. A Tahiti un seul détail survivait, mais il paraît concluant. Dans les temps historiques quand une oblation humaine était faite dans « le *marae* », les yeux de la victime étaient cérémonieusement offerts au chef ; attention délicate pour le principal invité. Toute la Mélanésie semble être contaminée. En Micronésie, dans les Marshall, où mes connaissances ne dépassent pas celles d'un touriste, je n'en pus relever aucune trace ; et même, dans la zone des Gilbert, j'ai longtemps observé et questionné en vain. Naturellement, on me parla d'hommes qui avaient été mangés au moment d'une famine ; mais ceci ne répondait pas à mes recherches, car, cela se produit sous la même pression, chez toutes les sortes et toutes les générations d'hommes. A la fin, dans des notes manuscrites du Dr Turner, que je fus autorisé à consulter à Malua, je tombai sur un témoignage odieux : dans l'île de Onoatoa, tout voleur était tué et mangé. Comment expliquerons-nous la généralité de cette coutume sur une si vaste étendue, parmi des peuples de civilisations si variées, et malgré tous les entrecroisements possibles, de sangs si différents ? Quelle circonstance leur est commune, sinon d'avoir vécu sur des îles dénuées, ou presque, d'animaux comestibles ? Mon appétit ne m'a jamais prouvé que l'homme fût créé pour ne vivre que de végétaux. Quand nos provisions baissaient, entre deux îles, je n'avais pas la force d'attendre le jour où l'économie nous permettrait d'ouvrir une misérable conserve de mouton. Et dans l'un, tout au moins, des dialectes insulaires, il y a un mot particulier pour dire qu'un homme est « affamé de poisson », ayant atteint le degré où les légumes ne peuvent plus le satisfaire, et où son âme, comme celle des Hébreux dans le désert commence à soupirer après les viandes d'Egypte. Ajoutez à cela les preuves de surpopulation et la famine imminente déjà mentionnée et je crois que nous trouverons quelques motifs d'indulgence pour le cannibale des îles.

Il est juste d'envisager les deux côtés de n'importe quelle question, mais je suis loin de faire l'apologie de ce vice plus que bestial. Les races polynésiennes supérieures, comme les Tahitiens, les Hawaïens et les Samoans, s'étaient élevées au-dessus de cette coutume, et quelques-unes d'entre elles l'avaient, en partie, oubliée, avant que la moindre vergue de Cook ou de Bougainville se fût montrée dans leurs eaux. Elle ne persistait que dans quelques îles basses où on luttait péniblement pour subsister, ou parmi des sauvages invétérés, comme ceux de la Nouvelle-Zélande ou des Marquises. Les Marquisans avaient mêlé le cannibalisme à la trame même de leur vie ; le « cochon-long » était pour eux une monnaie courante et un sacrement ; il était le salaire de l'artiste, illustrait les événements publics, et était l'occasion et l'attraction de certaines fêtes. Aujourd'hui, ils paient la peine de cette sanglante compromission. Le pouvoir civil, dans sa croisade contre le cannibalisme, a dû examiner, l'un après l'autre, tous les arts et tous les plaisirs marquisans, les a trouvés l'un après l'autre entachés d'un élément cannibale, et les a, l'un après l'autre, marqués sur la liste de proscription. Leur art du tatouage était une chose unique, avec son exécution exquise, la beauté et la subtilité de ses dessins ; rien ne pare plus magnifiquement un bel homme ; il se peut que cela fasse un peu souffrir au début, mais je doute qu'à la longue, ce soit aussi pénible, et en tout cas, c'est autrement seyant que l'ignoble habitude qu'ont les femmes européennes de se serrer la taille. Et maintenant, on a trouvé bon d'interdire cet art. Leurs chansons et leurs danses étaient innombrables (et la loi a dû les abolir par douzaines). Ils contemplent, à présent, les mains vides, l'ennui de leurs jours monotones ; et qui aura pitié d'eux ? Les moins sévères diront qu'ils ont eu ce qu'ils méritaient.

La mort ne pouvait, à elle seule, satisfaire la vengeance du Marquisan ; il fallait que la chair fut mangée. Le Chef qui avait pris Mr. Whalon tenait à le manger ; et il croyait avoir justifié son désir en expliquant que c'était une vengeance. Il y a deux ou trois ans, les habitants d'une vallée saisirent et massacrèrent un pauvre diable qui les avait offensés ; à les croire, l'offense était terrible ; ils ne purent supporter de laisser leur vengeance incomplète, et n'osèrent pas faire un festin public sous les yeux des Français. En conséquence, le corps fut coupé en morceaux, et chaque homme se retira dans sa propre demeure pour consommer le rite en secret, emportant sa portion de l'horrible nourriture dans une boîte d'allumettes suédoises ! La substance barbare du drame, et les objets européens employés offrent à l'imagination un contraste saisissant. Mais un autre incident qui se passa l'année même où je me trouvais là, en 1888, est bien plus frappant encore. Au printemps, un homme et une femme se cachèrent dans les entours de l'école jusqu'à ce qu'ils vissent un enfant seul. Ils l'approchèrent avec des paroles mielleuses et des manières engageantes : — « Vous êtes un Tel, fils de un Tel ? » — dirent-ils, et ils le caressèrent en l'entraînant dans les bois. Un vague pressentiment s'éveilla dans le cœur de l'enfant, ou bien quelque regard trahit les affreux projets de ses séducteurs. Il tenta de leur échapper ; il cria ; et eux, jetant le masque, le serrèrent plus fort et se mirent à courir. Ses cris furent entendus ; ses camarades d'école qui jouaient tout près de là accoururent à la rescousse ; et le sinistre couple s'enfuit et disparut dans les bois. Il ne fut jamais identifié ; aucune poursuite ne suivit ; mais l'opinion générale fut qu'ils nourrissaient quelque rancune contre le père de l'enfant et avaient résolu de le manger en revanche. Dans toutes les îles, comme autrefois chez nous, parmi nos propres ancêtres, on remarquera que le vengeur ne prend pas particulièrement soin de frapper tel individu. Une famille, une classe, un village, une vallée ou une île entières, toute une race humaine sont également responsables du crime d'un de leurs membres. Ainsi, dans l'histoire ancienne, le fils devait payer pour les fautes de son père ; ainsi Mr. Whalon, compagnon d'un baleinier américain, devait verser son sang et être mangé pour expier les méfaits d'un négrier péruvien. Il me souvient d'un incident qui eut pour théâtre Jaluit, dans le groupe Marshall ; il me fut conté par un témoin oculaire, et je le cite ici pour l'étrangeté de la scène. Deux hommes avaient éveillé l'animosité des chefs de Jaluit, et c'est leurs femmes qu'on avait décidé de punir ; un seul naturel servit d'exécuteur. Très tôt dans la matinée, devant un grand concours de spectateurs, il entra dans la mer, traversant le récif entre ses victimes. Celles-ci ne se plaignaient ni ne résistaient : elles accompagnaient patiemment leur bourreau ; se penchèrent quand elles eurent avancé suffisamment ; et lui — posant une main sur l'épaule de chacune d'elles — les tint sous l'eau jusqu'à l'asphyxie complète ; sans doute, quoique mon narrateur ne me l'ait pas dit, leurs familles étaient-elles sur le rivage en train de se lamenter à haute voix.

C'est de Hatiheu que je fis ma première visite à un haut lieu cannibale.

Le jour était étouffant et couvert de nuages. Les averses torrentielles des tropiques alternaient avec des apparitions de soleil accablantes. Le sentier vert qui bordait la route s'élevait en pente rapide. Tandis que nous allions, à quelques pas du petit écolier qui nous servait de guide, le Père Siméon tenait son portefeuille à la main et me nommait les arbres, lisant à haute voix dans ses notes l'énumération de leurs vertus. A ce moment, la route en s'élevant nous montra la vallée de Hatiheu sur une plus vaste étendue ; et le prêtre, s'en référant parfois à notre guide, me désignait les frontières et me citait les noms des tribus les plus importantes qui, dans les anciens jours, vivaient dans une guerre perpétuelle les unes avec les autres : une au nord-ouest, une le long du rivage, une autre derrière, sur la montagne. Le Père Siméon avait parlé à un survivant de ce dernier clan ; jusqu'à la pacification, il n'avait jamais été jusqu'au bord de la mer, ni, si j'ai bonne mémoire, mangé de poisson de mer. Les tribus vivaient cantonnées et bloquées, chacune dans son propre quartier. Faire un pas en dehors des frontières c'était affronter la mort. En cas de famine, les hommes devaient aller dans les bois chercher des châtaignes et des fruits. Encore à l'heure qu'il est, si les parents sont en retard avec leurs contributions hebdomadaires, l'école est dissoute, et les écoliers envoyés à la récolte. Mais, dans les anciens jours, quand le trouble se mettait dans un clan, une grande activité régnait dans tous les autres ; les bois devenaient pleins d'embûches ; et celui qui allait quérir des légumes pour son compte risquait fort de devenir, en route, le plat du jour de ses ennemis héréditaires. Le prétexte en question n'était même pas nécessaire. Une douzaine de phénomènes naturels ou de divergences sur le point de vue social, précipitaient ce peuple dans le sentier de la guerre à la chasse à l'homme. Qu'un chef, ou quelque autre de son rang eût achevé de se tatouer, que la femme de l'un d'eux approchât de son terme ; que l'embouchure des deux torrents qui se jetaient dans la baie d'Anaho eût légèrement dévié, que le chant d'un certain oiseau ait été entendu, une certaine formation de nuages de mauvais augure, observée au-dessus de la mer du Nord, et instantanément, les bras étaient oints d'huile, et les chasseurs d'hommes se répandaient dans le bois pour y disposer leurs embuscades fratricides. Il apparaît aussi qu'à l'occasion, peut-être en cas de famine, le prêtre devait s'enfermer dans sa maison où il restait pendant une période déterminée, comme un mort. Quand il en sortait, c'était pour courir pendant trois jours sur tout le territoire du clan, nu et affamé, et dormir la nuit, seul dans le haut lieu. C'était alors le tour des autres de garder la maison, car rencontrer le prêtre au cours de ses rondes c'était la mort. La veille du quatrième jour, le temps de la course était révolu ; le prêtre rentrait sous son toit ; les simples laïques revenaient au jour, et au matin, le nombre des victimes était annoncé. Je tiens ce récit d'une autorité que je crois bonne — mais je le transcris avec défiance. Les détails en sont si étranges que, s'ils étaient exacts, il me semble que je les aurais entendu citer plus souvent. Il y a un point qui semble hors de question : c'est que les éléments de la fête étaient parfois fournis par le propre clan. En temps de disette, tous ceux qui n'étaient pas protégés par leurs alliances de famille — c'est-à-dire et suivant l'expression des montagnes tous les membres du clan — avaient des raisons de trembler. Vaine était toute résistance, et la fuite inutile. Ils étaient cernés de toutes parts par les cannibales ; et le four était prêt à fumer pour eux, aussi bien à l'étranger, au pays de leurs ennemis, que chez eux, dans la vallée de leurs pères.

A un certain tournant de la route, l'écolier, notre guide, s'enfonça sur la gauche, dans la pénombre de la forêt. Nous étions maintenant sur une ancienne route du pays, recouverte d'une épaisse voûte d'arbres et grimpions, semblait-il, au hasard par-dessus des rochers et des arbres morts ; mais l'enfant sautait et bondissait entre les uns et les autres, car ces sentiers sont aussi familiers aux naturels que le sont pour nous les grandes routes royales ; à tel point qu'aux jours de la chasse à l'homme, leur ouvrage consistait bien plus à les bloquer et à en effacer les traces qu'à les améliorer. Dans le cœur du bois, l'air était moite, chaud et froid tout ensemble ; sur nos têtes, la pluie tropicale ruisselait sur le feuillage avec un vacarme continu ; mais, çà et là, seulement comme à travers les trous d'une toiture percée, une goutte tombait, solitaire, faisant une tache sur mon mackintosh. A ce moment, le tronc énorme d'un figuier-banyan apparut, s'élevant sur ce qui ressemblait aux ruines d'un ancien fort ; et notre guide, faisant halte et allongeant le bras, annonça que nous avions atteint le *paepae Tabou*.

Paepae signifie le plancher ou plateforme sur lequel s'élève la demeure des naturels, et même un tel paepae — « un paepae-hae » — peut être dit tabou, dans un sens atténué, une fois qu'il est déserté et devenu le rendez-vous des esprits ; mais le haut lieu public, tel que je le parcourais à présent, était construit sur une grande échelle. Aussi loin que mes yeux pouvaient voir dans l'obscurité du couvert, le sol de la forêt était entièrement pavé. Trois étages de terrasses s'étayaient au flanc de la colline — en avant un parapet croulant limitait l'arène principale et le pavement de celle-ci était percé et morcelé par plusieurs sources et de petites clôtures. Nulle trace ne demeurait d'aucune superstructure ; et le schéma de l'amphithéâtre se reconstituait difficilement. J'en visitai un autre à Hiva-oa, moins grand, mais plus parfait, où il était aisé de retrouver des rangées de gradins, et de distinguer des sièges d'honneur, isolés, pour les personnages éminents ; et où sur la plateforme supérieure une solive unique du temple ou de la nécropole demeurait avec ses montants richement sculptés. Dans les anciens jours, le haut lieu était soigneusement entretenu. Aucun arbre, sauf le banyan sacré, n'avait le droit d'empiéter sur les marches, aucune feuille de pourrir sur son pavement. Ses pierres étaient serties avec soin et, m'a-t-on dit, maintenues avec de l'huile, dans tout leur éclat. De tous côtés, des gardiens étaient placés, campés dans des huttes auxiliaires pour veiller dessus et le nettoyer. Nul autre pied humain n'avait le droit de l'approcher ; le prêtre seul, au jour de sa course, venait là pour dormir — peut-être pour y rêver à sa mission impie ; mais au temps de la fête, le clan s'assemblait en foule dans le haut lieu et chacun avait sa place déterminée. Il y en avait pour les chefs, les tambours, les danseurs, les femmes et les prêtres. Les tambours — au nombre de vingt environ, et quelques-uns d'entre eux ayant douze pieds de haut — battaient en mesure sans discontinuer. Pendant ce temps, les chanteurs poursuivaient leur chant, sorte de hululement lugubre et monotone ; entre-temps, les danseurs eux aussi se livraient à leurs évolutions en d'extraordinaires atours, allant et sautant, se balançant et gesticulant, leurs doigts emplumés gesticulant dans les airs comme des papillons. Dans toutes ces races océaniennes, le sens du rythme est extrêmement perfectionné, et dans ce festival, il n'y avait pas un son, pas un mouvement qui ne tombât en mesure. L'agitation des convives de la fête croissait avec une unanimité d'autant plus grande ; et d'autant plus sauvage aussi eût paru la scène aux yeux d'un Européen appelé à les contempler là dans le puissant soleil et l'ombre non moins puissante du banyan, frottés de safran pour donner un relief plus vigoureux encore aux arabesques du tatouage ; les femmes blanchies par des jours et des jours de réclusion jusqu'à atteindre une pâleur de teint presque européenne ; les chefs couronnés de plumes d'argent faites avec des barbes de vieillards, et ceints de pagnes faits avec des cheveux de femmes mortes. Toute espèce de nourriture insulaire était pendant ce temps réservée aux femmes et au vulgaire ; et, pour ceux qui étaient admis au privilège d'en manger, on portait à la nécropole, les corbeilles de cochon-long. On dit que les réjouissances se prolongeaient longtemps ; le peuple en sortait épuisé, réduit par la débauche à l'état de brutes, et les chefs alourdis par cette nourriture bestiale. Il y a certains sentiments que nous qualifions emphatiquement d'humains — et nous refusons les honneurs de cette épithète à ceux qui en sont dénués. En de pareilles fêtes — où, particulièrement, la victime a été tuée dans sa maison et où les hommes ont banqueté avec le corps d'un pauvre camarade qui avait partagé les jeux de leur enfance, ou d'une femme dont ils avaient reçu les faveurs — tout l'ensemble de ces sentiments est outragé. A le considérer de trop près, on est amené à comprendre, sinon à excuser, les ferveurs des vieux capitaines de vaisseau qui, forts de leur droit, armaient leurs canons et ouvraient le feu en passant devant une île de cannibales.

Et pourtant c'était un phénomène étrange. Là, sur les lieux, comme j'étais debout sur la voûte élevée et ruisselante d'eau de la forêt, ayant d'un côté le jeune prêtre dans sa robe courte, de l'autre l'écolier marquisan, aux yeux brillants, toute la chose m'apparaissait infiniment distante, tombée dans la froide perspective de la lumière crue de l'histoire. Peut-être l'attitude du prêtre m'influençait-elle ? Il souriait ; il plaisantait avec l'enfant, héritier à la fois des convives de ces banquets et de ceux qui en faisaient les frais ; il frappait des mains et me chantait un verset d'un des vieux refrains de mauvais présage. Des siècles avaient pu naître et s'écouler depuis que ce théâtre boueux avait servi pour la dernière fois ; et je contemplai son emplacement avec aussi peu d'émotion que j'en eusse ressenti en visitant Stonehenge.

A Hiva-oa, quand je me rendis compte que la chose était vivante encore et latente sous mes pas, et que d'entendre les cris de la victime prise au piège était pour moi dans la limite des choses possibles, mon attitude historique s'évanouit entièrement et je ressentis à l'endroit des naturels une certaine répugnance. Mais là aussi, les prêtres ne se départirent en rien de leur humeur joviale, plaisantant les cannibales comme sur une excentricité plus absurde qu'horrible, cherchant à leur faire honte de cette coutume plutôt en la ridiculisant avec douceur comme nous faisons pour un enfant qui a volé du sucre. Il est facile de reconnaître ici l'esprit sagace et avisé du Père Dordillon.

CHAPITRE XII

L'histoire d'une plantation

Taahauku, sur la côte sud-est de l'île de Hiva-oa — Taahauku en a fait la négligence des blancs — peut s'appeler le port de Atouona. C'est un étroit et petit mouillage, situé entre des pointes abaissées de falaises, et s'ouvrant plus haut sur une vallée boisée ; un petit fort français, à présent hors d'usage et abandonné, domine la vallée et la passe. Atouona elle-même, à l'entrée de la baie, est encadrée d'un cirque de montagnes qui dominent l'emplacement plus immédiat de Taahauku et donnent au tableau son caractère saillant. On estime qu'elles n'ont pas plus de quatre mille pieds d'altitude ; mais, Tahiti avec huit mille, et Hawaï avec quinze mille ne peuvent offrir un panorama d'alpes aussi abruptes, aussi mélancoliques. Le matin, quand le soleil tombe directement sur elles, elles s'élèvent comme une vaste muraille : verte au sommet, si par bonheur les sommets sont éclairés, et la façade striée de cours d'eau étroits comme des lézardes. Vers l'après-midi, la lumière tombe plus obliquement et les contours de la chaîne prennent plus de relief, les gorges profondes s'emplissant d'ombre, les arcs-boutants énormes et tortueux s'élevant, cernés de soleil. A toutes les heures du jour, elles frappent le regard par quelque beauté nouvelle et l'esprit par la même tristesse menaçante.

Les montagnes qui divisent et font dévier le perpétuel déluge alizéen sont incontestablement responsables du climat. Un fort courant d'air soufflait jour et nuit sur le port. Jour et nuit, les mêmes nuages fantastiques et défaits fuyaient à travers les cieux ; la même calotte sombre de pluie et de vapeur tombait et s'élevait tour à tour sur la montagne. Les brises de terre soufflaient, fortes et froides, et la mer, comme l'air, était dans un tumulte perpétuel. Les vagues s'engouffraient dans l'étroit mouillage comme un troupeau de moutons dans une bergerie ; débordant des deux côtés, haut sur l'un et bas sur l'autre ; perpétuant un certain son creux de caverne, fumant comme des canons et se répandant finalement sur le rivage.

Du côté le plus éloigné d'Atouona, le promontoire, bien abrité, était une pépinière de cocotiers. Quelques-uns étaient encore des enfants ; aucun n'avait encore achevé sa croissance ; aucun ne fusait encore vers le ciel avec ce jet en coup de fouet des palmiers à maturité. Chez les jeunes arbres, la couleur change avec l'âge et la taille. En ce moment, tous ont la teinte infiniment délicate de l'herbe verte ; bientôt la côte se dorera, les frondaisons demeurant vertes comme des fougères ; alors, les troncs continuant de s'élever atteindront leur couleur grise définitive, et les grands éventails, revêtus d'une épaisseur de verdure plus vigoureuse et plus prononcée et découpés sur le lointain en sombres saillies, brilleront au soleil et étincelleront sous les assauts du vent comme des fontaines d'argent. Dans ce jeune bois de Taahauku, toutes ces nuances et ces combinaisons étaient représentées et répétées par vingtaines. Les arbres croissaient, agréablement espacés, sur une pelouse accidentée, entremêlés çà et là de palissades pour faire sécher le copra ou de quelque hutte délabrée où on l'emmagasine. A chaque instant, le flâneur pouvait entrevoir le *Casco* se balançant non loin de là, dans l'étroit mouillage, et au-delà, le sombre amphithéâtre des montagnes, d'Atouona et les falaises abruptes qui l'enclosent du côté de la mer. Les vents alizés, passant parmi les éventails, faisaient un bruit sans fin de pluie d'été ; et, de temps en temps, on entendait le flot s'engouffrer dans une caverne sous-marine avec le bruit d'un roulement de tambour subit et lointain.

A l'extrémité supérieure de la passe, son revêtement de rochers bas s'abaisse de deux côtés et forme une plage. Un entrepôt de coprah s'abrite à l'ombre des arbres qui la bordent ; autour de lui voltige éternellement une troupe d'hirondelles naines ; et une ligne de rails, construite sur une tranchée de bois, descend vers l'embouchure de la vallée. En les parcourant, le voyageur nouvellement débarqué découvre un lagon plein d'une eau claire et fraîche (dont il traverse un bras), et au-delà un bouquet de nobles palmiers abritant la maison du négociant Mr. Keane. Les cocotiers, en se rejoignant, font à celle-ci une toiture élevée et continue ; on entend les merles chanter à plein gosier ; le coq des îles fait entendre son chant rauque et joyeux et aère son plumage doré ; les cloches des vaches sonnent çà et là dans le bocage ; et quand vous êtes assis dans la claire véranda, bercé par cette symphonie, dites-vous, si vous le pouvez : « Plutôt cinquante années d'Europe... » Plus loin, le sol de la vallée est vert et plat, ponctué çà et là de cocotiers adolescents. Parmi eux, avec mille chansons, la rivière court et bavarde ; et le long de son cours, là où nous cherchons des saules, les puraos croissent en grappes et font les étangs ombreux selon le cœur d'un pêcheur à la ligne. Je n'ai trouvé nulle part un vallon plus riche et plus paisible, un air plus tendre, une voix plus douce aux sons champêtres. Seul, un détail frappe l'observateur : voilà une baie commode, un terrain excellent, une eau très bonne et cependant, nulle part, aucun paepae, aucune trace d'habitation insulaire.

Il n'y a que peu d'années encore cette vallée était

étouffée par la jungle. Deux clans revendiquaient leurs droits sur la propriété et, sur un terrain contesté par tous les cannibales et théâtre de leurs combats, aucun ne pouvait les établir, et les routes restaient désertes ou visitées seulement par des gens en armes. C'est la raison pour laquelle elle présente maintenant un aspect si souriant, défrichée, plantée, construite, pourvue de chemins de fer, d'embarcadères pour les bateaux et d'établissements de bains. Car, n'étant la propriété de personne, elle était devenue d'autant plus facilement celle d'un étranger. Cet étranger était le capitaine John Hart : Ima-Hati, « Bras-Cassé », comme l'appelaient les naturels, parce qu'il avait le bras en écharpe la première fois qu'il visita les îles. Le capitaine Hart, anglais de naissance, mais sujet américain, avait conçu, pendant la guerre d'Amérique, l'idée de cultiver le coton aux îles Marquises et il y réussit tout d'abord. La plantation à Anaho était extrêmement productive ; le coton des îles atteignit un prix élevé et les naturels discutaient habituellement quelle était la puissance supérieure, de celle d'Ima-Hati ou de celle des Français, concluant en faveur du capitaine, parce que les Français, il est vrai, avaient plus de bateaux, mais le capitaine avait plus d'argent.

Il remarqua Taahauku comme un site favorable, s'en rendit acquéreur et en offrit la surintendance à Mr. Robert Stewart, un homme du Fifeshire déjà établi aux îles depuis quelque temps, et ruiné récemment par une guerre à Tauata. Mr. Stewart était un peu hostile à l'aventure, ayant quelque connaissance d'Atuona et de la mauvaise réputation de son chef de clan : Moipu. Il avait une fois, me dit-il, atterri là, au crépuscule, et trouvé les restes d'un homme et d'une femme à moitié dévorés. Et comme il sursautait de dégoût à cette vue, un des jeunes gens de Moipu ramassa un des pieds de l'homme et, fixant l'étranger d'un air provocant, se mit, en grimaçant, à grignoter le talon. Nul ne s'étonnera que Mr. Stewart ait fui instantanément dans la brousse, y ait couché toute la nuit, l'esprit frappé d'horreur et ait repris la mer le lendemain, dès le lever du jour. « Cela a toujours été un mauvais endroit, Atuona », commenta Mr. Stewart avec son accent familier du Fifeshire. En dépit de ce terrible début, il accepta l'offre du capitaine, fut débarqué à Taahauku avec trois Chinois et procéda au défrichement de la jungle.

En ce temps, la guerre se poursuivait presque sans interruption entre les habitants d'Atuona et ceux de Haamau ; et, un jour, du côté opposé de la vallée, la bataille — je devrais dire le bruit de la bataille — fit rage tout l'après-midi, les coups de feu et les insultes des camps ennemis passant de colline en colline au-dessus des têtes de Mr. Stewart et de ses Chinois. Ce n'était pas un réel combat, mais plutôt comme une querelle d'écoliers ; seulement, à ces enfants, quelque fou avait donné des fusils. Un homme mourut des efforts qu'il avait faits en courant : ce fut la seule perte. Avec la nuit, les coups et les insultes prirent fin ; les hommes de Haamau se retirèrent et la victoire, en vertu de quelque principe occulte, fut attribuée à Moipu. En conséquence, un jour vint sans doute où Moipu donna un festin et où une partie des habitants de Haamau furent conviés à venir avec un sauf-conduit pour en manger leur part. Ceux-ci traversèrent de bonne heure Taahauku, et quelques jeunes gens de Moipu leur servirent de garde d'honneur. Ils n'étaient pas partis depuis longtemps quand arrivèrent, de Haamau, un homme, sa femme et leur fille âgée de douze ans, apportant des champignons. Plusieurs garçons d'Atuona étaient en arrêt devant la provision ; mais ce jour étant un jour de trêve, nul n'appréhendait le danger. Les champignons furent pesés et payés ; l'homme de Haamau demanda qu'on lui aiguisât sa hache par-dessus le marché ; Mr. Stewart hésitant à le faire, quelques-uns des garçons d'Atuona s'offrirent à le faire pour lui et la placèrent sur la roue. Pendant qu'on aiguisait la hache, un naturel ami dit à Mr. Stewart de se méfier parce qu'il y avait des menaces dans l'air ; tout à coup, l'homme de Haamau fut saisi, sa tête et ses bras tranchés, la tête d'un seul coup de sa propre hache fraîchement affilée. A la première alerte, la fille s'enfuit dans les cotonniers, et Mr. Stewart ayant jeté la femme dans une maison et l'ayant enfermée de l'extérieur, crut l'affaire terminée. Mais elle ne s'était pas accomplie sans bruit et elle était arrivée aux oreilles d'une fille plus âgée qui flânait de ce côté et qui, maintenant, accourait dans la vallée en pleurant sur son père. D'elle aussi, ils se saisirent et la décapitèrent ; je ne sais ce qu'ils avaient fait de la hache : c'est un couteau épointé qui fut l'instrument de cet acte de boucherie. Le sang jaillit à flots, les maculant de la tête aux pieds. Portant sur elle l'horreur de ce crime, la compagnie retourna à Atuona, apportant les têtes à Moipu. On se figure comment la fête prit fin ; mais les invités purent se retirer sans difficultés. Ils traversèrent de nouveau Taahauku dans un désordre extrême ; peu après, la vallée retentissait d'acclamations et de cris de triomphe ; et, une lettre d'avertissement étant venue mettre Mr. Stewart sur ses gardes, il se réfugia avec ses Chinois chez les Missionnaires protestants de Atuona. Cette nuit même, le magasin d'approvisionnement fut pillé, et les corps déposés dans une fosse et recouverts de feuilles. Trois jours après, la goélette était arrivée ; et, les choses paraissant plus calmes, Mr. Stewart et le capitaine débarquèrent à Taahauku pour évaluer les dégâts et voir la tombe signalée déjà par la puanteur qui s'en dégageait. Comme ils s'occupaient à cela, une partie des jeunes gens de Moipu, vêtus de flanelle rouge, pour indiquer leurs dispositions belliqueuses, descendirent des collines d'Atuona, déterrèrent les corps, les lavèrent dans la rivière et les emportèrent sur des bâtons. Cette nuit-là, le festin commença.

Ceux qui ont connu Mr. Stewart avant cette aventure disent que, depuis, il n'est plus le même homme. Il resta néanmoins, vaillamment, à son poste, et, un peu plus tard, comme la plantation était déjà en bonne voie et donnait du travail à 60 Chinois et 70 naturels, il se trouva exposé à de nouveaux dangers. Les habitants de Haamau, lui dit-on, avaient juré de saccager et de raser la colonie ; des lettres arrivaient sans cesse des missionnaires hawaïens qui le renseignaient à ce sujet, et pendant six semaines, Mr. Stewart et trois autres blancs passèrent les nuits dans la fabrique de coton, derrière un rempart de ballots, et (ce qui était la meilleure défense) s'adonnant tout le jour, ostensiblement à des tirs à la carabine sur la plage. Les naturels étaient souvent là, les observant ; leur tir était excellent ; et l'assaut annoncé ne fut jamais livré — si tant est qu'il dût l'être — ce dont je doute, car les naturels sont plus réputés pour les faux bruits qu'ils répandent que pour leurs actes d'énergie. On m'apprit que la dernière guerre des Français en était un exemple, les tribus du rivage accusant celles des montagnes de nourrir des desseins qu'elles n'auraient jamais eu la hardiesse même de concevoir. Et de tous côtés, je recueillis les mêmes témoignages sur la façon arriérée dont elles se comportaient dans les batailles ouvertes. Le capitaine Hart descendit à terre, une fois, après un combat, dans une certaine baie ; un homme avait une main blessée ; une vieille femme et deux enfants avaient été tués ; le capitaine profita de l'occasion pour panser la main et réprouver les deux côtés d'une si misérable affaire. Aussi bien, ces guerres étaient souvent une pure formalité comparable aux duels qu'interrompt la première goutte de sang. Le capitaine Hart visita une baie où une guerre de ce genre se poursuivait entre deux frères, dont l'un était accusé d'avoir manqué de politesse envers les hôtes de l'autre. La moitié de la population prenait parti pour chaque camp alternativement, de façon à être bien avec chacun d'eux lorsque l'inévitable paix surviendrait. Les forteresses des belligérants étaient situées tout près l'une de l'autre. Les cochons rôtissaient. Des braves bien huilés, avec des fusils huilés aussi, se pavanaient sur le paepae ou prenaient place pour le festin. Aucune besogne, si nécessaire fût-elle, ne pouvait être faite, et toutes les pensées étaient supposées concentrées sur cette caricature d'une guerre. Quelques jours plus tard, par un accident regrettable, un homme fut tué ; tout de suite, on eut conscience d'avoir été trop loin et la querelle fut instantanément vidée. Mais les guerres les plus sérieuses se poursuivaient dans ce même esprit ; un présent de cochons et un festin en étaient la conclusion inévitable ; le massacre d'un seul homme était une grande victoire et le meurtre de solitaires sans défense conté comme un acte héroïque.

Le pied des falaises autour de toutes ces îles, est consacré à la pêche. Entre Taahauku et Atuona, nous vîmes des hommes, mais surtout des femmes, les uns presque nus, les autres vêtus de robes légères, blanches ou cramoisies, perchés sur un petit promontoire battu par le flot — le noir précipice les menaçait — les volubilis surplombaient celui-ci comme pour les séparer plus complètement de l'assistance. C'est là que, presque toute la matinée, ils pêchaient à la ligne ; dès qu'ils attrapaient un poisson, ils l'avalaient sur place, cru et vivant ! Ce sont ces hommes sans défense que les guerriers de l'île opposée de Tauata massacraient et rapportaient chez eux pour les manger, ce pourquoi ils étaient considérés comme des hommes valeureux et puissants. Je puis donner de l'un de ces exploits le récit d'un témoin oculaire : Joé le Portugais, cuisinier de Mr. Keane, tirait un jour quelques bordées dans un bateau d'Atuona avec quelques naturels, lorsqu'ils aperçurent un étranger dans un canot, avec un peu de poisson et un objet tabou. Les hommes d'Atuona le prièrent d'approcher pour venir fumer une pipe avec eux ; il y consentit, mais le pauvre diable savait ce qui l'attendait, et, comme disait Joé, il ne semblait pas se soucier beaucoup de cette pipe ! Quelques questions suivirent sur le lieu d'où il venait et de quoi il s'occupait. Il dut répondre à celles-ci comme il dut accepter la pipe redoutée, avec la sensation que son cœur mourait dans sa poitrine ! Et alors, subitement, un des compagnons de bateau de Joé se pencha, précipita l'étranger hors de son canot, le frappa dans le cou avec son couteau, de haut en bas — comme le démontrait Joé avec une pantomime plus expressive encore que ses paroles — le maintint sous l'eau comme un poulet jusqu'à ce que ses dernières résistances aient cessé. Sur quoi le « cochon-long » fut amené à bord, l'avant du bateau tourné vers Atuona, et ces héros marquisans ramèrent vers la terre en se réjouissant. Moipu était sur la plage et se réjouit avec eux à leur arrivée. Pauvre Joé continua de ramer ce jour-là avec eux, la figure décomposée ; mais il ne craignait rien pour lui-même. « Ils étaient très bons pour moi — disait-il —, me donnaient beaucoup à manger : jamais envie de manger homme blanc. »

Si l'aventure la plus horrible fut celle de Mr. Stewart, le plus grand danger fut couru par le capitaine Hart. Il avait acheté un bout de terrain à Timau, chef d'une baie voisine et y avait mis à l'œuvre quelques Chinois. Lorsqu'il vint visiter la place avec un des Godeffroy, il trouva ses Chinois rassemblés sur le rivage et frappés de terreur. Timau les avait chassés, s'était saisi de leurs effets et avait revêtu sa tenue de combat ainsi que ses jeunes compagnons. On dépêcha un bateau à Taahauku pour avoir du renfort ; et comme ils attendaient son retour, on put voir, du pont de la goélette, Timau et ses jeunes compagnons danser sur le sommet de la colline jusque bien après minuit. Quand le bateau arriva, amenant trois gendarmes armés de chassepots, deux blancs de Taahauku et quelques guerriers indigènes, la troupe se mit en route pour s'emparer du chef avant son réveil. Le jour n'était pas encore venu, et il y avait un brillant clair de lune, quand ils atteignirent le sommet de la colline où, dans une case en feuilles de palmier, Timau cuvait, en dormant, sa débauche. Les assaillants étaient très exposés, l'intérieur de la hutte dans une obscurité complète, la position loin d'être sûre. Les gendarmes s'accroupirent, leurs armes toutes prêtes, et le capitaine Hart s'avança seul. Comme il s'approchait de la porte, il entendit le bruit sec d'un fusil qu'on arme, à l'intérieur ; et, réduit à se défendre à tout prix, n'ayant nul autre moyen de salut, il bondit dans la maison et empoigna Timau : « Timau, suis-moi », cria-t-il. Mais Timau — un grand diable aux yeux rougis par l'abus du kava, mesurant 6 pieds 3 pouces — le rejeta de côté ; le capitaine s'attendant à être instantanément fusillé ou à avoir la cervelle brûlée, déchargea son pistolet dans le noir. Quand ils transportèrent Timau sur le seuil de la porte, dans le clair de lune, il était déjà mort et leur sortie ayant eu cette fin imprévue, les blancs, selon toute apparence, perdirent la tête et regagnèrent leur embarcation, poursuivis par les coups de fusil des naturels. Le capitaine Hart, qui rivalisait presque avec le Père Dordillon en popularité, pratiquait comme lui la tactique d'une extrême indulgence envers les naturels, les considérant comme des enfants, n'attachant pas grande importance à leurs défauts, et toujours porté aux mesures de douceur. Aussi la mort de Timau a quelque peu pesé sur sa mémoire ; d'autant plus que le mousquet du chef qu'on retrouva dans la maison n'était pas chargé. A une conscience moins délicate, le cas semblera de peu d'importance. Quand un sauvage ivre charge une arme à feu, un gentleman s'avançant vers lui, à découvert, peut ne pas attendre la preuve qu'elle est chargée.

J'ai fait allusion à la popularité du capitaine. C'est une des choses qui frappent le plus un étranger dans les Marquises. Deux noms le frappent immédiatement, tous deux nouveaux pour lui, tous deux fameux dans toute la localité, tous deux prononcés par tous avec affection et respect : celui de l'évêque et celui du capitaine. J'en conçus un violent désir de rencontrer le survivant qui a, par la suite, contribué à l'enrichissement de ces pages. Bien longtemps après, au « Lieu de Douleur[1] », — Molokaï — je rencontrai de nouveau les traces de cette affectueuse popularité. Il y avait là un blanc, lépreux et aveugle, un ancien matelot — « une vieille carcasse », comme il se nommait lui-même, — qui avait longtemps navigué parmi les îles orientales. J'avais l'habitude d'aller le voir, et, fraîchement arrivé des lieux qui avaient été le théâtre de son activité, je lui donnais les nouvelles. Celles-ci (dans le vrai style des îles) consistaient principalement en une chronique des naufrages ; et je lui racontai par hasard le cas d'un capitaine malchanceux qui avait perdu un des vaisseaux de Mr. Hart. Sur quoi l'aveugle se répandit en lamentations : « A-t-il perdu un bateau de John Hart ! Eh bien ! je suis triste qu'il soit à Hart !... » Suivaient force épithètes que je néglige de transcrire.

Peut-être, si les affaires du capitaine avaient continué de prospérer, sa popularité eût-elle été différente. Le succès mène à la gloire, mais il tue l'affection qu'entretient l'infortune. Et l'infortune attachée à l'entreprise du capitaine fut réellement singulière. Il était à l'apogée de sa carrière. Il était propriétaire de l'île Masse, que les Français lui avaient donnée pour l'indemniser des vols dont il avait été victime à Taahauku. Mais l'île Masse ne convenait qu'à l'élevage

1. Léproserie.

du bétail ; et ses deux stations principales étaient Anaho à Nuka-hiva, tournée vers le nord-est, et Taahauku à Hiva-oa, à quelques centaines de milles plus au sud, et orientée vers le sud-est. Toutes deux furent, le même jour, balayées par un raz de marée, qui ne fut ressenti dans aucune autre île ni baie de ce groupe ; la côte méridionale de Hiva-oa fut jonchée de bois de construction et de coffres en bois de camphrier, pleins de richesses ; sur la promesse d'une prime raisonnable, les naturels les rapportèrent honnêtement, les caisses ne paraissant pas avoir été ouvertes, et une partie du bois, après qu'il eût été employé à la construction de leurs maisons. Mais le recouvrement de ces épaves ne suffisait pas à atténuer le désastre. Le capitaine ne pouvait résister à ce coup de la Fortune ; et sa chute fut la fin de la prospérité des Marquises. Anaho n'existe plus, Taahauku est devenue l'ombre d'elle-même ; et aucune plantation nouvelle n'a surgi là où elles furent.

CHAPITRE XIII

Caractères

Notre mouillage d'Antuona présentait un mouvement commercial bien différent de la morte inertie et de la quiétude de l'île sœur de Nuka-hiva. Des voiles manœuvraient à son embouchure ; tantôt c'était une baleinière montée par des gamins du pays, et chargée de coprah à vendre ; tantôt, un canot solitaire venu pour acheter des provisions. Le mouillage était également fréquenté par des pêcheurs ; non seulement des femmes solitaires, perchées sur les niches de la falaise, mais des troupes entières qui, parfois, campaient et construisaient leur feu sur le rivage, et, parfois, couchaient dans leurs canots au milieu du port et sautaient dans l'eau à tour de rôle, la lançant à huit ou neuf pieds de hauteur, pour pousser, je suppose, le poisson dans leurs filets. Les denrées remportées par les acquéreurs étaient parfois bizarres. Je remarquai une barque, revenant avec un unique jambon, se balançant au bout d'une perche, à l'arrière. Un jour, un charmant garçon, avec des manières parfaites, et parlant le français correctement quoique avec un accent enfantin, vint dans le magasin de Mr. Keane ; très bien physiquement, et un peu dandy, à en juger non seulement par l'éclat de son habillement, mais par la nature de ses acquisitions. Elles consistaient en cinq biscuits de mer, en un flacon de parfum, et deux boules de bleu pour blanchir le linge. Il était de Taauta où il retourna la nuit même dans un « outrigger », défiant l'océan avec ces trésors de petite-maîtresse. Le gros des passagers indigènes était moins favorisé : c'étaient de grands hommes vigoureux, bien tatoués, aux manières inquiétantes. Ils se distinguaient par quelque chose de grossier et de goguenard, qui me rappelait les faubourgs de certaines grandes villes. Une nuit, à la brune, une baleinière accosta sur une partie de la plage où je me trouvai seul, par hasard. Six ou sept individus à figures de bandits en sortirent; tous possédaient assez d'anglais pour me dire « good-bye », ce qui est leur salutation habituelle; ou « good-morning », qui leur paraît plus expressif; suivirent quelques plaisanteries et ils m'entourèrent avec un rire rauque et des regards insolents; je fus content de pouvoir m'en aller. Je n'avais pas encore rencontré Mr. Stewart, sans quoi je me serais souvenu de sa première descente à Atuona et du mauvais plaisant qui grignotait le talon d'homme. Mais leur voisinage me déprimait; et je sentais que si j'avais été un naufragé hors de tout secours, le cœur m'eût manqué.

Le commerce n'était pas le monopole absolu des indigènes. Comme nous étions au mouillage, une étrange coïncidence se produisit. Une goélette se montra en mer, cherchant à entrer dans le port; nous connaissions toutes les goélettes du groupe, mais celle-ci paraissait plus grande qu'aucune d'elles; en outre, elle était gréée à l'anglaise; et comme elle venait jeter l'ancre à quelque distance du *Casco,* montra enfin son pavillon bleu. Il n'y avait, à cette époque, à en croire la rumeur publique, pas moins de quatre yachts dans le Pacifique; mais n'était-ce pas étrange que, précisément, deux d'entre eux se trouvassent côte à côte dans cette passe excentrique; plus étrange encore que je dusse retrouver dans le propriétaire de la *Nyanza* le capitaine Dewar, un homme de mon pays et de mon comté, et que j'avais rencontré, petit garçon, sur les plages des Alpes-Maritimes.

Nous eûmes, en outre, un visiteur blanc de la côte qui vint et s'en retourna dans une baleinière surchargée et menée par des naturels ; il avait lu des histoires de yachts dans les journaux du dimanche et était dévoré du désir d'en voir un. On l'appelait le capitaine Chase : c'était un vieux baleinier, trapu, à barbe blanche, avec un fort parler traînard et indien ; il habitait le pays depuis des années, bon partisan dans les batailles, et l'un de ces tireurs fameux dont la force à la cible frappait de terreur les braves de Haamau. Le capitaine Chase demeurait plus à l'est, dans une baie appelée Hanamate, avec un Mr. M'Callum ; ou plutôt, ils avaient commencé par habiter ensemble, et étaient maintenant séparés à l'amiable. Le capitaine habite près d'une extrémité de la baie, dans une hutte délabrée, et servi par un Chinois. A la pointe du coin opposé, une habitation s'élève sur un vaste paepae. Le flot s'y brise avec une force extrême, des vagues de sept à huit pieds de haut s'élancent contre les murs de la maison, continuellement emplie de leur clameur et qui ne peut convenir qu'à des habitants résignés à la solitude et au mutisme. C'est là que Mr. M'Callum, avec un Shakespeare et un Burns, jouit de la société des brisants. Son nom et ce Burns témoignent de son sang écossais ; mais il est né en Amérique, quelque part dans le « far east », entra chez un constructeur de vaisseaux, et fut longtemps employé, à la tête d'une centaine d'Indiens, à démolir les épaves autour du cap Flattery.

Une grande partie des blancs qu'on rencontre, dispersés dans les mers du Sud, représentent la portion la plus artiste de leur classe ; et non seulement ils jouissent de la poésie de cette vie nouvelle, mais c'est pour en jouir qu'ils sont venus là. J'ai été camarade de bord d'un homme, qui n'était plus jeune, et qui, n'ayant jamais tâté de la mer, entreprenait ce voyage pour le simple amour de Samoa ; seules, quelques lettres dans un journal l'avaient mis en route pour ce pèlerinage. Mr. M'Callum était un autre exemple de ce genre. Il avait lu beaucoup de choses sur les mers du Sud ; il avait aimé à les lire ; il avait laissé leur image prendre possession de son cœur ; jusqu'au moment où il ne put résister davantage — dut s'embarquer, nouveau Rudel, pour cette patrie encore inconnue — et habite maintenant, depuis des années, à Hiva-oa, où il laissera finalement reposer ses os avec un parfait contentement, n'ayant eu aucun désir de revoir les lieux de son enfance ; seulement, peut-être, — une fois avant de mourir — le rude passage hivernal de Cap Flattery. Et pourtant, c'est un homme actif, plein de projets ; il a acheté du terrain aux indigènes ; a planté 5 000 cocotiers ; a une île déserte en vue qu'il désire louer à bail et a, sur le chantier, une goélette dont il a dessiné les plans, qu'il a construite lui-même et qu'il compte bien terminer. Mr M'Callum et moi ne nous sommes pas rencontrés, mais nous avons, comme de galants troubadours, correspondu en vers. J'espère qu'il ne m'accusera pas d'attenter aux droits d'auteur en donnant ici un spécimen de sa muse. Lui et le Père Dordillon sont les deux bardes des Marquises

Ho ! voile ! ahoy — Casco
Le premier entre les flottes de plaisance
Qui, de San Francisco, s'en vinrent dans ces parages
Pour saluer ces îles !

Et le premier aussi ; et le seul
Parmi les hommes de lettres
Venu jamais par ces chemins
Bienvenue, donc, à Stevenson !

De grâce, que point ne s'offense
De cette petite allusion,

Au Casco, *Capitaine Otis,*
Ainsi que la famille du romancier.

« Avoir une voyage magnifical
Est notre vœu sincère
Et que vous le poursuiviez ainsi
Allant sur la Grande Pacifical ».

Mais notre principal visiteur était un certain Mapiao, un grand Tahuku — ce qui signifie, semble-t-il, prêtre, sorcier, tatoueur, expert en n'importe quel art, ou en un mot, un personnage ésotérique — et un homme célèbre pour son éloquence dans les réunions publiques, et pour le piquant de sa conversation. La façon dont il apparut pour la première fois, peint l'homme. Il s'en vint clamant au débarcadère est, où le flot montait à une grande hauteur ; méprisa tous les signaux que nous lui faisions pour l'inciter à contourner la baie ; réussit, non sans danger, à aborder notre esquif, et se mit dans un coin du cockpit, à la tâche assignée. Il avait été engagé — comme étant expert en cet art — pour tresser en festons mes barbes de vieillards. Quelle guirlande pour les bosquets de Celia ! Sa propre barbe (qu'il portait pour plus de sûreté, nouée d'un nœud de marin) n'était pas seulement un ornement de son âge, mais une partie précieuse de son avoir. Elle était évaluée cent dollars ; et comme le frère Michel ne connaissait aucun naturel ayant jamais versé une somme pareille entre les mains de Mgr Dordillon, notre ami était un homme riche, en vertu de son menton. Il avait quelque chose du type indien oriental, mais plus grand et plus fort : le nez crochu, le visage étroit, le front très haut, le tout richement tatoué. Je peux le dire, je n'ai jamais eu affaire à un hôte aussi difficultueux ; il fallait le servir pour les moindres détails ; il ne voulait pas aller chercher l'eau au tonneau ; il ne se serait pas même levé pour prendre un verre, il fallait le lui mettre dans la main : si on refusait de l'aider, il se croisait les bras, courbait la tête, et s'en allait sans rien : seulement l'ouvrage en souffrait. De bonne heure, dès le premier matin, il réclama à grands cris du biscuit et du saumon ; on lui apporta du biscuit et du jambon ; il les considéra d'un air impénétrable et fit signe qu'on les mît de côté. Une foule de considérations affluèrent à mon esprit ; peut-être le genre de travail pour lequel on l'avait engagé était-il Tabou à un haut degré ? peut-être aurait-on dû l'installer sur une plate-forme Tabou, dont l'approche eût été interdite à toute femme ? et il se pouvait que le poisson fût l'aliment essentiel ? Aussi lui apportai-je un peu de poisson salé accompagné d'un verre de rhum, à la vue de quoi une animation extraordinaire s'empara de Mapiao, il désigna le zénith, entreprit un long discours dans lequel je relevai le mot *umati* — qui veut dire : soleil — et me fit signe, une fois de plus, de placer ces friandises hors de portée. A la fin j'avais compris, et tous les jours le programme était le même. Tout au début de la matinée, son repas devait être placé sur le rog, à une distance déterminée, bien en vue, mais hors d'atteinte, et pour rien au monde, l'artiste n'y eût touché, avant l'heure propice, qui était midi précis ! Cette solennité fut la cause d'une absurde mésaventure. Il était une fois, comme d'habitude, occupé à tresser les barbes, son déjeuner disposé sur le toit, et un verre d'eau placé non loin de là. Il semble qu'il eût envie de boire ; il était, bien entendu, un gentleman trop important pour se lever et aller lui-même chercher l'eau, et apercevant Mrs. Stevenson, lui fit signe impérieusement de la lui apporter. Le signe ne fut pas compris ; aussi bien Mrs. Stevenson était préparée à n'importe quelle excentricité de la part de notre hôte ; et au lieu de lui passer l'eau, elle lança son déjeuner par-dessus bord. Je dois rendre justice à Mapiao : tout le monde rit, mais son rire fut celui qui sonna le plus haut.

Ces troubles de service ne se produisaient que de temps en temps ; mais l'ennui de la conversation du bonhomme était incessant. Il était, pour ainsi dire, un causeur professionnel : la justesse de ses inflexions, l'élégance de ses gestes et le jeu raffiné de ses expressions en témoignaient. Nous, pendant ce temps, écoutions cela comme des étrangers au théâtre ; nous nous rendions compte que les acteurs étaient occupés de certaines affaires matérielles, et les menaient à bien, mais le nœud du drame demeurait une énigme. Des noms de localités, celui du capitaine Hart, parfois quelques mots décousus et fortuits, nous ouvraient d'engageantes perspectives, sans nous éclairer ; et moins nous comprenions, plus Mapiao revenait à la charge, de plus en plus galant, de plus en plus prolixe, et avec des gestes explicatifs de plus en plus multipliés. Visiblement sa vanité était à la torture : être venu dans un endroit où ce joyau qu'était son talent de causeur ne lui valait aucun respect ! et il avait des moments de désespoir quand il abandonnait la tâche, et des moments d'irritation où il nous regardait avec un mépris non dissimulé. Pour moi, considérant qu'il devait y avoir quelque parenté entre les mystères que nous desservions, il me donna, jusqu'à la fin, quelques marques de respect. Quand nous étions assis, à l'opposé l'un de l'autre, sous la tente du cockpit, lui, tressant les poils des mentons de défunts, moi, traçant des hiéroglyphes sur une feuille de papier, il me faisait un signe de tête comme fait un Tahuku à un autre, ou, traversant le cockpit, il étudiait un instant mon griffonnage informe et m'encourageait avec un « mitai ! — bien ! » parti du cœur. Tel un peintre sourd sympathise de loin avec un musicien, comme l'esclave et le maître de quelque art incompréhensible et pourtant commun entre eux. Sans doute, la profession lui paraissait assez sotte ; mais un homme doit montrer quelque indulgence pour les barbares — « chaque pays a ses coutumes » — et il sentait que le principe était là.

Le temps vint enfin où ses travaux, qui ressemblaient plutôt à ceux de Pénélope qu'à ceux d'Hercule, ne purent se prolonger davantage, et où il ne resta qu'à le payer et à lui dire adieu. Après un long discours en marquisan, je compris qu'il rêvait de hameçons ! je pensais qu'avec trois de ceux-ci et une poignée de dollars il serait suffisamment récompensé d'avoir passé ses matinées dans notre cockpit, mangeant, buvant, émettant ses opinions, et occupant tout l'équipage de son service. Mais, malgré tout cela, il prenait de si grands airs, et ressemblait tellement à un de mes oncles qui serait devenu fou et se serait fait tatouer, que je le questionnai quand nous fûmes à terre, pour savoir s'il était satisfait. « Mitai *chipe* ? » demandai-je. Et lui, avec une grande onction, me tendant la main en même temps : « Mitai *chipe*, mitai Kaekae ; kasha nui ! » ou librement traduit : « Le bateau est bon, les victuailles de première marque, et nous nous quittons bons amis. » Sur quoi ayant murmuré ce témoignage d'estime, il s'en fut le long du rivage, courbant la tête de l'air de quelqu'un gravement injurié.

De mon côté je le vis s'en aller avec soulagement. Il est plus intéressant de savoir quelle impression nos relations faisaient sur Mapiao. Son exigence, nous voulons le croire, était toute locale. Il avait été embauché par des ignorants pour faire un certain travail ; il était tenu de le faire consciencieusement. Des obstacles sans nombre, un ridicule inconscient et constant, ne parvinrent pas à l'en détourner. Il avait son déjeuner préparé ; le surveillait comme il convenait, tout en travaillant ; le mangeait à l'heure voulue ; était servi en toutes choses ; et pouvait, à la fin, toucher son salaire avec une conscience tranquille, se disant que le mystère avait été dûment accompli, les barbes tressées selon les règles, et nous (en dépit de nous-mêmes) correctement servis. L'opinion qu'il avait de notre stupidité, lui-même, le prodigieux causeur, devait manquer de mots pour l'exprimer. Jamais il ne se mêla de mon travail sur Tahuku ; il le louait poliment, mollement, semblait-il, — supposant poliment que je devais être compétent dans ce mystère qui m'était propre : telle étant l'attitude des gens intelligents et polis. Et nous, de l'autre côté, qui avions le plus à perdre ou à gagner, puisque le produit de tout cela nous était destiné, — qui avions prouvé notre incapacité par le fait même de l'engager pour cet ouvrage — n'étions jamais fatigués de mettre obstacle à ses travaux les plus importants, et n'avions pas assez souvent de toute notre éducation pour réprimer notre envie de rire.

CHAPITRE XIV

Dans une vallée cannibale

La route qui va de Taahauku à Atuona, suivait le côté nord-est du mouillage, à une assez grande hauteur, bordée, et parfois ombragée par les fleurs splendides du *flamboyant* — dont j'ignore le nom anglais. Après un tournant, Atuona apparut : une longue plage ; le flot se brisant avec un bruit lourd ; un village disséminé dans les arbres, le long du rivage ; et des montagnes ravinées se rapprochant des deux côtés d'un précipice étroit et fertile, qu'elles surplombent ; sa réputation infâme n'était pas sans m'influencer, mais ce lieu m'apparut comme le plus ravissant de la terre, quoique le plus menaçant et du plus mauvais augure. Magnifique, il l'était à coup sûr ; et salubre, plus encore. La salubrité de tout le groupe est étonnante ; celle d'Atuona, entre autres, tient du miracle. Dans Atuona où un village est situé sur un marais, le long de la côte où les maisons sont disséminées parmi les étangs des jardins de taro, nous trouvons réunies toutes les conditions de danger et d'insécurité des tropiques ; et cependant, on n'y trouve même pas de moustiques — pas même l'odieuse mouche-de-jour de Nuka-hiva — et la fièvre, ainsi que son compagnon le *fe' efe' e'*[1] des îles, y sont inconnus.

C'est le centre principal des Français dans l'île

1. Elephantiasis.

cannibale de Hiva-oa. Le sergent de gendarmerie jouit du titre de vice-résident, et arbore les couleurs de France sur sa possession assez étendue. Un Chinois, épave de la plantation, tient un restaurant dans les quartiers reculés du village ; et la mission est bien représentée par l'école de sœurs, et l'église du frère Michel. Le Père Oreus, un superbe octogénaire, la stature à peine voûtée, la flamme de ses yeux non ternie encore, a vécu, tremblé, souffert en ces lieux depuis 1843. Sans cesse quand Moipu avait fait du « coco-brandy », il était chassé de sa demeure dans les bois. « Une souris logée dans l'oreille d'un chat », a un lieu de repos plus certain ; et pourtant je n'ai jamais vu un homme porter aussi peu la marque des années. Il voulut nous montrer l'église, encore décorée des naïfs ornements en papier de l'évêque — dernier travail des vieilles mains industrieuses, et le dernier amusement terrestre d'un homme qui eut beaucoup d'un héros. Dans la sacristie, il fallut voir ses vases sacrés, et particulièrement un vêtement qui était une *vraie curiosité,* parce qu'il avait été donné par un gendarme. Pour un protestant, il y a toujours quelque chose d'embarrassant dans l'ardeur avec laquelle des hommes mûrs et saints regardent ces futilités ; mais c'était joli et touchant de voir Oreus, ses yeux fanés brillant dans sa figure, déployer ses trésors sacrés.

26 août. — Le vallon, situé derrière le village, et rapidement ramené aux proportions d'un ravin, regorgeait d'arbres de rapport. Une rivière jaillissait au milieu. Sur la hauteur, les hauts cocotiers formaient une toiture primitive ; et au-dessus de celle-ci, d'une muraille de montagnes à l'autre, le ravin était plafonné de nuages ; nous avancions au-dessous, au milieu d'une végétation luxuriante, comme dans une serre couverte. De chaque côté, à tous les cent mètres, au lieu des paepaes éventrés et abandonnés de Nuka-hiva, des maisons populeuses exhibaient leurs habitants pour crier : « Kaohah ! » aux passants. La route aussi était animée. Des files de jeunes filles, belles et malpropres comme dans des contrées moins favorisées ; des hommes chargés de fruit-pain ; les sœurs avec une petite troupe d'élèves ; un garçon à cheval passaient et nous saluaient continuellement ; et maintenant c'était un Chinois qui venait à la porte de sa cour fleurie et nous gratifiait d'un « bonjour » en excellent anglais. Un peu plus loin quelques naturels nous apostrophaient au bord du chemin, nous préparaient un festin de pommes-roses et s'efforçaient de nous distraire pendant que nous mangions en tambourinant sur une boîte de fer-blanc. Malgré cette belle abondance d'hommes et de fruits, là aussi, la mort fait son œuvre. D'après les estimations les plus fortes, la population ne dépasse pas 600 individus dans toute la vallée d'Atuona ; quand j'interrogeai le frère Michel à ce sujet, il en compta dix qu'il savait malades sans espoir de guérison. Là aussi je pus satisfaire la curiosité que j'avais de voir une maison du pays complètement détruite. Elle s'était effondrée le long du paepae, ses étais penchaient franchement ; les pluies et les insectes s'acharnaient contre elle ; ce qui en restait semblait encore en assez bon état, mais une bonne partie n'existait plus ; et il était facile de voir que les insectes dévoraient les murailles comme du grain, et que l'air et la pluie les rongeaient comme du vitriol.

Un peu en avant de nous un jeune gentleman, fort bien tatoué, vêtu d'une paire de pantalons blancs et d'une chemise de flanelle, marchait d'un air indifférent. Tout à coup, sans cause apparente, il se retourna, prit possession de nous et sans que nous puissions l'en dissuader, nous accompagna le long d'un sentier détourné, jusqu'au bord de la rivière. Là, dans un recoin, du plus séduisant aspect, il nous invita à nous asseoir : la rivière bondissait, nous éclaboussant jusqu'au coude, une tignasse de verdure indescriptible pendait sur nous, nous enveloppant ; et là, après une courte absence, il nous apporta une noix de coco, un morceau de bois de santal, et un bâton qu'il avait commencé de sculpter : la noix pour nous rafraîchir ; le bois de santal, comme précieux présent ; et le bâton — dans la simplicité de sa vanité — pour récolter des compliments prématurés. — Une partie seulement était sculptée, quoique les dessins au crayon fussent tracés sur toute la longueur ; et quand je lui proposai de l'acheter, Poni (car tel était le nom de l'artiste) recula d'horreur. Mais je ne me laissai pas ébranler, et refusai tout simplement de le restituer, car je m'étais souvent étonné qu'un peuple, qui déployait dans ses tatouages un tel don d'invention décorative, n'en fît usage pour rien d'autre ! Ici enfin, j'avais trouvé un spécimen du même talent appliqué à un autre objet ; et son inachèvement même m'était, en ces jours de camelote universelle, une heureuse marque d'authenticité. Je n'arrivai à faire comprendre à Poni ni mes raisons ni mes intentions ; je ne pus que garder en mains le bâton et prier l'artiste de me suivre à la gendarmerie, où je trouverais des interprètes et de l'argent. Mais, entre-temps, nous lui fîmes cadeau d'un sifflet, en échange de son bois de santal. Tandis qu'il descendait le vallon derrière nous, il en tirait des sons sans discontinuer. Et sans discontinuer, des maisons qui bordaient la route, sortaient de petits groupes de jeunes filles, vêtues de cramoisi, ou d'hommes vêtus de blanc. Et à tous ceux-là Poni expliquait qui étaient les étrangers, ce qu'ils avaient fait, pourquoi Poni avait un sifflet ; et pourquoi il était emmené à la Vice-Résidence, ne sachant trop si c'était pour être puni ou récompensé, ne sachant pas trop s'il avait perdu une canne ou fait une bonne affaire, mais plein d'espoir dans le résultat final et en attendant, franchement consolé par le sifflet. Sur quoi il s'arracha à ce groupe de curieux, et nous entendîmes de nouveau le son aigre de son instrument, derrière nous.

27 août. — Je fis un circuit plus étendu dans le vallon avec le frère Michel. Nous montions une paire de bidets tranquilles, rompus à ces rudes chemins ; le temps était exquis, et la société dans laquelle je me trouvais, aussi agréable que les paysages que je traversais. Nous gravîmes d'abord, par des gradins escarpés, le sommet d'un de ces éperons recourbés qui, à distance, dessinent des régions de soleil et d'ombre sur le flanc de la montagne. Le terrain s'éboulait de chaque côté en pentes extrêmement abruptes. Et de chaque côté, du fond des ravins profonds, montait la chanson des cascades et la fumée des feux domestiques. De temps en temps les verdoyantes collines s'entr'ouvraient et notre regard plongeait sur une des habitations blotties là comme des nids. Et de nouveau s'élevait, imposante, la masse abrupte des montagnes couverte de verdure, là où, semblait-il, pas un pied de lièvre ne pouvait prendre racine, sillonnée par les zigzags d'une route, œuvre des hommes, là où pas une chèvre, semblait-il, ne pouvait grimper. Et à vrai dire, après tout le travail qu'elle a coûté, la route est regardée, par les Marquisans eux-mêmes, comme impraticable ; ils n'en risquent l'ascension avec aucun cheval, et ceux qui habitent du côté de l'ouest viennent et repartent dans leurs canots. Je n'ai jamais vu une colline dont les pentes demeurassent aussi raides à mesure qu'on l'approchait : une conséquence, je suppose, de son prodigieux escarpement. Quand nous l'eûmes contournée, je fus stupéfait de découvrir, au-delà, une vue aussi étendue et un bras de mer bleue aussi grand, couronné par l'île en forme de baleine de Motane. Et pourtant, la muraille de montagnes n'avait pas visiblement diminué, et même, il me semblait, en levant mes yeux pour la mesurer, qu'elle s'élevait sur l'horizon plus haut encore qu'auparavant.

Nous avancions maintenant dans des sentiers couverts, croisions et percevions de plus près le murmure des cours d'eau, et goûtions la fraîcheur des retraites qui abritent les habitations. Les oiseaux chantaient tout autour de nous, tandis que nous descendions. Tout le long de notre chemin, notre guide était hêlé par des voix : « Mikaël — Kaoha, Mikaël ! »

Du seuil des portes, des champs de cotonniers, ou des profonds bosquets de marronniers des îles, des cris amicaux s'élevaient, et nous y répondions gaiement au passage. A l'angle saillant d'un vallon, au bord d'un ruisseau bondissant et sous un amoncellement de frais feuillage, nous découvrîmes une maison, sur un paepae bien construit, un feu brillant brûlait sous le hangar à popoï, près du repas du soir ; là les cris se changèrent en chœur, et tous les habitants de la maison accourant nous obligèrent à mettre pied à terre et à nous arrêter. Ils semblaient être une nombreuse famille ; nous en vîmes huit au moins ; et l'un d'eux m'honora d'une attention toute particulière. C'était la mère, une femme nue jusqu'à la poitrine, d'un aspect âgé, mais avec des cheveux encore noirs et abondants, et la gorge encore droite et jeune. Dès notre arrivée, j'avais pu voir qu'elle me remarquait, mais au lieu d'exprimer le moindre souhait de bienvenue, elle disparut de suite, dans le taillis. Puis elle revint, portant deux fleurs de pourpre. « Good-bye ! » fut son salut prononcé non sans coquetterie ; et comme elle le disait elle me mit les deux fleurs dans la main : « Good-bye ! I speak Inglis » Elle avait appris la langue avec un baleinier qui était (me dit-elle), « un excellent garçon », et je ne pus m'empêcher d'évoquer ce qu'avait dû être sa beauté au temps de sa jeunesse, et sans doute le souvenir du dandy-baleinier n'était-il pas étranger aux attentions qu'elle me prodigua. Et non moins me plaisait-il d'imaginer quel sort avait pu être celui de son amant ? Sous la pluie et dans la fange de quels ports de mer il avait erré depuis lors ? dans quelles tavernes rutilantes et enfumées il avait trouvé ses plaisirs ? et dans la salle de quelle infirmerie, rêvé pour la dernière fois des Marquises ? cependant qu'elle, plus fortunée, continuait de vivre dans son île verdoyante. La conversation, dans cette maison perdue dans la montagne, roula principalement sur Mapiao et ses visites sur le *Casco :* l'écho de ces dernières s'était probablement répandu dans toute l'île, de sorte qu'il n'y avait pas une paepae dans Hiva-oa où elles ne fussent l'objet de commentaires animés.

A une courte distance de là nous arrivâmes à un haut lieu au pied d'un ravin. Deux routes le divisaient et se croisaient au centre. Sauf cette intersection, l'amphithéâtre était d'une étrange perfection, et avait cette certaine rudesse d'aspect des choses romaines. Une épaisse verdure et la masse de la montagne l'enveloppaient d'une ombre salutaire. Sur les gradins, plusieurs jeunes gens étaient assis, en groupes ou isolément. Parmi eux une fille de quatorze ans environ, avenante et gaillarde, attira le regard du frère Michel. « Pourquoi n'était-elle pas à l'école ? — Son temps d'école était fini. Que faisait-elle-là ? — Elle vivait là maintenant. Pourquoi ? » Pas de réponse, mais une vive rougeur. Il n'y avait aucune sévérité dans l'attitude du frère Michel ; la propre confusion de la jeune fille disait son histoire. « Elle a honte », fut le seul commentaire du missionnaire tandis que nous poursuivions notre route. Près de là, dans le torrent, une grande fille se baignait, nue, entre deux pierres. Et je m'amusai de voir avec quelle alacrité, quelle réelle alarme elle s'enveloppa de ses vêtements multicolores. Même parmi les filles de cannibales, la pudeur réclamait ses droits.

C'est à Hiva-oa, étant donné le cannibalisme invétéré des naturels, que les croyances locales ont été le plus rudement piétinées. C'est là que trois chefs religieux furent placés sous un pont, et les femmes de la vallée obligées de défiler sur la route au-dessus de leurs têtes : les pauvres diables déshonorés, assis là, (tous les témoins sont d'accord) ruisselant de larmes. Non seulement une route traversait le haut lieu, mais deux routes se croisaient au milieu. Il n'y a aucune raison de croire que cette dernière fut faite avec intention ; et sans doute, il fut impossible d'éviter les nombreuses places sacrées des îles. Mais ces choses ne se font pas sans de graves conséquences. J'ai déjà parlé du respect des Marquisans pour les morts, qui fait un constraste étrange avec leur insouciance de la mort. Ainsi, au début de notre promenade à cheval, ce jour-là, nous rencontrâmes un petit chef, qui s'informa (naturellement) ou nous allions, et suggéra, comme pour s'excuser en nous donnant une meilleure indication : « Pourquoi ne lui montrez-vous pas plutôt le cimetière ? » Je le vis, il était nouvellement ouvert, le troisième en huit ans. Les habitants de Hiva-oa sont de grands constructeurs ; je vis, dans mes courses à cheval, des paepaes qu'aucun maçon européen n'eût pu égaler ; les noires pierres volcaniques étaient si exactement juxtaposées ; les angles si précis, les mesures si justes. Mais le mur d'enceinte du nouveau cimetière était un travail à part, et semblait une œuvre d'amour. L'instinct d'honorer les morts n'est donc pas éteint. Pourtant voyez ce qui résulta de contrarier violemment les croyances des hommes. Parmi les quatre prisonniers d'Atuona, trois étaient, bien entendu, des voleurs ; le quatrième était là pour sacrilège. Il avait rasé un coin du cimetière — pour donner un festin à cet endroit, comme il expliqua au tribunal — et il déclara qu'il ne croyait pas avoir mal fait. Pourquoi ? Il avait été contraint, à la force des baïonnettes, de détruire les emplacements sacrés de sa propre religion ; quand il avait reculé devant la tâche, il s'était attiré les railleries qu'excite un fou superstitieux. Et maintenant, on est convaincu qu'il va respecter comme par une seconde nature nos superstitions européennes !

CHAPITRE XV

Les deux chefs d'Atuona

Le *Casco*, roulant à travers les « Détroits Bordelais », vers Taahauku, rasa la côte de l'île opposée à Tauata où des maisons apparaissaient dans un massif de hauts cocotiers. Le frère Michel me désigna l'endroit. « Je suis chez moi, ici », dit-il. « Je crois qu'une grande partie de ces cocotiers m'appartient ; et, dans cette maison, madame ma mère vit avec ses deux maris. » « Avec deux maris ? » interrogea quelqu'un. Le frère répliqua sèchement : « C'est ma honte. »

Un mot, en passant, sur les deux maris. Je comprends la façon vague dont le frère s'était exprimé. Il est assez commun de voir une dame du pays avec deux consorts : mais ce ne sont pas deux maris. Le premier reste toujours le mari ; la femme continue à porter son nom ; et la position du coadjuteur, ou *pikio*, quoique très régulière, conserve un caractère éminemment subordonné. Nous eûmes l'occasion d'observer un intérieur de ce genre. Le *pikio* était reconnu, se montrait ouvertement aux côtés du mari quand la dame se croyait injuriée, et les deux faisaient cause commune comme des frères. Tandis que l'époux demeurait assis pour recevoir et entretenir les visiteurs, le *pikio* courait de tous côtés pour ramasser les noix de coco, comme un domestique, et je remarquai qu'on le chargeait de cette besogne plus volontiers même que le fils de la maison. Evidemment, nous n'avons pas là un second mari, mais un amant reconnu. Seulement aux Marquises, au lieu de porter l'éventail et le manteau de sa dame, il est chargé des soins domestiques.

La vue de la propriété de famille du frère Michel amena la conversation sur la méthode et les conséquences des parentés artificielles. Notre curiosité devint extrême. Le frère nous proposa de nous faire tous adopter, et deux jours plus tard, nous devînmes ainsi les enfants de Paaaeua, chef officiel d'Atuona. Il me fut impossible d'assister à la cérémonie ; elle fut d'une simplicité primitive. Les deux Mrs. Stevenson et Mr. Osbourne, ainsi que Paaaeua, sa femme et un enfant adopté par eux, fils d'un naufragé autrichien, prirent part à un excellent repas indigène, dont le mets principal, et le seul nécessaire, était le porc. L'assistance pouvait les voir à travers les ouvertures de la maison ; mais aucun d'eux, pas même le frère Michel, ne pouvait y participer ; car le repas était sacramentel et créait et déclarait à la fois la parenté nouvelle. A Tahiti, les choses ne se passaient pas dans un ordre aussi strict ; quand Ori et moi nous « fûmes frères », nos deux familles s'assirent à table avec nous ; pourtant, nous deux seuls, qui avions mangé à cette intention, étions supposés être affectés par cette cérémonie. Pour l'adoption d'un enfant, aucune formalité n'est requise ; l'enfant est remis par ses parents naturels, et grandit sur les propriétés des parents d'adoption, dont il héritera. Naturellement des présents sont échangés, comme dans toutes les circonstances de la vie des îles ; mais je n'ai jamais entendu parler d'aucun banquet — la présence de l'enfant au repas quotidien étant considérée, sans doute, comme suffisante. La raison de tout ceci est contenue dans l'ancienne idée arabe qu'une nourriture commune fait un sang commun : « Celui-là est le père qui donne à l'enfant sa nourriture du matin. » Dans les pratiques marquisanes, le sens en paraît affaibli ; dans celles de Tahiti où il survit à peine, il aura bientôt entièrement disparu. Un parallèle intéressant frappera certainement une grande partie de mes lecteurs.

Quelle est la nature de l'obligation assumée à cette sorte de festin ? Elle variera suivant les caractères qui se seront engagés et avec les circonstances qui accompagnent chaque cas. Ainsi donc, il serait absurde de prendre trop au sérieux notre adoption à Atuona. De la part de Paaaeua, c'était une question d'ambition ; lorsqu'il consentit à nous recevoir au sein de sa famille, le bonhomme ne nous avait pas même vus ; il savait que nous étions inestimablement riches et voyagions dans un palais flottant. Nous, de notre côté, mangeâmes des viandes rôties sans aucun véritable *animus affiliandi,* mais poussés par la simple curiosité. La chose était une pure affaire de formalité, et matière à parade, comme lorsqu'en Europe les souverains s'appellent « mon cousin ». Pourtant, si nous étions restés à Atuona, Paaaeua se serait cru obligé de nous établir sur ses terres et de mettre à notre disposition un groupe de jeunes gens pour nous servir, et les arbres pour y cueillir notre subsistance. J'ai mentionné l'Autrichien. Il s'était embarqué sur un des deux navires frères qui avaient quitté la Clyde avec une provision de charbon ; tous deux doublaient le cap Horn, et, tous deux, à plusieurs centaines de milles de distance l'un de l'autre, mais presque au même instant, prirent feu en plein Pacifique. L'un d'eux fut détruit ; la charpente de fer de l'autre, abandonnée, après avoir longtemps erré au hasard, fut enfin retrouvée, remise en état, et navigue aujourd'hui dans les eaux de San Francisco. A la suite de ces désastres, l'équipage de l'un des navires atteignit, après de grandes tribulations, l'île de Hivaoa. Certains de ces hommes juraient que jamais plus ils ne s'exposeraient aux périls de la mer ; mais seul d'entre eux, l'Autrichien tient strictement son serment, demeure là où il aborda et se propose de mourir où il a vécu. Avec un tel homme tombant et prenant racine chez les insulaires, les procédés décrits peuvent se comparer à la greffe d'un jardinier. Il s'incorpore effectivement à la race indigène : cesse complètement d'être un étranger ; est entré dans la communauté du sang ; participe à la prospérité et à la considération de sa nouvelle famille, et est invité à faire part, avec la même générosité, des fruits de ses talents et de ses connaissances européennes. C'est cet engagement tacite qui si souvent offense le blanc soumis à cette greffe. Afin de s'assurer un avantage immédiat — afin d'obtenir (disons-le) un emplacement pour ses approvisionnements, il jouera de la coutume indigène, et s'improvisera, pour un jour, fils ou frère, se promettant bien de rejeter au loin l'échelle par laquelle il se sera élevé et de répudier la dite parenté dès qu'elle deviendra un fardeau. Mais voici qu'il découvre deux faces au contrat. Peut-être son parent polynésien est-il un naïf et conçoit-il le lien du sang comme une chose littérale ? Peut-être est-il astucieux et est-il lui-même entré dans la convention pour y trouver son profit ? De toutes façons, l'entrepôt est saccagé, la maison envahie de naturels paresseux ; et à mesure que l'homme devient plus riche, il trouve ses parents indigènes de plus en plus nombreux, de plus en plus paresseux, et de plus en plus affectionnés. La plupart des hommes, dans ces circonstances, achètent leur indépendance ou l'acquièrent par la brutalité ; mais beaucoup végètent sans espoir, étranglés par ces parasites.

Nous n'avions pas de raison de rougir comme le frère Michel. Nos nouveaux parents étaient doux, aimables, bien élevés et généreux dans leurs présents ; la femme était toute maternelle, le mari très estimé de ses patrons.

On en sait assez pour comprendre pourquoi Moipu dut être déposé, et pourquoi les Français avaient trouvé dans Paaaeua un honorable substitut. Il se montrait toujours scrupuleusement habillé, et semblait l'image même de la propriété, comme quelque ténébreux, beau, stupide, et probablement religieux jeune homme fraîchement arrivé à quelques funérailles européennes. Moralement il semblait l'idéal de ce qu'on reconnaît comme un parfait citoyen. Il portait la gravité comme un ornement. Nul ne pouvait mieux représenter le caractère rêvé d'un chef officiel, l'avant-coureur de la civilisation et du progrès. Et pourtant, si les Français devaient un jour s'éloigner, et les coutumes indigènes revivre, on l'imagine couronné de barbes de vieillards, et se ruant, des premiers, à un festin cannibale. Mais je ne dois pas être injuste pour Paaaeua ; sa respectabilité n'était pas une respectabilité à fleur de peau ; et son sens des convenances allait jusqu'à le pousser parfois à des rigueurs inattendues.

Un soir, le capitaine Otis et Mr. Osbourne étaient à terre, dans le village. Tout était en émoi ; les danses avaient commencé ; évidemment ce devait être une nuit de fêtes, et nos chercheurs d'aventures étaient dans la joie de leur bonne fortune. Une forte averse les obligea à chercher un abri dans la maison de Paaaeua, où ils furent très bien reçus, attirés dans une chambre et enfermés. Peu après la pluie cessa, les réjouissances se préparaient à battre leur plein, et les jeunes dandies d'Atuona vinrent autour de la maison et appelèrent mes compagnons de voyage à travers les interstices du mur. Tard dans la nuit, ces prisonniers, tantalisés par les bruits du festin, renouvelèrent leurs efforts pour fuir. Mais tout fut inutile ; juste en travers de la porte, Paaaeua, ce pieux maître de maison, était couché, feignant de dormir ; et mes amis durent renoncer au régal qu'ils s'étaient promis. Nous crûmes discerner dans cet incident, si délicieusement européen, trois degrés de sentiments : En premier lieu, Paaaeua avait charge d'âmes ; c'étaient des hommes jeunes, et il jugeait nécessaire de les écarter du sentier du mal.

Deuxièmement, il incarnait un caractère public et il ne convenait pas que ses hôtes prissent part à une fête qu'il désapprouvait. Ainsi quelque clergyman correct, recevant un homme du monde, s'adressait-il à lui : « Allez au théâtre si vous le voulez, mais avec votre permission, pas en sortant de chez moi ! » Troisièmement, Paaaeua était un homme jaloux et qui — nous le verrons — avait des raisons de l'être et les acteurs de la fête étaient les satellites de son rival immédiat, Moipu.

Car l'adoption avait provoqué une grande excitation dans le village, et rendu les étrangers populaires. Paaaeua, dans sa situation difficile de chef officiel, tirait de cette alliance force et dignité, et seuls, Moipu et ses partisans étaient mécontents. Pour quelque raison inconnue, personne (excepté moi) ne semblait avoir de l'antipathie pour Moipu. Le capitaine Hart qui avait été volé et menacé par lui ; le Père Oreus, sur qui il avait tiré et qu'il avait plusieurs fois chassé dans les bois ; ma propre famille et jusqu'aux fonctionnaires français — tous semblaient dominés par une affection irrésistible pour le bonhomme. Sa déchéance avait été adoucie ; son fils devait, à la mort de Paaaeua, lui succéder comme chef ; et à l'époque de notre visite, il vivait dans une bonne maison, dans la partie du village située au bord de la mer, et avec une suite importante de jeunes gens, ses anciens braves.

Dans cette société, l'arrivée du *Casco*, l'adoption, la fête rendue à bord, et les présents échangés entre les blancs et leurs nouveaux parents furent, sans aucun doute, discutés avec animation et âpreté. Quelques années auparavant, les honneurs sans doute seraient portés ailleurs. Dans cette affaire inaccoutumée, dans cette réception de potentats d'outre-mer et d'outre-rêve — quelque Prester John ou vieil Assaracus — quelques années auparavant, c'eût été le rôle de Moipu de jouer l'hôte et le héros et les jeunes gens eussent accompagné et embelli les cérémonies variées comme les leaders reconnus de la société. Et voici que, par une vicissitude maligne de la fortune, Moipu était relégué dans sa maison, et oublié ; et ses jeunes gens réduits à regarder de la porte tandis que leurs rivaux festoyaient. Peut-être Mr. Grévy éprouva-t-il quelque amertume à l'endroit de son successeur quand il le vit figurer sur la vaste scène du Centenaire de 89 ; la visite du *Casco* que Moipu avait manquée de si peu d'années était, dans Atuona, une circonstance plus exceptionnelle encore qu'un centenaire en France ; et le chef détrôné résolut de faire, de nouveau, reconnaître ses droits aux yeux du public.

Mr. Osbourne avait été à Atuona prendre des photographies ; la population du village s'était rassemblée pour cela sur la place de l'église, et Paaaeua, ravi au suprême degré par cette nouvelle apparition de sa famille, jouait au maître des cérémonies. On avait pris l'église, avec son joyeux architecte devant la porte ; les sœurs avec leurs élèves ; diverses demoiselles, dans les anciennes robes si peu seyantes, en tapa ; et le Père Oreus, au milieu d'un groupe de ses paroissiens. Je ne sais ce qui était encore en train, quand le photographe perçut un mouvement dans la foule et, levant les yeux, vit une très noble figure d'homme apparaître à l'orée du taillis, et flâner en se rapprochant nonchalamment. La nonchalance était visiblement affectée. Il venait là, c'était clair, pour attirer l'attention et son succès fut instantané. Il fut introduit ; il fut poli, il fut obligeant, il fut tout le temps ineffablement supérieur, et sûr de lui-même, bref un acteur irrésistible. On exprima le désir de le voir dans son costume de guerre ; il y consentit avec grâce, et revint dans cet accoutrement étrange, inapproprié et de mauvais augure (qui seyait à merveille à son physique séduisant), se pavanant dans un cercle d'admirateurs et devenant un point de mire pour la photographie. C'est ainsi que Moipu effectua, comme par hasard, sa présentation aux étrangers blancs, leur accordant comme une faveur le déploiement de ses atours et réduisant son rival à un rôle secondaire sur le théâtre du village contesté. Paaaeua sentit l'affront, et, avec une présence d'esprit insoupçonnée, affirma sa priorité. Il fut impossible, ce jour-là, de faire une photographie de Moipu seul : chaque fois qu'il posait devant la chambre noire, son successeur, sans en être prié, se plaçait à son côté ; et s'y tenait gentiment, mais fermement. Les portraits du couple, Jacob et Esaü, debout côte à côte, l'un dans son correct costume européen, l'autre dans son harnachement barbare, représentent le passé et le présent de leur île. Un cimetière, avec ses humbles croix, serait le plus juste symbole de l'avenir.

Nous sommes tous convaincus que Moipu avait dressé son plan de campagne depuis le commencement jusqu'à la fin. En tout cas il ne perdit pas de temps à renforcer ses avantages. Il attira Mr. Osbourne dans sa maison ; des présents variés furent repêchés au fond d'un vieux coffre du bord ; le Père Oreus fut appelé au secours comme interprète, et Moipu proposa formellement de « faire-frères » avec Mata-Galahi — « Yeux de verre » — surnom plus euphonique par lequel Mr. Osbourne était connu dans les Marquises. La fête de fraternité eût lieu à bord du *Casco*. Paaaeua était arrivé avec sa famille comme un homme ordinaire ; et ses présents fort nombreux s'étaient suivis, avec des intervalles, pendant plusieurs jours. Moipu, comme pour marquer de l'opposition dans les moindres détails, arriva avec une certaine pompe féodale, entouré de suivants qui portaient des présents de toutes sortes, depuis des barbes de vieillards, jusqu'à de pieuses petites images catholiques.

J'avais, avant cela, rencontré le personnage dans le village et l'avais détesté à première vue ; il y avait quelque chose d'indiciblement brutal dans ses regards et ses façons qui me soulevait le cœur ; et lorsqu'on faisait allusion aux repas cannibales et qu'il riait, d'un rire sourd, cruel, moitié arrogant et moitié honteux, comme quelqu'un qui se souvient de quelque pimpante peccadille, ma répugnance allait jusqu'à la nausée. Ce n'est pas là une attitude très humaine, ni très convenable pour un voyageur. Et vu plus intimement, l'homme y gagnait. Quelque chose de nègre dans le caractère et le visage restait déplaisant ; mais sa vilaine bouche devenait attrayante lorsqu'il souriait, sa tournure et son port avaient une noblesse réelle, et ses yeux étaient admirables. Dans sa manière d'apprécier les confitures et les pickles, dans son ravissement à la vue des miroirs de la salle à manger, reflétant, à l'infini, Moipu et Mata-Galahi, il se montra franchement un enfant. Et encore je n'en suis pas sûr ; et peut-être cet enfantillage était-il un nouvel artifice de courtisan. Ses manières me frappèrent comme dépassant la mesure ; elles étaient raffinées, obséquieuses presque jusqu'à la grossièreté, et quand je songe à l'air de détachement serein avec lequel il s'avança dans notre groupe, et que je me le rappelle ensuite courant à quatre pattes tout le long des sofas de la cabine, palpant le velours, se faufilant dans les couchettes et bêlant des « mitais » de commande, avec une emphase exagérée, tel quelque énorme singe maniéré à l'excès, je me sens d'autant plus convaincu que les deux attitudes avaient dû être calculées. Et parfois, je me demande si Moipu était bien seul de son espèce dans cette duplicité polie, et si réellement le *Casco* était aussi admiré dans les Marquises que nos visiteurs désiraient nous le faire croire.

Je vais compléter de deux traits incongrus ce croquis d'un Grand d'Espagne, cannibale incurable. Son morceau favori était la main de l'homme, dont aujourd'hui encore il parle avec une convoitise pleine de sensualité. Et lorsqu'il prit congé de Mrs. Stevenson, tenant sa main, la contemplant avec des yeux pleins de larmes, et lui chantant son chant d'adieu, improvisé dans le fausset propre à la haute société marquisane, il laissa dans son esprit une impression sentimentale que je m'efforce en vain de partager.

Deuxième partie

LES PAUMOTU[1]

1. Ou Pomotu ; à présent, officiellement désignées sous le nom de Tuamotu *(N. du T.)*.

CHAPITRE PREMIER

Le dangereux archipel. Des atolls à distance

Le 4 septembre, de grand matin, une baleinière, montée par des indigènes, nous remorqua le long de la passe verdoyante du mouillage et autour du promontoire écumant. A ce niveau du rivage, malgré la chaleur et le manque d'air, le matin était de cristal ; mais, au-dessus de nos têtes, les collines d'Atuona étaient tout encapuchonnées dans les nuages, et le courant des alizés soufflait de l'océan sans interruption. Comme nous rampions sous l'abri immédiat de la côte, nous atteignîmes enfin la limite de leur influence. Le vent s'engouffra dans nos voiles en bouffées de plus en plus fortes et continues ; à ce moment, le *Casco* se mit à sa besogne quotidienne ; la baleinière, devancée, se rangea un instant bruyamment à son bord, lui passa le pain, le rhum et le tabac stipulés ; l'instant d'après, le bateau s'éloignait dans notre sillage et nos anciens pilotes acclamaient notre départ.

C'était d'autant plus encourageant que nous étions en route pour des contrées si différentes, et quoique le voyage fût court, vers un nouvel aspect de la création. Ce vaste espace d'océan, vaguement désigné sous le nom de Mers du Sud, s'étend de tropique à tropique, et environ du 120e degré O. au 150e degré E., un parallélogramme de cent degrés par quarante-sept, là où les degrés ont la plus grande largeur. Une partie est déserte ; une autre est toute parsemée d'îles, et ces îles sont de deux sortes. Il est sans cesse question, dans les conversations des mers du Sud, de la distinction entre les îles « basses » et les îles « hautes », et il n'en est pas de plus fortement marquée par la nature. L'Himalaya n'est pas plus différent du Sahara. D'un côté et généralement par groupes de huit à douze, des îles volcaniques surgissent de la mer ; un petit nombre atteint une altitude de moins de 4000 pieds ; l'une dépasse 13000 ; leurs sommets sont souvent obscurcis de nuages ; elles sont toutes couvertes de forêts variées ; toutes abondent en vivres, et toutes sont remarquables pour le pittoresque et la grandeur de leurs paysages. De l'autre côté, nous avons l'*atoll*, dont l'origine et l'histoire sont problématiques ; on le suppose produit par un insecte non encore identifié ; de forme annulaire, encerclant un *lagon ;* dépassant rarement un quart de mille dans sa plus grande largeur ; atteignant rarement, à son point culminant, la hauteur d'un homme ; ayant pour principaux habitants l'homme lui-même, le rat, le crabe terrestre ; ne produisant pas une variété de plantes beaucoup plus grande ; et n'offrant aux regards, même dans sa perfection, qu'un anneau de terre chatoyante et de vert feuillage encerclant la mer et encerclée par elle.

Dans aucune région les atolls ne sont assemblés en masse aussi compacte ; dans aucune, ils ne sont aussi variés de forme du plus grand jusqu'au plus petit ; dans aucune la navigation n'est aussi entourée de périls que dans cet archipel où nous allions pénétrer. L'énorme système des alizés est complètement bouleversé par la multiplicité des récifs ; les coups de vent y sont fréquents, venant de l'ouest et du sud-ouest, les ouragans y sont connus. De plus les courants s'y entrecroisent d'une façon inextricable ; les routes fixes deviennent une plaisanterie ; et tel est le nombre et la similitude de ces îles qu'alors même que vous en avez reconnu une, vous n'êtes pas beaucoup plus avancé pour cela. La réputation de ces lieux est donc détestable ; les sociétés d'assurance les excluent de leur champ d'action, et ce n'est pas sans appréhension que mon capitaine risqua le *Casco* dans ces eaux. Je crois, d'ailleurs, qu'il est entendu que les yachts doivent éviter ce décevant archipel ; et il fallut toutes mes instances — et l'esprit d'aventure personnel de Mr. Otis — pour y poursuivre notre route.

Pendant quelques jours nous navigâmes sous un alizé continu ; et avec un courant d'ouest qui nous maintenait sous le vent ; et le septième jour, au moment du coucher du soleil, nous comptions apercevoir Takaroa, une des îles désignées par Cook sous le nom de King Georges Islands. Le soleil s'abaissait ; dans le même temps, la vieille lune — elle-même à demi brillante, avec la panse d'argent qui allait lui succéder — cheminait à travers les nuages amoncelés ; elle aussi nous abandonna ; des étoiles de toutes les grandeurs, de tous les degrés d'éclat, et des nuages de toutes les formes, se disputèrent la nuit clair-obscure ; et toujours nous guettions en vain Takaroa. Le second était debout sur le beaupré, sa haute silhouette grise se détachant sur le fond étoilé, et toujours

Nihil astra prœter
Vidit et undas.

Le reste d'entre nous était groupé autour des bossoires scrutant avec une même assiduité, mais un plus faible espoir, l'horizon obscur. Nous apercevions bien des îles, mais elles étaient « de cette matière dont sont faits les rêves », et s'évanouissaient en un clin d'œil pour réapparaître un peu plus loin, et peu à peu, non seulement des îles, mais des feux éclatants et tournants commencèrent à ponctuer la nuit de leurs clous d'or ; phares de l'esprit ou du nerf optique épuisé, luisant d'un éclat solennel, et clignotant à notre passage. A la fin, le second lui-même désespéra, et quittant son inconfortable perchoir, grimpa sur le pont en nous annonçant que nous avions manqué notre destination. Il était le seul homme à bord ayant l'expérience de ces eaux, notre seul pilote, embarqué dans ce but à Tai-ohae. Et si lui-même déclarait que nous avions manqué Takaroa, il n'y avait pas à discuter le fait, mais, si possible, à l'expliquer. Nous avions certainement poussé trop loin notre marche vers le sud. Notre direction déviée sur la mer et la course désordonnée que nous révélait la carte, témoignaient avec une même certitude que nous avions été poussés par un impétueux courant d'ouest. Nous n'avions pas le choix ; force était de filer de nouveau sous le vent ; et d'y maintenir le *Casco,* en surveillant étroitement sa marche et d'attendre le matin. Je dormis cette nuit comme j'en avais alors la dangereuse habitude, sur le pont, sur le banc du cockpit. Un bruit me réveilla pour voir tout l'orient fardé de pâle orange, les feux de l'habitacle déjà ternis par l'éclat du jour, et le timonier penché plein d'ardeur sur sa roue. « La voilà, sir ! » cria-t-il et il me désignait un point au centre de l'œil même du jour. Et d'abord, je ne vis que les bleuâtres ruines du ciel matinal, posées sur l'horizon lointain comme de fondants icebergs. Puis le soleil se leva, transperça les débris de vapeurs, et découvrit une petite île insignifiante, plate comme une assiette posée sur la mer, et semée de palmiers démesurés.

Jusque-là, tout allait bien. Nous étions sûrement en face d'un atoll ; et non moins sûrement dans l'archipel. Mais lequel ? et où ? L'île était trop petite pour être Takaroa ; dans toute la région aucune n'était aussi peu considérable, excepté Tikei ; et Tikei, une des « Iles pernicieuses », ainsi dénommées par Roggwein, semblait hors de question. A ce compte, au lieu de filer sur l'ouest, nous avions dû aller à la dérive à plus de trente milles sous le vent. Et que dire du courant ? Depuis plusieurs jours il n'avait cessé de nous entraîner vers le sud ; à en juger par la déviation de notre route pendant cette dernière nuit, nul doute qu'il ne continuât de nous pousser dans cette direction. Impossible de tirer au clair ce cas si typique de la navigation dans les îles. Mais je présente les faits tels quels : il se trouva que notre île était bien Tikei et notre première expérience du Dangereux Archipel fut d'aborder à trente milles de notre but véritable.

La vue de Tikei, se détachant à contre-jour sur la splendeur du matin, complètement décolorée, et déformée par des arbres disproportionnés, qui ressemblaient aux crins d'un balai, nous avait inspiré une médiocre sympathie pour les atolls. Un peu plus tard, dans la même journée, nous découvrîmes dans des conditions plus favorables, l'île de Taiaro. Son nom signifie sans doute «Perdue en mer ». Et telle elle nous apparut ; perdue dans l'azur de la mer et du ciel ; de blanches rives en forme d'anneaux, des sous-bois verdoyants, des palmiers balançant leurs teintes de pierres précieuses ; d'une féérique et céleste beauté. La houle l'enveloppait de toutes parts, blanche comme neige, et allait se briser au loin contre un récif ignoré des cartes. Aucune fumée, aucune trace de vie humaine ; en réalité, l'île n'est pas habituée, mais seulement visitée à des intervalles irréguliers. Et pourtant un négociant (Mr. Narii Salmon) guettait de la plage, avec stupeur, le vaisseau inattendu. Depuis ce jour, j'ai passé de longs mois parmi les îles basses ; je connais l'ennui de leurs jours éternellement pareils ; le poids de leur régime. Malgré l'envie avec laquelle nous avions pu contempler du pont ces fourrés de verdure, dix fois plus grande sans nul doute fut celle avec laquelle Mr. Salmon et ses compagnons virent notre coquet navire manœuvrer pour reprendre le large.

La nuit tombait, délicieuse, sur ces extrémités. Sitôt la lune disparue, le ciel plein d'étoiles devint admirable. Comme j'étais couché dans le cockpit, regardant le timonier, j'étais hanté par les vers d'Emerson

And the lone seaman all the night,
Sails astonished among stars[1]

Dans cette clarté lumineuse et croissante, vers 2 heures du matin, nous atteignîmes notre troisième atoll, Raraka. La ligne basse de l'île rasait le ciel ; elle semblait un chemin de halage et nous paraissions remonter quelque courant canalisé et navigable. A ce moment, un feu rouge apparut, ayant la dimension et l'éclat d'un signal ; dès lors ma comparaison n'avait plus de sens, et nous paraissions plutôt suivre le remblai d'une voie ferrée ; d'instinct les yeux cherchaient les poteaux télégraphiques, l'oreille guettait l'arrivée d'un train. Çà et là, quelques rares sommets d'arbres brisaient la platitude du paysage. Et le bruit du ressac nous accompagnait, tantôt monotone et assoupi, tantôt vibrant de menaces.

L'île s'étendait de l'est à l'ouest, barrant notre route vers Fakarava. Il fallut raser la côte jusqu'à la pointe occidentale où, à travers un passage de huit milles de large, nous pûmes nous diriger vers le sud entre Raraka et l'île prochaine de Kauehi. Le vent était favorable, l'air léger ; mais des nuages noirs comme de l'encre commençaient à s'élever, et des éclairs brillaient — sans tonnerre. Quelque chose — je ne sais quoi — nous ramenait continuellement vers l'île. Nous nous dirigions de plus en plus vers le nord ; et le rivage semblait copier notre manœuvre et nous devançait. Une ou deux fois encore. Raraka nous dépassa — chaque fois encore le timonier fut pris au piège — enfin de nouveau le *Casco* s'éloigna. S'il m'avait fallu, avec

1. *Et le matelot solitaire, toute la nuit*
Vogue ébloui, parmi les astres.

la seule lumière de mon expérience, dessiner la configuration de cette île, j'aurais représenté une suite de promontoires en forme de bow-windows, chevauchant les uns sur les autres dans la direction du nord et l'ensemble du pays s'étendant du sud-est au nord-ouest, et voyez ! sur la carte, il s'étendait de l'est à l'ouest en droite ligne !

Nous venions de répéter notre manœuvre et nous éloignions — depuis cinq minutes à peine, nous avions perdu de vue ce qui nous semblait le remblai d'une voie ferrée et cessé d'entendre le bruit du ressac — quand de nouveau j'aperçus la terre, non à l'horizon, mais juste devant nous. Je jouai le rôle du terrien judicieux et ne dis rien jusqu'au dernier moment : et alors mes matelots l'aperçurent à leur tour.

« Terre en avant ! » dit le timonier, « Par Dieu ! c'est Kauehi ! » cria la vigie. C'était elle en effet. De cet instant, les cartographes me firent grande pitié. Nous faisions à peine trois milles et demie à l'heure, et ils voulaient me persuader que (en cinq minutes) nous avions contourné une île, fait huit milles en pleine mer, et filé à toute vitesse vers l'île prochaine. Mais mon capitaine, pour son compte, était surtout attristé de se trouver dans un tel labyrinthe ; il mit le *Casco* à l'ancre, s'assit à l'arrière et demeura là, veillant, jusqu'au lendemain matin. Il en avait assez de passer la nuit dans les Pomotu.

Le 9, comme le jour se levait, nous commençâmes à contourner Kauehi et eûmes ainsi l'occasion de considérer de près la géographie des atolls. Çà et là, sa côte extrême surgissait, étant la plus élevée ; çà et là, sa côte la plus proche disparaissait entièrement sous l'eau, laissant à la mer un large passage jusqu'au lagon ; çà et là, les deux côtes s'abaissaient également, et nous pouvions plonger, à travers cet anneau brisé, droit jusqu'au fond de l'horizon sud. Représentez-vous la hutte submergée d'un chasseur de canards, couverte d'ajoncs verts pour dissimuler sa tête — de l'eau au milieu — de l'eau tout autour — vous avez l'image du parfait atoll. Concevez-en une à qui une partie de sa verte frange a été arrachée : vous avez l'atoll de Kaueki. Et si vous voulez vous représenter ses bords, imaginez quelque antique voie romaine, traversant un marais humide, ici disparaissant, là réapparaissant, couronnée de touffes de verdure ; seulement au lieu des eaux stagnantes du marais, le vivant océan tantôt se ruait contre la frêle barrière et tantôt l'ensevelissait. Ainsi le jour confirma, sans les corriger, les impressions de la nuit. Nous naviguions en réalité entre deux digues, œuvres de la nature, mais dont la grandeur ne dépassait pas celle de bien des œuvres humaines.

L'île était inhabitée ; c'était une masse de broussailles vertes et de sable blanc posée sur les eaux d'un immarcescible azur ; les cocotiers eux-mêmes étaient rares ; pourtant quelques-uns complétaient cette brillante symphonie de couleurs en déployant un grand éventail d'or jaune. Longtemps nous ne perçûmes aucun signe de vie parmi cette végétation, ni d'autre bruit que le grondement continu de la houle. En grand silence nous passions le long de ces côtes charmantes qui s'évanouissaient et reparaissaient sur les eaux avec leurs bouquets de verdure. Puis un oiseau ou deux apparurent, voltigeant et criant ; très vite, ils devinrent plus nombreux, et, tout à coup, levant les yeux, nous perçûmes une immense effervescence de vie ailée. A cet endroit, l'île annulaire était presque complètement submergée, ne laissant surnager çà et là qu'un minuscule îlot boisé. Au-dessus de l'un d'eux, les oiseaux volaient et planaient avec une incroyable densité, comme un essaim de guêpes ou de moucherons ; leur masse étincelait ; blanche et noire, palpitait, frisonnait, et leurs cris aigus dominaient la voix du ressac dans un tournoiement bruyant et bruissant. Ainsi, lorsque vous descendez quelque vallée, un bruit tout semblable annonce le voisinage d'un moulin et d'un ruisseau bondissant. Comme je l'ai dit, quelques traînards étaient venus à notre rencontre ; quelques-uns encore voletaient autour du navire comme nous nous éloignions. Les cris moururent, les dernières ailes disparurent, et une fois encore, les rives basses de Kauehi passèrent, comme un tableau, en grand silence, sous nos yeux. Je pensais alors que les oiseaux vivaient, tels des fourmis ou des citoyens, concentrés là où nous les avions vus. J'ai appris depuis (est-ce exact ?) que l'île entière, ou presque, est peuplée de la sorte, et que cette effervescence sur un seul point provenait, sans doute, de la présence d'un équipage cherchant des œufs dans un des atolls voisins et habités. De sorte qu'ici à Kauehi, comme la veille à Taiaro, le *Casco* navigua sous les feux d'invisibles yeux.

Et certainement, une armée pourrait être cachée sur ces rubans de terre sans qu'au passage aucun matelot pût deviner sa présence.

CHAPITRE II

Fakarava : un atoll tout proche

Un peu avant midi nous longions la côte de Fakarava, notre lieu de destination : l'air était léger, la mer sans rides ; cependant un murmure ininterrompu, venu de terre, nous accompagnait, comme le bruit d'un train dans le lointain. L'île est d'une grande étendue ; son lagon s'étend sur trente milles de longueur et dix à douze de large, et le sentier de corail décoré du nom de terre a environ quatre-vingts à quatre-vingt-dix milles de longueur, sur deux cents mètres de largeur. La partie que nous longions présentait un certain relief ; les sous-bois étaient extrêmement verts, le sommet des bois de cocotiers éloigné d'un bout à l'autre ce qui — mais je n'y pensais pas — signalait une intervention humaine. Une fois de plus, et cette fois encore, inconsciemment, nous nous trouvions à une portée de voix de nos semblables, et cette baie déserte était à une portée de pistolet de la principale ville de l'archipel. Mais, la vie d'un atoll est tout entière concentrée sur les bords du lagon ; là sont situés les villages et les canots amarrés ; tandis que les bords de l'océan demeurent maudits et désertés, bons seulement pour servir de théâtre à des scènes de sorcellerie ou à des naufrages et considérés par les naturels comme le terrain propre aux exploits des spectres meurtriers.

Peu à peu, une brèche se montra dans la basse muraille ; les bois cessèrent ; une pointe chatoyante s'avança dans la mer, dessinant l'entrée de son banc d'émeraude. Comme nous approchions, nous rencontrâmes un petit filet de mer — la mer particulière du lagon ayant ici son origine et sa fin, — qui là, à l'entrée de la passe, se risquait parmi les majestueux tumultes du Pacifique. Le *Casco* accusa à peine un choc ; mais à certaines époques et dans certaines circonstances, l'entrée de ces bassins intérieurs vomit des trombes d'eau qui rejettent au loin les navires, les démantèlent, et les engloutissent. Aussi bien, concevez un lagon parfaitement fermé, sauf en un point, et celui-ci, d'une largeur tout juste navigable ; concevez la marée et le vent amoncelant pendant des heures, dans ce repli de corail, une trop grande quantité d'eau et la marée changeant, et le vent tombant : — la vanne subitement ouverte de quelque immense réservoir vous donnera une image de ce débordement impossible à endiguer.

Nous avions à peine mis le cap sur la passe, que toutes les têtes subitement se penchaient sur le bastingage. Car les eaux qui nous portaient venaient de se transformer tout à coup en des masses de couleur bleues et grises, surprenantes, et à travers leur transparence, on voyait le corail éployer ses rameaux fleuris, tandis que les poissons de la mer intérieure allaient et venaient, visibles au-dessous de nous, tachetés et rayés, et armés de becs de perroquets.

J'ai eu l'occasion de voir dans ma vie bien des curiosités ; je n'en ai jamais vu d'aussi étonnante, que ce premier spectacle pris du parapet du navire dans le lagon de Fakarava. Mais que le lecteur ne se laisse pas aller à trop d'espérance. J'ai pénétré depuis dans une douzaine d'atolls, en différentes parties du Pacifique, et cette expérience ne s'est jamais renouvelée. Ces teintes exquises, cette transparence d'un jour sub-marin, ces bancs de poissons arc-en-ciellés ne m'ont pas ravi de nouveau.

Nous n'avions pu encore détourner nos yeux de ce

spectacle enchanteur, déjà la goélette glissait entre les môles du récif, et s'engageait dans la mer qu'il enclôt. Les rives qui l'enserrent sont si peu élevées et le lagon lui-même est si vaste qu'il semble s'étendre sans interruption jusqu'à l'horizon. Çà et là, il est vrai, un îlot surgissait sur le récif, comme une chevalière sur un doigt, surmonté de quelques palmiers en pinceaux ; çà et là, la verte muraille de bois courait, solide, sur une longueur de quelques milles ; et du côté du port, sous le plus haut bouquet d'arbres, quelques maisons étincelaient de blancheur — c'était Rotoava, la colonie métropole des Paumotu. Là, nous arrivâmes en trois bordées et jetâmes l'ancre tout près du bord ; c'était la première fois que nous nous trouvions dans des eaux calmes, depuis San Francisco ; elles avaient cinq toises de profondeur, au travers desquelles on aurait pu, pendant des jours et des nuits, contempler la fuite des amarres, les fragments de coraux et les poissons multicolores.

Des considérations purement maritimes ont fait choisir Fakarava comme siège du Gouvernement. Sa situation est excentrique ; ses productions pauvres, même pour une île basse ; sa population, peu nombreuse, et pour des bas-insulaires, peu industrieuse. Mais le lagon a deux bonnes passes, l'une sous le vent, l'autre contre lui, de sorte que, par n'importe quel temps, on peut y entrer et en sortir, ce qui est un avantage primordial pour le gouvernement d'îles aussi disséminées. Un môle de corail, un débarcadère à gradins, les feux du port élevés sur un pilier, et les deux spacieux bungalows du Gouvernement, entourés d'une jolie palissade, donnaient au côté nord de Rotoava un air de grande importance. Celui-ci est confirmé, d'une part, par une prison déserte, de l'autre, par une gendarmerie couverte d'affiches en tahitien, d'avis judiciaires venant de Papeete et d'avis républicains venant de Paris, signés (un peu tardivement) « Jules

Grévy, Perihidente ». Tout à l'extrémité, une chapelle catholique et son clocher terminent la ville. Et entre deux, sur un doux tapis de sable de corail blanc, sous une voûte de cocotiers, pleine de brises, les maisons des naturels s'élèvent en groupes irréguliers, les unes tout au bord du lagon, par amour de la brise, les autres à l'ombre des palmes, par amour de l'ombre.

Pas une âme en vue. Mais n'eût été le fracas de tonnerre du ressac contre la côte la plus lointaine, vous eussiez saisi le bruit d'une épingle tombant n'importe où dans cette capitale. Il y avait quelque chose d'impressionnant dans ce silence inattendu, et plus encore dans ce bruit imprévu.

Là, sous nos yeux, une mer s'étendait jusqu'à l'horizon, ridée à peine, comme un lac intérieur ; et voyez ! juste derrière nous, une autre mer assiégeait avec une inlassable furie l'envers de notre position. Quand vint la nuit, la lanterne fut hissée et allumée au haut du môle. Des lumières apparurent et des bruits de voix se firent entendre, dans une maison où (me dit-on) une partie de la population jouait aux cartes. Un peu plus loin, des profondeurs ténébreuses du bois de palmiers, nous aperçûmes la lueur et respirâmes l'odeur aromatique des charbons d'écales de noix de coco, vestiges de la cuisine du soir. Les grillons chantaient ; de grêles petites créatures sifflaient dans des touffes de mauvaises herbes ; et les moustiques bourdonnaient et piquaient. Dans toute l'île, cette nuit, aucune autre trace d'homme, d'oiseau ou d'insecte. La lune, vieille de trois jours, croissant d'argent posé sur une sphère visible encore, brillait d'une lueur intense et diffuse, à travers le dôme des palmes. Les allées que nous foulions étaient unies et entretenues comme un boulevard ; des plantes étaient disposées çà et là ; çà et là de sombres cottages groupés dans l'ombre, les uns ornés de vérandas. Un jardin public, la nuit, une ville d'eaux à la mode et florissante offrent des aspects tout pareils. Et cependant, d'un côté l'étang s'étendait, léchant les rives ; de l'autre la grande mer grondait dans la nuit. Mais, ce fut surtout à bord, aux heures nocturnes où j'aurais mieux fait de dormir, que le charme de Fakarava s'empara de moi et me conquit pour toujours. La lune avait disparu. Les feux du port et deux des plus grandes planètes projetaient sur le lagon des rais de lumière de plusieurs couleurs. Sur le rivage le joyeux cri du coq dominait, par intervalles, le point d'orgue des vagues. Et la pensée de cette capitale dépeuplée, le long fil de cette île annulaire avec sa crête de cocotiers et sa frange de récifs, et cette tranquille mer intérieure qui s'épandait devant moi jusqu'au point où elle rejoignait les étoiles, tournait dans ma tête, pendant des heures, délicieusement.

Ces pensées ne me quittaient pas durant tout mon séjour sur l'île. Je me couchais pour dormir et m'éveillais avec la perception toujours aiguë de ce qui m'entourait. Je ne me lassais jamais d'évoquer l'image de cette étroite digue où j'avais ma demeure, et qui reposait, repliée sur elle-même, tête à queue, comme un serpent, sur l'énorme océan, et jamais je ne me lassais de passer — telle une parade du gaillard d'arrière, — d'un côté à l'autre des rives ombreuses et habitées du lagon au désert aveuglant et aux brisants tumultueux de la côte opposée. Le sentiment de l'insécurité dans un lieu de résidence aussi étroit est plus que fantastique. Parfois, des ouragans et des raz-de-marée submergent ces humbles obstacles ; Océan se souvient de sa force et là où s'élevaient les maisons et fleurissaient les palmes, il secoue sa barbe blanche sur le corail redevenu stérile.

Fakarava elle-même a souffert ; les arbres qui entouraient ma maison avaient tous été récemment replantés ; et Anaa se relève à peine d'un coup plus rude. J'ai connu un homme qui habitait l'île à ce moment. Il m'a conté comment il se promenait au bord de la mer avec deux capitaines de vaisseau. Là, pendant quelques instants, ils regardèrent les vagues approcher jusqu'à ce qu'un des capitaines subitement portât ses mains devant ses yeux et criât tout haut qu'il ne pouvait supporter ce spectacle plus longtemps. Ceci se passait l'après-midi ; au milieu de la nuit, la mer s'abattit sur l'île comme une trombe ; la colonie fut rasée, à l'exception de l'église et du presbytère ; et quand revint le jour, les survivants se virent cramponnés à un amas de cocotiers déracinés et de maisons en ruines.

Le danger n'est qu'une considération secondaire. Mais l'homme est plus sensible au manque de confort et l'atoll est une demeure inconfortable. Quelques-uns, propablement les plus anciens, portent, grâce à un bon terrain, les arbres fruitiers les plus fertiles. J'en ai parcouru un où, avec autant d'admiration que de surprise, j'ai traversé une forêt d'arbres à pain énormes, et où je mangeai des bananes en trébuchant parmi le taro. C'était l'atoll de Namorik, dans le groupe Marshall, et il se dresse dans ma mémoire, unique dans son genre. Pour citer le cas opposé le plus extrême et le plus rapproché de la moyenne, je veux décrire le sol et les productions de Fakarava. La surface de cette étroite bande de terre est presque entièrement composée d'une pierre calcaire, résidu de corail pulvérisé, pareille au mâchefer des volcans, et cruelle aux pieds nus ; je crois que dans certains atolls, mais pas à Fakarava, elle rend, lorsqu'on la frappe, un léger bruit métallique. Çà et là, vous rencontrez un banc de sable, d'une finesse et d'une blancheur excessives, et ces régions sont les moins productives. Les plantes aiment les massifs de corail et y poussent avec cette intensité de verdure admirable qui fait la beauté des atolls, vus de la pleine mer. Le cocotier croît avec une luxuriance toute spéciale dans ce *solum* austère, enfonçant ses racines jusque dans les eaux stagnantes et troubles et dressant dans le vent sa tête verdoyante avec tous les signes de la santé et du plaisir. Pourtant, le cocotier lui-même a besoin, dans son enfance, d'une nourriture d'extra, et dans beaucoup d'îles du bas-archipel, on plante, à côté de chaque noix un morceau de biscuit de mer et un clou rouillé ! Le pendanus vient après lui en importance, étant aussi un arbre alimentaire ; et lui aussi se comporte bravement. Une sorte d'arbuste vert appelé *miki* pousse un peu partout ; de temps à autre on aperçoit un purao ; et il y a une quantité de mauvaises herbes plus ou moins inutiles. D'après Mr. Cuzent, les différentes espèces de plantes d'un atoll comme Fakarava sont au nombre d'une vingtaine au plus, si même elles y atteignent. Il n'y a pas un brin d'herbe, par un grain d'humus, sauf quand on en a apporté un ou deux sacs pour faire un semblant de jardin ; des jardins, tels qu'il en fleurit dans les villes, sur le rebord des fenêtres ! La vie des insectes est intense ; des nuages de moustiques et, ce qui est bien pire, une invasion de mouches noircissant complètement notre nourriture, nous ont, plus d'une fois, chassés au milieu d'un repas à Apemama ; et même à Fakarava, les moustiques étaient une peste. On rencontre le crabe de terre rentrant à pas précipités dans son trou, et la nuit, les rats assiègent les maisons et les jardins artificiels. Le crabe est un aliment agréable ; le rat peut-être aussi ; je n'en ai pas goûté. Dans les Gilbert on fait avec les fruits du pandanus un entremets excellent, agréable à grignoter à la fin d'un long dîner ; mais il ne produit pas un plat substantiel. Le reste de la nourriture, dans un atoll dénué de ressources comme Fakarava, peut se résumer dans la plaisanterie favorite de l'archipel : le bifteck de noix de coco ! des noix de coco vertes, des noix de coco mûres, des noix de coco germées, des noix de coco à manger et des noix de coco à boire, des noix de coco crues et cuites, des noix de coco chaudes et froides, tel est le menu des repas. Et certaines des entrées sont parfaitement délicieuses. La noix de coco germée cuite dans son écale, et mangée à la cuillère, forme un excellent pudding ; le lait de noix de coco — quand c'est le jus exprimé d'une noix mûre et non l'eau d'une noix verte — est très bon dans le café et représente un auxiliaire précieux de la cuisine à travers les mers du Sud ; et la salade de noix de coco, si vous êtes milionnaire et si vous avez les moyens de vous offrir la valeur d'un champ de graines pour votre dessert, est un plat dont on se souvient avec émotion. Mais la monotonie est au bout de tout cela, et les Israélites des Iles basses soupirent au souvenir de la manne.

Le lecteur croit sans doute que j'ai oublié la mer. Certainement la vie abonde sur les deux rives, et elles sont étrangement différentes. Dans la lagon l'eau repose, peu profonde, sur un fond vaseux de sable fin d'où s'élèvent des buissons de corail. Puis vient une bande de plage que lèchent les rides de la mer quand la marée monte. Dans les massifs de coraux, le grand clovisse[1] des eaux-saintes (*Tridacua*) croît et se multiplie ; un peu plus profondément se trouvent les bancs d'huîtres perlières, et les poissons resplendissants qui charmèrent notre arrivée ; tous sont d'un coloris plus ou moins vigoureux. Mais la plupart des coquillages sont d'un blanc de chaux, ou à peines teintés d'un peu de rose, le plus pâle qui soit ; beaucoup sont morts et la mer les roule. Du côté de l'océan, sur chaque élévation de la côte abrupte, sur toute l'étendue du récif, jusqu'où le flot se brise, dans chaque crevasse, sous chaque fragment de corail, une incroyable abondance de vie marine déploie un jeu de teintes d'une variété et d'un éclat admirables. Pas une couleur du récif lui-même qui ne se reflète sur quelque coquillage. Purpurins, rouges ou blancs, verts ou jaunes, bigarrés, striés et estompés, les vivants coquillages portent dans leurs

1. Mollusque.

combinaisons multiples la livrée du récif inerte, — si vraiment il est inerte, — en sorte que le regard est continuellement confondu et le collectionneur continuellement déçu. Il m'est arrivé aussi souvent de prendre des coquillages pour des pierres que des pierres pour des coquillages. Un des principaux caractères du corail est d'être tacheté de petits points rouges et il est extraordinaire de voir combien de variétés de coquillages ont adopté cette mode et revêtu le déguisement de ces petits pois cramoisis. J'ai retrouvé là un coquillage qui abondait dans les Marquises ; il était tout pareil, mais avec les pois rouges en plus. Un joyeux petit crabe portait les mêmes marques. L'habitation du crabe-ermite ou crabe-soldat était plus concluante, étant le résultat d'un choix conscient. Ce méchant petit naufragé, boueur, colon, a appris la valeur d'une maison tachetée ; aussi, fût-ce un tesson de bouteille, il le choisira de la couleur voulue, se recroqueville dans n'importe quel coin de débris et se promène de par le monde à moitié nu ; mais je ne l'ai jamais rencontré dans cette imparfaite armure qu'elle ne fût tachetée de rouge.

La plage du lagon se trouve à quelques deux cents mètres de là. Collectionnez les coquillages de chacune d'elles, mettez-les à côté les uns des autres ; ils semblent provenir de deux hémisphères différents : les uns si brillants, les autres si pâles, les uns d'un blanc absolu, les autres nuancés à l'infini, et envahis comme d'une maladie par les petits points d'écarlate. Ceci est d'autant plus étrange que le crabe-ermite arpente l'île de part en part, et j'en ai rencontré autour de la source de la Résidence, qui est un point assez central, faisant le voyage dans les deux sens. Sans doute beaucoup de coquillages du lagon sont morts. Mais pourquoi sont-ils morts ? Peut-être les coquillages vivants ont-ils un lieu d'existence situé à une autre profondeur. Mais pourquoi ceux-ci sont-ils si différents ? Nous ne sommes que sur le seuil des mystères.

Chaque rive, je l'ai dit, fourmille de vie. Du côté de la mer et de certains atolls, cette surabondance de vitalité est même offensante ; le sol sous les pieds est miné par elle. J'ai brisé un morceau — principalement à Funafuti et à Arorai[1] — d'énormes fragments de rochers, battus par les vents, qui résonnaient sous mes coups comme du fer, et l'entaille était remplie de vers longs comme une main, gros comme un doigt d'enfant, d'un blanc à peine rosé et serrés les uns contre les autres à raison de trois ou quatre par centimètre carré. Même dans le lagon, où certains crustacés semblent dépérir, d'autres prospèrent à l'excès et font la richesse de ces îles. Le poisson abonde également ; le lagon est un vivier à poisson parfaitement clos, propre à réjouir l'imagination d'un abbé ; des requins y essaiment, principalement autour des passes, où ils trouvent à festoyer et l'homme, pourriez-vous croire, n'a qu'à préparer sa ligne. Hélas ! il n'en est rien. De tous ces poissons multicolores dont les hordes entouraient le *Casco* à son arrivée, les uns ont des arêtes empoisonnées, les autres sont entièrement vénéneux. L'étranger doit s'abstenir, ou bien courir le chance d'une grave et douloureuse maladie. Le naturel est un bon guide, à ce sujet, dans son île ; transplantez-le dans l'île voisine, et il n'en sait pas plus long que vous-même. Car c'est également une question de temps et d'emplacement. Un poisson pris dans un lagon peut être mortel ; le même poisson pris le même jour en mer, et seulement à quelques centaines de mètres de la passe, sera parfaitement comestible. Dans une île voisine, le cas sera peut-être inverse ; et, peut-être quarante-huit heures après, pourrez-vous les manger indifféremment dans un endroit et dans l'autre. A en croire les

1. Arorai est dans les Gilbert ; Funafuti dans les Ellice.

indigènes, ces troublantes vicissitudes sont réglées par le mouvement des corps célestes. La magnifique planète de Vénus joue un grand rôle dans toutes les légendes et les coutumes des îles ; et entre autres fonctions, dont quelques-unes sont bien pires, elle règle la saison du bon poisson. Vénus étant dans une certaine phase, — ce fut la nôtre — certains poissons du lagon étaient vénéneux ; Vénus dans une autre phase, le même poisson devenait inoffensif, et un aliment de prix. Les blancs expliquent ces changements par la présence du corail.

Et c'est une dernière touche d'horreur ajoutée à l'image de cette étroite passe, de cet anneau précaire posé sur la mer, que sa substance même ne soit pas de roche honnête, mais organique, moitié vivante, moitié en putréfaction ; la mer limpide elle-même et les brillants poissons, autour d'elle, sont empoisonnés, le bloc le plus rigide, rongé intérieurement par les vers, et la plus légère poussière vénéneuse comme une drogue pharmaceutique.

CHAPITRE III

Une maison à louer dans une île basse

L'île n'était jamais populeuse, mais il fallut pourtant une série d'accidents pour la rendre déserte, au point que pas une trace de vie humaine n'en diversifiait les heures ; nous errâmes dans le coquet jardin public de la ville, parmi des maisons closes où pas même un écriteau aux fenêtres n'évoquait le propriétaire, retiré sans doute en d'autres quartiers ; et, lorsque nous visitâmes le bungalow du Gouvernement, Mr. Donat, suppléant au Vice-Résident, nous reçut seul et nous traita avec un punch aux noix de coco, dans la salle des sessions au Tribunal de ce vaste archipel, nos verres dressés au milieu des assignations et des papiers de recensement.

L'impopularité d'un ancien Vice-Résident avait déterminé l'exode de la population, ses *employés* indigènes renonçant successivement à leurs maigres appointements, et se retirant, l'un après l'autre, dans les districts les plus reculés de l'île. Là-dessus, le Gouverneur de Papeete promulgua un décret : chaque territoire des Paumotu devait être délimité et enregistré à une date donnée. Or, la population de l'archipel est à moitié nomade ; il est rare qu'un homme appartienne à un atoll déterminé ; il appartient à plusieurs et peut avoir des attaches et des parents dans une dizaine d'entre eux, et les habitants de Rotoava en particulier, hommes, femmes et enfants, depuis le gendarme jusqu'au prophète mormon et au maître d'école, possèdent — j'allais dire un terrain — tout au moins quelques blocs de corail et quelques cocotiers dans une île adjacente. Et précisément, tous ceux-ci — depuis le gendarme jusqu'au baby à la mamelle, le pasteur suivi de son troupeau, le maître d'école escorté de ses élèves, et les élèves armés de leurs livres et de leurs ardoises — avaient pris le bateau quelques deux jours avant notre arrivée et étaient tous occupés à se disputer sur les limites de leurs propriétés. On s'imagine les éclats perçants de leurs disputes mêlés au bruit du flot, et aux cris des oiseaux de mer dispersés. Le parfait ensemble de leur fuite était admirable, pareil à celui des oiseaux migrateurs ; ils n'avaient rien laissé derrière eux que des maisons vides, comme les vieux nids que repeuplent les printemps prochains ; et même leur vieux magister, inoffensif et nécessaire, entraîné à leur suite, avait suivi leur migration. Il en partit ainsi cinquante, et sept seulement demeurèrent. Néanmoins, quand j'organisai une fête à bord du *Casco*, le nombre de mes hôtes s'éleva, non pas à sept, mais bien à sept fois sept : d'où ils surgirent, comment ils se trouvèrent convoqués, et par où ils disparurent, une fois le festin consommé, je ne m'en doute pas. D'accord avec les légendes des îles-basses, et ces terribles apparitions qui font éviter aux habitants les côtes de l'atoll du côté de l'océan, qui sait si une quarantaine de ceux qui festoyèrent avec nous n'étaient pas revenus, pour la circonstance, du royaume des morts ?

Cette solitude nous donna l'idée de louer une maison, et de devenir pour un temps des habitants de l'île — habitude que j'ai toujours encouragée depuis. Mr. Donat nous plaça, dans ce but, sous l'escorte d'un certain Taniera Mahinui, réunissant le double caractère du catéchiste et du forçat. Le lecteur peut sourire, mais je l'affirme, il incarnait les qualités de ces deux rôles. Et celui de forçat tout le premier, par cette félonie indélébile qu'on retrouve dans tous les pays du monde chez les criminels enchaînés et emprisonnés. Taniera était un homme bien né — et, comme il le disait volontiers, l'ancien chef d'un district de 800 âmes à Anaa. A un moment de calamités, les autorités de Papeete chargèrent les chefs de percevoir les impôts. On ne sait s'il en fut beaucoup récolté, mais certainement rien ne fut remis à destination ; et Taniera, mis en vedette par une visite à Papeete et la grande vie qu'il avait menée dans les restaurants, fut choisi comme bouc émissaire. Il faut bien comprendre que la faute incombait, en premier lieu, non à Taniera, mais aux autorités de Papeete. La charge imposée était disproportionnée ; à ma connaissance, aucun Polynésien n'était capable de porter pareil fardeau. Même de braves et honnêtes Hawaïens — un, entre autres, connu et admiré par les blancs eux-mêmes comme un magistrat inflexible — ont trébuché dans l'étroit sentier de la probité administrative. Et Taniera, quand vint l'heure de l'arrestation, dédaigna de dénoncer ses complices. D'autres avaient partagé le butin ; seul il porta la peine. Il fut condamné à cinq ans. Quand j'eus le plaisir de faire sa connaissance, la période n'était pas encore expirée. Il recevait encore les rations de la prison (dernier et assez cher souvenir de ses chaînes) et envisageait, je crois, non sans alarme, la date de son affranchissement. Car il n'éprouvait aucune honte de sa situation ; ne se plaignait de rien, sinon de la table défectueuse de son lieu d'exil ; ne regrettait rien que les oiseaux, les œufs et les poissons de son île natale plus favorisée. Et quant à ses paroissiens, leur considération pour lui ne s'en trouvait pas diminuée d'un cheveu. L'écolier condamné à copier mille lignes de grec, et éternellement consigné au dortoir, jouit d'une estime sans mélange de la part de ses condisciples. Ainsi en était-il pour Taniera : un homme suspect, non déshonoré ; tombé sous les coups des dieux lointains ;

tel peut-être Job — ou, si vous voulez, un Taniera dans la fosse aux lions. Sans doute des complaintes ont été composées et chantées en l'honneur de ce saint Robin Hood. D'un autre côté il était hautement qualifié pour les fonctions qu'il remplissait dans l'Eglise ; étant par nature un homme grave, doux et considéré ; au visage rude et sérieux au sourire brillant ; passé maître en plusieurs professions, également bon constructeur de bateaux et de maisons ; doué d'une belle voix de chante, et aussi d'une telle éloquence qu'au bord de la tombe du dernier chef de Fakarava, il fit verser des larmes à toute l'assistance. Je n'ai jamais vu un homme ayant une mentalité plus ecclésiastique ; il aimait à discuter et à s'instruire dans la doctrine et l'histoire des sectes ; et quand je lui montrai les gravures d'un volume de l'*Encyclopédie* de Chamber, nulles — celle d'un singe excepté — ne l'enthousiasmèrent comme celles qui représentaient les chapeaux de cardinaux, les encensoirs, les chandeliers et les cathédrales. Et je crois qu'au moment où il contemplait le chapeau de cardinal, une voix murmurait à son oreille : « Tu as un pied au bas de l'échelle ! »

Sous la direction de Taniera, nous fûmes bientôt installés dans ce qui était, je crois, la maison particulière la mieux aménagée de Fakarava. Elle s'élevait juste derrière l'église, au milieu d'un champ cultivé de forme oblongue. Plus de trois cents sacs de terre ont été apportés de Tahiti pour le jardin de la Résidence, et il faudra bientôt les renouveler, car la terre s'envole, s'affaisse dans les crevasses de corail et finit par disparaître complètement. J'ignore ce qu'il était entré de terre dans le jardin de ma villa, mais une quantité sans doute suffisante, car une allée de bananiers prospères s'étendait jusqu'à la grille ; et sur tout le reste de l'enclos, couvert de cette sorte de mâchefer habituel que produit le corail pulvérisé, croissaient, non seulement des cocotiers et des mikis mais aussi des figuiers, délicieusement verts. Bien entendu, aucune trace d'herbe. Devant, une palissade nous séparait de la route blanche, et les bords frangés de palmes du lagon, et le lagon lui-même reflétaient, le jour, les nuages, la nuit, les étoiles. Par derrière, un rempart de coraux non cimentés nous isolait de l'étroite ceinture du taillis et de la grève toute proche où l'océan roulait son tonnerre dont le grondement et les éclats bourdonnaient cependant dans les chambres de la maison.

Celle-ci était tout d'une pièce, entourée d'une véranda. Elle contenait trois chambres, trois machines à coudre, trois coffres de bord, des chaises, des tables, deux lits, un berceau, un fusil à répétition, deux agrandissements de photographies coloriées, deux gravures en couleur d'après Wilkie et Mulready, et une lithographie française portant cette légende : « *La brigade du Général Lepasset brûlant son drapeau devant Metz.* » Un fourneau rouillé gisait sous les pilotis de la maison, jusqu'à ce que nous l'ayons remis en usage. Non loin de là, dans le corail, se trouvait la crevasse où nous puisions une eau saumâtre. D'ailleurs, les animaux comestibles ne manquaient pas sur la propriété — des coqs, des poules et un couple de chats irréguliers que Taniera venait nourrir tous les matins, au lever du soleil, avec des noix de coco grillées. Sa voix était notre réveil quotidien, résonnant gaiement à travers le jardin : « Pooty — pooty — poo — poo — poo ! »

Eloignés comme nous l'étions des affaires publiques, le voisinage de la chapelle rendait notre situation, ce que les agences qualifent de désirable, et nous permettait de prendre un aperçu de la vie des naturels. Tous les matins, après avoir nourri les animaux, Taniera sonnait la cloche dans le petit beffroi ; et les fidèles, peu nombreux, s'en venaient à la prière. J'y assistai une fois ; c'était le jour du Seigneur ; sept femelles et huit mâles composaient l'assemblée. Une femme faisait le chantre, entonnant sur une note indéfiniment prolongée ; le catéchiste entonnait à la seconde mesure, puis les fidèles en chœur. Quelques-uns suivaient dans des livres de prières imprimés ; les autres remplissaient les trous avec des : « Eh — eh — eh » le tol-de-rol Pomotuan. Après l'hymne, nous eûmes la lecture, à l'antiphonaire, d'une ou deux prières ; puis Taniera se leva du premier banc où il était assis dans sa robe de catéchiste, passa derrière la grille du chœur, ouvrit sa bible tahitienne et commença à prêcher d'après des notes. Je compris un mot — celui de Dieu ; mais le prédicateur conduisait sa voix avec art, avait des gestes rares et expressifs et donnait une grande impression de sincérité. Ce simple service, cette Bible indigène, ces hymnes, principalement inspirés des hymnes anglais — le *God save the Queen* est, paraît-il, un grand favori ; tout, sauf les quelques fleurs de papier sur l'autel, avait un aspect sévèrement protestant. C'est ainsi que les Catholiques ont trouvé leurs prosélytes des îles-basses déjà à moitié route.

Taniera avait les clefs de notre maison ; c'est avec lui que je passai mon contrat, si on pouvait appeler contrat celui où tout était laissé à ma générosité ; c'est lui qui nourrissait les chats et les volatiles, lui qui venait nous rendre visite et partager notre repas comme un vieil ami ; et longtemps, nous nous plûmes à imaginer qu'il était notre propriétaire ; cette croyance ne devait pas résister à l'épreuve de l'expérience, et, comme on le verra par la suite de ce chapitre, n'avait rien à faire avec la réalité.

Nous eûmes quelques jours de grande chaleur, sans air, très calmes ; les chercheurs de coquillages étaient exilés du bord de l'océan, où les coups de soleil les guettaient de 10 heures à 4 heures ; les plus hautes palmes pendaient, immobiles ; on n'entendait d'autre voix que celle de la mer dans le lointain. A la fin, vers 4 heures d'un certain après-midi, de longues pattes d'oie ridèrent la surface du lagon ; et soudain au sommet des arbres, se fit sentir le bienfaisant remous des alizés qui subitement éventa toutes les maisons et toutes les allées de l'île. A plus d'un navire charmé, retenu par le calme plat en vue des vertes rives, ce vent apporta la délivrance ; et le lendemain matin, une goélette et deux canots étaient amarrés dans le port de Rotoava. Non seulement sur la mer extérieure, mais dans le lagon lui-même, un certain commerce se réveilla avec les vivifiantes brises ; et un certain métis, entre autres, nommé François, disposa son étalage à la première heure, dans son propre canot, à moitié couvert. Il avait eu, autrefois, une charge à la cour, étant, je crois, le ramoneur de la Résidence. L'impopularité du Résident ayant suscité des troubles, il avait jeté bas ses dignités et fui vers les régions éloignées de l'atoll pour y planter des choux — ou tout au moins des cocotiers. Il en était chassé, à présent, par des exigences telles que Cincinnatus lui-même a dû en connaître, et s'en vint vers la capitale, siège de ses anciennes fonctions, pour échanger une demi-tonne de copra contre le froment indispensable. Et ici, pour un instant, l'histoire de son voyage s'interrompt.

Je reviens, par contre, à notre maison, où vers 7 heures du soir, le catéchiste arriva soudain avec son air avenant, et armé d'un trousseau de clefs considérable. Il essaya celles-ci sur les coffres de bord, les prenant l'une après l'autre à leur place contre le mur. Des têtes d'étrangers apparurent dans la porte et donnèrent des conseils. Ce fut en vain. Ou bien ce n'étaient pas les clefs voulues, ou pas les coffres voulus, ou pas l'homme voulu pour les employer. Taniera commença par s'agiter et enrager ; puis, il eut recours au système plus sommaire de la hachette ; un des coffres fut brisé, et une brassée de vêtements, masculins et féminins, en fut tirée et tendue aux étrangers sur la véranda.

Ceux-ci étaient François, sa femme et leur enfant.

Vers 8 heures du matin, au milieu du lagon, leur canot avait chaviré. Ils le remirent à flot et quoiqu'il fût plein d'eau, ramenèrent l'enfant à terre. La grande voile avait été emportée, mais le petit foc l'entraînait lentement, tandis que François et la femme nageaient à l'arrière et manœuvraient le gouvernail avec leurs mains. Le froid était cruel ; la fatigue, à la longue, devenait excessive, et dans ce réservoir de requins, la peur les gagnait. A tout coup, François, le demi-sang, voulait tout lâcher et couler ; mais la femme, de bonne et pure race amphibie, l'encourageait avec des paroles de bonne humeur. Et cela me rappelle une femme de Hawaï qui nagea avec son mari, je n'ose dire pendant combien de milles, par une mer démontée, et finalement gagna la terre avec le corps de son mari mort dans les bras. Il était environ 5 heures du soir lorsque François et sa femme, après neuf heures de natation, abordèrent à Rotoava. Le courageux combat était gagné, et tout de suite, apparaît le côté le plus puéril de leur caractère. Ils avaient soupé, conté et raconté leur histoire, ruisselants comme ils étaient ; la femme, que Mrs. Stevenson aida à se changer, avait les membres comme pétrifiés par le froid ; et François, ayant passé une chemise et des pantalons de coton secs, passa le reste de la soirée sur mon plancher, entre des portes ouvertes, au milieu des courants d'air. Et pourtant, François, fils d'un père français, parle lui-même le plus pur français et paraît être intelligent.

Notre première pensée fut que notre catéchiste, se conformant à ses principes, abandonnait son superflu pour couvrir ceux qui étaient nus. Puis nous découvrîmes que François portait sur lui son propre bien. Les vêtements étaient à lui, de même les coffres, de même la maison. Par le fait, François était le vrai propriétaire. Pourtant, vous remarquerez qu'il se tenait à l'écart, dans la véranda, tandis que Taniera exerçait ses mains novices sur les serrures ; et maintenant, comme son vrai caractère nous était révélé, le seul usage qu'il fit de sa propriété fut de laisser les vêtements de sa famille sécher sur la palissade. Taniera continua d'être l'ami de la maison, de nourrir la volaille, de nous rendre des visites quotidiennes, tandis que François se tenait modestement à l'écart pendant tout le reste de son séjour. Et voici qui est plus curieux encore. Depuis que François avait perdu tout le chargement de son canot, la demi-tonne de copra, une hache, des gamelles, des couteaux et des habits — depuis qu'il avait, en quelque sorte, à recommencer la vie (et la farine dont il avait besoin n'était encore ni achetée ni payée), je lui proposais de lui avancer ce qu'il lui fallait, sur le loyer. A ma stupéfaction, il refusa, et la raison qu'il allégua — si l'on peut appeler une raison ce qui ne fait qu'obscurcir la raison, — fut que Taniera était son ami. Vous remarquerez son « ami », non son créancier. Je demandai des explications et on m'apprit que Taniera, exilé dans une île étrangère, pouvait bien avoir des dettes, mais n'était certainement le créancier de personne.

Un matin, de très bonne heure, nous fûmes réveillés par une arrivée tapageuse dans la cour ; notre camp se trouvait forcé par une vieille dame indigène, grande, voûtée, vêtue de ce qui semblait bien être des habits de veuve. Vous pouviez, au premier coup d'œil, reconnaître une dame notable, une maîtresse de maison sévère et pratique, pleine de vie et d'énergie, et d'un tempérament plein de ressources. En réalité, il n'y avait d'indigène en elle que la couleur ; et c'est un type répandu et respecté partout, même chez nous. Cela nous fit du bien de la voir arpenter les lieux, examinant les plantes et les poulets, arrosant les unes, nourrissant et pomponnant les autres, prenant violemment et effectivement possession de tout. Quand elle approcha de la maison, notre sympathie faiblit ; quand elle vint au coffre brisé, je désirai ardemment être ailleurs.

Nous échangeâmes à peine une parole ; mais toute sa stature courbée parlait pour elle avec une éloquence indignée. « Mon coffre ! » criait-elle, avec un accent sur le possessif : « Mon coffre, défoncé, ouvert ! voilà des choses en bel état ! » Je me hâtai de rejeter le blâme sur qui de droit — sur François et sa femme — et découvris que j'empirais les choses au lieu de les arranger. Elle répéta les noms, d'abord avec incrédulité, puis avec désespoir. Un moment, elle sembla pétrifiée, puis elle entreprit de vider la caisse, empilant ses biens sur le parquet, évaluant visiblement la mesure des ravages commis par François, et on put la voir ensuite engagée dans une conversation animée avec Taniera, dont les oreilles pendaient comme celles d'un coupable.

Ainsi donc, selon toute évidence, voilà quelle devait être enfin ma propriétaire ; elle en manifestait pleinement tous les caractères. N'aborderais-je pas avec elle la question de mon loyer toujours en suspens ? Je demandai conseil à un des spectateurs : « Gardez-vous en bien ! » s'écria-t-il. « C'est la vieille femme, la mère. Ce n'est pas à elle. » « Voilà, je crois, l'homme à qui appartient la maison », et il désigna une des photographies en couleur pendue au mur. Sur ce, j'abandonnai tout espoir de comprendre et quand le temps de partir fut venu, dans la chambre du Tribunal de l'Archipel, avec l'approbation du Gouverneur suppléant, je payai dûment le montant de mon loyer à Taniera. Il était satisfait, moi de même. Mais qu'avait-il à faire dans tout cela ? Mr. Donat, magistrat suppléant, et un homme de leur sang, ne put jeter aucune lumière sur ce mystère ; un simple particulier, ayant quelque peu l'amour des lettres, ne peut être tenu d'en faire davantage.

CHAPITRE IV

Traits et sectes des Paumotu

Le lecteur le plus superficiel a dû remarquer un changement d'air depuis les Marquises. La maison bourrée d'effets, l'active maîtresse de maison comptant ses possessions, le pasteur de l'île sérieux et plein de sa doctrine, la dure lutte pour la vie dans le lagon : autant de traits d'un monde tout différent. Je lis dans un pamphlet (je ne veux pas citer l'auteur), que les Marquisans ressemblent particulièrement aux Paumotuans. J'aurais précisément cité ces deux races, pourtant si voisines, comme représentant les deux types extrêmes de la Polynésie. La race marquisane est certainement la plus belle de toutes les races humaines, et l'une des plus grandes. — Les Paumotuans ont près d'un mètre de moins et n'ont aucune beauté. Le Marquisan est prodigue, inerte, indifférent en matière religieuse, d'une indulgence d'enfant pour lui-même ; — le Paumotuan est cupide, hardi, entreprenant, aimant à discuter les questions religieuses et non sans quelques traces d'ascétisme dans le caractère.

Il y a quelques années à peine, les habitants de l'Archipel étaient de rusés sauvages. Leurs îles pouvaient être qualifiées d'îles des Sirènes, non à cause de l'attraction qu'elles exerçaient au passage sur les navigateurs, mais pour tous les périls qui attendaient ceux-ci sur le rivage. Jusqu'en ce jour, en certaines îles écartées, le danger persiste, et le Paumotuan civilisé hésite à atterrir et à aborder son frère arriéré. Mais ceci excepté, tout danger n'est aujourd'hui qu'un souvenir. Quand notre génération était encore au berceau et confinée à la salle de jeu, il était encore une réalité. Entre 1830 et 1840, Hao, par exemple, était un endroit du plus dangereux accès, où les navires étaient capturés avec leurs équipages. Pas plus loin qu'en 1856, la goélette *Sarah-Ann* mit à la voile de Papeete et ne fut jamais revue. Elle avait à bord des femmes et enfants, la femme du capitaine, une nourrice, un baby et les deux jeunes fils du capitaine Steven, en route vers le continent pour y faire leurs études. On supposa que tous avaient péri dans une tempête. Un an plus tard, le capitaine de la *Julia*, longeant les côtes de l'île appelée tour à tour Bligh, Lagoon et Temataugi, vit des naturels en armes suivre la marche de la goélette, vêtus d'étoffes de toutes les couleurs. Des soupçons naquirent instantanément. La mère des enfants disparus prodigua l'argent nécessaire, et une première expédition ayant trouvé la place déserte, et étant revenue après s'être contenté de tirer quelques coups de fusil, elle-même se mit en mouvement et accompagna une expédition nouvelle. Personne n'était là à leur arrivée pour la saluer ou la combattre. Pendant quelque temps ils errèrent parmi des huttes abandonnées et des fourrés déserts ; puis ils se divisèrent en deux groupes et entreprirent de battre de part en part la jungle de pandanus de l'île. Un homme demeura seul au débarcadère — Teina, un chef d'Anaa, commandant les naturels armés qui formaient la partie résistante de l'expédition. A présent que ses compagnons étaient partis et que le silence tombait, profond, sur leur exploration — silence qui devait être la ruine des insulaires — un bruit de pierres qui roulent frappa l'oreille de Teina. Il regarda pensant voir un crabe, et vit à la place une main humaine brune, émergeant d'une fissure du sol. Un cri rappela les explorateurs et signifia leur arrêt aux misérables ensevelis. Dans une cave, au-dessous, on en trouva seize blottis parmi des ossements humains et des curiosités plus ou moins horribles et bizarres. L'une d'elles était une chevelure dorée qu'on supposa être celle de la femme du capitaine ; une autre était la moitié du corps d'un enfant européen, séché au soleil et piqué sur un bâton, sans doute dans quelque but de sorcellerie.

Le Paumotuan est avide de richesses. Il économise, donne à contrecœur, enterre son argent, ne craint pas sa peine. Pour un dollar chacun, deux naturels passèrent la journée entière à nettoyer les cuivres du bord. C'était étrange de les voir, si infatigables, si à leur aise dans l'eau, — travaillant parfois avec leurs pipes allumées, le fumeur quelquefois complètement submergé, le récipient luisant seul à la surface ; plus étrange encore de penser qu'ils étaient les proches congénères des indolents Marquisans. Mais non seulement le Paumotuan thésaurise, garde tout pour lui, et travaille, mais il vole ; ou pour préciser, il filoute ! Il ne reniera jamais une dette, seulement il évite son créancier. Il est toujours prêt pour un acompte ; sitôt qu'il l'a versé, il disparaît. Il connaît votre bateau ; dès qu'il approche une île, le voilà parti dans une autre. Vous croyez savoir son nom ; déjà il l'a changé pour un autre. Toute poursuite serait inutile dans ces îles innombrables. Le résultat peut être donné en deux mots. Un rapport du Gouvernement vient de proposer la surveillance du paiement des dettes en prenant des photographies des débiteurs ; et tout dernièrement à Papeete, des crédits sur les Paumotu, montant à 16 000 pounds, furent vendus pour moins de 40 pounds — 400 000 francs pour moins de 1 000 francs. — Telle quelle, l'acquisition parut hasardeuse ; et seul, l'homme qui en fut l'auteur, avait les moyens de donner autant.

Le Paumotuan est sincèrement attaché à ceux de son

sang et de sa maison. Une affection touchante unit parfois les époux. Leurs enfants, tant qu'ils vivent, les dominent complètement ; s'ils meurent, leurs os ou leurs momies sont souvent conservés avec un soin jaloux, et transportés d'atoll en atoll au cours des pérégrinations de la famille. On m'a dit que dans bien des maisons de Fakarava, la momie d'un enfant était enfermée dans le coffre de bord ; sachant cela, je regardai avec quelque inquiétude ceux qui étaient près de mon lit ; peut-être ces placards, eux aussi, recélaient-ils un petit squelette.

La race semble en bonne voie de prospérité. Dans quinze îles dont j'ai pu consulter les listes, j'ai trouvé une proportion de 59 naissances pour 47 décès en 1887. Supprimez-en trois sur les 15, il restait l'honnête proportion de 50 naissances pour 32 décès. Une longue habitude des privations et celle de l'activité expliquent ce contraste avec les chiffres marquisans. Mais, le Paumotuan possède, en outre, une certaine connaissance de l'hygiène, et les rudiments d'une discipline sanitaire. Les discours publics, chez ce peuple au franc parler, jouent le rôle des *contagious Diseases Act* (mesures de prudence contre les maladies contagieuses).

Comme leurs voisins de Tahiti qui leur ont peut-être communiqué leur erreur, ils considèrent la lèpre avec une indifférence relative, et l'éléphantiasis avec une frayeur disproportionnée. Mais au contraire des Tahitiens, leur crainte leur inspire des moyens de défense. Quiconque est frappé de cette pénible et vilaine maladie est relégué aux extrémités des villages ; l'usage des sentiers et des grandes routes lui est interdit et il est condamné à se transporter par eau de sa maison à son champ de cocotiers, la trace de ses pas étant considérée comme infectieuse. Le Fe' efe' e, étant un produit des marais et la suite de la malaria, n'est pas originaire des atolls. Dans la seule île de Makatea, où le lagon est maintenant devenu un marécage, le mal s'est établi. Beaucoup en sont atteints ; ils sont exclus (si j'en crois Mr. Vilmot) de toutes les consolations de la société, et on croit qu'ils prennent de secrètes vengeances en contaminant volontairement, mais en secret et à leur insu, ceux qui les ont rejetés de leur sein, ce qui s'accorderait assez bien avec ce côté amer et énergique du caractère Paumotuan.

L'archipel est divisé en deux partis religieux, les Catholiques et les Mormons. Ils se dévisagent fièrement, avec un air irréductible ; mais ce ne sont que des fantômes dont les membres sont dans un flux perpétuel. Le Mormon assiste à la messe avec dévotion ; le Catholique écoute attentivement le sermon mormon ; et peut-être demain chacun aura-t-il passé dans le camp opposé. Un homme avait été un pilier de l'Eglise Romaine pendant quinze ans ; sa femme étant morte, il décréta que c'était une pauvre religion qui ne pouvait conserver sa femme à un mari et il se fit Mormon. A en croire des gens bien informés, le catholicisme était de bon ton tant qu'on était en bonne santé, mais à l'approche de la maladie il devenait prudent de s'en séparer. En tant que Mormon, vous aviez cinq chances sur six d'en réchapper ; comme Catholique, il y avait peu d'espoir ; et il se pourrait que cette opinion ait sa source dans le rite de l'Extrême-Onction. Nous savons tous ce que sont les catholiques, soit dans les Paumotu, soit chez nous. Mais le Pomotuan Mormon semble être un phénomène à part. Il n'épouse qu'une femme, se sert de la Bible protestante, observe les rites du culte protestant, interdit l'usage des liqueurs et du tabac, pratique le baptême des adultes par immersion, et après chaque faute publique, rebaptise le coupable. Je demandai des explications à Mahinui, qui était au courant de l'histoire des Mormons américains et il conclut qu'il n'existait entre eux aucun rapport. « *Pour moi,* me dit-il, avec une délicate charité, *les Mormons ici, un petit Catholiques.* » Quelques mois plus tard, j'eus l'occasion de rencontrer un compatriote à moi orthodoxe, un vieil Ecossais dissident, établi depuis longtemps à Tahiti, mais tout imprégné du parfum des bruyères de Tiree. « Pourquoi s'appellent-ils Mormons ? » lui demandai-je. « Mon cher, c'est ce que je me demande ! » s'écria-t-il, « car par tout ce que j'entends dire de leur doctrine, je n'ai rien à redire contre elle, et leur vie est à l'abri de tout reproche. » Et en dépit de tout cela, Mormons ils demeurent, mais de la première semence : avec les Joséphites, les disciples de Joseph Smith, les antagonistes de Brigham Young.

Admettons donc que les Mormons sont des Mormons. De nouveaux points d'interrogation se dressent : que sont les Israélites ? et que sont les Kanitus ? Pendant longtemps, la secte avait été divisée en Mormons proprement dits et en Israélites ; je n'ai jamais pu savoir pourquoi. Il y a quelques années vint un missionnaire nommé Williams, qui rassembla beaucoup de monde, puis s'en alla, laissant une nouvelle scission imminente. Quelque chose d'irrégulier dans sa façon d'ouvrir le service, me dit-on, avait fait lever partisans et adversaires ; l'Eglise fut une fois de plus divisée en deux, et de cette division une nouvelle secte naquit : les Kanitus.

Depuis ce temps, Kanitus et Israélites, de même que les Cameroniens, et les Presbyteriens unis, ont fait cause commune ; et l'histoire ecclésiastique des Paumotu est, pour l'instant, dépourvue d'événements. Mais cela ne durera pas longtemps, et ces îles semblent bien devoir être l'Ecosse du Sud. Il y a deux choses que je n'ai jamais pu éclaircir : d'abord les innovations du Rév. Mr. Williams, que personne ne voulut m'expliquer, et la signification du nom de Kanitu, que personne ne soupçonnait. Il n'était ni tahitien ni marquisan ; il n'y en avait pas trace dans cette ancienne langue des Paumotu, qui tombe rapidement en désuétude. Un homme, un prêtre, Dieu le bénisse! suggéra que c'était le nom en latin d'un petit Dieu dans la nouvelle Guinée; je laisse à plus audacieux le soin d'établir un rapport entre les deux. Mais voilà réellement une chose singulière : une secte, battant neuve, s'élevant aux acclamations populaires, et un mot dénué de tout sens inventé pour la baptiser.

Le mystère voulu semble évident, et, à en croire un observateur très intelligent, Mr. Magee de Mangareva, cet élément mystérieux est une des principales attractions de l'église mormone. Elle jouit de quelques-uns des statuts de notre franc-maçonnerie, et procure au néophyte une vague sensation d'aventure. D'autres attractions s'ajoutent certainement à celle-là. Le baptême sans cesse renouvelé, avec la succession des fêtes baptismales, est une particularité pleine de charme, vue du côté social comme du côté spirituel. Le fait que tous les fidèles aiment les offices est plus important, et plus importante encore, peut-être, la stricte observance de la discipline. « Le veto contre les liqueurs, — me dit Mr. Magee — leur amène une foule d'adhérents. » Il n'y a pas de doute que ces insulaires n'adoraient la boisson, et pas de doute qu'ils ne se plient à sa privation. La bombance d'un jour de fête est généralement suivie d'une semaine ou d'un mois de rigoureuse sobriété. Mr. Vilmot attribue cela à la frugalité des Paumotuans et à leur amour de l'épargne. Cela va bien plus loin. J'ai parlé d'une fête que j'avais donnée à bord du *Casco*. Pour digérer le pain et le jambon du bord, on donna le choix à chaque convive entre du rhum ou du sirop, et sur le nombre, un seul homme — sur un ton de défi et parmi des éclats de gaieté — du « trum ! » Ceci se passait en public. J'eus la mesquinerie de répéter l'expérience chaque fois que j'en eus l'occasion, entre les quatre murs de ma maison; et trois d'entre eux, au moins, qui en avaient refusé au festin, avalèrent du rhum gloutonnement derrière la porte. Mais d'autres résistèrent obstinément. J'ai dit que les vertus de la race étaient bourgeoises et puritaines; et combien ceci est bourgeois! et combien puritain! et combien Ecossais! et combien Yankee! — la tentation, la résistance, la conformité hypocrite en public, les Pharisiens, les « Holy-Willies[1] » et les vrais disciples. Chez un tel peuple, la popularité d'une église ascétique est assurée; dans ces règles strictes, dans cette surveillance perpétuelle, les faibles trouvent leur avantage et les forts un certain plaisir; et la doctrine du baptême renouvelé, carte blanche et nouveau point de départ, réconforte bien des professionnels chancelants!

Il y a encore une autre secte, ou ce qu'on appelle — improprement sans doute, — une secte, celle des Whistlers[2]. Duncan Cameron, si en faveur chez les Mormons n'était pas moins condamné par les Whistlers. Et, pourtant, je ne sais, mais je continue de croire qu'il y a entre eux quelque connection, peut-être fortuite, peut-être désavouée. En tout cas, il se passe dans la maison d'un prophète israélite d'Anaa certaines choses dont je suis également sûr que Duncan les renierait et que les Whistlers les salueraient comme une imitation de leurs rites. Mon initiateur en ces matières occupait une partie de la maison; le prophète et sa famille habitaient l'antre. Chaque nuit, à une extrémité, les Mormons chantaient leur office du soir; chaque nuit, à l'autre extrémité, la femme du Tahitien, éveillée, écoutait leurs chants avec stupeur. A la fin elle ne put se contenir plus longtemps, réveilla son mari et lui demanda ce qu'il entendait. « J'entends plusieurs personnes chantant des hymnes », dit-il. « Oui », répliqua-t-elle, « mais écoute encore! N'entends-tu pas quelque chose de surnaturel? » Son attention ainsi

1. Les Saintes-Nitouches.
2. Siffleurs.

aiguillée, il eut conscience d'une voix étrange, bourdonnante — et cependant il déclara qu'elle était admirable — qui accompagnait les chanteurs avec justesse. Le lendemain il s'informa. « C'est un esprit — dit le prophète, avec une entière simplicité — qui depuis quelque temps a pris l'habitude de se joindre à notre prière familiale. » Il était invisible et, pareil en cela à d'autres esprits apparus plus près de chez nous en ces jours dégénérés ; il était d'une ignorance grossière, ne pouvait au début que bourdonner, et n'avait appris que tout dernièrement à faire sa partie, dans le chœur, correctement.

Les façons d'agir des Whistlers ont un caractère plus ouvert. Leurs réunions se font en public, au grand jour, et tous sont « cordialement invités à y prendre part ». Les fidèles sont assis dans la salle, chantant des hymnes — disent les uns — chantant et sifflant alternativement, — disent les autres ; le chef, le sorcier — disons plutôt le médium — est assis au milieu, enveloppé d'un drap et silencieux ; et tout à coup, juste au-dessus de sa tête, quelquefois au milieu du toit, un sifflement aérien se fait entendre, terreur des inexpérimentés. C'est évidemment la voix des morts ; ses enseignements sont transcrits au fur et à mesure par un expert, qui écrit, me dit-on, « aussi vite qu'un employé du télégraphe », et le résultat est finalement communiqué au public. Il est généralement de la plus patente trivialité : Un navire est annoncé ; ou bien quelque bavardage oiseux répété sur le compte d'un voisin ; ou bien, si l'esprit a été consulté au sujet d'une maladie, il suggère parfois un remède. L'un de ceux-ci, une immersion dans l'eau bouillante, fut dernièrement fatal au patient. Toute cette affaire est très morne, très sotte et très européenne ; elle n'a aucune des qualités pittoresques de certaines conjurations du même genre dans la Nouvelle-Zélande ; elle ne recèle pas le moindre sens, comme quelques autres que je décrirai à propos des îles Gilbert. Et, pourtant, on m'assura que beaucoup de naturels, hardis et intelligents, étaient des siffleurs invétérés. « Comme Mahiuni ? » demandai-je, désireux de me faire un type ; et on me répondit : « Oui ». Pourquoi m'étonnerai-je ? Des hommes plus éclairés que mon forçat-catéchiste s'adonnent chez nous à des absurdités également stériles et sans intérêt.

Le médium est quelquefois féminin. Ainsi, c'est une femme qui introduisit ces pratiques sur la côte nord de Taiarapu, au scandale de sa propre famille, son beau-frère en particulier, déclarant qu'elle était ivre. Mais ce qui choquait à Tahiti passait dans les Paumotu, d'autant plus que certaines femmes possèdent là, par un don de la nature, des pouvoirs utiles et singuliers. Elles se disent des dames honnêtes, bien intentionnées, quelques-unes d'entre elles, très embarrassées de leur mystérieux héritage ! Et, en vérité, les troubles causés par ces dons sont si grands, et la protection qui en découle si infime que j'hésite à l'appeler un don ou une malédiction héréditaire. Vous pouvez dévaliser le champ de cocotiers de cette dame, voler ses canots, brûler sa maison et massacrer sa famille sans inconvénient ; mais il y a une chose que vous ne devez pas faire : vous ne devez pas porter la main sur la natte où elle dort, ou votre ventre enflera et seule, la dame ou son mari, pourront vous guérir. Voici le témoignage d'un témoin oculaire, originaire de Tasmanie, bien élevé, un homme qui a gagné de l'argent — et qui n'est sûrement pas un fou. En 1886, il se trouvait dans une maison à Makatea, où deux gamins commencèrent à se livrer à des polissonneries sur les nattes ; instantanément leurs ventres enflèrent ; des douleurs les prirent ; tous les remèdes possibles de l'île furent essayés en vain, et les frictions ne firent qu'augmenter leurs souffrances. On appela le maître de maison, il expliqua la nature du mal, et prépara le remède. Une noix de coco fut écossée, remplie d'herbes, et avec toutes les cérémonies d'un lancement de bateau, et les formules qui dans les Paumotu répandent les charmes, confiée à la mer. Dès cet instant, les souffrances commencèrent à s'apaiser et l'enflure à diminuer. Le lecteur peut sourire. Mais je peux l'assurer que s'il fréquentait assidûment de vieux habitués des îles, il en arriverait à admettre une chose sur deux : soit qu'il y a quelque chose dans les ventres en question, ou que toute évidence humaine n'est qu'un leurre.

Je n'ai rencontré aucune de ces dames, aux dons mystérieux ; mais je me suis livré à une expérience de mon cru, car j'ai joué, pendant toute une nuit, le rôle de l'esprit siffleur. Un vent fatigant avait soufflé toute la journée, mais il s'était calmé à la tombée de la nuit, et la lune, alors dans son plein, roulait à travers un ciel clair. Nous allions vers le sud de l'île, sur le bord du lagon, marchant sous les hautes nefs égales des palmes, et sur un sol de sable neigeux. Aucune vie ne se manifestait ; aucun son ; jusqu'à ce que, dans une partie découverte de l'île, nous aperçumes les cendres d'un feu, et entendîmes, non loin de là, dans une hutte sombre, des naturels parlant à voix basse. Etre assis sans lumière même en compagnie, et sous un abri, est pour un Paumotuan, un cas tout à fait étrange. Toute la scène — le puissant clair de lune et les ombres crues sur le sable, les charbons dispersés, le son atténué des voix venant de la hutte, et le clapotis du lagon sur la berge — éveilla en moi, je ne sais comment, des pensées de superstition. J'étais nu-pieds ; je remarquai que mes pas ne faisaient aucun bruit, et m'approchant de la hutte sombre, mais me tenant strictement dans l'ombre, je commençai à siffler. *The Heaving of the Lead*[1] était l'air — bien peu tragique, — que je sifflais. A la première note, la conversation et tout mouvement

1. L'élévation de la main.

cessèrent ; le silence se prolongea tant que je continuai ; et lorsqu'à mon retour je repassai par ces lieux, je constatai que la lampe était encore allumée dans la demeure, mais les langues toujours muettes. Toute la nuit, je le crois à présent, les pauvres diables tremblèrent et restèrent silencieux. Car réellement, je ne me doutais pas, à cette époque, de la nature et de l'intensité des terreurs que je leur infligeai, ni de quelles visions d'horreur les notes de cette vieille chanson avaient peuplé la sombre maison.

CHAPITRE V

Funérailles paumotuanes

Non, je n'avais pas idée des terreurs qu'éprouvent ces hommes. Pourtant j'avais reçu, avant cela, un avertissement qui aurait dû m'éclairer, si je l'avais compris ; et cela, à l'occasion d'un enterrement.

Un peu en retrait sur l'avenue principale de Rotoava, dans une hutte de feuilles basse qui ouvrait sur un étroit enclos, comme un auvent sur un parc à cochons, un vieillard vivait solitaire avec sa vieille femme. Peut-être étaient-ils trop âgés pour émigrer avec les autres, peut-être étaient-ils trop pauvres et n'avaient-ils pas de biens à défendre. Toujours est-il qu'ils étaient restés en arrière, et ils furent ainsi invités à ma fête. J'ose le dire, ce fut tout un drame politique dans le parc à cochons, de savoir si l'on viendrait ou si l'on ne viendrait pas, et le mari balança longtemps entre la curiosité et la considération de son grand âge, jusqu'à ce que la curiosité l'emportât ; ils vinrent, et au milieu de cette dernière fête, la mort le frappa sur l'épaule. Pendant quelques jours, quand le ciel était beau et le vent frais, on étendait sa natte sur la grande route principale du village ; et on pouvait le voir couché là inerte, pauvre débris humain, sa femme assise, également inerte, à son chevet. Ils semblaient s'être élevés au-dessus de nos besoins et de nos facultés ; ils ne parlaient, ni n'écoutaient, ils nous laissaient passer devant eux sans nous accorder un regard ; la femme ne bougeait pas, elle ne semblait prendre aucun soin de son mari, et les deux pauvres antiquités étaient là juxtaposées sous la haute voûte des palmes, comme toute la tragédie humaine réduite à ses plus simples éléments, comme un spectacle au-delà de ce qu'on peut voir de plus pathétique, excitant un frémissement de curiosité. Et un point de ce cas dramatique me hantait : la pensée que tant de jeunesse, tant de désirs avaient couru dans ces veines mourantes et que cet homme avait gaspillé ses derniers restes de vie au cours d'une partie de plaisirs.

Le 17 septembre, au matin, le malheureux mourut, et, le temps pressant, il fut enterré le même jour, à 4 heures. Le cimetière est situé du côté de la mer, derrière le Gouvernement ; il est empierré à la surface avec du corail pulvérisé ; de rares croix de bois, quelques pierres sans importance désignent les tombes ; un mur en mortier, à hauteur d'appui, l'entoure ; des massifs d'arbrisseaux l'ombragent de leur feuillage pâle. C'est là qu'en ce matin, la tombe fut creusée, par des terrassiers inquiets, au son de la mer toute proche, et aux cris des oiseaux de mer ; cependant que le mort attendait dans sa demeure et que la veuve et une autre vieille femme étaient appuyées contre la palissade, devant la porte, avec des lèvres sans paroles et des yeux sans regards.

A l'heure précise, le cortège se mit en marche, le cercueil drapé de blanc et porté par quatre hommes ; le convoi suivait — peu nombreux, car bien peu étaient restés à Rotoava, et peu en noir, car ils étaient pauvres ; les hommes en chapeau de paille, vestes blanches et pantalons bleus, ou bien le somptueux paréo multicolore, le kilt tahitien ; les femmes, à part quelques exceptions, portaient de brillants atours. Tout au dernier rang venait la veuve, portant douloureusement la natte du défunt, — créature sans âge, pareille à un flambeau éteint.

Le mort avait été un Mormon ; mais le prêtre Mormon était parti avec le reste de la population pour disputer ses propriétés dans l'île voisine, et un homme de loi le remplaça. Debout, au chevet de la fosse béante, dans un vêtement blanc et un paréo bleu, sa bible tahitienne à la main, et un œil bandé d'un mouchoir rouge, il lut avec solennité ce chapitre de Job qui a été lu et entendu sur les ossements de tous nos pères, et d'une voix forte, récita deux prières. Le vent et les vagues faisaient rage. A la grille du cimetière une mère, vêtue de cramoisi, allaitait son enfant enveloppé de bleu. Au milieu, la veuve était assise par terre, et polissait un des brancards du cercueil avec un morceau de corail ; un instant après elle avait tourné le dos à la tombe et jouait avec une feuille. Comprenait-elle ? Dieu le sait ! L'officiant s'arrêta un moment, se baissa, et ramassa une poignée de corail bruissant, qu'il jeta respectueusement sur le cercueil. Poussière sur poussière : mais les grains de cette poussière étaient gros comme des cerises, et la poussière prochaine, mais vivante encore, qui devait suivre, était assise là, encore agglomérée (comme par miracle) à la ressemblance tragique d'une guenon.

Jusque-là, Mormon ou non, l'enterrement était chrétien. Le passage bien connu de Job avait été lu, les prières récitées, la fosse comblée, les assistants renvoyés chez eux. Avec ces différences d'une terre un peu plus rude jetée sur la tombe, du bruit plus proche de la mer, d'une lumière plus intense sur le triste enclos ; et de quelque incongruité dans la couleur des vêtements, c'étaient bien les formes extérieures coutumières.

Régulièrement les choses auraient dû se passer autrement. La natte aurait dû être enterrée avec son propriétaire ; mais la famille étant pauvre, elle fut sagement réservée pour une nouvelle cérémonie. La veuve aurait dû se jeter sur la tombe et clamer à voix haute une douleur officielle, les voisins faire chorus, et la petite île tout entière, résonner pour un temps de ces lamentations. Mais la veuve était âgée ; peut-être avait-elle oublié, peut-être jamais compris, et elle jouait comme un enfant, avec des feuilles, et avec les brancards du cercueil. De toute façon, mon hôte avait été enterré avec des rites estropiés. Etrange chose de penser que son dernier plaisir conscient avait été le *Casco* et ma fête ; étrange de penser qu'il était venu là en clopinant, vieil enfant en quête de quelque bonheur nouveau. Et la chose la meilleure, le repos, lui avait été accordée.

Mais, quoique la veuve eût négligé beaucoup de choses, il en était une qu'elle ne devait pas omettre. Elle s'en alla avec le convoi dispersé, mais la natte du défunt avait été laissée sur la tombe, et j'appris qu'au coucher du soleil, elle devait revenir dormir là. Cette veille est de rigueur. Depuis le coucher du soleil jusqu'au lever de l'étoile du matin, le Paumotuan doit monter la garde autour des cendres de son parent. Si le défunt a été un homme considérable, beaucoup d'amis viendront tenir compagnie au veilleur ; ils viendront couverts de façon à affronter toutes les intempéries ; je crois qu'ils apportent de la nourriture ; et les rites se perpétuent ainsi pendant deux semaines. Notre pauvre survivante, si tant est qu'elle survivait, avait peu de chose pour se couvrir, et peu d'amis pour lui tenir compagnie. La nuit des funérailles, une forte averse la chassa de l'endroit où elle veillait ; pendant des jours, le temps demeura incertain et menaçant ; et avant la septième nuit elle avait abandonné la place et regagné son humble logis. Quelle eût cette peine de retourner, pour un temps si court, dans une maison si solitaire, que cette voisine de la tombe redoutât un peu de vent et une couverture mouillée, m'emplit alors de rêverie ! Je ne peux pas dire qu'elle fût indifférente ; elle était si loin de moi sur le chemin de l'expérience, que toute ma psychologie restait en route ; mais je me forgeais des excuses pour elle, me disant qu'elle n'avait peut-être pas grand-chose à pleurer, que peut-être elle avait beaucoup souffert, peut-être jamais rien compris. Et voyez ! dans toute cette affaire, il n'était question ni de tendresse ni de piété et le retour courageux de ce pauvre débris était une preuve ou d'une intelligence ou d'une force d'âme peu communes.

Quelque chose pourtant m'avait mis en partie sur la piste. J'ai dit que l'enterrement s'était effectué presque comme chez nous. Mais quand tout fut terminé, comme nous repassions en troupe la grille du cimetière et redescendions le sentier qui mène à la colonie, un incident, d'un tout autre genre, soudain jeta l'alarme et l'épouvante parmi nous. Deux personnes marchaient non loin l'une de l'autre, dans notre cortège : mon ami Mr. Donat — Donat-Rimarau, « Donat aux mains innombrables » — suppléant au Vice-Résident, actuellement gouverneur de l'Archipel, l'homme le plus important de l'endroit, connu d'ailleurs pour son inaltérable bonne humeur ; et une certaine jeune Paumotuane, avenante, bien faite, la plus jolie de l'île, mais (espérons-le) ni la plus brave ni la plus polie. Tout à coup, avant même que le silence des funérailles fût rompu, elle fit un bond vers le Résident, le doigt tendu, cria quelques mots d'une voix perçante, et se rejeta en arrière avec un rire qui n'avait rien de naturel. « Que vous a-t-elle dit ? » lui demandai-je. « Ce n'est pas à moi qu'elle a parlé », me dit Donat, légèrement troublé, « elle parlait à l'esprit du défunt ». Et la teneur de son discours était ceci : « Voyez ! Donat sera un bon festin pour vous cette nuit ! »

« Mr. Donat le traite de plaisanterie », écrivai-je alors dans mon journal. Cela me parut plutôt une sorte de conjuration terrifiée, comme si elle voulait détourner d'elle-même l'attention de l'esprit. « Une race cannibale peut bien avoir des fantômes cannibales. » En général les suppositions des voyageurs ne manquent pas d'être complètement erronées ; en cela pourtant, j'avais vu juste. La femme avait assisté à l'enterrement dans un état de terreur, se trouvant dans un lieu redouté entre tous : le cimetière. Avec la même terreur elle voyait venir la nuit, avec cet ogre, un esprit nouveau lâché dans l'île. Et les paroles qu'elle avait jetées à la face de Donat étaient bien une conjuration terrifiée, destinée, en partie, à la mettre à couvert, à désigner une autre victime à sa place. Une chose doit être dite à son excuse ; sans doute elle choisit Donat, non seulement parce qu'il était un homme excellent, mais aussi parce qu'il était de sang mêlé. Car je crois que tous les naturels considèrent la couleur blanche comme une sorte de talisman contre les puissances de l'Enfer. C'est la seule façon dont ils peuvent expliquer la témérité impunie des Européens.

CHAPITRE VI

Histoires de cimetières

Je crains de manquer de loyauté vis-à-vis de l'insulaire, mon superstitieux ami, l'entraînant souvent à ma suite avec des histoires de ma façon et me montrant un auditeur toujours attentif et parfois excité. Mais la ruse n'est pas grave puisque, aussi bien, j'éprouve autant de plaisir à écouter que lui à conter ; et d'ailleurs, elle est absolument nécessaire. Car il est à peine possible d'exagérer l'étendue et l'empire de ses superstitions ; elles moulent sa vie ; elles colorent sa pensée ; et quand il me parle d'autre chose que d'esprits, de dieux et de diable ; il dissimule sa préoccupation dominante et ne parle qu'avec ses lèvres. Une mentalité si différente mérite l'indulgence ; et je préfère, quant à moi, satisfaire sa superstition que si lui, au contraire, satisfaisait mon incrédulité. Aussi bien, il y a une chose dont je suis sûr ; j'aurai beau l'encourager, je n'apprendrai pas tout ; déjà il est sur ses gardes avec moi et la somme de cette science est illimitée.

J'en citerai quelques exemples au hasard, recueillis presque tous du pas de ma porte durant le mois dernier (octobre 1890). Un de mes hommes de peine avait été envoyé à la plantation de bananiers pour y bêcher ; elle est située dans une dépression de la montagne, ensevelie dans les bois, en dehors de toute vue et de tout appel humain ; et bien avant le crépuscule, Lafaele était de retour à la cuisine avec un air embarrassé ; il n'avait pas osé rester seul plus longtemps ; il avait peur des « esprits dans les buissons ». Il semble que ceux-ci soient les âmes des morts sans sépulture, qui errent là où ils tombèrent, ayant revêtu les formes de porcs, d'oiseaux ou d'insectes ; le fourré en est plein ; ils semblent ne rien manger, massacrent les passants solitaires, probablement par un dépit haineux, et de temps en temps, reprenant la forme humaine, descendent dans les villages, s'associent à la vie des habitants qui ne les reconnaissent pas. C'est ce que j'appris un jour ou deux après, tandis que je me promenais dans la brousse avec un jeune naturel, très intelligent. C'était un peu avant midi ; un jour gris et pluvieux ; et peut-être avais-je parlé un peu légèrement. Un nuage noir creva sur un côté de la montagne ; les arbres tremblèrent et gémirent ; les feuilles mortes s'envolèrent du sol en nuages, comme des papillons ; et mon compagnon, subitement, s'arrêta court. Il craignait, me dit-il, que les arbres ne se rompent ; mais dès que j'eus changé de sujet de conversation, il reprit sa course avec célérité. Un jour ou deux auparavant, un messager gravit la montagne, apportant une lettre d'Apia ; j'étais parti dans la brousse ; il dut attendre mon retour, puis ma réponse ; et avant que j'eusse fini, sa voix était devenue blanche de terreur à la pensée de la nuit venue et de la longue route à faire dans la forêt ; voilà pour la masse. Passons aux chefs. Un grand mouvement de signes et de présages s'était fait dans notre groupe. Une rivière avait roulé du sang ; des anguilles rouges avaient été pêchées ; dans une autre, un poisson inconnu avait été rejeté sur le rivage, un mot de mauvais augure lu sur ses écailles. Jusque-là, nous aurions pu en lire autant dans quelque chronique monacale ; mais voici une note neuve à la fois moderne et polynésienne. Les dieux d'Upolu et de Savoii, nos deux îles principales, rivalisèrent récemment au cricket. Depuis lors, ils sont en guerre. Des bruits de bataille résonnent le long de la côte. Une femme vit un homme arriver du large en nageant, et disparaître dans la brousse ; il n'était pas du voisinage ; et on dit que c'était un des dieux se hâtant vers un conseil. Plus perspicace que tous, un missionnaire de Savoii, qui est aussi médecin, entendit frapper chez lui à une heure avancée de la nuit ; ce n'était pas l'heure du dispensaire, mais il finit par réveiller son serviteur et l'envoya aux informations ; le serviteur, regardant par la fenêtre, aperçut une foule de gens, tous gravement blessés, avec des membres difformes, des têtes coupées, et des plaies par balles saignantes ; mais quand il ouvrit la porte, tous avaient disparu. C'étaient les dieux venus du champ de bataille. Ces récits ont certainement une signification ; il n'est pas rare d'en retrouver la source chez des agitateurs politiques, ou de lire en eux la menace de troubles imminents ; de ce côté humain, je les considère moi-même comme de fâcheux augures. Mais c'était le côté spirituel de leur signification que mes maîtres discutaient en des conciles secrets. Je ferai mieux comprendre cette tournure d'esprit complexe des Polynésiens par deux exemples appropriés. Je séjournai une fois dans un village que je préfère ne pas nommer. Le chef et sa sœur étaient des personnes parfaitement intelligentes, de bonnes manières, causant bien. La sœur était très religieuse, très assidue aux offices, et me blâmait quand je n'y allais pas ; je découvris plus tard qu'elle adorait un requin. Le chef était quelque peu libre-penseur, ou tout au moins d'une grande tolérance : c'était d'ailleurs un homme versé dans toutes les connaissances et tous les talents européens ; de nature impassible et ironique ; et tout aussi bien aurais-je pu soupçonner Mr. Herbert Spencer de superstition que de l'en croire capable. Mais voici la suite. J'avais remarqué, à des signes certains, qu'ils n'enterraient pas les morts assez profondément dans le cimetière du village, et je pris mon ami à partie en tant qu'autorité responsable. « Il y a quelque chose de défectueux dans votre cimetière — lui dis-je — il faut que vous y mettiez bon ordre, sans quoi cela pourra avoir de fâcheuses conséquences. » « Quelque chose de défectueux ? qu'est-ce que c'est ? » me demanda-t-il, avec une émotion qui me surprit. « Si vous voulez bien aller vous promener par là, un soir, vers 9 heures, vous pourrez le constater par vous-même », lui dis-je. Il fit un pas en arrière en s'écriant : « Un esprit ! »

En résumé, sur toute l'étendue des mers du Sud, aucun n'a le droit de blâmer son voisin. Blancs et métis, dévôts et débauché, intelligents et bornés, tous croient aux esprits, tous combinent avec leur récent christianisme la peur des vieilles divinités insulaires et une croyance en elles persistante. Tels, en Europe, les dieux de l'Olympe ont fini, peu à peu, en croquemitaines de village ; tel aujourd'hui le Highlander dogmatique se dissimule aux yeux du Pasteur de la « Free Church[1] » pour porter une offrande à une source sacrée.

Je m'efforce de traiter ici tous les côtés de la question à cause d'une qualité particulière aux superstitions marquisanes. Il est vrai qu'elle me fut démontrée par un homme qui avait le génie de cette sorte de récits. Serrés autour de la lampe du soir, au son des vagues entourant l'île, nous étions suspendus frissonnants à ses lèvres. Que le lecteur, en des lieux si lointains et si différents, prête l'oreille pour en saisir le faible écho.

Cette gerbe de sombres récits jaillit à propos des funérailles, et de l'égoïste conjuration de la femme. Je n'étais pas satisfait de ce que j'avais appris, je les pressai de questions et je rencontrai finalement ce filon de métal. C'est à partir du coucher du soleil jusque vers 4 heures du matin que les parents campent sur la

1. Libre église.

tombe ; et ce sont précisément les heures où l'esprit vagabonde. A toute heure de la nuit — un peu plus tôt, un peu plus tard — un bruit s'élève de dessous terre, c'est celui de sa libération ; à 4 heures précises, un autre bruit plus fort, marque l'instant où il rentre dans sa prison ; entre-temps il accomplit ses rondes malfaisantes. « Avez-vous jamais vu un esprit malfaisant ? » demanda-t-on, une fois, à un Paumotuan. — « Une fois. » — « Sous quelle forme ? » — « Sous la forme d'une grue ! » — « Et comment savez-vous que cette grue était un esprit ? » lui demanda-t-on. — « Je vais vous le dire », répondit-il, et tel fut à peu près le sens peu concluant de son discours : Son père était mort environ quinze jours auparavant ; les autres s'étaient lassés de veiller ; et au coucher du soleil, il se trouva tout seul près de la tombe. Il ne faisait pas encore nuit ; c'était l'heure crépusculaire, quand il aperçut une grue blanche comme neige perchée sur la tombe de corail ; puis d'autres grues surgirent, les unes blanches, les autres noires, puis elles disparurent, et à leur place, il vit un chat, entouré de toute une compagnie silencieuse de chats de toutes les couleurs imaginables ; puis ceux-ci disparurent à leur tour, et il demeura stupéfait.

Ceci était une apparition anodine. Prenez au contraire l'expérience que fit Rua-a-mariterangi, dans l'île de Katiu. Il avait besoin d'un peu de pendanus, et se rendit sur la côte de l'île où il croissait abondamment. La journée était calme, et Rua fut surpris d'entendre un craquement dans le fourré, puis la chute d'un arbre considérable. Il devait y avoir là quelqu'un qui construisait un canot et, il pénétra à l'orée de la forêt pour trouver ce voisin de hasard et passer la journée avec lui. Les craquements se firent plus proches ; puis il eut conscience de quelque chose se glissant rapidement au sommet des arbres, et qui subitement dégringola par les talons comme un singe, les mains demeurant libres, prêtes pour le meurtre ; la chose était accrochée, en sûreté, aux plus minces rameaux ; la rapidité de sa venue avait été incroyable ; et bientôt, Rua reconnut en elle un cadavre, d'un âge incommensurable, les entrailles pendantes. La prière était l'arme des chrétiens dans la vallée des ombres, et c'est à la prière que Rua-a-mariterangi attribue son salut. Aucune intervention humaine n'eut prévalu.

Ce démon sortait évidemment de la tombe ; vous remarquerez pourtant que cela se passait au jour. Et quoique cela ne semble pas s'accorder avec les heures de veillée nocturne et les nombreuses allusions à l'étoile du matin, ce n'est pas là une exception unique. Je n'ai retrouvé personne ayant vu cet esprit aux habitudes diurnes et sylvestres ; mais d'autres ont entendu la chute de l'arbre, qui semble être le signal de sa venue. Mr. Donat pêchait un jour des perles, dans l'île déserte de Haraiki. C'était un de ces jours sans un souffle de vent, comme il en alterne dans l'archipel avec des jours de vent déchaîné. Les plongeurs étaient à leur besogne au milieu du lagon. Le cook, un jeune garçon de dix ans, surveillait ses marmites, dans le camp. Ainsi, ils étaient tous occupés, à l'exception d'un seul naturel qui accompagnait Donat dans les bois, en quête d'œufs d'oiseaux de mer. En un instant, dans le grand silence, résonna le bruit de la chute d'un grand arbre. Donat voulut aller voir ce qui arrivait. « Non, cria son compagnon, ce n'est pas un arbre. C'est quelque chose de *pas naturel.* Retournons au camp ! » Le dimanche suivant, tous les plongeurs furent lancés sur les lieux, toute cette partie de l'île fut consciencieusement explorée, et on eut la certitude qu'aucun arbre n'était tombé. Un peu plus tard, Mr. Donat vit un de ses plongeurs s'enfuir devant un bruit semblable, dans une même panique, sur la même île. Mais aucun d'eux ne put s'expliquer, et ce n'est que bien après, quand il se trouva avec Rua, qu'il apprit la cause de leurs terreurs.

Mais de jour ou de nuit, le but des morts, dans ces manifestations abhorrées, est toujours le même. A Samoa, mon informateur n'avait aucune idée de la manière dont se nourrissaient les esprits de la brousse ; une telle ambiguïté n'existe pas dans l'esprit d'un Paumotuan. Dans cet archipel affamé, les vivants doivent travailler de même pour trouver leur subsistance ; et la race ayant été cannibale dans le passé, les esprits continuent de l'être. Sans aucun doute ils massacrent l'homme, sans doute même, ils le mutilent, par pure malice. Parfois, les esprits marquisans arrachent les yeux des voyageurs ; mais cela même est peut-être plus pratique qu'on ne le croirait à première vue, car l'œil est une friandise pour les cannibales. Et certainement, l'idée première des morts, au moins dans les lointaines îles de l'Est, est de rôder en quête de nourriture. C'est à titre de festin délicat que la femme dénonça Donat le jour de l'enterrement. A côté de cela, certains esprits s'attaquent, non au corps, mais à l'âme des morts. La chose ressort clairement d'une histoire tahitienne. Un enfant tomba malade, son état empira rapidement et finalement il montra des signes d'agonie. La mère courut à la maison d'un sorcier voisin. « Vous êtes encore à temps, lui dit-il ; un esprit vient de passer en courant devant ma porte, portant l'âme de votre enfant, enveloppée dans une feuille de purao ; mais j'ai un esprit plus fort et plus rapide qui l'atteindra avant qu'il ait eu le temps de le manger. » « Enveloppé dans une feuille », comme d'autres choses comestibles et corruptibles !

Ou bien encore prenez une expérience faite par Mr. Donat, dans l'île d'Anaa. C'était par une nuit de grand vent, traversée de violentes averses ; son enfant était très malade, et le père, quoique couché, demeurait éveillé, écoutant la tempête. Tout à coup, un volatile fut violemment précipité contre le mur de la maison. Fensant qu'il avait oublié de le mettre à l'abri avec les autres, Donat se leva, trouva l'oiseau (un coq) étendu sur la véranda, et le mit dans le poulailler, dont il ferma soigneusement la porte. Quinze minutes après, l'incident se renouvela, seulement cette fois, au moment où il heurta le mur, l'oiseau chanta. De nouveau, Donat le rapporta dans le poulailler qu'il examina attentivement et trouva en parfait état ; comme il s'occupait à cela, le vent souffla sa lampe et il dut regagner sa porte à tâtons, fortement impressionné. Et voici qu'une troisième fois l'oiseau vint s'abattre contre le mur ; une troisième fois, Donat le releva, cette fois à moitié mort et le replaça parmi ses compagnons ; et il était à peine rentré quand un choc se produisit, ébranlant sa porte, comme celui d'un homme vigoureux en fureur, et un sifflement pareil à celui d'une locomotive parcourant la maison. Le lecteur sceptique verra peut-être là le doigt de la tempête. Mais les femmes virent tout perdu et se blottirent sur les couchettes en se lamentant. Plus rien ne survint, et je suppose que la tempête se calma, car peu après, un chef vint en visite. C'était un homme audacieux pour être dehors à une heure si tardive ; mais il était sans doute muni d'une bonne lanterne ; et certainement un homme de bon conseil, car sitôt qu'il entendit les détails de ces événements il fut à même d'en expliquer la nature « Votre enfant — dit-il — doit sûrement mourir. C'est le mauvais esprit de notre île qui attend et qui veille pour dévorer les esprits des nouveaux trépassés. Puis il s'étendit sur l'étrangeté des façons d'être de l'esprit. Il ne livrait pas généralement ses assauts aussi ouvertement, expliquait-il, mais demeurait assis en silence au sommet de la maison, sous la forme d'un oiseau, tandis qu'à l'intérieur les gens donnaient leurs soins au mourant, et pleuraient le mort, sans penser à aucun péril. Mais quand venait le jour, et qu'on ouvrait les portes, et que les hommes commençaient à sortir, des traces de sang sur le mur trahissaient la tragédie.

Voilà la qualité que j'admire dans les légendes Paumotuanes. A Tahiti, le mangeur d'esprits se déguise, dit-on, de façon beaucoup plus pompeuse, mais combien plus dénuée d'horreur ! Il a été vu sous toutes sortes de formes, indigènes et étrangères ; sous celle d'un météore, affirment les derniers. Mon autorité n'en était pas très sûre. Il était à cheval avec sa femme, vers 2 heures du matin : tous deux étaient presque endormis et les chevaux ne valaient guère mieux. C'était une nuit brillante et calme ; et la route, au sommet de la montagne, contournait un « marae » désert (ancien temple Tahitien). Tout à coup, l'apparition passa au-dessus d'eux ; une forme lumineuse ; la tête ronde et verdâtre, le corps long, rouge, portant, vers le milieu, un foyer d'un éclat plus rouge encore. Un bourdonnement menaçant accompagna son passage ; il s'envola directement d'un marae à un autre, situé plus bas, au flanc de la montagne. Et ceci, dit mon narrateur, est suggestif. Car pourquoi un simple météore fréquenterait-il les autels des dieux détestés ? Les chevaux, j'ose le dire, furent aussi effrayés que leurs cavaliers. Mais, pour mon compte, je ne suis pas effrayé du tout, pas même agréablement. Donnez-moi plutôt l'oiseau sur le toit de la maison, et les gouttes de sang, le matin, sur le mur.

Mais les morts ne sont pas exclusifs dans leur régime. Ils emportent avec eux dans la tombe, tout particulièrement le goût des Polynésiens pour le poisson, et s'associent de temps à autre aux vivants pour une partie de pêche. Ici encore Rua-a-mariterangi est mon autorité ; je sens que cela diminue l'authenticité du fait, mais comme il dresse debout l'image de ce voyant invétéré ! Il appartient à l'île misérable de Taenga ; pourtant, la maison de son père était toujours bien approvisionnée. Rua étant devenu grand, il fut enfin admis à aller à la pêche avec le fortuné parent. Ils ramaient, à la brune dans le lagon, à un endroit peu sûr ; et le garçon s'étendit à l'arrière et le père commença à jeter sa ligne à l'avant. On suppose que Rua s'endormit ; et quand il s'éveilla, une figure étrangère se tenait à côté de son père, et son père ramassait le poisson à pleines mains. « Qui est cet homme, père ? » demanda Rua. « Ce n'est pas ton affaire », dit le père ; et Rua supposa qu'il était venu les rejoindre à la nage. Nuit après nuit, ils s'en allèrent sur le lagon, souvent aux endroits les plus dangereux ; nuit après nuit, l'étranger apparaissait soudain à bord et disparaissait de même ; et matin après matin, le canot s'en revenait chargé de poisson. « Mon père a beaucoup de chance », pensait Rua. A la fin, un beau jour, arriva un détachement de bateaux, puis un autre, qu'il fallut traiter ; le père et le fils s'attardèrent plus que de coutume dans le lagon, et avant que le canot fût ramené à terre, il était 4 heures et l'étoile du matin était au ras de l'horizon. Alors l'étranger sembla pris d'une détresse singulière ; se retourna, montrant pour la première fois son visage ; c'était celui d'un homme mort depuis longtemps, avec des yeux étincelants ; il fixa l'orient, porta l'extrémité de ses doigts à sa bouche comme quelqu'un de gelé, et articula un son étrange, terrifiant, tenant du sifflement et de la plainte — quelque chose à vous glacer le sang dans les veines ; et l'étoile du matin émergeant au même instant de la mer, subitement il disparut.

Alors Rua comprit pourquoi les affaires de son père prospéraient, pourquoi ses poissons pourrissaient dès le matin et pourquoi il en portait toujours quelques-uns au cimetière et les disposait sur les tombes. Mon informateur n'est pas un homme ennemi des superstitions, mais il garde son sang-froid et prend à ces choses un certain intérêt supérieur que je qualifierais volontiers de scientifique. Ce dernier point évoquant pour lui quelque pratique parallèle à Tahiti, il demanda à Rua si les poissons étaient laissés là ou bien rapportés à la maison après cette cérémonieuse formalité. Il semble que le vieux Mariterangi pratiquait les deux méthodes ; parfois se contentant d'une simple oblation en l'honneur de son invisible partenaire ; tantôt laissant honnêtement le poisson pourrir sur la tombe. Il est certain que nous avons en Europe des histoires d'un caractère semblable ; et le « *varna ino* » ou « *aitu o le vao* » polynésien est le proche parent du vampire de Transylvanie. Voici un conte où la parenté apparaît fortement marquée. Dans l'atoll de Penrhyn, encore en partie sauvage, un certain chef fut pendant longtemps la terreur salutaire des naturels. Il mourut ; il fut enterré ; et ses anciens voisins avaient à peine eu le temps de goûter les délices de la liberté quand son esprit commença d'apparaître aux environs du village. La peur s'empara d'eux tous ; les hommes les plus notables et les sorciers s'assemblèrent en concile ; et avec l'approbation du missionnaire de Raratongan qui avait aussi peur que les autres, et en présence de plusieurs blancs — mon ami, Mr. Ben Hird en était — la tombe fut creusée de nouveau, jusqu'à ce que l'eau apparût, et le corps enterré de nouveau, la face tournée contre terre. Les paris de suicide encore récents en Angleterre, et la décapitation des vampires dans l'est de l'Europe, forment à ce récit des pendants assez exacts.

A Samoa, seuls les esprits des morts, privés de sépulture, sèment l'épouvante. Au cours de la dernière guerre, beaucoup tombèrent dans la brousse ; leurs corps, parfois décapités, furent ramassés par des pasteurs du pays et ensevelis ; mais ceci (je ne sais pas pourquoi) était insuffisant et leurs esprits continuaient de s'attarder sur le théâtre de mort. Quand la paix revint, une scène singulière se déroula en beaucoup d'endroits, et surtout, autour des gorges profondes de Lotoanuu, où la lutte avait été longtemps concentrée et les pertes sévères. Des femmes, parentes des défunts, s'en vinrent, portant une natte ou un drap, guidées par les survivants du combat. Le champ de mort fut sérieusement repéré ; le drap déployé sur le sol ; et les femmes, agitées d'une pieuse inquiétude, s'assirent autour et veillèrent dessus. Si quelque chose vivante tombait dessus, deux fois elle était balayée ; à la troisième fois, on savait que c'était l'esprit du mort, le drap était replié sur lui, on le remportait à la maison, et on l'enterrait à côté du corps ; et l'aitu était en repos. Il est hors de doute que le rite était inspiré par une véritable piété ; le repos de l'âme était son but ; son motif, une respectueuse affection. Le roi actuel, c'est vrai, nie toute influence du dangereux aitu ; les âmes des morts sans sépulture, dit-il, n'errent que dans les limbes, ne pouvant pénétrer dans le propre royaume des morts, malheureux, nullement malfaisants. Et cette opinion, sévèrement classique, représente évidemment le point de vue des gens éclairés, tandis que la fuite de mon Lafaele témoigne des terreurs grossières des ignorants.

Cette croyance en la puissance d'exorcisme des rites funéraires explique peut-être le fait, autrement stupéfiant, — qu'aucun Polynésien ne semble partager le moins du monde notre horreur d'Européen pour les ossements humains et les momies. Ils font des premiers leurs plus chers ornements ; ils les conservent dans des maisons ou des caves mortuaires ; et les gardiens des sépulcres royaux habitent avec leurs enfants parmi les ossements des générations. La momie éveille aussi peu de frayeur, même chez ceux qui la mettent en état. Sur la côte extrême des Marquises, elle était faite par la famille, avec des onctions continuelles, et exposée au soleil ; dans les Carolines, dans l'extrême ouest, elle est mise à sécher dans l'âtre familial. La coutume de couper les têtes subsiste toujours, autour même de ma propre maison, à Samoa. Et il n'y a pas plus de dix ans, dans les Gilbert, la veuve devait déterrer, nettoyer, polir et porter ensuite, nuit et jour, avec elle, la tête de son mari défunt. Dans ce cas, le fait de nettoyer et de faire sécher devait suffire pleinement à exorciser l'aitu.

Mais la croyance Paumotuane est plus obscure. Ici l'homme est bien et dûment enterré. Il est dûment veillé et en dépit des veilles, son esprit s'échappe. Par le fait, le but des veilles n'est pas de prévenir ses vagabondages, mais seulement d'amollir, par des attentions polies, la malignité invétérée des trépassés. La négligence, croit-on, peut l'irriter et provoquer ses visites, mais les vieillards, et les faibles quelquefois, courent les risques et restent chez eux. Remarquez que ce sont les parents et les meilleurs amis du défunt qui conjurent sa faveur par leurs veillées nocturnes. Et même cette vigile d'apaisement est tenue pour périlleuse, sauf en compagnie, et on me signala un jeune garçon à Rotoava, parce qu'il avait veillé seul auprès de son propre père — ni les liens avec le mort, ni même la bonté passée de son caractère n'ont d'effet sur ces suites.

Un ancien Résident mort à Fakarava d'un coup de soleil était adoré pendant sa vie et a laissé un souvenir toujours cher; n'empêche que son esprit parcourait l'île en y semant la terreur, et les environs du Gouvernement étaient encore évités, à l'approche de la nuit. Nous pouvons résumer ainsi cette doctrine réconfortante : Tous les hommes deviennent des vampires et le vampire n'épargne personne.

Et ici, nous nous trouvons face à face avec une contradiction intéressante, car les esprits siffleurs ont éminemment l'esprit de clan; j'ai cru comprendre qu'ils n'attendent et n'éclairent que des parents à eux, et que le médium est toujours de la famille de l'esprit invoqué. Ainsi donc, nous trouvons les liens de la famille, d'un côté, tranchés à l'heure de la mort ; de l'autre, toujours secourables.

Dans le récit tahitien, l'âme de l'enfant était enveloppée de feuilles. Les esprits des morts récents sont un régal. Quand ils ont été massacrés, la maison est tachée de sang. Le pêcheur mort de Rua était décomposé ; tel — et de quelle horrible manière ! — était son démon sylvestre. L'esprit est, dans ces cas, une chose matérielle ; et c'est par les signes matériels de la corruption qu'il se distingue de l'homme vivant. Cette opinion très répandue ajoute une terreur grossière aux plus affreux récits polynésiens et défigure parfois les plus captivants, grâce à une touche pénible et incongrue. Je vais en donner deux exemples, pris dans des endroits suffisamment éloignés l'un de l'autre, l'un à Tahiti, l'autre à Samoa.

Et d'abord, à Tahiti. Un homme s'en alla rendre visite au mari de sa sœur, laquelle était morte peu auparavant. De son vivant, sa sœur avait été une des élégantes de l'île et se promenait toujours couronnée de fleurs. Au milieu de la nuit, le frère se réveilla et eut conscience d'un parfum céleste répandu dans la maison obscure. La lampe avait dû s'éteindre, car jamais un Tahitien ne dormirait sans lumière. Un moment, il demeura surpris et charmé ; puis, il appela les autres. « Ne sentez-vous pas une odeur de fleurs ? » demanda-t-il. « Oh ! — dit son beau-frère — nous en avons l'habitude ici. » Au matin, les deux hommes se promenaient ensemble, et le veuf confessa que sa femme morte hantait continuellement la maison, et que même, il l'avait vue. Elle était faite, habillée et couronnée de fleurs comme en son vivant ; seulement elle se mouvait à quelques centimètres au-dessus de terre, d'une démarche aisée et rapide, et glissait à sec au-dessus de la rivière. Mais, j'arrive à mon but : elle apparaissait toujours vue de dos ; et ces deux beaux-frères, discutant la chose, en conclurent que c'était pour dissimuler les premiers signes de la corruption.

Voici, maintenant, l'histoire des Samoa. Je la dois à l'amabilité du Dr F. Orro Sierichs, dont je guette avec un intérêt très grand la collection d'histoires populaires. Un homme de Manu'a avait deux femmes et pas d'héritier. Il alla à Savaii, en épousa une troisième et fut plus heureux. Quand sa femme fut près de son terme, il se souvint qu'il était dans une île étrangère comme un pauvre homme ; et que, lorsque son enfant naîtrait, il aurait l'humiliation de ne pas recevoir de présents. En vain son épouse chercha à l'en dissuader. Il retourna chez son père, à Manu'a, cherchant du secours ; et, avec ce qu'il put obtenir, il s'en alla dans la nuit pour s'embarquer. Ses femmes avaient entendu parler de sa venue ; elles furent indignées qu'il ne fût pas resté auprès d'elles ; et le guettant sur la plage, près du canot, elles l'égorgèrent. Pendant ce temps, la troisième épouse était couchée à Savaii et dormait, son baby était né et dormait à ses côtés ; et elle fut éveillée par l'esprit de son mari : « Levez-vous », disait-il, « mon père est malade à Manu'a, et nous devons aller le voir. » — « C'est bien », dit-elle, « prenez l'enfant tandis que je prendrai sa natte. » — « Je ne puis porter l'enfant », dit l'esprit, « je suis trop glacé par la mer. » Quand ils furent arrivés à bord du canot, la femme sentit une odeur de pourriture. « Qu'est-cela ? » dit-elle. « Qu'avez-vous dans le canot qui répand cette odeur ? » — « C'est le vent de terre qui souffle des montagnes où il y a sans doute quelque bête crevée. » Il faisait encore nuit quand ils atteignirent Manu'a — la plus rapide traversée connue — et comme ils pénétraient dans le récif, ils virent des feux de mauvais augure s'élever du village. De nouveau elle lui demanda de porter l'enfant. Mais plus n'était besoin de dissimuler. « Je ne puis porter votre enfant, dit-il, car je suis mort, et les feux que vous apercevez brûlent pour mes funérailles. »

Les curieux peuvent apprendre dans le livre du Dr Sierichs la suite inattendue de cette histoire. En voici assez pour mon but. Quoique l'homme fût mort tout récemment, l'esprit était déjà en pourriture, comme si la putréfaction était la marque et l'essence d'un esprit. La veillée sur la tombe Paumotuane ne s'étend pas au-delà de deux semaines, et cette période, me dit-on, est celle qu'ils croient nécessaire à la décomposition du corps. L'esprit portant toujours les marques de la flétrissure, — le danger semblant cesser avec la complète dissolution, — voilà une matière tentante pour les théoriciens. Mais qu'ils ne se trompent pas. La dame aux fleurs était morte depuis longtemps, et son esprit portait encore les stigmates de ce qui est périssable. Le Résident était enterré depuis plus de quinze jours, et son vampire n'avait pas encore cessé ses rondes.

On n'en finirait pas si l'on voulait raconter toutes les phases que traversent les morts, depuis la légende lugubre de Mangaia, où les divinités infernales subtilisent et détruisent toutes les âmes, jusqu'aux différents limbes sous-marins ou aériens, où les morts festoient ou errent pleins de langueur, ou reprennent les occupations de leur vie terrestre. Voici une histoire singulière en elle-même et bien connue à Tahiti, qui a cet intérêt d'être postérieure au Christianisme, et date, en réalité, d'il y a peu d'années. Une princesse de la maison régnante mourut ; elle fut transportée dans l'île voisine de Raiatea ; tomba là sous l'empire d'un esprit, qui la condamna à escalader les cocotiers toute la journée et à lui apporter les noix ; elle fut trouvée, quelque temps après, réduite à cette misérable servitude, par un second esprit, celui-ci, de sa propre famille ; et grâce à lui, à force de lamentations, reconduite à Tahiti, où elle retrouva son corps toujours veillé, mais déjà déformé par les approches de la corruption. Le côté amusant de l'histoire est qu'à la vue de ce tabernacle déshonoré, la princesse pria qu'on la laissât demeurer parmi les morts. Mais il était trop tard, et son esprit ayant été replacé dans son enveloppe, la famille stupéfaite vit le corps se mouvoir de nouveau.

Les peines infligées, dignes du Purgatoire, l'esprit parent, si secourable, et l'horreur de la princesse à la vue de son corps flétri, ce sont là autant de points dignes d'être remarqués.

La vérité est que les récits ne sont pas très précis en eux-mêmes, et ils sont encore obscurcis pour l'étranger par l'ambiguïté de la langue. Fantômes, vampires, esprits et dieux, tout est confondu. Et pourtant, je crois discerner que (à quelques exceptions près) ceux que nous regardions comme des dieux étaient moins malfaisants. Dans certains coins de Samoa, des esprits rôdent et commettent des meurtres en permanence ; mais je n'ai pas vu qu'on craignît, ou du moins, pas d'une crainte pareille, ces dieux légitimes d'Upolu et de Savaii, dont les guerres et les parties de cricket révolutionnèrent dernièrement la société. L'esprit d'Anaa qui dévore les âmes est, bien certainement un hôte redoutable ; mais les dieux supérieurs, même de l'archipel, semblent plutôt secourables. Mahinui — dont notre forçat-catéchiste tenait son nom — l'esprit de la mer, comme un Protée condamné à des avatars sans fin, venait au secours des naufragés et les portait à terre sous la forme d'une raie. La même divinité transportait les prêtres d'île en île à travers l'archipel, et en ce siècle même, on a vu des personnes qu'il aidait à voler. La divinité tutélaire de chaque île est également secourable et revêt une forme de nuage particulier pour annoncer à l'horizon la venue d'un navire.

Pour quelqu'un qui se représente ces atolls, si étroits, si stériles, si resserrés par la mer, il semble qu'il y ait là une population de fantômes vraiment superflue. Et pourtant, il y en a encore d'autres. Dans les divers étangs et les mares saumâtres, des femmes admirables, aux longs cheveux roux, apparaissent et se baignent. Mais (timides comme des souris), au moindre bruit de pas sur le corail, elles replongent de nouveau pour toujours. Elles passent pour des personnes bien portantes et inoffensives, habitantes d'un monde souterrain ; la même légende a cours à Tahiti, où elles ont aussi des cheveux rouges. On les nomme à Tahiti *Tetea ;* aux Paumotu, *Mokurea.*

Troisième partie

LES GILBERT

CHAPITRE PREMIER

Butaritari

A Honolulu, nous avions pris congé du *Casco* et du capitaine Otis, et notre expédition suivante fut faite en d'autres conditions. Je pris passage avec ma femme, Mr. Osbourne et mon serviteur chinois, Ah-Fu, sur un tout petit schooner marchand, l'*Equateur,* capitaine Dennis Reid ; et par un certain beau jour de juin, en 1889, pavoisés, à la mode de Hawaï, des guirlandes du départ, nous sortîmes du port et fîmes voile par un bon vent, vers la Micronésie.

Toute l'étendue des mers du Sud est vide de vaisseaux ; et spécialement la partie où nous allions actuellement naviguer. Aucun service de poste n'est organisé dans ces îles ; toute communication y est fortuite. Le lieu où vous comptiez aller est une chose, celui où vous arrivez est une autre. Ainsi, mon désir était d'atteindre les Carolines, et de revenir à la lumière du jour par Manila et les ports de Chine ; et c'est à Samoa que nous revînmes pour être, de nouveau, réconfortés par la vue des montagnes. Six mois s'étaient écoulés depuis que nous avions vu le soleil descendre derrière les cimes de Oahu et nous n'avions aperçu depuis aucun bout de terre aussi haut qu'un cottage. Notre route avait été tranquille sur la mer unie, nous avions demeuré sur des coraux peu élevés et vécu de conserves de pickles. J'avais appris à saluer comme une variante la chair du requin ; et une montagne, un oignon, une pomme de terre d'Irlande ou un bifteck, refusés de longue date à notre désir, étaient devenus les objets de nos plus chères aspirations.

Les deux escales les plus importantes de notre voyage, Butaritari et Apemana, sont situées près de la ligne ; la dernière à près de trente milles. Toutes deux jouissent d'un admirable climat océanien ; des jours d'un soleil aveuglant, des brises vivifiantes ; des nuits d'une clarté divine. Toutes deux sont un peu plus grandes que Fakarava et mesurent environ (dans leur plus grande largeur) un quart de mille d'une côte à l'autre. Dans chacune d'elles pousse une espèce grossière de *taro ;* sa culture est la principale occupation des naturels, et les fossés et les buttes qui en résultent forment des paysages en miniatures, amusants pour les yeux. En tout le reste, elles présentent les caractères coutumiers d'un atoll ; l'horizon bas, la nappe du lagon, la bordure en forme de joncs des cimes de palmiers, l'uniformité et l'insignifiance du pays, l'aspect et l'intérêt infiniment supérieur de la mer et du ciel. La vie sur ces îles ressemble beaucoup à la vie de bord. L'atoll, comme le navire, est très vite considéré comme une possession par ceux qui l'occupent ; et les insulaires, tout comme l'équipage, deviennent le principal objet de l'attention. Les îles sont populeuses, indépendantes, et sièges de petits royaumes, récemment civilisés, rarement visités. Bien des changements sont survenus depuis les dix dernières années ; les femmes ne se montrent plus sans vêtements avant leur mariage ; les veuves ne dorment plus la nuit ni ne se promènent durant le jour avec le crâne de leur époux défunt ; et les armes à feu, y ayant été introduites, la lance et le sabre aux dents de requin sont vendus à titre de curiosités. Il y a dix ans seulement, ces choses et ces coutumes étaient toujours en usage ; dix ans encore et la vieille société aura complètement disparu. Nous y fûmes à temps pour voir leurs institutions encore debout et (à Apemama) à peine en décadence.

Populeux et indépendant, — garenne d'hommes, gouvernée avec une certaine pompe rustique, — telle fut notre première impression sur ces petits pays et elle persiste. Comme nous traversions le lagon vers la ville du Butaritari, nous vîmes sur une bande du rivage très bas, les toitures brunes des maisons, serrées les unes contre les autres ; celles du palais et de l'habitation d'été (qui sont en tôle ondulée) brillaient à l'une des extrémité d'un éclat tout particulier ; les couleurs royales flottaient hardiment au sommet d'un grand mât ; devant, sur un îlot artificiel, la prison tenait lieu de fortin. Ainsi, à première vue, et même à distance, le site avait à peine l'air de ce qu'il était réllement, c'est-à-dire un village ; mais plutôt de ce qu'il était peut-être aussi, une jolie métropole, une cité rustique et cependant royale.

Le lagon est peu profond. La marée était basse, nous pateaugeâmes pendant un quart de mille dans une eau tiède et remontâmes à terre finalement sur un point où stagnaient le soleil et la chaleur. Le côté opposé au vent d'une île fortifiée est réellement un lieu irrespirable ; sur la côte de l'océan, les alizés soufflent encore, violents et froids ; dans le lagon ils soufflent aussi, soulevant les canots ; mais l'écran du taillis l'intercepte complètement du bord et le sommeil, le silence et des compagnies de moustiques planent sur les villes.

On peut nous accuser d'avoir pris Butaritari par surprise. Il y avait bien encore quelques habitants dans la partie nord où nous abordâmes. A mesure que nous avancions, c'en fut fait de toute rencontre et il nous sembla explorer une cité des morts. Seulement à travers les barreaux des maisons ouvertes, nous apercevions les gens des villes faisant la sieste, quelquefois une famille entière voilée d'une seule moustiquaire, parfois un dormeur solitaire, étendu sur une plate-forme comme un cadavre dans sa bière.

Les maisons étaient de toutes les dimensions, depuis celles d'un joujou jusqu'à celles d'une église. Les unes auraient pu contenir un bataillon ; d'autres étaient si miscroscopiques qu'à peine eussent-elles pu abriter un couple d'amoureux ; seule une salle de jeu, quand tous les jouets sont mêlés, offre un pareil mélange de toutes les tailles. Beaucoup étaient à claire-voie ; d'autres avaient la forme d'une estrade couverte ; d'autres encore avaient des murs et ces murs étaient percés de petites fenêtres. Quelques-unes étaient perchées sur pilotis dans le lagon ; les autres s'élevaient au bord du rivage, sur une pelouse à travers laquelle la route dessinait un ruban de sable, ou sur le remblais d'une nappe d'eau qui formait un bassin peu profond. Les unes et les autres étaient faites du même bois de palmier et les feuilles de palmier en avaient été les matériaux ; aucun clou n'avait été planté, aucun marteau employé dans leur construction et elles étaient réunies par des cordages en fibres de palmier.

Au milieu du chemin, l'église s'élève, haute et claire, avec des rangées de fenêtres ; une belle charpente soutient sa toiture, et à chacune de ses extrémités, on a de la porte une échappée sur la rue. Les proportions du monument et la matière de sa construction prenaient dans ce cadre un caractère auguste, et nous pénétrâmes sous sa nef avec le même sentiment qu'en entrant dans une cathédrale. Des bancs s'alignaient des deux côtés ; au milieu, sur une estrade délabrée, deux chaises étaient préparées pour le Roi et la Reine, au cas où, d'aventure, ils viendraient prier ; au-dessus de leurs têtes, un cercle, provenant évidemment d'un tonneau, était suspendu par un morceau de coton rouge ; et le cercle lui-même (pendu tout de travers), était recouvert de bandes de même étoffe, rouges et blanches.

Ceci fut la première marque de dignité royale que nous rencontrâmes avant de nous trouver devant le lieu où elle siège. Le palais est bâti sur un plan européen et avec du bois d'importation ; le toit est en tôle ondulée, le jardin entouré de murs, la grille surmontée d'une sorte d'auvent. On ne peut dire qu'il soit grand ; un laboureur de chez nous est parfois plus commodément logé, mais quand nous eûmes la chance d'y pénétrer, nous le trouvâmes enrichi (au-delà de toutes prévisions en ces parages) de prospectus coloriés et de coupures de journaux illustrés. Jusque devant les grilles quelques-uns des trésors de la couronne étaient exposés : une cloche d'une certaine taille, deux pièces de canon et un unique coquillage. La cloche ne peut être sonnée ni les canons tirés ; ce sont de pures curiosités, des preuves de puissance ; une partie de la parade de la royauté, et ils s'offrent à l'admiration comme des statues dans un square. Un bras de rivière, droit comme un canal, passe presque devant la porte du palais ; les quais qui l'enserrent sont de corail et fort bien construits ; du côté de son embouchure, par ce qui semble un effet de paysage artificiel, l'île-forteresse où s'élève la prison coupe le lagon. Des chefs vassaux avec leurs tribus, des monarques voisins venus en maraude, abordant là, devaient envisager avec surprise ces travaux publics considérables et êtres tenus en respect par ces bouches de canon silencieuses. Impossible de voir cet endroit sans l'imaginer comme le décor d'un spectacle. Mais pour l'instant le théâtre était vide, la demeure royale déserte, ses portes et fenêtres béantes, et tout le quartier de la ville baigné de silence. Du côté opposé du canal, sur un débarcadère couvert, un ancien gentleman dormait en public, seul habitant visible ; et plus loin, sur le lagon, un canot déployait sa voile rayée, seule chose mouvante.

Le canal est bordé au sud par un môle ou jetée, avec

un parapet. Tout au bout, le parapet cesse, et les quais se prolongent en une sorte de péninsule oblongue sur le lagon, qui est la résidence d'été du Roi et le lieu où il vient respirer. Le milieu est occupé par une maison ouverte, sorte de tente permanente — appelée ici maniapa ou, comme on le prononce maintenant, un maniap, — mesurant au bas mot quarante pieds sur soixante. Le toit de tôle haut, mais descendant si bas qu'une femme doit se baisser pour entrer, est soutenu à l'extérieur par des piliers de corail, à l'intérieur par une charpente de bois. Le sol est de corail en poudre et divisé en plusieurs bas-côtés par les montants de la charpente ; la maison est assez loin du bord pour jouir de la brise qui y pénètre librement et disperse les moustiques ; et de sous les bords de la toiture, on peut voir le soleil miroiter et les vagues danser sur le lagon.

Nous n'avions, depuis quelque temps, rencontré que des dormeurs ; et quand nous arrivâmes au bout du môle et tombâmes dans cet élégant hangar, nous fûmes surpris de le trouver occupé par une société de gens éveillés, une vingtaine d'âmes en tout, la cour et les gardes de Butaritari. Les dames de la cour tressaient des nattes ; les gardes bâillaient et s'étiraient. Une demi-douzaine de carabines étaient posées sur un rocher et un coutelas contre un pilier : c'étaient les armes de ces somnolents mousquetaires. Tout au bout, une petite maison close déployait quelques rideaux clinquants, et, inspection faite, se trouva être un lieu d'aisance sur le modèle européen. Devant, sur quelques nattes, s'étalait Tebureimoa, le Roi ; derrière lui, sur les panneaux de la maison, deux fusils croisés représentaient des faisceaux. Il portait un pyjama qui messeyait péniblement à son obésité ; son nez était busqué et cruel ; son corps envahi par une corpulence flasque ; son regard craintif et terne ; il semblait tout à la fois oppressé par la somnolence et tenu en éveil par la peur : tel doit être à peu près l'aspect d'un rajah du pays des épices, hébété par l'opium et guettant l'approche d'une armée hollandaise. Nous devions faire plus ample connaissance, mais, du commencement à la fin, mon impression fut la même ; il semblait toujours sommeiller, mais toujours l'oreille tendue et sursautant à tout coup ; et que ce soit le remords ou la peur, il est certain qu'il cherche un refuge dans l'abus des drogues.

Le rajah ne manifesta aucun signe d'intérêt à notre arrivée. Mais la Reine, qui était assise à ses côtés sur un sac de pourpre, se montra plus accessible ; et il y avait là un interprète d'une bonne volonté si bruyante que sa volubilité hâta notre départ. Il nous avait reçus à notre arrivée : « Voici l'Honorable Roi et je suis son interprète », nous dit-il avec plus d'emphase que de véracité. Car il n'avait aucune situation officielle à la cour, semblait très peu familier avec la langue de l'île et se trouvait là, comme nous-mêmes, par le fait d'une simple visite de politesse. M. Williams était son nom : moricaud américain, cook échappé des cuisines de son bateau et propriétaire du bar *The land we live in*[1], à Butaritari. Je n'ai jamais vu un homme aussi prodigue de paroles et aussi avare de vérité ; ni la mélancolie du monarque, ni mes propres efforts pour le maintenir à distance ne le décourageaient le moins du monde, et quand tout était fini, le moricaud parlait toujours.

Le ville dormait encore, on avait à peine commencé à se soulever et s'étirer ; elle était toujours plongée dans la chaleur et le silence. D'autant plus vivante fut l'impression que nous emportâmes de la maison sur l'îlot, du Saül micronésien veillant parmi ses gardes, et de son David anti-mélodieux, M. Williams, jacassant au long des heures somnolentes.

1. « Le pays où nous vivons. »

CHAPITRE II

Les quatre frères

Le royaume de Tebureimoa comprend deux îles, la Grande et la Petite Makin ; quelque deux mille sujets lui payent le tribut et deux chefs de clan, semi-indépendants, lui rendent hommage. L'importance de la charge dépend de l'homme ; il peut être une nullité ; il peut être absolu ; et il y a eu des exemples de ces deux extrêmes parmi les résidents qui ne sont plus.

A la mort du Roi Tetimararoa, son fils aîné, et le père de Tebureimoa, Nakaeia lui succéda. C'était un individu d'une force physique extraordinaire, autoritaire, violent, avec une certaine avarice barbare et quelque intelligence des hommes et des affaires. Seul dans ses îles il traitait et bénéficiait ; il était à lui seul le planteur et le marchand, et ses sujets peinaient à son profit dans la servitude. Quand ils avaient bien et longtemps travaillé, leur maître leur donnait congé et organisait une débauche générale. Il y pourvoyait avec magnificence ; il répandait pour 600 dollars de gin et de brandy ; le petit pays résonnait du bruit des réjouissances, et il n'était pas rare de voir les sujets (eux-mêmes chancelants), élever leur roi ivre à l'avant d'une épave, comme sur un pavois, roi et peuple chantant et hurlant de concert. Sur un mot de Nakaeia, la fête cessait ; Makin redevenait une fois de plus une île d'esclaves et de disciples de la tempérance ; et au matin, toute la population était sur les routes ou dans les plantations de taro, travaillant sous les yeux éraillés de son souverain.

La peur de Nakaeia dominait tout le pays. La justice n'affectait aucune régularité ; il n'y avait ni procès ni magistrats ; il semblait n'y avoir qu'une peine : la capitale, et les attaques le jour et les meurtres la nuit étaient les seules formes de procès. Le Roi remplissait lui-mêle le rôle d'exécuteur, et ses coups étaient portés à la dérobée sans autre secours ni assistance que celle de ses femmes. Un jour, celles-ci ramaient ; l'une d'elles ayant attrapé un crabe, il l'assomma incontinent avec la barre du gouvernail ; ainsi disciplinées, elles le transportaient à la nuit sur le théâtre de sa vengeance ; il accomplissait celle-ci tout seul, et s'en retournait, satisfait, avec son équipage conjugal. Les habitantes du harem vivaient dans une condition difficile à concevoir pour nous. Bêtes de somme, menées par la peur de la mort, elles étaient pourtant intimement mêlées à la vie de leur souverain ; elles restaient malgré tout épouses et reines et nul homme n'avait le droit de porter ses regards sur leur visage. Comme le basilic, elles donnaient la mort par leur seul regard, et pour un coup d'œil involontaire jeté sur une de ces femmes-matelots on était fouetté jusqu'au sang. Aux jours de Nakaeia, le palais était entouré de hauts cocotiers qui en défendaient l'entrée. Il advint qu'un soir, tandis que Nakaeia était assis en bas, soupant avec ses femmes, le propriétaire du bois était perché au sommet d'un arbre, récoltant du vin de palme ; le hasard lui fit abaisser les yeux au moment où le Roi levait les siens, et leurs regards se rencontrèrent. Seule une fuite instantanée sauva le criminel. Mais pendant tout le reste du règne il dut se cacher avec le secours d'amis à lui, dans les parties de l'île les plus reculées ; Nakaeia le poursuivit sans merci, quoique toujours en vain ; et les palmiers, complices de l'aventure, furent abattus sans pitié. Tel était l'idéal de la pureté féminine dans une île où les vierges nubiles se promenaient nues comme au Paradis. Et pourtant le scandale pénétra dans le harem si bien gardé de Nakaeia. Il était alors propriétaire d'une goélette dont il se servait comme d'un bateau de plaisance, logeant à bord tandis qu'elle était à l'ancre ; c'est là qu'un jour il convoqua une nouvelle épouse. Elle lui avait été réservée, car il avait épousé sa sœur, et le mari d'une sœur aînée pouvait s'attribuer de ce fait toutes les cadettes. Elle fut parée pour la circonstance ; elle vint, parfumée, enguirlandée, couverte de fines nattes et de bijoux de famille : pour les épousailles, pensaient ses amies, — pour mourir, comme elle le savait bien. « Dites-moi son nom et je vous épargnerai », dit Nakaeia. Mais la jeune fille était loyale ; elle resta muette, sauva son amant, et les reines l'étranglèrent entre leurs nattes.

Nakaeia était craint ; il ne semble pas qu'il fût haï. Certains actes qui ont pour nous un parfum de meurtre revêtaient aux yeux de ses sujets l'aspect respectable de la justice ; ses orgies le rendaient populaire ; les naturels évoquent encore la fermeté de son gouvernement ; et les blancs eux-mêmes, qu'il combattit longtemps et tint à distance, le nomment (dans la phrase canonique des mers du Sud) « un parfait gentleman lorsque sobre ».

Lorsqu'il fut couché sans espoir sur le lit de la mort, il fit venir son frère Nantéitéi, lui tint un discours sur la politique royale et l'avertit qu'il était trop faible pour régner. L'avertissement fut pris à cœur, et pendant quelque temps le gouvernement subsista sur le modèle de celui de Nakaeia. Nantéitéi supprima ses gardes et arpentait le pays seul, avec un revolver dans une sacoche de cuir. Pour dissimuler sa faiblesse, il affectait un silence rigoureux ; vous pouviez lui parler un jour entier : avis, reproches, appels et menaces demeuraient également sans réponse. Le nombre de ses femmes s'élevait à dix-sept ; beaucoup d'entre elles étaient des héritières ; car la maison royale est pauvre et le mariage était en ces jours un des principaux moyens employés pour consolider le trône. Nakaeia occupait son harem à son profit ; Nantéitéi le louait volontiers au service d'autrui. C'est ainsi que sous son règne MM. Wightman construisirent une jetée avec une véranda au nord-est de la ville. La maçonnerie fut l'œuvre des dix-sept reines qui travaillèrent et pataugèrent là comme de jeunes pêcheuses ; mais l'homme désigné pour faire la toiture ne put commencer avant qu'elles eussent fini, dans la crainte qu'abaissant les yeux par hasard, il ne les aperçut.

Ce fut peut-être la dernière apparition de la troupe du harem. Depuis quelque temps déjà des missionnaires hawaïens étaient installés à Butaritari — Maka et Kanoa, deux hommes puérils et excellents. Nakaeia ne voulut rien savoir de leurs doctrines ; peut-être était-il jaloux de leur présence ; étant humain, il avait quelque affection pour leurs personnes. Un jour, dans sa maison, sous les yeux de Kanoa, il mit à mort trois matelots d'Oahu, accroupi sur leur dos pour les poignarder et menaçant le missionnaire s'il intervenait ; cependant, non seulement il l'épargna sur le moment, mais le rappela (quand il eut pris la fuite), avec quelques expressions de respect. Nantéitéi, l'homme faible, tomba plus complètement sous le charme. Maka, enjoué, affectueux — et pourtant très strict dans sa profession, — prit sur le Roi une influence qui grandit et devint très vite absolue. Nantéitéi se convertit publiquement avec toute la maison royale ; et, avec une sévérité que les missionnaires libéraux désavouent, le harem fut immédiatement supprimé. Ce fut un acte un peu radical. Le trône se trouva par là appauvri, son influence ébranlée, les familles des reines humiliées et seize femmes de chefs (dont quelques-unes très fortunées), jetées en bloc sur le marché. J'ai été camarade de bord d'un matelot hawaïen qui avait épousé successivement deux de ces veuves *impromptu* et divorça les deux fois à cause de leur inconduite. Que deux riches grandes dames (car ces deux-là étaient riches) aient épousé « un homme d'une autre île », cela prouve la dissolution de la société. De plus, les lois furent complètement remaniées et pas toutes pour le mieux. J'aime Maka en tant qu'homme ; en tant que législateur il a deux défauts : il est faible dans la punition des crimes, sévère dans la répression des plaisirs innocents.

La guerre et la révolution sont les suites habituelles des réformes ; cependant, Nantéitéi mourut (d'une trop haute dose de chloroforme) dans la tranquille possession de son trône, et c'est sous le règne du troisième frère, Nabakatokia, un homme brave de sa personne, mais faible de caractère, que la tempête éclata. Le gouvernement des grands chefs et des notables semble avoir toujours soutenu la monarchie et alterné avec elle. Les « Vieux Hommes » (comme on les appelait), ont le droit de siéger avec le Roi au Parlement et de discuter ; et la principale supériorité du Roi est une sorte de conclusion : « La séance est terminée. » Après la longue autocratie de Nakaiea, et l'évolution de Nantéitéi, les Vieux-Hommes s'étaient lassés, sans doute, de l'obscurité dans laquelle ils étaient relégués, et étaient, en plus, jaloux de l'influence de Maka. La calomnie, ou plutôt la caricature, fut appelée à la rescousse ; une charge fit le tour de la société ; Maka était accusé d'avoir dit à l'église que le Roi était le premier homme dans l'île et lui le second ; piqués au vif par cet affront supposé, les chefs se rebellèrent ouvertement et levèrent des troupes. Dans l'espace d'un matin, le trône de Nakaeia fut renversé dans la poussière. Le Roi était assis dans le maniap', devant la grille du palais, guettant ses recrues ; Maka à ses côtés ; tous deux anxieux ; et pendant ce temps, au seuil d'une maison, à l'entrée du nord de la ville, un chef avait pris position et détouné les secours au fur et à mesure qu'ils arrivaient. Ils venaient solitaires ou par groupes, chacun avec son fusil ou son pistolet passé en bandoulière. « Où allez-vous ? » demandait le chef. « Le Roi nous a appelés », répondaient-ils. « Voici votre place ; asseyez-vous », répliquait le chef. Tous obéirent avec une incroyable déloyauté ; et des forces suffisantes ayant été ainsi rassemblées des deux côtés, Nabakatokia fut sommé de se rendre et déposé. A peu près à cette époque, dans presque toutes les parties du groupe, les rois furent massacrés ; et à Tapituea, le squelette du dernier d'entre eux est encore, en ce jour, suspendu dans le Parlement principal de l'île, comme une menace à toute ambition. Nabakatokia fut plus heureux ; la vie et l'appareil royal lui furent concédés, mais il fut dépouillé du pouvoir. Les Vieux-Hommes s'offrirent un régal de discours publics ; les lois furent constamment transformées, jamais exécutées ; le peuple eut plus d'un sujet de regretter les mérites de Nakaiea ; et le Roi, privé de la ressource de faire de riches mariages, privé aussi des services d'une troupe de femmes, s'enfonça, non seulement dans la déconsidération, mais dans les dettes.

Il mourut quelques mois avant mon arrivée aux îles, et personne ne le regrettait ; mais tous regardait bien plutôt, pleins d'espoir, vers son successeur. Celui-ci passait pour le héros de la famille. Seul, parmi les quatre frères, il avait un héritier, un grand fils, Natiata, et une fille de trois ans ; c'est vers lui qu'à l'heure de la révolte, Nabakatokia se tourna pour obtenir un secours trop tardif ; en des jours plus lointains, il avait été le bras droit du vigoureux Nakaeia. Nantemat, — « *Mr. Corpse*[1] », était son macabre surnom, — et il l'avait bien gagné. Encore et toujours, au commandement de Nakaeia, il avait cerné

1. Cadavre.

les maisons à la tombée de la nuit, coupé les moustiquaires et massacré des familles entières. C'était la main de fer; c'était Nakaeia *redux*. Il vint, convoqué par le gouvernement tributaire de la Petite Makin; il fut installé, se montra une marionnette timorée, volant pesant que se renvoyaient les orateurs, et le lecteur a vu ce qui restait de lui, dans sa maison d'été, sous le nom de Tebureimoa.

Le changement de caractère de l'homme fut commenté sur toute l'île et expliqué de diverses façons par l'opium et le Christianisme. A mon sens, il n'y avait aucun changement, mais bien une constance extrême. Mr. Corpse avait peur de son frère; le Roi Tebureimoa a peur des Vieux-Hommes. La terreur du premier l'excitait à des actes de désespoir; la terreur des seconds le rend incapable du moindre acte d'autorité. Il joua le rôle de héros, dans le passé en suivant la voie de la moindre résistance, et massacrant les autres pour se défendre lui-même; aujourd'hui, vieilli et alourdi, converti, lecteur assidu de la Bible, peut-être pénitent, conscient au moins des haines accumulées contre lui, et la mémoire chargée d'images de violences et de sang, il capitule devant les Vieux-Hommes, s'enivre d'opium et demeure assis au milieu de ses gardes dans une attente terrifiée. La même couardise qui mit dans ses mains le couteau de l'assassin le dépouille du sceptre de Roi.

Une histoire qu'on ma contée, un incident insignifiant dont j'ai fait l'observation, le dépeignent sous ses deux aspects. Un chef de la Petite Makin demanda, en une heure de légèreté : « Qui est Kaeia ? » Un oiseau emporta ces paroles et Nakaeia remit la chose entre les mains d'un comité de trois personnes. Mr. Corpse était président ; le second commissionnaire était mort avant mon arrivée ; le troisième était vivant, vert encore, et d'apparence si vénérable, que nous le surnommâmes Abou-ben-Adhem. Mr. Corpse fut pris d'un scrupule ;

l'homme de Petite Makin était son frère d'adoption ; dans un tel cas, ce n'était pas déjà très délicat de paraître, et porter le coup (ce qu'on paraissait bien attendre de lui), serait pire qu'étrange. « Je porterai le coup », dit le vénérable Abou ; et Mr. Corpse (sûrement avec un soupir) accepte le compromis. La victime fut attirée dans la brousse ; on lui fit porter une bûche et, comme il levait les bras, Abou lui ouvrit le ventre d'un seul coup. Justice étant faite ainsi, la commission, saisie d'une terreur puérile, prit la fuite. Mais leur victime les rappela auprès d'elle. « Vous n'avez pas besoin de vous sauvez à présent », — leur dit-elle — « vous avez fait de moi ce que voici ; restez. » L'homme mit environ vingt minutes à mourir et pendant tout ce temps ses meurtriers restèrent assis autour de lui : une vraie scène pour Shakespeare. Toutes les phases d'une mort violente, le sang, la voix éteinte, les traits décomposés, les couleurs fanées, sont à jamais présentes à la mémoire de Mr. Corpse, et depuis qu'il les a étudiées sur le frère qu'il a trahi, il a quelques raisons de réfléchir sur les possibilités constantes de trahison. Je n'ai jamais été aussi sûr de quelque chose que de la qualité tragique des pensées du Roi, et pourtant, je n'avais saisi qu'un seul de ses acpects, à l'improviste. Je fus une fois chargé d'un message pour lui. C'était encore une fois l'heure de la sieste ; mais nous rencontrâmes des flâneurs qui nous dirigèrent vers une maison fermée, sise sur la berge du canal, où Tebureimoa se trouvait, sans gardes. Nous entrâmes sans cérémonies, étant un peu pressés. Il était couché par terre, sur un lit de nattes, lisant avec componction sa Bible des Iles Gilbert. A notre entrée inopinée, le pesant personnage se souleva à demi, laissant la Bible glisser sur le sol, nous fixa un moment avec des yeux blancs et, ayant reconnu ses visiteurs, retomba de nouveau sur ses nattes. Ainsi Eglon regarda Ehud.

La justice de ces faits est étrange, et étrangement

juste : Nakaeia, l'auteur de ce qu'on sait, mourut en paix, discourant sur le métier de roi ; et son associé souffre la mort chaque jour par suite de sa complicité forcée. Ce n'est pas la nature, mais la conformité des actions des hommes avec les circonstances qui les damne ou les sauve ; et, dès le début, Tebureimoa se trouva dans une situation pour laquelle il n'était pas fait. Chez lui, dans une rue tranquille de village, il avait été un bon charpentier, et même à présent, tout endiablé qu'il est, il montre quelques vertus privées. Il n'a pas de terres mais seulement la jouissance de quelques-unes qui sont hypothéquées. Il ne peut s'enrichir à l'ancienne manière par des mariages. L'épargne est le principal pilier de son avenir ; il le sait et la pratique. Onze négociants étrangers lui payent une patente de cent dollars ; deux mille sujets environ payent un impôt à raison d'un dollar par homme, un demi-dollar par femme et un shilling par enfant : allouant pour l'échange un total d'environ trois cents pounds par an. Il était depuis quelque neuf mois sur le trône : il avait acheté à sa femme une robe de soie et un chapeau, choses inconnues jusqu'alors, et pour lui-même un uniforme de trois cents dollars ; il avait fait agrandir la photographie de son frère à San Francisco, moyennant deux cent cinquante dollars ; il avait fortement réduit la somme des dettes de ce frère et avait encore quelques souverains dans sa poche. Frère affectionné, bon économiste, il était en plus un habile charpentier et travaillait, au besoin, à la boiserie du palais. Rien d'étonnant à ce que Mr. Corpse eût des vertus ; que Tebureimoa s'accordât un divertissement me remplit de surprise.

CHAPITRE III

Autour de notre maison

Quand nous quittâmes le palais, nous n'étions encore que des navigateurs à terre ; sur l'heure nous nous installâmes dans une des six maisons étrangères de Butaritari, celle, précisément, qu'habitait Maka, le missionnaire hawaïen. Deux maisons de commerce sont établies là, MM. Crawford et MM. Wightman, frères ; la première tout près du palais, au centre de la ville ; l'autre à l'entrée nord ; ayant chacune un magasin et un bar-room. Notre maison était située dans la propriété des Wightman, entre le magasin et le bar, au milieu d'un enclos entouré de palissades. De l'autre côté de la route, quelques maisons indigènes se nichaient à l'orée du taillis et la verte muraille des palmes se dressait, solide, arrêtant la brise. Une petite crique sablonneuse se creusait derrière, dans le lagon, abritée par une jetée couverte, œuvre de la main des reines. C'est là qu'à marée haute, les bateaux à voiles s'arrêtaient pour prendre leur charge ; à marée basse, ils jetaient l'ancre à un demi-mille de là, et une foule de naturels descendaient le môle de pierres, se répandaient sur le sable en grappes et en files, entraient dans l'eau jusqu'à la ceinture avec les sacs de copra et revenaient en arrière pour renouveler leur charge. Le mystère du commerce de copra me tourmentait, tandis que j'étais assis là, voyant les profits s'égoutter sur le sable et les marches.

Devant nous, depuis 4 heures du matin jusqu'à 9 heures du soir, la population de la ville s'écoulait le long de la route comme un courant intermittent : des familles traversant l'île pour aller sur leurs terres récolter le copra ; des femmes allant dans la brousse cueillir des fleurs pour leur toilette du soir ; et, deux fois par jour, les « toddy-cutters [1] », chacun avec son couteau et son coquillage. Aux premières lueurs de l'aube et, de nouveau, à la tombée du jour, ceux-ci abandonnaient leur besogne au sommet des arbres, se dispersaient dans la brousse et disparaissaient de la surface de la terre. Vers la même heure, si la marée est basse dans le lagon, vous ne pouvez moins faire que de traverser l'île pour aller prendre un bain, et pénétrer sur leurs talons dans les allées du bois de palmiers. Juste en face, quoique le soleil ne soit pas levé encore, les feux qui le précèdent illuminent déjà l'orient, et l'énorme accumulation de nuages qu'amènent les vents alizés, s'embrasent à leur tour, incendiant le jour naissant. La brise vous caresse le visage ; au-dessus de vous, au sommet des palmiers, instruments de ses jeux, elle entretient un mouvement joyeux ; regardez où vous voudrez, en haut ou en bas, aucune présence humaine, rien que la terre et la forêt émue. Et voici que juste au-dessus de votre tête, la voix d'un chanteur invisible jaillit de l'épaisse feuillée ; de plus loin, une autre cime lui répond ; et de plus loin encore, du cœur même des bois, un ménestrel encore plus distant, sur son perchoir, se balance et chante. Ainsi, tout autour de l'île, les « toddy-cutters », juchés sur leurs sommets, bercés par les alizés, embrassant la mer jusqu'au fond de l'horizon, surveillant les voiles qui passent, et, comme des oiseaux sans nombre, lancent leurs chansons dans le matin. Ils chantent avec une certaine fougue, une certaine allégresse bachique ; et ce volume

1. Ceux qui récoltent le toddy ou vin de palme.

de son, et cette mélodie articulée tombent, inattendus, du sommet des arbres où l'on ne guettait que le ramage des oiseaux. Et pourtant, dans un sens, ces chansons aussi ne sont qu'un ramage ; les paroles en sont anciennes, désuètes et sacrées ; peu les comprennent, aucun peut-être parfaitement ; mais il est entendu que les coupeurs « priaient pour avoir un bon « toddy » et chantaient leurs anciens combats ». En tout cas, la prière est exaucée ; et quand la coquille écumante vous est apportée, vous avez un breuvage bien « digne de reconnaissance ». Toute la matinée vous pouvez y revenir et y goûter de nouveau ; il pétille seulement davantage, devenant de plus en plus fort et un breuvage nouveau mais non moins délicieux ; mais à mesure que la journée avance, la fermentation augmente et il devient acide ; dans vingt-quatre heures il sera devenu du levain et deux jours plus tard le poison diabolique qui inspire les crimes.

Les hommes ont un type arabe fortement accusé, portant presque toujours la barbe et les moustaches, souvent habillés de couleurs gaies, avec des bracelets aux poignets et aux chevilles, affectant tous des allures d'hidalgos, acceptant les saluts avec une moue hautaine. Les dandies des deux sexes portent leurs cheveux dressés en une sorte de buisson crépu en forme de turban ; et comme les poignards des Japonais, une baguette effilée (qui leur sert de peigne) est fichée galamment au milieu de leurs boucles. Les femmes, sous ce massif de cheveux, apparaissent assez séduisantes : la race ne peut se comparer à celle de Tahiti pour la beauté féminine ; et la moyenne me paraît médiocre ; mais quelques-unes des plus jolies jeunes filles et la plus belle femme que j'aie jamais vues étaient gilbertines. Butaritari étant le centre commerçant du groupe est européanisé ; la blouse de couleur et la chemise blanche sont les vêtements courants, cette dernière réservée pour le soir ; le chapeau bourgeois, orné de fleurs, de fruits et de rubans, n'est malheureusement pas inconnu ; et le costume local des femmes des îles Gilbert n'est malheureusement plus généralisé. Il se nomme *ridi :* c'est un jupon court, ou une frange faite avec des fibres séchées de noix de coco, qui ressemblent un peu à de la ficelle goudronnée : le bas n'atteint pas la moitié de la jambe ; le haut est si lâchement noué autour des hanches qu'il paraît retenu seulement par accident. Il semble qu'un éternuement suffise à déshabiller la dame. « Le périlleux ridi, large comme un cheveu », disions-nous ; et dans le conflit qui fait rage au sujet des modes féminines, il a le malheur de ne plaire ni aux unes ni aux autres ; les prudes le condamnent comme insuffisant ; les plus frivoles le trouvent en lui-même peu seyant. Pourtant, si une jolie Gilbertine veut paraître à son plus grand avantage, c'est bien le costume qu'elle devra revêtir. Avec cela, ou sinon, nue, elle se meut avec une grâce, une liberté, une vivacité incomparables qui sont la poésie de la Micronésie. Ficelez-la dans une robe, le charme est rompu et elle se tortille comme une Anglaise.

Vers le crépuscule, les passants devinrent plus fastueux. Les hommes apparurent revêtus de toutes les couleurs de l'arc-en-ciel, hommes et femmes ornés et parfumés avec des fleurs fraîches. Une petite fleur blanche est la favorite, quelquefois parsemée dans une chevelure de femme, comme de petites étoiles ; et parfois serrée en un gros bouquet. Avec la nuit, la foule devient plus compacte sur la route, et le bruit mat et ouaté des pieds nus sur le sol devient continu ; les promeneurs, généralement graves ; le silence rompu seulement par les courses et les rires étouffés des jeunes filles ; les enfants eux-mêmes tranquilles. A 9 heures, l'heure du coucher sonna au clocher de la cathédrale et la vie cessa. A 4 heures du matin, le même signal résonne dans les ténèbres et les innocents captifs sont libérés ; mais pendant sept heures, tous doivent rester couchés, — j'allais dire derrière les portes de maisons où les portes et les murs mêmes sont une exception, — tout au moins abrités sous leurs toits aérés et assemblés sous les tentes de leurs moustiquaires. Supposez qu'il arrive un message pressant, et que la nécessité s'impose d'envoyer quelqu'un au loin, le messager devra s'en aller ouvertement et se signaler à la police par un brandon immense de fibres de noix de coco qui brille de maison en maison, comme un mouvant feu de joie. La police seule sort de l'obscurité et rôde la nuit à l'affût des contraventions. Je haïssais leur présence traître ; leur capitaine, en particulier, un rusé vieillard, toujours en blanc, passait les nuits en embuscade sur ma propriété jusqu'à ce que j'aie conçu dans mon cœur un désir violent de le battre. Mais le fourbe était privilégié.

Pas un des négociants-résidents ne venait en ville, pas un capitaine ne jetait l'ancre dans le lagon, que nous ne le vissions à l'heure même. Ceci était dû à notre position entre le magasin et le bar, — le *Sans-Souci,* comme on appelait ce dernier. M. Rick n'était pas seulement le gérant de MM. Wightman, mais l'agent consulaire des Etats-Unis. Mme Rick était la seule femme blanche de l'île et l'une des deux seules de l'archipel ; leur maison, avec ses fraîches vérandas, ses bibliothèques, son ameublement confortable, était sans rivale jusqu'à Jaluit ou Honolulu. Tout le monde allait les voir en conséquence, hormis ceux qu'éloignait quelqu'une de ces querelles des mers du Sud reposant sur le prix du copra et le cent supplémentaire, ou quelque discussion au sujet de la volaille. Mais si ceux-ci s'abstenaient de se montrer au nord, ils se rattrapaient au midi, car le *Sans-Souci* les tirait à lui comme dans un filet. Dans une île où la population blanche s'élève à douze personnes, l'un, tout au moins, des deux cabarets semble superflu : mais toute balle a sa destination et le double établissement de Butaritari se trouve être très commode pour les capitaines de vaisseaux et leurs équipages : *The land we live in* étant tacitement réservé au gaillard d'avant, le *Sans-Souci* au gaillard d'arrière. Si aristocratiques étaient mes habitudes, si insurmontable la crainte que m'inspirait M. Williams, que je n'ai jamais visité le premier ; mais je passais régulièrement mes soirées dans l'autre, qui était le club, ou plutôt le casino de l'île. Il était petit, mais arrangé avec goût, et la nuit (quand la lampe était allumée), ses glaces brillaient et ses images coloriées resplendissaient comme une nuit de Noël dans un théâtre. Les images étaient des prospectus, les glaces assez grossières, la menuiserie « d'amateur » ; néanmoins sur cette île incongrue, l'ensemble produisait une impression de luxe effréné et d'inestimable richesse. Là on chantait des romances, on racontait des histoires, on faisait des tours, on jouait. Les Ricks, nous-mêmes, Tom le Norvégien, le cabaretier, un ou deux capitaines de vaisseaux et trois ou quatre négociants descendus le long de l'île dans leurs bateaux, ou à pied par la route, formaient la compagnie habituelle. Les trafiquants, tous élevés pour la mer, montraient une amusante fierté de leurs nouvelles occupations. « Marchands des mers du Sud » est le titre qu'ils préfèrent. — « Nous sommes tous marins ici » — « Marchands s'il vous plaît », — « Marchands *des Mers du Sud*... » c'était là un sujet de conversation indéfiniment répété et qui semblait ne jamais rien perdre de sa saveur. Nous les trouvâmes de tout temps simples, naturels, gais, galants et obligeants ; et après des années passées, nous nous souvenons avec plaisir des trafiquants de Butaritari. Il y avait pourtant une brebis galeuse parmi eux. Je parle de lui, sur les lieux où il vivait, contre mon habitude ; car en ce cas, je n'ai aucune réserve à garder, et l'homme est un type de cette catégorie de brigands qui a été pendant un temps la honte des mers du Sud, et compte encore quelques attardés dans les îles peu visitées de la Micronésie. Il était connu sur le rivage sous le nom de « parfait gentleman lorsque sobre », mais je ne l'ai jamais vu autrement que gris. Il a choisi les traits les plus choquants et les plus sauvages du Micronésien avec l'habileté d'un collectionneur et les a greffés sur sa bassesse naturelle. Il a été accusé et acquitté d'un meurtre infâme ; et s'est vanté depuis de l'avoir commis, ce qui me porte à croire qu'il en est innocent. Sa fille est défigurée des suites d'une erreur de sa cruauté, car c'est sa femme qu'il avait l'intention de blesser, et dans l'obscurité de la nuit et la frénésie du coco-brandy, il se précipita sur la fausse victime. Depuis, la femme a fui, et se cache dans la brousse au milieu des naturels, et son mari continue de réclamer aux juges, qui font la sourde oreille, sa réintégration par la force. Le plus clair de ses occupations consiste à faire boire les naturels et à leur avancer de l'argent pour les pots de vin, moyennant une hypothèque lucrative. « Respect aux blancs », dit-il volontiers, « ce qui manque à cette île, c'est le respect pour les blancs. » Se rendant à Butaritari pendant que j'y étais, il espionna sa femme dans la brousse avec quelques naturels et fit un bond pour s'emparer d'elle ; sur quoi, un de ses compagnons tira son couteau et le mari dut battre en retraite. « Est-ce là ce que vous appelez le respect des blancs ? » criait-il. Dès le début de nos relations, nous lui prouvâmes notre respect pour son genre de blancheur en lui interdisant l'entrée de notre enclos sous peine de mort. Depuis lors il rôdait souvent dans le voisinage avec je ne sais quel sentiment d'envie, ou quelles intentions malfaisantes. Son blanc et beau visage (que je contemplais avec aversion), nous observait à toute heure à travers la palissade ; et une fois, à une distance respectueuse, il se vengea en nous criant une mystérieuse injure des îles, très inoffensive à nos yeux, mais sur ses lèvres d'Anglais, incroyablement incongrue.

Notre enclos, autour duquel rôdait ce composé de dégradations, était assez étendu. Dans un coin, un treillis entourait une table faite de planches grossières. Le 14 juillet avait été fêté peu auparavant avec des suites mémorables, encore mal connues ; là nous prenions nos repas ; là, nous reçûmes à dîner le Roi et les notables de Makin. Au milieu était la maison, avec une véranda devant et derrière, et trois chambres à l'intérieur. Nous avions accroché dans la véranda nos hamacs de bord et là, nous travaillions le jour et dormions la nuit. A l'intérieur se trouvaient des lits, des chaises, une table ronde, une jolie suspension et des portraits de la famille royale de Hawaï. La reine Victoria ne prouvait rien ; non plus que Kalakaua ni Mrs. Bishop, et la vérité est que nous étions les locataires inavoués du presbytère. Le jour de notre arrivée, Maka était absent ; des gardiens infidèles forcèrent ses portes et le cher homme si austère, l'ennemi juré des liqueurs et du tabac, trouva au retour sa véranda semée de bouts de cigarettes, et son salon déshonoré par des bouteilles. Il ne posa qu'une condition : il nous pria de ne pas mettre de liqueurs sur la table ronde dont il se servait pour célébrer les sacrements ; pour tout le reste, il s'inclina devant le fait accompli, refusa toute rétribution, se retira de l'autre côté de la route dans une maison indigène et explora dans son bateau les plus lointaines parties de l'île, en quête de provisions pour nous. Il nous trouva des porcs, — je me demande où ? — car on n'en voyait nulle part ; il nous apporta des volailles et du taro ; quand nous donnâmes notre fête pour le Roi et la gentry, c'est lui qui pourvut à tout, qui dirigea la cuisine, qui, à table, récita les grâces, et quand on porta à la santé du Roi, renforça les acclamations d'un hip-hip-hip bien anglais. Jamais inspiration ne fut plus heureuse ; le cœur du gros Roi, à ce cri, exulta dans sa poitrine.

En tout et pour tout, je n'ai jamais vu de créature aussi prévenante que ce curé de Butaritari : sa gaieté, son amabilité, ses sentiments nobles et cordiaux se révélaient dans chacune de ses paroles et chacun de ses gestes. Il aimait à amplifier, à jouer et à exagérer un rôle momentané, à exercer ses poumons et ses muscles et à parler et rire avec tout son corps. Il avait l'allégresse matinale des oiseaux et des enfants bien portants ; et sa bonne humeur était contagieuse. Nous étions proches voisins et nous nous rencontrions constamment ; cependant nos salutations se prolongeaient indéfiniment : c'étaient des poignées de mains, des tapes sur l'épaule, des entrechats de clowns, des rires à nous rompre les côtes à propos de plaisanteries qui auraient à peine éveillé un sourire dans une classe enfantine ! Qu'il fût 5 heures du matin, que les « toddy-cutters » eussent à peine passé par là, que la route fût déserte et l'ombre de l'île répandue sur le lagon : cette ébullition me mettait en joie pour le reste de la journée.

Cependant j'ai toujours soupçonné Maka d'une secrète mélancolie ; ces extrêmes de joie ne pouvaient se maintenir toujours. Il était d'ailleurs long, maigre, ridé, osseux et un peu grisonnant et sa contenance du dimanche était sombre. Un jour, nous allâmes en procession à l'église ou (comme je l'appelle toujours) à la cathédrale. Maka (faisant tache sur le brûlant paysage), en grand chapeau, redingote noire, pantalons noirs ; le livre d'hymnes et la Bible sous le bras, avec une figure grave et austère ; — à côté de lui, Mary, son épouse, vieille dame calme, avisée, agréable, habillée de couleurs sérieuses ; — moi-même, suivant, avec des pensées singulières et diverses. Bien des années auparavant, au son des cloches, des ruisseaux et des chants d'oiseaux, à travers une verte vallée de Lothian, j'avais accompagné de dimanche en dimanche un ministre dans la maison duquel j'habitais ; et la similitude et la différence, et le nombre des années et des morts m'émouvait profondément. Dans la grande cathédrale crépusculaire en bois de palmier, l'assemblée s'élevait rarement à trente personnes ; les hommes d'un côté, les femmes de l'autre, moi, placé (par un privilège) parmi les femmes, et le petit contingent de missionnaires groupé autour de la plate-forme, nous étions perdus sous cette haute voûte. Les leçons étaient lues à l'antiphonaire, le troupeau était catéchisé, un jeune garçon aveugle répétait chaque semaine une longue suite de psaumes, ou chantait des hymnes — et ces chants sont ce que j'ai jamais entendu de pire ! — et le sermon suivait. Dire que je ne comprenais rien serait inexact ; j'avais appris à attendre avec certitude le retour de certains points ; le nom d'Honolulu, celui de Kalakaua, le mot « Cap'n-man-o'wa[1] », le mot bateau, et la description d'une tempête en mer revenaient infailliblement ; et j'étais rarement récompensé par le nom de ma propre souveraine. Le reste n'était que bruit pour les oreilles et silence pour l'esprit : une pure expansion d'ennui, rendue plus intolérable encore par la chaleur, une chaise dure, et la vue, à travers les larges portes, des heureux païens sur la prairie. Le sommeil alourdissait mes membres et mes paupières ; il bourdonnait dans mes oreilles ; il régnait dans la cathédrale obscure. L'assemblée s'agitait, s'étirait ; ils gémissaient, soupiraient ; ils bâillaient en chantant sur une note comme vous pouvez le voir faire parfois à un chien lorsqu'il a atteint le degré d'amertume le plus tragique de l'ennui. En vain le prédicateur frappait du poing sur la table ; en vain il en venait aux individualités et interpellait par leur nom quelques-uns des auditeurs. Je représentais moi-même peut-être un

1. Capitaine de cuirassé.

excitant plus efficace ; et il y avait tout au moins un vieux gentleman, que mes luttes victorieuses contre le sommeil — car j'espère qu'elles le furent — servirent à distraire de la longueur du temps. Celui-là, quand il n'était pas occupé à attraper des mouches ou à faire des farces à ses voisins, surveillait d'un œil fixe et truculent les phases de mon agonie ; et une fois, comme le service touchait à sa fin, il me fit à travers l'église un signe d'intelligence.

Je parle du service en souriant ; pourtant j'y assistais toujours — toujours avec respect pour Maka, toujours avec admiration pour son profond sérieux, son énergie brûlante, le feu de ses yeux levés, les accents sincères et variés de sa voix. C'était une leçon de constance et de force d'âme de le voir ainsi, chaque semaine, fouetter un cheval mort et souffler sur un feu éteint. La question se pose de savoir si, la mission étant complètement soutenue, et lui-même libéré du soin des affaires, les résultats ne seraient pas meilleurs ? Pour mon compte je ne le crois pas ; je crois que c'est la négligence, non la rigueur, qui a détruit le troupeau, cette rigueur qui, une fois déjà, a provoqué une révolution, et qui aujourd'hui, chez un homme si enjoué, si aimable, surprend ceux qui l'observent. Ni chansons, ni danses, ni tabac, ni liqueurs, aucun adoucissement à la vie — rien que le travail et les offices ; voici ce que dit une des voix de son visage ; et le visage est celui d'un Esaü polynésien, mais la voix est celle du Jacob d'un monde étranger. Et le meilleur des Polynésiens fait un singulier missionnaire dans les Gilbert, venant de la moins chaste des contrées à la plus stricte ; d'une race gouvernée par les sorciers vers une autre indifférente aux terreurs des ténèbres. Cette pensée s'imposa à moi une fois que j'étais à terre par un clair de lune, et remarquai la ville sans lumières, et seule, la lampe du missionnaire veillant fidèlement auprès de sa couche. Il n'est besoin ni de lois, ni de feu, ni d'une police sur pied pour empêcher Maka et ses compatriotes de se promener, sans lumière, dans la nuit.

CHAPITRE IV

L'histoire d'un tabou

Le matin de notre arrivée (dimanche 14 juillet 1889), nos photographes se mirent en mouvement de bonne heure. Une fois de plus nous traversions une ville silencieuse ; nombre de ses habitants étaient encore couchés et endormis ; quelques-uns somnolaient, assis dans leurs maisons ouvertes ; on ne percevait aucun bruit, aucun mouvement d'affaires. A cette heure qui précède les ombres, le quartier du palais et du canal semblait quelque débarcadère des *Mille et une nuits* ou des poètes classiques ; le but rêvé de quelque vaisseau « fantôme » ; là, un prince en quête d'aventures pouvait aborder parmi de nouveaux caractères et de nouveaux incidents ; et la prison de l'île, là où elle s'avançait sur la face lumineuse du lagon, pouvait passer pour le reposoir du Saint-Graal. Dans un tel décor, à une telle heure, l'impression reçue n'était pas tant celle d'une terre étrangère — mais plutôt d'âges très lointains ; il ne semblait pas que nous ayons traversé de si nombreux degrés de latitude, mais bien plutôt des siècles, laissant derrière nous, par les mêmes pas, notre patrie et notre temps. Quelques enfants nous suivaient, nus pour la plupart, tous silencieux ; dans les eaux claires et herbeuses du canal, de silencieuses jeunes filles pataugeaient, découvrant leurs jambes brunes ; et nous fûmes attirés vers un des maniap's, devant la grille du palais, par un bourdonnement étouffé mais continu de paroles.

Le hangar ovale était plein d'hommes assis sur leurs talons. Le Roi était là, dans un pyjama rayé, protégé par-derrière par quelques gardes et leurs Winchesters, portant dans son air et son attitude un caractère inusité d'intelligence et de décision ; les timbales et les bouteilles noires circulaient à la ronde ; et la conversation élevée d'un bout à l'autre, était générale et animée. Au début, je considérai cette scène avec méfiance. Mais l'heure me paraissait peu propice à une orgie ; de plus, la boisson était généralement défendue par les lois du pays et les canons de l'église ; et tandis que j'hésitais encore, l'attitude sévère du Roi dissipa mes derniers doutes.

Nous étions venus, pensant le photographier au milieu de ses gardes, mais au premier mot de ce dessein, sa piété se révolta. On nous fit souvenir du jour où nous étions, — le sabbat pendant lequel point ne photographieras, — et nous nous en retournâmes, la puce à l'oreille, remportant la chambre noire repoussée !

A l'église, un peu plus tard, je fus frappé de voir le trône inoccupé. Un gardien si rigoureux du présent aurait dû être présent ; mes doutes se ravivèrent ; et avant que je fusse de retour, ils étaient transformés en certitude. Tom, le cabaretier du *Sans-Souci*, était en conversation avec deux émissaires de la Cour. « Le « loi » — disaient-ils — avait besoin de « din », n'ayant plus de « perandi »[1]. » — « Pas de din, — répondit Tom, — et pas de pérandi ; mais de la « pira » s'ils voulaient. » Ils n'avaient que faire de bière, semble-t-il, car ils repartirent tristement. « Eh bien, que signifie tout cela ? » demandai-je. « L'île s'émancipe-t-elle ? »

1. Gin et brandy.

Voici le fait. Une fête avait été donnée le 14 juillet et, sur le conseil des blancs, le Roi avait levé le tabou qui pesait sur les liqueurs. Il y a un proverbe à propos des chevaux ; il s'applique mal à cet animal supérieur ; il serait plus juste de dire que n'importe qui peut l'amener à boire, mais qu'on n'en trouverait pas vingt ensuite pour l'arrêter. Le tabou, levé depuis dix jours, n'avait pas encore été réimposé ; depuis dix jours la population avait fait circuler les bouteilles (comme nous l'avions vu faire cet après-midi) ou dormi d'un sommeil bestial. Et le Roi, poussé par les « Vieux-Hommes », et par ses propres appétits, continuait d'encourager la licence, de dissiper ses réserves de liqueur et de participer à la débauche. Les blancs étaient les auteurs de cette crise ; c'est sur leur proposition que cette liberté avait été donnée au début ; pour l'instant, dans l'intérêt du commerce, ils étaient ravis que cela continuât. Le plaisir commençait à diminuer ; les limites (on en convenait) avaient été indûment prolongées, et la question se posait de savoir comment on mettrait fin à la chose. De là le refus de Tom. Il est vrai que ce refus était momentané ; les fourrageurs royaux, renvoyés par Tom de *Sans-Souci,* seraient pourvus au *Land we live in* par le crédule M. Williams.

Il était malaisé d'évaluer sur le moment le degré du péril, et maintenant, j'incline à croire qu'il était facile à exagérer. Cependant, c'est toujours, même chez nous, un sujet d'anxiété d'avoir à mener des ivrognes ; et chez nous, la population n'est pas armée du premier au dernier de revolvers et de fusils à répétition, de même que nous ne nous grisons pas tous à la fois — ni surtout, tout le pays ensemble, le Roi, les magistrats, la police et l'armée réunis dans une partie commune de débauche. Il faut se rappeler d'ailleurs que nous étions là dans des îles barbares, rarement visitées, tardivement et partiellement civilisées. Tout compte fait, un nombre considérable de blancs ont péri aux Gilbert, mais surtout par leur propre faute ; et les naturels ont déployé, tout au moins dans cette occasion, leur disposition à dissimuler un accident sous un massacre, et n'ont rien laissé que des ossements muets. C'était là la considération qui s'opposait à une fermeture soudaine des bars ; les cabaretiers étaient à la portée immédiate de fous et traitaient directement avec eux ; il était trop certain qu'un refus pouvait à tout moment provoquer un coup, et ce seul coup donner le signal d'un massacre.

Lundi 15. — A la même heure nous retournâmes au même mania'p. Du *kümmel* était versé dans des timbales ; au milieu se tenait le prince héritier, gros garçon entouré de bouteilles pleines et très occupé à les déboucher ; et le Roi, les chefs et les sujets avaient la lèvre pendante, les gestes incertains et les yeux ternes des buveurs précoces. Il était clair qu'on nous attendait avec impatience ; le Roi se retira précipitamment pour s'habiller ; les gardes furent envoyés à la recherche de leurs uniformes ; et nous restâmes seuls avec une poignée de naturels ivres, attendant l'issue de ces préparatifs. L'orgie avait été plus loin que dimanche ; la journée s'annonçait très chaude ; déjà on étouffait ; déjà tous les courtisans étaient gris ; et toujours le *kümmel* continuait à circuler, et le prince héritier à jouer au sommelier. Une liberté flamande succédait à des excès flamands ; et un gaillard facétieux, beau garçon, habillé de couleurs voyantes, surmonté d'un vrai turban de cheveux crépus, fit les délices de la compagnie en faisant la cour à une dame imaginaire d'une façon qui défie toute description. Nous nous amusâmes, pendant cette attente, à observer le groupe des gardes. Ils ont des armes européennes, des uniformes européens et (à leur chagrin) des chaussures européennes. Nous vîmes un de ces guerriers (tel que Mars), en train de revêtir ses armes ; deux hommes et une femme vigoureuse avaient à peine la force de le chausser ; et à la suite d'une seule parade, l'armée était estropiée pour huit jours.

Finalement, les grilles de la demeure royale s'ouvrirent ; l'armée s'avança en rang, avec des fusils et des épaulettes ; le drapeau s'inclina au passage ; Sa Majesté suivait dans son uniforme chamarré d'or ; Sa Majesté son épouse venait après, en chapeau à plumes, avec une ample robe de soie à longue traîne ; puis venaient les bouffons du Roi ; toute la pompe de Makin se déployait sur ce théâtre choisi. Dickens seul eut pu nous décrire combien ils étaient graves et combien gris ; et combien le Roi fondait et ruisselait sous son bicorne ; comment il prit position auprès du plus gros de ses deux canons — position austère, majestueuse, mais peu verticale ; comment la confusion se mit dans les troupes et comment elles furent rassemblées et remises en ordre ; comment leurs arquebuses et eux-mêmes s'inclinaient de côté et d'autre, pareils aux mâts des navires ; et comment un photographe amateur les passait en revue, les arrangeait, les alignait, et, le temps de regagner son appareil, voyait tous ses arrangements bouleversés.

La chose était plaisante à voir ; j'ai mauvaise grâce à m'en moquer ; et le récit que nous en fîmes au retour fut écouté avec de graves hochements de tête.

La journée avait mal commencé ; onze heures nous séparaient du coucher du soleil ; et, d'un moment à l'autre, pour le plus futile prétexte, tout pouvait mal tourner. L'établissement Wightman était intenable au point de vue militaire, commandé de trois côtés par des maisons et d'épais massifs. On savait que la ville contenait une provision de plus de mille armes nouvelles et excellentes ; quant à battre en retraite vers les navires en cas d'alerte, il n'y fallait point songer. Notre conversation, ce matin-là, devait reproduire assez exactement les conversations qui se tenaient dans les garnisons anglaises avant la mutination de Sepoy : le pressentiment impérieux que quelque chose de fâcheux se préparait ; la certitude que, (si cela arrivait), il n'y aurait rien à faire qu'à se battre ; l'état d'esprit, moitié amusé, moitié anxieux dans lequel nous attendions la suite des événements.

Le *kümmel* fut bientôt épuisé ; nous étions à peine revenus que le Roi arrivait pour en avoir d'autre. Mr. Corpse s'était dépouillé de son horrible accoutrement, et sa débordante obésité était de nouveau revêtue d'un pyjama rayé ; un des gardes fermait la marche avec son fusil, et Sa Majesté était en outre accompagnée par un baleinier de Barotongan et le joyeux courtisan au turban de cheveux crépus. Jamais députation ne fut plus gaie ; le baleinier était gris à pleurer ; le courtisan avait l'air de marcher sur les airs ; le Roi lui-même était folâtre. Assis sur une chaise dans le salon des Rick il essuya sans broncher le choc de nos prières et de nos menaces. Les réprimandes, les exemples historiques, la menace des vaisseaux de guerre, l'ordre de restaurer le tabou sur-le-champ, rien n'y fit. Il le ferait demain, disait-il ; aujourd'hui, c'était au-delà de ses forces ; aujourd'hui, il n'osait pas. « Est-ce là une attitude royale ? » criait Mr. Rick indigné. Et cela n'avait rien de royal en effet ; si le caractère du Roi eut été royal, nous eussions nous-mêmes tenu un autre langage ; royal ou non, il eut le dernier mot de la discussion. Il est vrai que les conditions étaient inégales ; car le Roi seul pouvait restaurer le tabou ; mais les Rick n'étaient pas les seuls à débiter de la boisson. Il n'avait qu'à tenir bon sur la première question, ils finiraient sûrement par faiblir sur la seconde. Ils firent encore quelques objections pour la forme ; et puis la députation, ivre à l'excès, se retira, emportant une caisse de brandy dans une brouette. Le Barotongan (que je n'avais jamais vu auparavant), me serra la main comme un homme qui part pour un long voyage. « Mon cher ami ! — disait-il en pleurant, — adieu mon cher ami ! » des larmes de kümmel dans les yeux. Le Roi faisait des embardées ; le courtisan allait à l'amble ; — étrange cortège d'enfants enivrés à qui confier cette brouette chargée de folie !

La ville n'avait pas été tranquille un instant ; toute la matinée, l'air avait été agité d'un ferment, et les rues encombrées par un mouvement sans but et des rassemblements de naturels. Mais ce n'est qu'à une heure et demie qu'un soudain tumulte de voix nous appela hors de la maison, et nous trouvâmes toute la colonie blanche déjà réunie sur les lieux, comme par un signal convenu. Le *Sans-Souci* était envahi par la populace ; elle remplissait l'escalier et la véranda. De toutes ces gorges, un murmure inarticulé s'élevait sans interruption ; on eût dit des bêlements d'agneaux, mais plus irrités. A mi-chemin, Son Altesse Royale (que j'avais vue dernièrement dans le rôle de sommelier), injuriait Tom ; sur la marche supérieure, ballotté par le tohu-bohu, Tom lui répondait par des hurlements. Entre temps, la meute parcourait le bar en vociférant. Puis il y eut une impulsion brutale ; la cohue tourna sur elle-même, revint, fut repoussée ; un flot de têtes remplissait l'escalier ; puis trois hommes apparurent qui en traînaient violemment un quatrième entre eux. Par ses cheveux et ses mains, par sa tête courbée au niveau de ses genoux, par sa figure dissimulée, il fut arraché de sous la véranda et chassé à coups de fouets le long de la route où il disparut en hurlant. Eût-il tourné vers nous son visage, nous l'eussions vu, ensanglanté, et ce sang n'était pas le sien. Le courtisan au turban de cheveux crépus avait payé du bout d'une oreille le prix du désordre.

Ainsi la querelle se vida sans autre perte que celle-ci qui, à des yeux inhumains, pourra sembler comique. Pourtant nous avions devant nous des visages pleins de gravité et, — détail qui vaut des volumes, — Tom remettait les volets du bar. La clientèle pouvait devenir ce que bon lui semblait, M. Williams gagner ce qu'il voulait, mais Tom en avait assez de tenir son comptoir pour aujourd'hui. En réalité, tout avait tenu à un cheveu. Un homme avait cherché à tirer un coup de revolver — à quel propos, je n'ai jamais pu le savoir, et peut-être n'aurait-il pu le dire lui-même; dans une salle bondée de la sorte, un seul coup n'eût pas manqué de produire son effet; là où beaucoup d'hommes étaient armés et tous gris, il en aurait sûrement provoqué d'autres; et il se peut que la femme qui guetta l'arme, et l'homme qui la subtilisa aient sauvé la communauté des blancs.

La canaille, insensiblement, disparut de la scène; et pour le reste du jour, notre voisinage demeura paisible et solitaire. Mais cette tranquillité était toute locale; le *din* et le *perandi* continuaient de couler en d'autres quartiers, et nous eûmes encore plus d'un aperçu des violences des îles Gilbert. Nous errions dans l'église, où nous avions été faire des photographies, lorsqu'un cri perçant, venu du dehors, nous fit sursauter. La scène, contemplée du seuil de cette grande halle d'ombre, était inoubliable. Les palmiers, les maisons basses et bizarres, le drapeau de l'île, pendant du haut de sa hampe, brillaient sous un soleil intolérable. Au milieu, deux femmes se disputaient en se roulant sur l'herbe. Les combattantes étaient d'autant plus faciles à distinguer que l'une n'avait qu'un *ridi,* l'autre un *holoku* (sarreau) de couleur vive. La première avait le dessus, les dents plantées dans le visage de son adversaire, la secouant comme un chien; l'autre, battue et écorchée, sans défense. Telles, pendant un instant, nous les vîmes se battre et se rouler comme de la vermine; puis la foule arriva et se referma sur elles.

La question se posa sérieusement cette nuit-là de savoir si nous dormirions à terre. Mais nous étions des voyageurs, des gens partis au loin en quête d'aventures; c'eut été une contradiction singulière de reculer à la première alerte ; et au lieu de cela, nous envoyâmes chercher nos revolvers à bord. Se souvenant de Taahauku, Mr. Rick, Mr. Osbourne et Mrs. Stevenson se livrèrent à un assaut d'armes sur la grande route, et tirèrent sur des bouteilles à la plus grande admiration des naturels. Le capitaine Reid, de l'*Equateur,* resta à terre avec nous pour être là en cas de trouble, et nous nous couchâmes à l'heure accoutumée, agréablement excités par les événements de la journée. La nuit était exquise ; le silence enchanteur ; pourtant, tandis que je reposai dans mon hamac, regardant le puissant clair de lune et les quiescentes palmes, une image répugnante me hantait : celle des deux femmes, l'une dévêtue, l'autre habillée, roulées dans cette étreinte hostile. Elles s'étaient probablement fait peu de mal ; cependant, j'aurais considéré avec moins de répulsion un spectacle de massacre ou de mort. Le retour à ces armes primitives, la vision de la bestialité humaine, de sa férocité, remuait en moi une fibre plus profonde que celle avec laquelle nous évaluons le prix d'un combat. Il y a des éléments de notre condition et de notre histoire qu'il est bon d'oublier, et peut-être la vraie sagesse est-elle de n'y point insister. Le crime, la peste, la mort, remplissent le cours de nos jours ; notre esprit est prêt à les accepter. Au contraire, il rejette d'instinct tout ce qui évoque l'image de notre race dans sa plus basse condition, compagne des bêtes, bestiale elle-même, terrée pêle-mêle, hommes et femmes velus, dans les cavernes des anciens âges. Et cependant, pour être juste envers les barbares insulaires, nous ne devons pas oublier les faubourgs et les bouges de nos cités ; je ne puis oublier que j'ai traversé Soho avant d'aller dîner et que ce que j'y ai vu m'a empêché de manger.

CHAPITRE V

L'histoire d'un tabou (suite)

Mardi 16 juillet. — La pluie tomba dans la nuit, soudaine et à grand bruit, comme toujours dans les Gilbert. Le cri du coq me réveilla avant le jour, et j'allai me promener dans l'établissement et le long de la rue. La tempête était calmée, la lune brillait d'un éclat incomparable, l'air était immobile comme dans une pièce close, et pourtant, l'île entière résonnait comme sous une forte ondée, le rebord des toits ruisselait, et les hautes palmes s'égouttaient à des intervalles plus espacés, avec un bruit plus marqué. Dans cette claire lumière nocturne, l'intérieur des maisons était impénétrable et ne présentait que des masses d'obscurité, sauf quand la lune glissait sous les toits, leur faisait une ceinture d'argent et dessinait sur le sol les ombres obliques des colonnes. Aucune lampe, aucun foyer ne brillaient dans toute la ville ; aucune créature ne bougeait ; je me croyais seul à veiller ; mais la police était fidèle à son poste, secrètement vigilante, tenant compte du temps ; et un peu plus tard, le veilleur de nuit frappa sur la cloche de la cathédrale des coups lents et répétés : 4 heures, le signal avertisseur. Et cela semblait étrange que, dans une ville adonnée à l'ivrognerie et aux tumultes, le couvre-feu et le *réveil* fussent encore sonnés et toujours obéis.

Le jour vint et apporta peu de changement. La place était toujours silencieuse ; le peuple dormait, la ville dormait. Les quelques réveillés eux-mêmes, femmes et enfants, pour la plupart, restaient en paix sous l'ombre épaisse du chaume à travers lequel il fallait regarder pour les voir. Par les rues désertes, le long des maisons dormantes, une députation matinale se rendait au palais ; il fallut réveiller le Roi subitement et il dut entendre (probablement avec un mal de tête) des vérites désagréables. Mrs Rick, possédant assez bien cette langue difficile, était le porte parole ; elle expliqua au monarque malade que j'étais un ami personnel et intime de la reine Victoria ; que dès mon retour je lui ferais un rapport sur Butaritari ; et que, si ma maison était envahie une seconde fois par les naturels, un cuirassé serait envoyé, chargé de représailles. Ce n'était pas précisément le fait exact — mais plutôt une parabole juste et nécessaire du fait, arrangée pour la latitude ; elle impressionna clairement le Roi. Il paraissait très ému ; il avait bien une vague notion (dit-il), que j'étais un homme de quelque importance, mais il ne soupçonnait pas que ce fût si grave ; et la maison du missionnaire fut tabouée à raison d'une amende de cinquante dollars.

Voilà ce qui nous fut raconté au retour de la députation ; rien de plus ; mais j'appris plus tard qu'il s'était passé bien autre chose. La protection accordée fut la bienvenue. Ç'avait été le côté le plus ennuyeux et non le moins alarmant du jour précédent, d'avoir notre maison régulièrement remplie d'indigènes ivres, par vingt ou trente à la fois, mendiant à boire, tripotant nos affaires, difficiles à déloger, insupportables si l'on en venait à la discussion. L'ami de la reine Victoria (qui fut bientôt regardé comme son fils), fut libéré de ces intrusions. Non seulement ma maison, mais mon voisinage fut laissé en paix ; même durant nos promenades à terre, nous étions escortés et annoncés partout ; et comme de grands personnages visitant un hôpital, nous ne voyions plus que le beau côté des choses. Ainsi, pendant une semaine, nous pûmes aller et venir dans un paradis imaginaire, avec l'illusion que le Roi avait tenu sa parole, que le tabou sévissait de nouveau et que l'île, était une fois de plus, ramenée à la sobriété.

Mardi 23 juillet. — Nous dînions sous un simple treillis érigé pour le 4 juillet ; et nous nous attardions là en fumant autour du café. Le soir arrive dans ces climats sans amener de fraîcheur sensible ; le vent tombe avant le coucher du soleil ; le ciel brille encore un peu, puis se fane, puis s'assombrit jusqu'à ce bleu profond des nuits tropicales ; doucement et insensiblement, les ombres s'épaississent, les étoiles se multiplient ; vous regardez autour de vous, et le jour a fui. C'est à ce moment que notre serviteur chinois arrivait dans une auréole de lumière vacillante divisée par son ombre ; et avec la lampe, la nuit cessait autour de la table. Les visages des assistants, les barreaux du treillis se détachaient tout à coup en lumière sur un fond bleu et argent vaguement dessiné par la cime des palmiers et les toits en pointes des maisons. Ici et là un reflet sur une feuille ou une cassure de pierre renvoyaient une étincelle solitaire. Tout le reste s'était évanoui. Nous restions là, illuminés comme un groupe d'étoiles *in vacuo;* nous restions assis, évidents et aveugles, parmi l'embûche générale des ténèbres ; et les insulaires, passant à pas légers, et parlant à voix basse, sur le sable de la route, invisibles, s'attardaient à nous observer.

En ce mardi, le crépuscule venait de se faire, la lampe d'être apportée, quand un projectile vint frapper la table avec un bruit sec et rebondit en m'effleurant l'oreille. Trois centimètres de plus et cette page n'eut jamais été écrite, car la chose passa comme un boulet de canon. On crut que c'était une noisette, quoique déjà alors elle me parut bien petite et tombée d'étrange façon.

Mercredi 24 juillet. — L'obscurité s'était faite une fois de plus et la lampe venait d'être apportée quand le même incident se répéta. Et de nouveau le projectile siffla à mon oreille. J'avais bien voulu accepter une première noix ; je n'en acceptai pas une seconde. Une noix de coco n'arrive pas ainsi, comme lancée par une fronde, par un soir sans brise, faisant un angle d'environ quinze degrés à l'horizon ; les noix de coco ne tombent pas plusieurs nuits de suite, à la même heure, juste au même endroit ; dans les deux cas d'ailleurs, un moment déterminé semblait avoir été choisi, celui où la lampe venait d'être apportée ; et une personne déterminée visée, le chef de la famille. J'ai pu me tromper, mais je me crus l'objet de quelque intimidation et crus que le projectile était une pierre lancée, non pour frapper, mais pour effrayer.

Aucune idée n'irrite un homme davantage. Je courus à la route où les naturels se promenaient comme d'habitude dans l'obscurité ; Maka me rejoignit avec une lanterne ; et je courus de l'un à l'autre, dévisageai d'un air terrible des figures parfaitement innocentes, posai des questions inutiles et proférai des menaces oiseuses. Puis je portai chez les Rick mon courroux (qui était bien digne du fils de n'importe quelle reine de l'histoire !). Ils m'écoutèrent d'un air déprimé ; m'assurèrent que cette façon de lancer une pierre au milieu d'un dîner de famille n'était pas nouvelle ; qu'elle était de mauvais augure, et liée à la disposition inquiétante des naturels. Et finalement, la vérité, si longtemps cachée à nos yeux, se fit jour. Le Roi avait rompu sa promesse ; il avait bravé la députation ; le tabou dormait toujours ; le *Land we live in* débitait encore de la boisson et ce quartier de la ville était troublé et menacé par des disputes continuelles. Mais il y avait pire : une fête se préparait pour l'anniversaire de la petite princesse ; et les chefs tributaires de Kuma et de la Petite Makin étaient attendus de jour en jour.

Puissants dans un parti d'hommes de clan nombreux et quelque peu sauvages, on les croyait, comme autant de Douglas, d'une fidélité douteuse. Kuma (petit personnage bedonnant), n'allait jamais au Palais, n'entrait jamais dans la ville, mais restait sur la plage, assis sur une natte, son fusil sur ses genoux, affichant sa méfiance et son dédain ; Karaïti, de Makin, quoique plus entreprenant, ne témoignait pas des sentiments plus amicaux ; et non seulement les vassaux étaient jaloux du trône, mais leur suite, de part et d'autre, s'associait à leur animosité. Des querelles avaient déjà éclaté ; des coups avaient été échangés qui, d'un moment à l'autre, pouvaient être payés dans le sang. Quelques-uns des étrangers étaient déjà arrivés et avaient de suite commencé à boire ; si la débauche continuait après l'arrivée du gros d'entre eux, une collision, peut-être même une révolution était fatale.

Le débit de la boisson donne, dans ce groupe, la mesure de la jalousie des commerçants entre eux ; l'un commence, l'autre est tenu de suivre ; et celui qui a le plus de gin et qui en vend le plus, est sûr d'avoir la part du lion dans la distribution du copra. Tous sentent que c'est là un expédient de dernier ordre, ni sûr ni digne, ni convenable. Un trafiquant de Tarava, excité par une rivalité active, apporta de nombreuses caisses de gin. Il m'a raconté qu'il resta ensuite nuit et jour sur pied, dans sa maison, jusqu'à ce que la provision fût épuisée, n'osant pas interrompre la vente, n'osant pas sortir, le fourré résonnant tout autour de lui des hurlements des ivrognes. La nuit, par dessus tout, quand, n'osant pas même dormir, il entendait des coups de fusil et des cris autour de lui dans l'obscurité, ses remords devenaient affreux. « Mon Dieu ! — se dit-il, — si j'allais perdre la vie pour une si misérable besogne ! » Que de fois dans l'histoire des Gilbert pareil fait s'est renouvelé ! et le négociant repentant restait assis près de sa lampe, aspirant au jour, l'oreille tendue, dans une véritable agonie, vers les bruits de meurtre, prenant des résolutions pour l'avenir. Car la chose est aisée à lancer, mais difficile à arrêter. Les naturels sont, dans leur genre, un peuple juste et soumis aux lois, fidèles à leurs dettes, dociles à la voix de leurs propres institutions ; que le tabou soit réimposé, ils cesseront de boire ; mais le blanc qui cherche à prévenir le mouvement en leur refusant les liqueurs, le fait à ses risques et périls.

De là, jusqu'à un certain point, l'anxiété et l'impuissance de Mr. Rick. Lui et Tom, alarmés par l'envahissement du *Sans-Souci,* avaient arrêté le débit ; ils l'avaient fait sans danger, parce que le *Land we live in* continuait à vendre ; on remarqua pourtant qu'ils avaient été les premiers à commencer. Quelle démarche pouvait-on faire ? Mr. Rick pouvait-il aller visiter Mr. Müller (avec qui il n'était pas en relations), et lui dire : « J'étais en train de vous dépasser, c'est vous qui me dépassez à présent ; je vous demande d'abandonner votre bénéfice. J'ai pu fermer mon établissement sans danger grâce à ce que vous laissiez le vôtre ouvert ; mais je trouve maintenant que vous feriez mieux de vous retirer. Je commence à être alarmé ; et parce que j'ai peur, je vous demande d'affronter un certain danger ? » Il n'y avait pas à y songer. Il fallait trouver autre chose ; et il n'y avait qu'une personne au bout de la ville qui, au moins, était très intéressée dans la question du copra. Il n'y avait guère que cela à dire en ma faveur comme ambassadeur. J'étais arrivé dans la goélette des Wightman, j'étais l'associé quotidien de la coterie Wightman ; ce n'était pas une petite affaire, pour moi, de me mêler, sans en être prié, des affaires privées de l'agent de Crawford, et d'obtenir de lui le sacrifice de ses intérêts et le risque de sa vie. Mais, si minces que fussent mes titres, on n'avait personne de mieux ; d'ailleurs, depuis l'affaire de la pierre, j'étais avide d'action, l'idée d'un interview délicat me séduisait et il me parut de bonne politique de me montrer à terre.

La nuit était très sombre. Il y avait un office à l'église, et l'édifice luisait doucement par toutes ses crevasses, comme quelque obscure Kirk Allowa'. Je vis peu d'autres lumières, mais j'eus vaguement conscience d'un grand nombre de gens s'agitant dans les ténèbres, et d'un bourdonnement de paroles furtif et ininterrompu. Je crois que, tandis que j'allais, ma barbe était (comme dit la vieille formule), quelquefois sur mon épaule. L'habitation de Müller n'était éclairée qu'en partie, et complètement silencieuse, et la grille était fermée. Je ne pus arriver à ouvrir le loquet. Cela s'explique, car j'ai vérifié depuis qu'il avait quatre ou cinq pieds de long, et constituait à lui tout seul une véritable fortification. Comme je tâtonnais, un chien parut à l'intérieur et renifla mes mains avec méfiance, si bien que je fus réduit à appeler : « Y a-t-il quelqu'un dans la maison ? » Mr. Müller descendit et appuya son menton, dans le noir, sur la palissade. « Qui est là ? » dit-il, comme quelqu'un peu disposé à accueillir des étrangers.

— « Stevenson est mon nom », dis-je.

— « Oh, Mr. Stevens ! je ne vous reconnaissais pas. Entrez. »

Nous pénétrâmes dans le magasin sombre où je m'appuyai au comptoir et lui contre le mur. Toute la lumière venait de la chambre à coucher où je distinguais les membres de sa famille dans leurs lits ; elle m'éclairait en pleine figure, mais Mr. Müller était dans l'ombre. Sans doute, il s'attendait à ce qui allait suivre et cherchait à prendre l'avantage de la position ; mais pour un homme désireux de convaincre et n'ayant rien à cacher, la mienne était préférable.

— « Voyons, — commençai-je, — j'entends dire que vous débitez de la boisson aux naturels ? »

— « D'autres l'ont fait avant moi », répliqua-t-il, d'un ton pointu.

— « Sans doute, — dis-je, — et je n'ai rien à faire avec le passé, mais bien avec l'avenir. Je voudrais que vous me promettiez de montrer plus de circonspection dans le débit de ces spiritueux ? »

— « Mais, quel est votre motif pour agir ainsi ? » — demanda-t-il ; puis, sarcastique : « Craignez-vous pour votre vie ? »

— « Ceci n'a rien à faire avec la question. Je sais, et vous savez aussi, que ces spiritueux ne devraient pas être en circulation. »

— « Tom et Mr. Rick en ont vendu avant moi. »

— « Je n'ai rien à faire avec Tom et Mr. Rick. Tout ce que je sais, c'est que je les ai entendus tous deux refuser d'en vendre. »

— « Non, je suppose que vous n'avez rien à voir avec eux. C'est donc que vous craignez pour votre vie. »

— « Allons, voyons, — m'écriai-je, peut-être un peu piqué, — au fond de votre cœur, vous savez bien que ce que je demande est raisonnable. Je ne vous demande pas l'abandon de vos bénéfices — quoiqu'en effet, je préférerais ne plus voir apporter d'alcool ici, mais vous... »

— « Je ne dis pas que je ne veux pas. Mais ce n'est pas moi qui ai commencé », reprit-il.

— « Non, je sais que ce n'est pas vous, » dis-je ; « et je ne vous demande pas de perdre ; je vous demande seulement de me donner votre parole, d'homme à homme, qu'aucun naturel ne s'enivrera plus par votre faute. »

Jusque-là, l'attitude gardée par Mr. Müller avait mis ma patience à une dure épreuve ; d'ailleurs, il l'avait conservée avec peine étant, au fond, de mon avis ; mais voici qu'il abandonnait le terrain pour un terrain pire : « Ce n'est pas moi qui débite », dit-il.

— « Non, c'est ce nègre ; d'accord. Mais c'est pour

vous qu'il achète et qu'il vend ; vous avez la main sur sa nuque ; et je vous demande — j'ai ma femme ici avec moi, — d'user de l'autorité que vous avez. » Bien vite il se remit en garde. « Je ne dis pas que je ne le ferais pas si je voulais », dit-il ; « mais il n'y a aucun danger ; les naturels sont tout à fait tranquilles ; vous avez simplement peur pour votre vie. »

Je n'aime pas à être traité de poltron, même implicitement ; et à ce moment, je perdis patience et posai un ultimatum prématuré. « Vous ferez mieux de l'avouer clairement », m'écriai-je ; « votre intention est-elle de refuser ce que je vous demande ? »

— « Je ne veux ni le refuser ni l'accorder », répliqua-t-il.

— « Vous apprendrez qu'il faut faire une chose ou l'autre, et tout de suite », — criai-je ; puis, m'attaquant à une corde plus favorable — « allons », dis-je, « vous valez mieux que cela. Je vois ce qui vous indispose ; vous croyez que je viens du camp opposé ? Je sais bien quel homme vous êtes, et vous savez bien que ce que je vous demande est raisonnable ? »

De nouveau il changea de terrain. « Si les naturels commencent à boire, ce n'est pas prudent de les arrêter », objecta-t-il.

— « Je répondrai du bar », dis-je ; « nous sommes trois hommes et quatre revolvers ; au premier mot nous accourrons et défendrons la place contre tout le village. »

— « Vous ne savez pas de quoi vous parlez », s'écria-t-il ; « c'est trop dangereux. »

— « Ecoutez », lui dis-je ; « je me soucie peu de perdre cette vie dont vous parlez tant ; mais je tiens à la perdre de la façon qui me plaira, c'est-à-dire, en mettant fin à toutes ces vilenies. »

Il s'étendit pendant quelque temps sur ses devoirs envers la maison de commerce ; je m'en souciais peu ; j'étais sûr de la victoire. Il attendait seulement pour capituler, et cherchait de tous côtés un secours qui lui adoucit l'effort. Dans le rais de lumière qui filtrait par la porte de la chambre à coucher, j'aperçus un porte-cigare sur le bureau. « Voilà un joli objet », dis-je.

— « Voulez-vous un cigare ? » dit-il.

J'en pris un et le tins un instant en l'air sans l'allumer.

— « Allons, fis-je, vous me promettez ? »

— « Je vous promets que vous n'aurez plus d'ennuis causés par des naturels qui auront bu chez moi », répliqua-t-il.

— « C'est tout ce que je demande », dis-je, et je lui prouvai que ce n'était pas absolument tout en demandant tout de suite la permission de goûter à sa provision.

Le côté critique de notre entrevue avait pris fin. Mr. Müller avait cessé de me regarder comme un émissaire de ses rivaux ; il avait abandonné son attitude défensive et parlait selon sa pensée. Je compris qu'il aurait déjà fermé son débit de lui-même s'il avait osé. Mais n'osant pas, on conçoit comme il pouvait accepter de voir s'ingérer dans sa conduite ceux qui (suivant son récit), l'avaient lancé, puis abandonné sur la brèche, et qui maintenant (étant eux-mêmes en sûreté), le poussaient vers un nouveau péril qui était tout profit pour eux, toute perte pour lui. Je lui demandai ce qu'il pensait du danger de la fête.

— « J'en pense plus de mal qu'aucun de vous », répondit-il. « Ils tiraient tout autour d'ici la nuit dernière et j'entendais les balles. Je me dis : voilà qui va mal ; ce qui m'intrigue, c'est pourquoi vous faites tout ce bruit et vous mêlez de tout cela, car enfin c'est moi qui suis destiné à être la première victime. »

Ce fut un miracle spontané. La consolation d'être second n'est pas grande. Le fait — et non l'ordre de la marche — voilà ce qui nous intéressait.

Scott parle avec modération d'un temps où il regardait venir le moment de se battre « avec un sentiment qui ressemblait au plaisir ». La ressemblance, ici, touche à l'identité. La vie moderne ne connaît plus le contact direct ; l'homme s'impatiente en des manœuvres sans fin ; et approcher du fait, se trouver là où toutes ses qualités peuvent s'exercer et courir un beau risque, et se rendre compte enfin de ce qu'on a en soi vous excite le sang. C'est du moins ce qu'éprouva toute ma famille qui bouillonna de plaisir à l'approche du danger ; et nous veillâmes tard dans la nuit, comme un groupe d'écoliers, préparant nos revolvers et dressant des plans pour le lendemain. La journée s'annonçait pleine et chargée d'événements. Les Vieux-Hommes devaient être convoqués pour m'interviewer sur la question du tabou ; Müller pouvait nous appeler à tout instant pour défendre le bar ; et dans le cas où Müller nous abandonnerait, nous décidâmes, dans un conseil de famille, de prendre toute la chose en mains, de nous emparer du *Land we live in* à la force des pistolets et de faire entendre une nouvelle musique au polysyllabique Williams. Et, me souvenant de l'humeur où nous étions, je crois que les mulâtres en auraient vu de dures.

Mercredi 24 juillet. — Il est heureux, et pourtant, ce fut pour nous un désappointement que ces menaces d'orage se soient dissipées en silence. Soit que les Vieux-Hommes aient reculé devant une interview avec le fils de la reine Victoria, soit que Müller fût secrètement intervenu, soit que ce fût une conséquence naturelle de la crainte qu'éprouvait le Roi et des récents souvenirs de la fête, ce matin-là, de bonne heure, le tabou fut imposé de nouveau ; — pas un jour trop tôt, à en juger par le nombre de bateaux qui commençaient à arriver et l'affluence dans la ville, des grands et turbulents vassaux de Karaïti.

L'effet se prolongea pendant quelque temps sur l'esprit des trafiquants ; ce fut avec l'approbation de toutes les personnes présentes que je collaborai à une pétition demandant aux Etats-Unis une loi contre le commerce des liqueurs aux îles Gilbert ; et c'est à cette requête que je joignis, signé de mon propre nom, un bref rapport de ce qui s'était passé ; — peine inutile ! depuis, le tout repose, probablement jamais lu, peut-être jamais ouvert, dans un casier à papiers, à Washington.

Dimanche, 28 juillet. — Ce jour-là, nous eûmes la suite de la débauche. Le Roi et la Reine, en costumes européens, et suivis de gardes en armes, vinrent à l'église pour la première fois, et s'assirent, perchés en l'air, dans une dignité précaire, sous leurs cercles de tonneaux. Avant le sermon, Sa Majesté sortit de sous ce dais, se tint debout, de travers, sur le sol sablonneux, et, en quelques mots, fit le serment de renoncer à la boisson. La Reine suivit avec une allocution plus brève encore. Tous les hommes présents furent cités à leur tour ; chacun éleva sa main droite et l'affaire fut terminée ; — le trône et l'église étaient réconciliés.

CHAPITRE VI

Le festival de cinq jours

Jeudi 25 juillet. — La rue était, ce jour-là, très animée par la présence des hommes de la Petite Makin ; ils étaient d'une taille plus élevée que les Butaritariens et, étant en congé, ils allaient, enguirlandés de feuillages jaunes, somptueux sous des couleurs vives. On les dit plus sauvages, et fiers de cette distinction. En réalité, ils nous rappelaient, tandis qu'ils se pavanaient dans la ville, les Higlanders avec leurs plaids, traversant les rues d'Inverness, conscients de leurs vertus barbares.

Dans l'après-midi, la résidence d'été était remplie de monde ; d'autres, restés dehors, regardaient sous le rebord des toits, dans l'intérieur, comme font les enfants, chez nous, autour d'un cirque. C'était la compagnie de Makin répétant pour le jour du concours. Karaïti était assis au premier rang, près des chanteurs, où nous fûmes invités à prendre place auprès de lui, (en l'honneur, je suppose, de la reine Victoria). Une chaleur lourde, étouffante, régnait sous le toit de zinc, et l'air était chargé du parfum des guirlandes. De fines nattes autour des reins, des fibres de noix de coco roulées en anneaux autour de leurs doigts, et couronnés de feuilles jaunes, les chanteurs étaient assis par compagnies sur le sol. Un nombre varié de solistes étaient debout, pour chanter diverses chansons, et ils remplissaient, dans l'ensemble, le rôle principal. Mais toutes les compagnies, même sans chanter, contribuaient continuellement à l'effet général et marquaient la mesure, mimant, grimaçant, levant leurs têtes, leurs yeux, agitant les plumes fixées au bout de leurs doigts, claquant des mains ou se frappant le sein gauche avec un son de timbale. La cadence était exquise, la musique barbare, mais pleine d'un art conscient. J'ai noté quelques formules constamment employées. Ainsi, un changement (de clef, je crois) survenait subitement, sans changement de mesure, mais amplifié par une élévation soudaine et dramatique des voix et un balancement des gestes général. Les voix des solistes s'élevaient chacune sur une note différente, terriblement discordantes, puis se rapprochaient graduellement jusqu'à l'unisson; et quand elles l'avaient atteint, le chœur entier se joignait à elles et les dominait. Parfois, le mouvement habituel des voix, précipité, rauque et anti-mélodieux était rompu et exalté par un courant de mélodie en forme de psaume, souvent bien construite, ou paraissant telle par contraste. La mesure était très variable et, vers la fin de chaque morceau, quand le rythme devenait pressé et furieux, cette figure revenait :

On peut difficilement concevoir à quel feu, quel mouvement endiablé ils arrivent dans ces finales martelées; tout marche ensemble, les voix, les têtes, les yeux, les feuillages et les anneaux ailés des doigts; sous les regards, le chœur oscille; les chants palpitent aux oreilles; les visages sont convulsés par les efforts et l'enthousiasme.

Tout à coup, la troupe se leva tout d'une pièce, les tambours formant un demi-cercle autour des solistes, ceux-ci au nombre de cinq et quelquefois plus. Les chansons qui suivirent étaient extrêmement dramatiques ; quoique personne ne pût me donner aucune explication, je devinai de temps en temps quelque indice obscur, mais décisif, d'une intrigue, qui me rappelait certaines scènes de disputes de nos grands opéras ; ainsi les voix isolées s'élèvent de la masse et y retombent ; ainsi les acteurs se séparent, se rassemblent, brandissent leurs mains en l'air, et lèvent les yeux au ciel, — ou vers la galerie ! Déjà ceci dépasse le modèle Thespien ; l'art de ce peuple a dépassé l'état embryonnaire ; le chant, la danse, les tambours, les quartettes et les soli : c'est le drame pleinement développé, quoique encore en miniature. De toutes les danses ainsi nommées des mers du Sud, celle que j'ai vue à Butaritari est la principale. La *hula,* telle que les globe-trotters affolés peuvent la voir à Honolulu, est sûrement la plus ennuyeuse des inventions humaines, et le spectateur, tandis qu'elle se déroule, interminable, bâille comme à une lecture du collège ou à un débat du Parlement. Mais la danse des îles Gilbert captive l'esprit ; elle frémit, excite, subjugue ; elle possède l'essence de tout art, une signification inexplorée, imminente.

Là, où un si grand nombre de personnes sont engagées et où toutes doivent faire (à un moment donné), le même mouvement rapide, précis et souvent arbitraire, le travail préparatoire est extrême. Mais ils commencent tout jeunes. On peut voir souvent dans un maniap' un homme et un enfant : l'homme chantant et gesticulant, l'enfant debout devant lui, ruisselant de larmes, et copiant en tremblant ses gestes et ses chants ; c'est l'artiste des îles Gilbert apprenant (comme font tous les artistes) son art dans la souffrance.

Je parais peut-être trop enthousiaste ; voici un passage du Journal de ma femme qui prouve que je ne fus pas seul ému, et qui complète le tableau : « Le conducteur donna le signal et tous les danseurs, agitant leurs bras, balançant leur corps et se frappant la poitrine en mesure, ouvrirent la danse en forme d'introduction. Les artistes restèrent assis, excepté deux et une fois trois, deux fois un seul des solistes. Ceux-ci alors restaient debout, au milieu du groupe, faisant un léger mouvement avec les pieds, et leurs corps frissonnant en mesure tandis qu'ils chantaient. Après l'introduction il y eut une pause, puis la véritable trame de l'opéra — car ce n'était pas moins — commença de se dérouler ; un opéra où chaque chanteur se montrait un acteur parfait. Le premier sujet, dans une extase passionnée qui le possédait de la tête aux pieds, semblait transfiguré. Un moment, on eût dit qu'un vent violent passait sur l'estrade ; — leurs bras, leurs doigts empennés frissonnant d'une émotion qui s'empara de mes nerfs : têtes et corps suivaient comme un champ de blé sous une rafale. Je sentis mon sang bouillonner, puis se glacer ; des larmes me venaient aux yeux, ma tête tournait, une impulsion presque irrésistible me poussait à me joindre aux danseurs. Je crois avoir assez bien compris un des drames. Un vieillard fier et sauvage prit la partie de solo. Il chanta la naissance d'un prince, et comme sa mère le berçait tendrement dans ses bras ; son enfance, quand il dépassait tous ses compagnons dans l'art de nager, de grimper et dans tous les sports athlétiques ; sa jeunesse, quand il allait sur la mer, dans son bateau et pêchait ; son âge d'homme quand il épousa une femme qui, à son tour, berça un enfant dans ses bras. Puis vinrent les alarmes de la guerre ; puis une grande bataille dont l'issue, quelque temps, demeura douteuse ; mais le héros était victorieux comme toujours, et aux transports indicibles des vainqueurs, la pièce se termina. Il y avait aussi des pièces comiques qui provoquèrent beaucoup de gaieté. Pendant l'une d'elles, un vieillard qui était derrière moi, me saisit par le bras, me menaça du doigt avec un sourire malin et murmura quelque chose avec un ricanement qui me parut signifier : « Oh ! vous femmes ! vous femmes ! c'est aussi vrai de vous toutes. » Et je crains qu'il ne s'agît pas là d'un compliment. A aucun moment nous ne saisîmes le moindre signe de la vilaine indécence des Iles orientales. Tout était poésie pure et simple. La musique elle-même était aussi complexe que la nôtre, quoique construite sur une base entièrement différente ; une ou deux fois je fus surprise par un éclair de quelque chose qui ressemblait étrangement à notre meilleure musique sacrée, mais pour un instant seulement. A la fin, il y eut une pause plus longue, et cette fois, tous les danseurs furent sur pied. L'intérêt allait croissant à mesure que le drame se déroulait. Les acteurs s'adressèrent les uns aux autres, puis à l'auditoire, puis au ciel ! ils prirent conseil les uns des autres ; les conspirateurs se groupèrent ensemble ; c'était tout à fait un opéra, les tambours intervenant à des intervalles propres, le ténor, le baryton, la basse, tous à leur place, — seulement les voix étaient toutes du même calibre. Une femme chanta à un moment, du dernier rang, avec une très jolie voix de contralto, gâtée parce qu'elle la rendait artificiellement nasillarde ; et je remarque que toutes les femmes ont ce défaut désagréable. Une autre fois, le solo fut chanté par un garçon d'une beauté angélique ; une autre fois encore, un enfant de six à huit ans, sans doute un petit phénomène, fut placé au centre. Le pauvre petit semblait, au début, désespérément effrayé et embarrassé ; mais vers la fin il prit feu et déploya un grand talent dramatique. Les changements d'expression sur la figure des danseurs étaient si éloquents qu'il y avait, semblait-il, une vraie stupidité à ne pas les comprendre. »

Notre voisin à cette représentation, Karaïti, met quelque peu en valeur, par comparaison, Sa Majesté

Butaritarienne, dans sa silhouette et ses traits, étant comme elle corpulent, barbu et oriental. Moralement, il paraît être tout l'opposé : alerte, souriant, jovial, plaisant et industrieux. Chez lui, dans son île, il travaille en personne comme un esclave et fait travailler son peuple comme un surveillant d'esclaves. Il s'intéresse aux idées. Georges, le négociant, lui ayant parlé de machines volantes : « Est-ce vrai, Georges ? » demanda-t-il. — « C'est dans les journaux », répliqua Georges. — « Eh bien », dit Karaïti, « si cet homme peut faire cela avec une machine, moi, je peux le faire sans machine. » Il dessina et fabriqua une paire d'ailes, les attacha à ses épaules, alla au bout d'une jetée, se lança dans l'espace et tomba lourdement dans la mer. Ses femmes le repêchèrent car les ailes l'empêchaient de nager. « Georges », — dit-il, en s'arrêtant tandis qu'il allait se changer, — « Georges, vous mentez. » Il avait huit épouses, car son royaume était encore soumis aux anciennes coutumes ; mais il montra quelque embarras quand on expliqua cela à ma femme. « Dites-lui que je n'en ai amené qu'une ici », dit-il avec angoisse. Tel qu'il était, ce Douglas noir nous plaisait beaucoup ; et comme nous entendions de nouveaux détails sur le malaise du Roi, et remarquions aussi que toutes les armes de la Résidence d'été avaient été cachées, nous observions avec une admiration d'autant plus grande la cause de toutes ces anxiétés, roulant sur ses grandes jambes avec sa large face souriante apparemment sans armes, et certainement sans escorte, à travers la ville hostile. Le Douglas Rouge, Kuma le bedonnant, ayant peut-être eu quelque écho de la débauche, resta sur son fief ; ses vassaux vinrent sans chef à la fête et grossirent la suite de Karaïti.

Vendredi 26 juillet. — Cette nuit-là, dans l'obscurité, les chanteurs de Makin paradèrent sur la route devant notre maison et chantèrent la chanson de la Princesse.

« Voici le jour ; elle naquit en ce jour ; Nei-Kamaunave est née en ce jour — une ravissante princesse, Reine de Butaritari. » Cela pouvait durer ainsi, me dit-on, indéfiniment. Bien entendu, la chanson était hors de saison et la représentation, une simple répétition. Mais c'était en outre une sérénade et, à notre endroit, une délicate attention de notre nouvel ami, Karaïti.

Samedi 27 juillet. — Nous avions annoncé une représentation de lanterne magique, cette nuit, à l'église ; et ceci nous valut la visite du Roi. En l'honneur du Douglas noir (je suppose), ses deux gardes habituels s'étaient élevés au nombre de quatre ; et l'escouade faisait une singulière figure tandis qu'elle le suivait à la débandade, en chapeaux de paille, kilts et jacquettes. Trois d'entre eux portaient leurs armes à l'envers, la crosse sur leur épaule, le bout menaçant le dos replet du Roi ; le quatrième l'avait passée derrière sa nuque et la maintenait ainsi, les bras levés, comme une planche pour redresser le dos. La visite dura un temps infini. Le Roi, n'étant plus galvanisé par le gin, ne disait ni ne faisait rien. Il était affaissé sur une chaise et laissait éteindre son cigare. Il faisait chaud ; l'atmosphère était endormante et pesante à un degré cruel ! pas d'autre ressource que d'observer, dans la contenance de Tubureimoa quelque rappel de *Mr. Corpse,* le boucher. Son nez d'épervier, brusquement déprimé et aplati du bout, nous semblait encore imprégné du parfum des meurtres nocturnes. Quand nous prîmes congé de lui, Maka me fit remarquer la façon dont il descendait l'escalier (ou plutôt l'échelle) de la Véranda. « Un vieillard », me dit Maka. – « Oui », dis-je « et pourtant, je suppose, moins vieux qu'il ne paraît ? » — « Jeune », répliqua Maka, « peut-être qua'ante ». Et depuis, j'ai entendu dire qu'il était plus jeune encore.

Pendant que la lanterne magique fonctionnait, je me glissai dehors dans l'obscurité. La voix de Maka, expliquant les scènes de l'Ecriture, représentées sur les verres, d'un air excité, semblait remplir non seulement l'église, mais le voisinage. Tout le reste était silencieux. Tout à coup, un bruit lointain de chants s'éleva et se rapprocha, une procession s'avançait le long de la route, et le parfum tiède et pur des hommes et des femmes me frappait le visage délicieusement. Au coin, arrêtés par la voix de Maka et les alternatives de lumière et d'ombre qui se produisaient dans l'église, ils firent une pause. Ils ne désiraient pas s'approcher davantage, c'était clair. C'étaient des gens de Makin, je crois, et probablement des païens endurcis, méprisant le missionnaire et ses œuvres. Tout à coup, pourtant, un homme sortit des rangs, prit ses jambes à son cou et fonça dans l'église; l'instant d'après, trois autres l'avaient suivi; un peu après encore, ils étaient une vingtaine, tous risquant leur vie. Ainsi la petite bande de païens s'arrêta, irrésolue, au coin de la route, et fondit devant les attractions de la lanterne magique comme un glacier au printemps. Les plus endurcis, en vain, blâmaient les déserteurs ; trois s'enfuirent encore dans un silence coupable, mais s'enfuirent quand même ; et quand, à la fin, le chef eut retrouvé assez de présence d'esprit ou d'autorité pour remettre sa troupe en marche, et faire reprendre les chants, ce fut avec des forces très diminuées qu'ils passèrent, mélodieusement, le long de la sombre route.

Pendant ce temps, à l'intérieur, les scènes lumineuses brillaient et disparaissaient. Je restai quelque temps, ignoré, dans les rangs des spectateurs, et remarquai juste devant moi une paire d'amoureux qui suivaient le spectacle avec intérêt, le mâle jouant le rôle d'interprète et (comme Adam) entremêlant ses explications de caresses. Les animaux sauvages, le tigre en particulier, et ce vieux favori des écoliers, « le dormeur et la souris », furent salués avec joie ; mais la série des Evangiles fut la merveille et les délices principales. Maka, de l'avis de sa femme offensée, ne profita pas suffisamment de l'occasion. « Qu'est-ce qui lui prend ? pourquoi ne parle-t-il pas davantage ? » criait-elle. Le fait est, je crois, que le pauvre homme, devant cette solennelle opportunité, chancelait sous le poids de sa bonne fortune ; et, qu'il ait bien ou mal fait, la seule vue de ces pieux « fantômes » suffit à elle seule à imposer silence, dans toute cette partie de l'île, à la voix de la raillerie. « Mais alors », — le mot circulait à la ronde — « mais alors, la Bible est donc vraie ? » Et quand nous nous revîmes plus tard, on nous dit que l'impression en était plus vivace encore, et l'on entendait ceux qui y avaient assisté le raconter à ceux qui n'étaient pas là : « Oh oui, tout cela est vrai ; toutes ces choses sont arrivées, nous avons vu les images. » L'argument n'est pas si puéril qu'il paraît ; car je doute que ces insulaires connaissent d'autre mode de reproduction que la photographie ; de sorte que la représentation par l'image d'un événement (d'après le principe du vieux mélodrame : « La chambre noire ne peut mentir Joseph ! ») est pour eux la meilleure preuve de sa réalité. La chose nous amusa d'autant plus que quelques-uns de nos verres étaient d'une niaiserie risible, et l'un d'eux (le Christ devant Pilate) fut accueilli avec des cris d'allégresse auxquels Maka lui-même ne résista pas à se joindre.

Dimanche 28 juillet. — Karaïti vint demander une répétition des « fantômes », — c'était le terme reçu, — et ayant obtenu la promesse de notre part, tourna les talons et quitta mon humble toit sans l'ombre d'une salutation. Je sentis que je ne devais pas avoir l'air un instant d'empocher un manque d'égards ; les temps avaient été trop difficiles et étaient encore trop incertains ; le fils de la reine Victoria était tenu de maintenir l'honneur de sa maison. En conséquence, Karaïti fut convoqué ce soir-là chez les Rick ; Mrs. Rock se répandit en invectives à son adresse, et le fils de la reine Victoria l'assaillit de regards indignés. J'étais l'âne dans la peau du lion ; je ne pouvais gronder dans la langue des îles Gilbert ; mais je pouvais le foudroyer du regard. Karaïti déclara qu'il n'avait pas voulu m'offenser ; il s'excusa d'une façon bien fondée, chaleureuse, et comme un gentleman, et fut tout de suite à son aise. Il avait chez lui un poignard à vérifier et nous dit qu'il viendrait le lendemain nous le faire estimer, parce que c'était aujourd'hui dimanche ; ce scrupule chez un païen avec huit épouses me surprit. Le poignard était « bon pour tuer le poisson », dit-il avec malice ; et il était censé avoir l'œil sur les poissons à deux pattes. Il est assez étrange que, dans la Polynésie orientale, le poisson soit l'euphémisme reçu par lequel on désigne les sacrifices humains. Interrogé sur la population de son île, Karaïti appela ses vassaux qui l'attendaient assis au-dehors, et ils l'estimèrent à quatre cent cinquante habitants ; mais (ajoute Karaïti d'un air jovial), il y en aura bientôt beaucoup plus, car toutes les femmes sont en train d'accroître leur famille. Bien avant que nous nous séparions, j'avais complètement oublié son insulte. Lui, cependant, en gardait le souvenir ; et par une inspiration très courtoise revint le lendemain de bonne heure, nous fit une longue visite et nous fit en partant des adieux pointilleux.

Lundi 29 juillet. — Le grand jour arriva enfin. Aux premières heures, la nuit tressaillit du bruit des mains qui claquaient et du chant de Nei-Kamaunava ; son rythme lent, mélancolique et quelque peu menaçant, rompu de temps à autre par une exclamation formidable. Cette petite parcelle d'humanité qui célébrait ainsi les heures de la nuit, fut aperçue à midi, jouant sur la prairie, dans une complète nudité, loin des regards et insouciante.

La résidence d'été, sur son îlot artificiel, se détachant sur le lagon étincelant, étincelante elle-même sous le soleil et sous son revêtement de tôle, fut pendant tout le jour remplie d'hommes et de femmes impatients. A l'intérieur, elle regorgeait d'insulaires de tous âges et de toutes tailles, et dans tous les degrés de nudité et de parure. Nous étions si tassés qu'à un moment j'avais sur mes genoux une grande belle femme et derrière moi deux moutards entièrement nus, les pieds appuyés contre mon dos. On pouvait voir une dame revêtue de tous ses atours : *holoku,* chapeau et guirlandes de fleurs ; et sa voisine, l'instant d'après, faire glisser de ses épaules un bout de chemise et apparaître, monument de chair, dessiné plutôt que couvert par le *ridi* « large comme un cheveu ». On voyait de petites dames qui se trouvaient trop grandes pour paraître sans voiles dans une si grande fête, s'arrêter un instant au-dehors, en plein soleil, leur ridi minuscule à la main ; un moment après elles étaient complètement habillées et pénétraient dans la salle de concert.

A chaque extrémité, les compagnies de chanteurs alternées se levaient pour chanter ou s'asseyaient pour se reposer ; Kuma et la Petite Makin au nord, Butaritari et ses villages réunis au sud ; les deux groupes, remarquables par leur air de bravoure barbare. Au milieu, un banc était placé entre ces deux camps de troubadours rivaux ; c'est là que trônaient le Roi et la Reine, à deux ou trois pieds du sol où trônait l'assistance — Tebureimoa, comme d'habitude, dans son pyjama rayé, une gibecière en bandoulière, destinée probablement (à la mode des îles), à contenir ses pistolets ; la Reine, dans un *holoku* de pourpre, son abondante chevelure dénouée, un éventail à la main. Le banc était tourné, face aux étrangers, comme une preuve d'amabilité et quand ce fut au tour de Butaritari de chanter, le couple dut se tortiller sur son bac, appuyer ses coudes à la rampe, et nous offrir le spectacle de ses larges dos. Le ménage royal se consolait à l'occasion avec une pipe d'argile ; et le prestige de l'Etat achevait d'être rehaussé par les fusils d'un piquet de gardes.

La monarchie dans cette attitude, et nous-mêmes pressés sur le sol, nous entendîmes plusieurs chants des deux côtés. Puis, leurs Royautés se retirèrent avec leurs gardes et le fils de la reine Victoria et sa belle-fille furent portés avec des acclamations sur le trône vacant. Notre fierté se trouva seulement un peu atteinte quand nous nous vîmes rejoints à ces places éminentes par un blanc, sorte de vagabond sans le sou ; d'un autre côté, je m'en réjouis, car il baragouinait quelques mots du pays et put me donner quelque idée du sujet des chants. L'un était patriotique et excitait à une invasion Tembinock d'Apemama, la terreur du groupe. L'un mêlait la plantation du taro à la moisson de chez nous. Quelques-uns étaient historiques et célébraient les rois et les faits illustres de leur temps tels que des parties de boire ou des guerres. L'un, tout au moins, était un drame d'un intérêt domestique, extrêmement bien joué par la troupe de Makin. Il disait l'histoire d'un homme qui avait perdu sa femme, pleurait d'abord sa perte puis en épousait une autre ; les premiers couplets (ou actes) sont joués exclusivement par des hommes ; mais à la fin, une femme apparaît qui vient de perdre son mari ; et je suppose que le couple se console ensemble car le finale semble d'heureux augure. A propos de quelques-uns de ces chants, mon cicerone me dit sommairement qu'il « s'agissait de femmes... ». J'aurais pu le deviner tout seul. Chaque côté, eût-on dit, était renforcé par une ou deux femmes. C'étaient toutes des solistes ; elles ne chantaient pas très souvent dans l'ensemble, mais se tenaient, librement, à l'arrière-plan de l'estrade et ressemblaient absolument (avec leur *ridi*, leurs colliers et leurs cheveux relevés), à des danseuses de ballet européennes. Quand le chant était quelque peu grossier, ces dames venaient se placer en avant ; et c'était curieux de voir que, après chaque entrée, la *première danseuse* simulait une extrême confusion comme si elle s'était laissé entraîner au-delà de ses intentions, et ses partenaires mâles feignaient de la chasser comme quelqu'un qui s'est disqualifié. Des affectations de ce genre accompagnent certaines danses vraiment risquées à Samoa où elles sont à leur place. Ici c'était différent. Peut-être les paroles, en ces libres contrées, étaient-elles assez grossières pour faire rougir un charretier ; mais la figure la plus suggestive était cette feinte de honte. Les femmes montraient assez de dispositions dans cette partie : elles étaient impertinentes, elles étaient pimpantes, elles étaient acrobates, elles étaient parfois vraiment amusantes et quelques-unes d'entre elles étaient jolies. Mais ceci n'est pas du domaine de l'artiste ; il y a toute l'étendue du ciel entre ces entrechats et ces œillades et les gestes rythmés, étranges, les étranges, ravissantes et délirantes expressions avec lesquelles les danseurs mâles nous retinrent, fascinés, tout le temps d'un ballet des îles Gilbert.

Presque dès le début, il fut évident que le peuple de la ville avait le dessous. Je les aurais trouvés bons si je n'avais pas eu l'autre troupe sous les yeux pour corriger mon arrêt et me rappeler continuellement « *le rien de plus et tout ce que cela fait...* ». Se sentant battu, le chœur de Butaritari se troubla, s'embrouilla et resta court. Au milieu de ce grabuge de mesures étranges, je n'aurais pas, quant à moi, remarqué la faute ; mais l'assistance ne fut pas longue à la relever et à s'en moquer. Pour couronner le tout, la troupe de Makin commença une danse d'un mérite vraiment supérieur. J'ignore de quoi il s'agissait ; j'étais trop absorbé pour le demander. Dans un acte, une partie du chœur, criant dans une sorte d'étrange fausset, produisait étonnamment l'effet de nos orchestres ; dans un autre, les danseurs, sautant comme des diables en boîtes, les bras étendus, se mêlaient et s'entremêlaient avec une rapidité, un précision, une fougue extraordinaires. Je n'ai jamais rien vu d'un effet aussi risible ; dans n'importe quel théâtre européen, la salle eût croulé ; mais les spectateurs insulaires éclataient en rires et en applaudissements. Cela fit déborder la coupe pour la troupe rivale et ils oublièrent toute tenue. Après chaque acte ou chaque figure de ballet, les acteurs s'arrêtent un instant, debout, et ceux qui suivent sont introduits par des applaudissements en triolets. Ils ne s'assoient pas jusqu'à la fin de tout le ballet, ce qui alors, seulement, permet aux concurrents de se lever. Mais maintenant, toutes les règles étaient violées. Durant l'intervalle qui suivit ces applaudissements, la troupe de Butaritari sauta sur ses pieds, et, sans grâce aucune, se lança dans un spectacle de sa façon. Ce fut une chose étrange de voir les hommes de Makin les contempler avec stupeur ; j'ai vu en Europe un ténor affronter avec un regard pareil les sifflets d'une salle ; mais cette fois, à ma grande surprise, ils reprirent leur calme, renoncèrent au reste de leur ballet, retournèrent à leurs sièges, et laissèrent leurs peu galants adversaires continuer jusqu'à la fin. Mais rien ne leur suffit. De nouveau, au premier intervalle, Butaritari intervint avec le même manque de délicatesse ; Makin, irrité à son tour, suivit l'exemple ; et les deux troupes de danseurs restèrent debout en permanence, claquant des mains continuellement et se coupant régulièrement à chaque pause. Je m'attendais d'un moment à l'autre à des coups ; et notre position, au beau milieu, était des moins stratégiques. Mais les gens de Makin eurent une meilleure inspiration ; et à la prochaine interruption, ils tournèrent bride et sortirent en masse de la salle. Nous les suivîmes, premièrement parce qu'ils étaient les vrais artistes ; deuxièmement parce qu'ils étaient des invités et avaient été bassement maltraités. Un grand nombre de nos voisins fit de même, de sorte que la jetée fut couverte d'un bout à l'autre par une procession des déserteurs ; et le chœur de Butaritari fut laissé, chantant pour son propre plaisir dans une salle vide, ayant gagné le but et perdu l'auditoire. Ce fut sûrement une bonne fortune qu'il n'y eût là aucun ivrogne ; mais, ivre ou non, où donc une scène aussi irritante se fût-elle terminée sans coups ?

C'est nous qui pourvûmes à la dernière phase et au dernier éclat de cette journée de bon augure par la seconde et dernière exhibition des « fantômes ». Tout autour de l'église, des groupes étaient assis dans la nuit d'où ils ne pouvaient rien voir ; peut-être confus d'entrer, goûtant certainement quelque obscur plaisir dans la seule proximité de la fête. A l'intérieur, la moitié environ du vaste hangar était bondée de monde. Au centre, sur le dais royal, les lanternes fumaient, lumineuses ; un rayon de lumière éclairait la grave contenance de notre Chinois, occupé à moudre l'orgue de barbarie ; une lueur plus faible dessinait les poutres et leurs ombres dans le creux de la toiture ; les images brillaient et s'évanouissaient sur l'écran, et à l'apparition de chacune d'elles, un « chut » courait à travers la foule, suivi d'un murmure et d'un long frémissement. Le contre-maître d'une goélette naufragée était assis à côté de moi : « Ils trouveraient le spectacle étrange en Europe ou aux Etats-Unis — me dit-il, — se déroulant dans un édifice comme celui-ci, tout attaché avec des bouts de ficelle ! »

CHAPITRE VII

Mari et femme

Le trafiquant, accoutumé aux mœurs de la Polynésie orientale, reçoit un enseignement aux îles Gilbert. Le *ridi* n'est qu'une parure légère. Il y a trente ans encore, les femmes allaient jusqu'à leur mariage sans aucun vêtement ; la coutume a mis dix ans à disparaître, et ces faits, surtout vus à travers les descriptions des voyageurs, propagèrent une idée très fausse des mœurs de ce groupe. « Paradis de femmes », comme le nommait un missionnaire ; c'était un Paradis tout platonique. Depuis 1860, quarante blancs ont péri sur une seule île, tous pour la même raison, tous découverts là où ils n'avaient rien à faire, et transpercés par la lance de quelque père de famille indigné. L'étrange persistance de ces quarante martyrs semble causée par la monomanie ou par des passions romantiques : le gin en est la cause plus vraisemblable. Au lieu d'un Paradis, le trafiquant trouve un archipel de maris farouches et de femmes vertueuses. « Bien entendu, — observait l'un d'eux ingénument — si vous voulez leur faire la cour, il en va là comme partout ailleurs » ; mais ses compagnons et lui s'y risquaient rarement.

Il faut d'ailleurs accorder au négociant cette vertu : il fait souvent un bon et loyal mari. J'ai rencontré sur ma route quelques-uns des pires écumeurs de mer, les derniers de la vieille école ; quelques-uns étaient parfaits vis-à-vis de leurs femmes indigènes, et l'un d'eux fit un veuf désespéré. D'ailleurs rien n'est plus digne d'envie que la position d'une femme de négociant dans les Gilbert. Elle partage les privilèges de son époux. Le couvre-feu, à Butaritari, sonne en vain pour elle. Longtemps après que la cloche a sonné, et que les grandes dames de l'île sont retenues pour la nuit sous leur propre toit, elle peut, légalement libre, courir et folâtrer à travers les rues désertes ou descendre se baigner dans l'obscurité. Les ressources du magasin sont à sa disposition ; elle va, parée comme une reine, et se nourrit chaque jour de festins délicats, servis dans des plats d'étain. Et elle, qui n'avait peut-être parmi les naturels ni rang ni considération, s'asseoit avec des capitaines et est reçue à bord des goélettes. Cinq de ces dames privilégiées furent, un temps, nos voisines. Quatre d'entre elles étaient de belles et capricieuses filles, et sujettes, comme des enfants, à des accès de bouderie. Elles portaient des robes pendant le jour, mais avaient une tendance quand venait la nuit, à secouer ces vêtements d'emprunt, à courir et chanter à travers l'établissement dans le *ridi* aborigène. Elles jouaient sans cesse aux cartes avec des coquillages comme jetons. Elles altéraient souvent les règles en trichant ; et chaque partie (surtout si un homme en était), se terminait régulièrement par une dispute à propos des jetons. La cinquième était une matrone. C'était une scène à peindre de la voir, le dimanche, se diriger vers l'église, une ombrelle à la main, une nourrice suivant, et le baby, enseveli sous un chapeau bourgeois et armé d'un biberon breveté. L'office était égayé par la façon dont elle surveillait sa suivante et ne cessait de la corriger. Il était impossible de ne pas se représenter le baby comme une poupée et l'église comme quelque salle de jeu européenne. Toutes ces femmes étaient légitimement mariées. Il est vrai que le contrat de l'une d'elles, qu'elle nous exhiba avec orgueil, portait cette clause, qu'elle était « mariée pour un jour » et que son gracieux partenaire était libre de « l'envoyer au diable » le lendemain ! Mais cette lâche ruse ne la rendait ni meilleure ni pire. Une autre, me dit-on, fut mariée sur une de mes œuvres, dans une édition de contrefaçon qui tint lieu de Bible. Malgré la séduction de ces distinctions sociales, la qualité des aliments et le prix des vêtements, l'abstention relative de tout travail et le mariage légitime contracté sur une édition plagiaire, le trafiquant est parfois obligé de chercher longtemps avant de pouvoir se marier. Quand j'étais dans le groupe, l'un d'eux, au bout de huit mois de recherches, était encore célibataire !

Dans la société strictement indigène, les vieilles lois et coutumes étaient sévères, mais non sans un certain caractère de magnanimité. Toute trahison conjugale avérée était punie de mort ; un enlèvement affiché était, par comparaison, un acte de vertu et puni d'une amende en terres. Il est de bonne éducation pour un homme jaloux de se pendre ; une femme jalouse a un autre remède — elle mord sa rivale ! Le *ridi* est considéré comme un emblème sacré. Supposez qu'à Butaritari un lopin de terre soit l'objet de contestations, le prétendant qui, le premier, aura accroché un *ridi* sur le poste tabou aura gagné sa cause, étant donné que personne autre que lui-même n'a le droit d'y toucher et de le changer de place.

Le *ridi* est l'attribut non de la femme, mais de l'épouse ; la marque, non de son sexe, mais de son état. C'est le collier au cou de l'esclave ; l'empreinte sur la marchandise. A l'heure qu'il est, encore, Karaïti appelle ses huit épouses « ses chevaux », quelque négociant lui ayant expliqué l'emploi qu'on faisait de ces animaux dans les fermes ! Et Nanteitei embauchait les siennes pour des travaux de maçonnerie. Les maris, tout au moins ceux d'un rang élevé, avaient droit de vie ou de mort sur leurs épouses ; des blancs mêmes semblent l'avoir possédé ; et leurs femmes, quand elles étaient tombées dans une faute impardonnable, se hâtaient de prononcer la formule de conjuration : *I kana kim.* Ces trois mots avaient une telle vertu qu'un criminel condamné qui les adressait au Roi à un certain jour, devait être relâché instantanément. C'est une offre d'abaissement, et, chose étrange, le contraire — l'imitation — est une insulte vulgaire commune en Grande Bretagne de nos jours. Je veux donner un aperçu d'une scène entre un trafiquant et sa femme gilbertine, maintenant un des plus anciens résidents, mais alors nouvellement arrivé dans le groupe.

— « Allez allumer du feu — dit le négociant — et quand j'aurai apporté cette huile, je ferai cuire un peu de poisson. »

La femme lui répond en grogant à la manière des îles.

— « Je ne suis pas un porc pour que vous vous adressiez à moi en grognant », dit-il.

— « Je sais que vous n'êtes pas un porc — dit la femme, — et aussi que je ne suis pas votre esclave. »

— « Certainement vous n'êtes pas mon esclave, et si vous ne tenez pas à rester avec moi vous ferez mieux de rentrer dans votre famille » — dit-il ; — « mais en attendant allez et allumez le feu ; et quand j'aurai apporté cette huile, je ferai cuire un peu de poisson. »

Elle alla comme pour obéir, et quand le négociant regarda ce qu'elle faisait, il vit qu'elle avait fait un tel feu que la cuisine était en flammes.

— « *I kana kim* », s'écria-t-elle quand elle le vit venir ; mais il n'en tint pas compte et la frappa avec une marmite ; le pied lui fendit le crâne, le sang jaillit, on la crut morte, et les naturels entourèrent la maison dans une attente pleine de menaces. Un autre blanc était présent, homme d'une plus vieille expérience. « Vous nous ferez tuer tous les deux si vous continuez ainsi », cria-t-il, elle avait dit « I kana kim ». Si elle n'avait pas dit « I kana kim », il aurait pu la frapper avec le chaudron. Ce n'est pas le coup qui avait fait le crime, mais le mépris d'une formule consacrée.

La polygamie, la vertu particulière des femmes, leur condition à demi-servile, leur réclusion dans les harems royaux, jusqu'à leur privilège de mordre, tout semble indiquer une société mahométane et l'opinion que les femmes n'ont pas d'âme. Il n'en est rien. C'est une pure apparence. Après que vous avez étudié ces extrêmes dans un intérieur, vous pouvez, dans un autre, trouver tout l'opposé, la femme toute-puissante, et l'homme seulement le premier de ses esclaves. L'autorité ne vient pas de l'homme en lui-même ni de la femme en elle-même. Il vient de ce qu'il est chef et de ce qu'elle est cheffesse ; de ce que lui ou elle a hérité des terres du clan, et se trouve lié aux hommes du clan par des liens de parenté, leur imposant le service, responsable de leurs amendes. Voilà l'unique source du pouvoir, le seul fondement de la dignité : le rang. Le Roi épousa une cheffesse ; elle devint sa servante et dut travailler de ses mains à la jetée de MM. Wightman. Le roi divorça avec elle ; immédiatement elle reprit son ancienne condition et son pouvoir. Elle a épousé un matelot hawaïen ; cet homme est son valet et peut être mis à la porte à son gré. Bien mieux, ces seigneurs de basse extraction reçoivent même des corrections corporelles et comme des enfants, grands mais obéissants, ils doivent se soumettre à la discipline.

Nous étions intimes dans une maison de ce genre, celle de Nei-Takauti et Naa Tok' ; je cite la femme en premier, comme de juste. Pendant huit jours d'un paradis imaginaire, Mrs. Stevenson avait été seule chercher des coquillages sur le rivage de l'île. Je suis sûr que c'était très imprudent, et bientôt, elle s'aperçut qu'un homme et une femme la surveillaient. Quoi qu'elle fît, ses gardiens ne la perdaient pas de vue ; et quand le jour commença de décliner, et qu'ils jugèrent qu'elle était restée là assez longtemps, ils la persuadèrent de rentrer et par des signes et des mots anglais entrecoupés, ils la ramenèrent à la maison. En route, la dame enleva de son trou à boucle d'oreille une pipe d'argile, le mari l'alluma et la tendit à ma malheureuse femme qui ne savait comment se soustraire à cette incommode faveur ; et quand ils furent tous arrivés chez nous, le couple s'assit auprès d'elle sur le sol et paracheva la rencontre par des prières. Depuis lors ils furent nos amis ; trois fois par jour ils nous apportaient les magnifiques guirlandes de fleurs blanches des îles ; ils nous visitaient tous les soirs, et souvent ils nous emmenaient à leur tour jusqu'à leur maniap', la femme conduisant Mrs. Stevenson par la main, comme font les enfants entre eux.

Nan Tok', le mari, était jeune, extrêmement beau, de la plus inaltérable bonne humeur, et souffrant, dans sa condition précaire, de sentir ses ambitions annihilées. Nei-Takauti, la femme se faisait vieille ; son fils, né d'un premier mariage, venait de se pendre de désespoir sous ses yeux, à la suite d'une réprimande bien méritée. Elle n'avait sans doute jamais été belle, mais ses traits étaient pleins de caractère, et ses yeux pleins d'un sombre feu. C'était une grande-cheffesse, mais, par une exception étrange chez une personne de son rang, elle était petite, mince, nerveuse, avec de petites mains maigres et un cou en cordes. Elle était, le soir, invariablement vêtue d'une chemise blanche, — et comme parure, des feuilles vertes (ou parfois des fleurs blanches), fixées dans ses cheveux et passées à travers ses larges trous d'oreilles, Le mari, au contraire, changeait à vue d'accoutrement, comme un kaléidoscope. Quelque jolie chose que ma femme offrît à Nei-Takauti, — un collier de perles, un ruban, un bibelot brillant, — le lendemain soir, elle apparaissait sur la personne de Nan Tok'. Il est clair qu'il n'était qu'une housse ; qu'il portait la livrée ; qu'en un mot, il était, la femme de sa femme. Ils renversèrent les rôles d'ailleurs jusqu'aux plus extrêmes limites ; à l'heure de l'épreuve, c'est le mari qui remplit le rôle de l'ange tutélaire, tandis que la femme déploya l'apathie et le manque de cœur proverbiales de l'homme.

Quand Nei-Tahauti avait mal à la tête, Nan-Tok' était plein de soins et d'attentions. Quand son mari avait un rhume ou une rage de dents, la femme ne le remarquait que pour s'en moquer. C'est toujours le rôle de la femme de bourrer et d'allumer la pipe ; Nei-Takauti tendait la sienne, en silence, au page conjugal ; mais elle la portait elle-même comme si ledit page n'était pas digne d'une confiance absolue. C'est elle qui gardait l'argent tandis qu'il faisait les courses, anxieux et diligent. Un nuage sur son visage obscurcissait instantanément ses yeux lumineux ; lors d'une visite matinale à leur maniap', ma femme vit qu'il avait quelques raisons de bien se tenir. Nan-Tok' avait avec lui un ami, jeune étourdi de son âge et ils avaient travaillé ensemble, dans cet état d'excitation joyeuse où les conséquences des actes sont rarement calculées. Nei-Takauki prononça son propre nom. A l'instant, Nan-Tok' éleva deux doigts et son ami de même, tous deux dans une extase feinte. Il était évident que la dame avait deux noms ; et à en juger par leur gaieté et par le courroux qui plissa son front, il devait y avoir quelque chose de critique dans le second. Le mari le prononça ; une noix de coco, bien dirigé par la main de la femme l'atteignit aussitôt à la tête ; et les voix et la gaieté des deux jeunes indiscrets s'éteignirent pour le reste de la journée.

Les habitants de la Polynésie orientale ne sont jamais en défaut ; leur étiquette est absolue et complète ; dans n'importe quelle circonstance elle leur enseigne ce qu'il y a à faire et comment. Les Gilbertins sont plus libres, et (comme nous-mêmes), payent leur liberté par de fréquentes perplexités. C'était souvent le cas pour ce couple paradoxal. Nous leur avions une fois, au cours d'une visite, offert une pipe et du tabac, et quand ils eurent fumé et voulurent se retirer, ils se trouvèrent en face d'un problème : devaient-ils prendre ou laisser ce qui restait de tabac ? Ils ramassèrent ce reste, le remirent à sa place, se le passèrent, le déposèrent de nouveau, argumentèrent jusqu'à ce que la femme eût l'air tout à fait hagard et le mari vieilli par l'angoisse. Ils finirent par le prendre et je parie qu'à peine sortis de l'établissement ils étaient sûrs d'avoir agi contre les règles. Une autre fois, nous leur avions versé libéralement, à chacun, une tasse de café et Nan-Tok' vint à bout de la sienne sans joie et avec de grandes difficultés. Nei-Takauti en avait bu un peu, et peu disposée à l'achever, sentant que ce serait une marque de mauvaise éducation de laisser sa tasse inachevée, ordonna à son suivant conjugal de finir ce qui restait. « J'ai avalé tout ce que je pouvais, je ne puis en avaler davantage, c'est une impossibilité physique », semblait-il dire ; et son chef sans pitié réitérait ses ordres avec de secrets et impérieux signaux. Pauvre chien infortuné ! mais la simple humanité nous fit venir à la rescousse et enlever les tasses.

Je ne puis m'empêcher de sourire au souvenir de ce drôle d'intérieur ; et pourtant je me rappelle ces bonnes âmes avec affection et respect. Leurs attentions pour nous étaient surprenantes. Les guirlandes sont très estimées ; les fleurs doivent en être cherchées très loin ; et quoiqu'ils eussent beaucoup de subalternes à même de les aider, nous les vîmes souvent parcourir les champs en quête de ces fleurs et la femme les tressant de ses propres mains. Ce n'est pas le manque de cœur, mais cette insouciance, si particulière aux maris, qui lui faisait mépriser les souffrances de Nan-Tok'. Quand ma femme fut souffrante, elle se montra une garde diligente et douce ; et le couple, au grand embarras de la patiente, s'implanta sans en plus bouger, dans sa chambre de malade. Cette rude, capable, impérieuse vieille dame, avec ses yeux farouches, avait des qualités profondes et tendres. Elle semblait dissimuler la fierté que lui inspirait son jeune mari, dans la crainte, peut-être, de le gâter ; et lorsqu'elle parlait de son fils mort, quelque chose de tragique passait sur sa figure. Pourtant je crus discerner chez les Gilbertins une certaine virilité dans les sentiments qui (ainsi que leur langue âpre et rude) les distingue de leurs pères des Iles orientales.

Quatrième partie

LES GILBERT
APEMAMA

CHAPITRE PREMIER

Le Roi d'Apemama : un négociant royal

Il y a un grand personnage dans les Gilbert : Tembinok' d'Apemama ; seul en évidence, le héros des chants, le pivot des conversations. Dans le reste du groupe, les rois ont été massacrés ou sont tombés en tutelle : Tembinok' seul demeure, dernier tyran, dernier vestige encore debout d'une société disparue. Les blancs sont partout ailleurs, se construisant des maisons, buvant leur gin, se tirant d'affaire avec les faibles gouvernements insulaires. Il n'y a qu'un blanc à Apemama, tout juste toléré, vivant loin de la cour, épié et surveillé comme une souris sous la patte d'un chat. A travers toutes les autres îles, un flot de visiteurs indigènes va et vient, voyageant par bandes, prolongeant ce voyage pendant des années. Apemama, seule, est laissée de côté, le touriste redoutant de se risquer à portée de la griffe de Tembinok'. Et la crainte de cette Gorgone les suit et les trouble jusque chez eux. Maiana lui paya une fois le tribut ; il envahit son territoire et s'empara de Nonuti : premier pas vers l'empire de l'archipel. Un navire de guerre anglais étant apparu sur la scène, le conquérant fut obligé de dégorger ; sa carrière, dès le début, se trouva en échec, son arsenal de guerre, si chèrement acheté, tomba au fond de son propre lagon. Mais l'impression avait été produite ; la crainte qu'il inspire agite encore périodiquement les îles ; la rumeur publique le dépeint rassemblant ses canots en vue d'une nouvelle invasion ; la même rumeur dit même à quelle destination ; et Tembinok' figure dans les chants de guerre patriotiques des Gilbert comme Napoléon dans ceux de nos grands-pères.

Nous étions en mer, partis de Mariki, à destination de Nonuti et Tapituea, quand un vent favorable se leva soudain et nous poussa vers Apemama. Notre itinéraire fut immédiatement modifié ; tous les bras furent employés à nettoyer le bateau, les ponts passés à la pierre ponce, les cabines lavées, les magasins soigneusement inspectés. Durant toute notre croisière, jamais l'*Équateur* n'avait été pomponné comme il le fut pour Tembinok'. Et le capitaine ne fut pas le seul à faire de ces coquetteries ; car une autre goélette étant, par hasard, arrivée pendant mon séjour à Apemama, je constatai qu'elle aussi avait fait du « dandysme » à cette occasion. Ce sont les deux seuls cas de ce genre que me rappellent mes souvenirs des mers du Sud.

Nous avions à bord une famille de touristes indigènes, depuis l'aïeul jusqu'au baby en maillot, s'efforçant (à travers une incroyable série de malchances) de regagner leur île natale de Peru [1]. Cinq fois déjà ils avaient payé leur traversée et pris le bateau ; cinq fois ils avaient été déçus, débarqués sans un sou sur des îles étrangères, ou ramenés à Butaritari, leur point de départ. Cette dernière tentative n'avait pas été plus heureuse ; leurs provisions étaient épuisées. Il n'était plus question d'atteindre Peru, et ils avaient gaiement pris leur parti d'un nouveau séjour d'exil à Tapituea ou Nonuti. Avec cette saute de vent, leur but hasardeux fut, une fois de plus, modifié ; et comme le pilote du Calendar, quand les « montagnes noires » apparurent, ils changèrent de couleur et se frappèrent la poitrine. Leur campement qui était dans l'entrepont résonna de leurs lamentations. Ils seraient mis au travail ! ils

1. Du groupe Gilbert.

seraient réduits en esclavage ! tout espoir de fuite était vain ; il leur faudrait vivre, travailler et mourir à Apemama, dans l'antre du tyran. Ils terrifièrent si bien leurs enfants avec des discours de ce genre que l'un d'eux, un grand garçon dégingandé, dut être emporté de sur le pont, tout en larmes. Leurs terreurs n'avaient aucun fondement. J'ai tout lieu de croire qu'on les abandonna à leur paresse et je puis assurer qu'on les traita avec bonté et générosité. Car, environ un an après, je me trouvai être de nouveau compagnon de bord de ces instables vagabonds, sur le *Janet-Nicoll*. Leur traversée était payée par Tembinok' ; eux que l'*Equateur* avait débarqués, dénués de tout, reparurent sur le *Janet* avec des vêtements neufs, chargés de nattes et de présents, emportant avec eux un magasin de vivres sur lesquels ils vécurent, tout le long du voyage, comme des coqs de combat ; je les vis, à la fin, rapatriés, et je dois dire qu'ils montrèrent plus de chagrin en quittant Apemama que de joie en retrouvant leur patrie.

Nous arrivâmes par le passage du Nord (le dimanche 1er septembre), louvoyant entre les récifs. C'était un jour de soleil équatorial, féroce ; mais la brise était forte et fraîche ; et le second, qui inspectait la goélette de fond en comble, remonta en grelottant sur le pont. Le lagon se soulevait en d'innombrables petites vagues multicolores ; le mugissement continu du large résonnait tout autour du mouillage ; et le long et profond croissant des palmiers s'ébouriffait et étincelait sous le vent. En face de nous, le rivage était dominé à quelque distance par une terrasse de corail blanc de sept à huit pieds de haut ; elle-même, couronnée par les constructions éparpillées et hétéroclites du palais. Le village se déploie au Sud, groupe de maniap's aux hautes toitures. Et village et palais semblaient déserts.

Et voici qu'à peine étions-nous amarrés, des figures lointaines et affairées surgirent sur la plage, une embarcation fut mise à l'eau et un équipage se dirigea vers nous à force de rames, apportant l'échelle du Roi. Tembinok' ayant eu une fois un accident, a toujours redouté depuis, de risquer sa personne sur les échelles vermoulues des bateaux marchands des mers du Sud, et il imagina, en conséquence, un cadre de bois qu'on apporte à bord sitôt qu'un navire apparaît et qui demeure accroché à son flanc jusqu'à ce qu'il reparte. L'équipage du canot, ayant placé son engin, regagna de suite le rivage. Ils n'avaient pas le droit de venir à bord ; nous n'avions pas davantage celui de descendre à terre, sans risquer une offense aux usages ; le Roi seul pouvait nous y autoriser. Un temps s'écoula pendant lequel le dîner fut différé pour le Grand Homme ; le prélude de l'échelle, nous donnant quelque pressentiment de sa corpulence et de son caractère ingénieux et sensé, avait aiguisé au plus haut point notre curiosité ; et ce fut avec une réelle excitation que nous vîmes la plage et la terrasse subitement couvertes de vassaux, le Roi s'embarquer avec sa suite, l'embarcation (une chaloupe de cuirassé), voler vers nous, tenant tête au vent, et le royal patron nous aborder adroitement, monter à l'échelle avec une défiance jalouse et descendre lourdement sur le pont.

Il était alors envahi par la graisse et, la vue obscurcie, un fardeau pour lui-même. Depuis, des capitaines qui visitaient l'île, lui ont conseillé de marcher ; et quoiqu'il dût rompre pour cela avec les habitudes de sa vie et les traditions de son rang, il pratiqua le remède avec profit. Sa corpulence est, maintenant, supportable ; il est plutôt robuste que gros ; mais sa démarche est toujours lourde, trébuchante et éléphantine. Il ne s'arrête ni ne se presse jamais, mais vaque à ses affaires avec une décision implacable. Jamais nous ne le vîmes sans être frappés de ses extraordinaires dispositions naturelles pour la scène ; un profil en bec d'aigle rappelant le masque du Dante, une crinière de longs cheveux noirs, l'œil brillant, impérieux et scrutateur : pour qui eût su en jouer, un tel physique était une fortune. Sa voix le complétait bien, aiguë, puissante, fantastique, avec des notes d'oiseau de mer. Là où il ne règne pas de modes, personne qui les lance, peu qui les suivraient si elles étaient lancées et personne pour les critiquer, il s'habille — comme Sir Charles Grandison vivait, — « selon son propre cœur ». Tantôt il porte une robe de femme, tantôt un uniforme de marine ; parfois (et le plus souvent), un déguisement de sa propre invention : des pantalons et une jaquette singulière avec des pans de chemise ; la coupe étonnante pour un travail insulaire, l'étoffe toujours belle, quelquefois de velours vert, quelquefois d'une soie rouge cardinal. Ce costume lui sied à ravir. En robe de femme il paraît incroyablement sombre et menaçant. Je le vois encore venir vers moi, sous le cruel soleil, solitaire, comme un héros d'Hoffmann.

Une visite à bord, comme celle que nous recevions, est une partie importante et la principale distraction de la vie de Tembinok'. Il n'est pas seulement le seul Maître, il est le seul marchand de son triple royaume, Apemama, Aranuka et Kuria, îles fertiles. Le taro va aux chefs qui le partagent à leur guise entre leur suite immédiate ; mais certains poissons, les tortues — qui abondent à Kuria — et la récolte entière des cocotiers sont la propriété exclusive de Tembinok'. « Tout cobra [1] à moi », observe Sa Majesté, avec un signe de la main ; et il le compte et le vend par maisons pleines. « Vous avez du copra, Roi ? » entendis-je un commerçant lui demander. « J'en ai deux, trois maisons », — répondit Sa Majesté, — « je crois trois ». De là, l'importance commerciale d'Apemama, le commerce de trois îles étant concentré là dans une seule main ; de

1. *Copra :* le noyau séché de la noix de coco ; l'article de commerce le plus important dans les îles du Pacifique.

là, l'impossibilité qu'ont rencontrée tant de blancs d'y acquérir ou d'y conserver un établissement. Voilà pourquoi les vaisseaux sont parés, pourquoi les cuisiniers reçoivent des ordres spéciaux et pourquoi les capitaines se répandent en sourires pour saluer le Roi. S'il est satisfait du menu et de l'accueil qu'il a reçu, il peut rester des jours à bord et chaque jour, et parfois chaque heure, rapporte quelque profit au bateau. Il oscille entre la cabine où des mets étranges lui sont servis et l'entrepôt des marchandises où il jouit du plaisir d'acheter sur une échelle en rapport avec sa corpulence. Quelques courtisans obséquieux veillent à la porte, guettant son moindre signe. Dans la chaloupe qui a été suspendue à l'arrière, une ou deux de ses femmes gisent, abritées du soleil par des nattes, ballottées par les vagues courtes du lagon et endurant des agonies de chaleur et d'ennui. Cette sévérité se relâche de loin en loin et elles sont alors admises à bord. Trois ou quatre d'entre elles reçurent cette faveur le jour de notre arrivée : de substantielles « ladies », vêtues de *ridis* vaporeux. Chacune avait une ration de copra, son *peculium,* dont elle devait disposer à son gré. L'étalage du magasin, — les chapeaux, les rubans, les robes, les parfums, les boîtes de saumon en conserve, — joie pour les yeux et convoitise pour la chair — ne les tentèrent pas. Elles n'avaient qu'une pensée : le tabac, monnaie des îles qui, pour eux, équivaut à des pièces d'or ; — elles en emportèrent une provision à terre, chargées mais heureuses ; et bien avant dans la nuit, nous les vîmes sur la terrasse royale, comptant les paquets au grand air, à la lueur d'une lampe.

Le Roi n'est pas un économiste de ce genre. Il est avide de choses nouvelles et étrangères. Des maisons et des maisons, des coffres et des coffres, dans l'enceinte du palais, sont bourrés de pendules, de boîtes à musique, de lunettes bleues, de parapluies, de tricots, de ballots d'étoffes, d'outils, de carabines, de fusils de chasse, de médecines, de comestibles européens, de machines à coudre et, ce qui est le plus extraordinaire, de poêles : tout ce qui a jamais frappé ses regards, excité son appétit, lui a plu pour son usage et l'a intrigué par son apparente inutilité. Et malgré cela, sa convoitise n'est pas encore satisfaite. Il est possédé par les sept démons du collectionneur. Qu'il entende parler d'une chose, une ombre s'étend sur son visage. « Je crois moi pas l'avoir », dira-t-il ; et les trésors qu'il possède perdent toute valeur en comparaison. Lorsqu'un navire met à la voile vers Apemama, le marchand se torture l'esprit pour apporter quelque nouveauté. Il la laisse négligemment traîner dans la pièce principale ou la dissimule à moitié dans sa propre cabine, en sorte que le Roi puisse la découvrir lui-même. « Combien en demandez-vous ? » dit Tembinok' en passant, désignant l'objet. « Non, Roi ; trop cher », réplique le commerçant. « Je pense qu'il me plaît », dit le Roi. C'était un bassin de poissons rouges. Une autre fois, c'était du savon parfumé. « Non, Roi ; cela coûte trop cher », dit le commerçant, « trop bon pour un Canaque. » — « Combien en avez-vous ? Je prends tout », réplique Sa Majesté, qui devint propriétaire de dix-sept boîtes de savon à deux dollars le pain. Ou bien encore, le marchand lui fait croire que l'article n'est pas à vendre, est propriété privée, un souvenir de famille ou un présent ; et la ruse réussit infailliblement. Contrariez le Roi et vous le tenez. Sa nature autocratique se cabre devant l'affront d'une opposition. Il la prend pour un défi ; serre les dents comme un chasseur qui fonce sur l'obstacle ; et sans manifester aucune émotion, pas même d'intérêt, en offre, stupidement, un prix de plus en plus élevé. C'est ainsi que, pour nos péchés, il fut séduit par le nécessaire de ma femme, chose complètement inutile pour un homme, et, lamentablement endommagé par des années de service. Un matin, de bonne heure, il vint dans notre maison, s'assit et, brusquement, nous offrit de l'acheter. Je lui dis que je ne vendais rien et que, de toute façon, le sac était le présent d'un ami; mais il était accoutumé de longue date à cette sorte de prétextes, savait ce qu'ils valaient et le cas qu'il convenait d'en faire. Adoptant ce qu'on appelle, je crois « la méthode objective », il sortit un sac d'or anglais, de couronnes et de demi-couronnes et commença à les empiler en silence sur la table, scrutant nos physionomies à chaque nouvelle pièce. En vain je continuais à protester que je n'étais pas un commerçant : il ne daigna pas répondre. Il devait y avoir environ vingt pounds sur la table, il allait toujours, et notre embarras commençait à se mêler d'irritation quand une heureuse idée vint à notre aide. Puisque Sa Majesté faisait un tel cas de ce sac, dîmes-nous, nous la priions de l'accepter en souvenir. C'était la chose la plus étonnante qui fût encore arrivée à Tembinok'! Il s'aperçut trop tard que son insistance était de mauvais ton; baissa la tête quelque temps en silence, puis, d'un air penaud : « Moi honteux », dit le tyran! C'est la première et la dernière fois que nous le vîmes confesser une erreur de conduite. Une demi-heure après, il nous envoya un coffre en bois de camphrier qui ne valait pas plus de quelques dollars, — mais Dieu sait combien Tembinok' avait dû le payer!

Rusé de nature et versé depuis quarante ans dans le gouvernement des hommes, il ne faut pas croire qu'il soit aveuglément trompé ni qu'il se soit résigné sans résistance à être la vache à lait des trafiquants qui passent. Ses efforts ont même été héroïques. Comme Nakaeia, de Makin, il a eu des goélettes à lui; plus fortuné que Nakaeia, il a trouvé des capitaines. Ses navires ont été jusqu'aux colonies. Il a trafiqué directement, sur ses propres bâtiments, avec la Nouvelle-Zélande. Et même ainsi, et là même, la malhonnêteté du blanc, qui enveloppe le monde entier, lui fit obstacle ; ses bénéfices furent anéantis, son bâtiment revint endetté, l'argent de l'assurance fut frauduleusement détourné, et le jour où le *Coronet* se perdit, il fut étonné de découvrir qu'il avait tout perdu avec. Sur ce, il rendit les armes ; avoua qu'il y aurait autant d'espoir à lutter avec les vents du ciel ; et, comme un mouton expérimenté, abandonna dès lors sa toison aux tondeurs. Il est l'homme du monde le moins disposé à gaspiller sa colère sur l'irrémédiable ; il l'accepte avec un sang-froid cynique ; ne réclame de ceux avec lesquels il traite qu'un peu de décence et de modération ; tâche de faire le meilleur marché possible ; et quand il se voit volé plus encore que de coutume, l'enregistre dans sa mémoire en face du nom du marchand. Il m'exhiba un jour une liste de capitaines et subrécargues avec lesquels il avait fait des affaires et qu'il avait classés sous ces trois en-têtes : « Il trompe un peu », — « Il trompe beaucoup », — et « Je crois qu'il trompe trop ». Il témoignait pour les deux premières classes d'une parfaite tolérance, de même quelquefois, — mais pas toujours, — pour la troisième. J'étais présent un jour qu'il avait des démêlés avec un marchand et je m'efforçais (ayant depuis l'histoire du sac une influence considérable), d'arranger les choses. Le jour même de notre arrivée, un accroc faillit se produire avec le capitaine Reid, dont la cause vaut la peine d'être racontée. Parmi les matières exportées spécialement pour Tembinok' se trouve un breuvage connu (et étiqueté) sous le nom de brandy Hennessy. Ce n'est ni un produit Hennessy ni du brandy ; il a vaguement la couleur de la cerise, mais n'est pas de la cerise ; il a goût de *kirsch*, mais n'est pas non plus du *kirsch*. Cependant, le Roi est habitué à cette marque étonnante et il est fier de son bouquet ; il considère la moindre substitution comme une double offense représentant une duperie à son endroit et un doute à l'endroit de la finesse de son palais. Une faiblesse semblable est d'ailleurs remarquable chez tous les connaisseurs. Il se trouva que la dernière caisse, vendue par l'*Equateur*, contenait un produit différent et, je le croirais volontiers, supérieur, et la conversation débuta assez mal pour le capitaine Reid. Mais Tembinok' est un homme modéré. On lui rappela, et il admit que tous les hommes sont sujets à l'erreur, et lui-même aussi; accepta l'idée qu'une faute, dûment reconnue, doit être pardonnée; et clôtura l'incident par cette offre : « Tuppoté[1] moi me tompé, vous pa'donnez moi. — Tuppote vous tompé moi, moi pa'donné vous. Moi meilleu'. »

Après un dîner et un souper dans la cabine, un verre ou deux de « Hennetti », — l'article authentique cette fois, avec le *kirsch bouquet* et cinq heures de flânerie dans le magasin, sa royauté s'embarqua pour retourner chez lui. En trois bordées, l'embarcation fut devant le palais; les femmes furent portées à terre sur le dos des vassaux; Tembinok' descendit sur une plate-forme à rails comme une passerelle de steamer et fut porté, à hauteur d'épaules, à travers les récifs, en haut de la plage, et, par un plan incliné, pavé de cailloux, vers la terrasse éblouissante où il demeure.

1. Supposez.

CHAPITRE II

Le Roi d'Apemama : fondation d'Equateur-Ville

Notre première entrevue avec Tembinok' était pour nous tous un sujet d'inquiétude, voire même d'alarme. Nous avions une faveur à obtenir ; nous devions l'approcher dans une attitude convenable de courtisans ; et il fallait lui plaire ou manquer le but principal de notre voyage. Notre désir était d'atterrir et de séjourner à Apemama, et de voir de plus près le singulier caractère de l'homme, et la singulière (ou plutôt ancienne) condition de son île. Dans toute autre île des mers du Sud, un blanc peut débarquer avec sa malle, s'installer pour le reste de ses jours s'il en a envie et s'il a de l'argent ou un commerce ; rien ne peut s'y opposer. Mais Apemama est une île fermée, posée là, sur la mer, portes closes ; et le Roi en personne, comme un vigilant officier, veille au guichet pour scruter et repousser les envahisseurs. De là tout l'attrait de notre entreprise ; non seulement parce qu'elle était un peu difficile, mais parce que cette quarantaine sociale, une curiosité en elle-même, en a préservé d'autres.

Tembinok', comme presque tous les tyrans, est un conservateur ; comme beaucoup de conservateurs, il accueille avec empressement les idées neuves et, excepté sur le terrain politique, incline aux réformes pratiques. Lorsque les missionnaires vinrent, professant la connaissance de la Vérité, il les reçut de bonne grâce, assista à leurs offices, prit l'habitude de la prière publique et se montra leur humble disciple. C'est ainsi, — par l'exploitation de semblables occasions de hasard — qu'il a appris à lire, à écrire, à calculer et à parler son étrange anglais, personnel, si différent du « Beach-la-Mar » habituel et tellement plus obscur, plus expressif et plus condensé. Son éducation ainsi accomplie, il trouva le temps de critiquer les nouveaux venus. Comme Nakaeia de Makin, il admire le silence de l'île ; veille sur elle comme une vaste oreille ; il a des espions qui, chaque jour, lui rendent compte de tout, et il préfère voir ses sujets chanter que parler. A ce compte, le service, et en particulier le sermon, devaient fatalement l'offenser. « Ici, dans mon île, *moi* pa'ler », me dit-il une fois ; « chefs à moi, pas pa'ler ; fai' ce que moi dis. » Il regarda le missionnaire et que vit-il ? « Ou Kanaka pa'ler dans glande maison ! » s'écriait-il avec un rire sarcastique. Cependant il endura ce spectacle subversif et aurait peut-être continué à l'endurer si un nouveau point de contestation ne se fût élevé. Il regarda encore, pour employer sa propre image ; et le Canaque ne parlait plus, il faisait pire — il bâtissait une maison de copra ! Le Roi était atteint dans ses principaux intérêts : revenus et prérogative étaient lésés ! De plus, il considérait (et d'autres pensent comme lui), que le commerce est incompatible avec les prétentions des missionnaires. « Tuppoté' mitonaire pense « bon homme : tlé bien. — Tuppoté' il pense : cobla pas bon ? Je l'ai lenvoyé bateau. » Telle fut son abrupte histoire des évangélisateurs d'Apemama.

De semblables déportations sont fréquentes : « Je l'ai lenvoyé bateau », est l'épitaphe d'un grand nombre, Sa Majesté payant le passage des exilés jusqu'à la première escale. Par exemple, étant passionnément friand de la cuisine européenne, il a plusieurs fois adjoint à son personnel des cuisiniers blancs qui tous, l'un après l'autre, ont été déportés. Ceux-ci, de leur côté, jurent qu'on ne leur payait pas leurs gages ; lui, du sien, assure qu'ils le volaient ou le trompaient outrageusement ; les deux choses étaient peut-être exactes. Un cas plus important fut celui d'un agent, délégué (m'a-t-on dit) par une maison de commerce, pour s'introduire dans les bonnes grâces du Roi, devenir, si possible, son premier ministre et diriger la traite du copra dans l'intérêt de cette maison. Il obtint la permission d'atterrir, pratiqua son système de séductions, fut patiemment écouté par Tembinok', se crut sur le chemin du succès et, voyez ! au premier navire qui toucha à Apemama, l'aspirant premier fut jeté dans une embarcation hissé à bord, — son passage payé, — et sur ce, bonsoir ! Mais il est inutile de multiplier les exemples ; c'est à manger le pudding qu'on goûte s'il est bon. Quand nous vînmes à Apemama, de tant d'hommes qui avaient lutté pour une place sur ce riche marché, un seul demeurait — un silencieux, sobre, solitaire, ladre reclus, de qui le Roi remarque : « Moi pense lui bon ; lui pas pa'ler. »

Je fus averti au début que nous pourrions fort bien échouer dans notre dessein ; mais pas un instant, je n'imaginai ce qui adviendrait et que nous serions laissés vingt-quatre heures en suspens, et à deux doigts de nous voir finalement repoussés. Le capitaine Reid s'était préparé ; sitôt que le Roi fut à bord, et la question « Hennetti » réglée à l'amiable, il procéda à l'expression de ma requête et à un exposé de mes titres et de mes vertus. La plaisanterie sur le fils de la Reine Victoria pouvait passer à Butaritari ; il ne pouvait en être question ici ; je figurai cette fois comme un des « Vieux-Hommes » de l'Angleterre : personnage d'un profond savoir, venu tout exprès pour visiter les états de Tembinok' et impatient d'en rapporter des récits à la non moins impatiente Reine Victoria. Le Roi ne répondit rien et commença à parler d'autre chose. C'était à croire qu'il n'avait pas entendu ou pas compris, si nous ne nous étions sentis les objets d'un examen constant. Comme nous étions à table, il nous entreprit l'un après l'autre, fixant sur chacun de nous, pendant près d'une minute, le même regard dur et pensif. Tandis qu'il nous dévisageait ainsi, il semblait s'oublier lui-même, et le sujet, et la société, et être entièrement absorbé par la suite de ses pensées ; ce regard était complètement impersonnel : j'ai vu le même dans les yeux de peintres de portraits. Les motifs qui ont fait déporter tant de blancs sont au nombre de quatre : ou ils trompaient Tembinok', ou ils se mêlaient de la vente du copra qui est la source de sa richesse et un des nerfs de son pouvoir, ou ils « pa'laient », ou ils se livraient à des intrigues politiques. Je me sentais innocent de tout cela ; mais comment le prouver ? Je n'aurais pas accepté de copra même en présent : comment le faire ressortir de la composition même de mes menus ? Mes compagnons partageaient mon innocence et mon embarras. Ils partagèrent aussi mon humiliation lorsque après deux repas entiers et les pénibles intervalles d'un après-midi passé dans cette inspection, Tembinok' prit congé de nous en silence. Le lendemain matin, même examen, non déguisé, même silence ; et le second jour touchait à sa fin quand je fus informé bruquement que j'étais sorti vainqueur de l'épreuve. « Moi rega'dé œil à vous. Vous, homme bon. Vous pas menti' », dit le Roi : compliment douteux pour un romancier ! Un peu plus tard, il nous expliqua qu'il ne jugeait pas seulement par l'œil, mais aussi par la bouche. « Tuppoté' moi vois homme », — nous dit-il, — « moi pas savoi' homme bon, homme mauvais. Moi, rega'der œil, rega'der bouche. Alo' savoi'. Rega'der *œil,* rega'der bouche », répétait-il. Et effectivement, dans notre cas, la bouche fut le principal de l'affaire et c'est par notre conversation que nous acquîmes droit d'entrée dans l'île, le Roi se promettant (et je crois réellement amassant) un vaste apport de connaissances utiles avant notre départ.

Voici quelles étaient les conditions de notre admission : nous devions choisir un emplacement sur lequel le Roi nous bâtirait une ville. Son peuple travaillerait pour nous, mais lui seul devait donner des ordres. Un de ses cuisiniers viendrait tous les jours aider le mien et s'instruire auprès de lui. Au cas où nos provisions s'épuiseraient, il nous fournirait le nécessaire et serait remboursé au retour de l'*Equateur.* D'autre part, il viendrait prendre ses repas avec nous chaque fois qu'il en aurait envie ; quand il resterait chez lui, un plat de notre table devait lui être envoyé, et je m'engageai solennellement à ne donner à ses sujets ni liqueur, ni argent (deux choses dont la possession leur est interdite), ni tabac qu'ils ne devaient recevoir que de la main royale. Je me souviens d'avoir protesté contre la rigueur de ce dernier article ; à la fin il fut adouci et j'obtins la permission, lorsqu'un homme aurait travaillé pour moi, de lui donner une pipe de tabac sur les lieux, mais pas à emporter.

L'emplacement d'Équateur-Ville — nous lui donnâmes le nom de notre goélette — fut bientôt choisi. Les rives immédiates du lagon sont éventées et aveuglantes ; Tembinok' lui-même est heureux de se promener à tâtons sur sa terrasse avec des lunettes bleues ; et nous fuîmes le voisinage de la *cunjunctiva* rouge, des prunelles suppurantes et des mendiants qui poursuivent et implorent le passant étranger pour se faire laver les yeux. Derrière la ville, le pays est varié ; ici, découvert, sablonneux, inégal, et semé de palmiers nains ; là, coupé par des tranchées de taro, sombres et basses et, suivant la croissance des plantes, présentant l'aspect, tantôt d'une tannerie sableuse, tantôt d'un jardin aux allées verdoyantes. Un sentier conduit à la mer et monte, abrupt, jusqu'au point culminant de l'île — à vingt ou même trente pieds d'altitude, quoique Findlay n'en reconnaisse que cinq ; et, juste en haut de la montée, là où les palmiers commencent à s'épanouir, nous trouvâmes un bosquet de pandanus et un bout de terrain agréablement planté d'arbustes verts. Un puits se trouvait tout près de là, sous un toit rustique ; et, plus près encore, une mare où nous pourrions laver nos vêtements. La place était à l'abri du vent, à l'abri du soleil et hors de vue du village. Nous la désignâmes au Roi et la ville nous fut promise pour le lendemain.

Le lendemain vint. Mr. Osbourne descendit à terre, constata que rien n'était fait et alla se plaindre à Tembinok'. Celui-ci l'écouta, se leva, demanda un Winchester, franchit la palissade royale et tira deux coups en l'air. Une décharge en l'air est le premier des avertissements à Apemama ; il a force de proclamation en de plus loquaces contrées ; et Sa Majesté remarqua avec agrément que cela presserait ses ouvriers. En moins de trente minutes, les hommes étaient rassemblés, l'ouvrage en train, et on nous avertit que nous pouvions apporter nos bagages quand nous voudrions.

Il était 2 heures de l'après-midi quand la première embarcation accosta sur la plage, et la longue procession de malles, de paniers et de sacs commença de se dérouler à travers le désert de sable vers Equateur-Ville. Le bosquet de pandanus n'était plus qu'un souvenir. Du feu s'élevait tout autour et de la fumée s'élevait du vert taillis. On entendait, dans un vaste circuit, résonner le bruit des cognées. La première pensée du Roi avait été d'abolir les avantages mêmes pour lesquels l'emplacement avait été choisi, et, au milieu de cette dévastation, s'élevait déjà un maniap' d'une bonne dimension et une petite maison bien close. Une natte était étendue auprès pour Tembinok' c'est là qu'il se tenait, dirigeant tout, en rouge cardinal, un casque de liège sur la tête, une pipe en écume de mer à la bouche, une femme étendue derrière lui, veillant sur les allumettes et le tabac. A vingt ou trente pas devant lui, le gros des travailleurs était accroupis sur le sol ; quelques buissons survivaient à cet endroit ; et au milieu d'eux, ses sujets ne présentaient aux regards qu'un arc de faces brunes, de têtes noires et d'yeux attentifs fixés sur Sa Majesté. De longues pauses s'écoulaient pendant lesquelles les sujets fixaient le Roi et le Roi fumait. Ensuite, Tembinok' élevait la voix et parlait sur un ton aigu et bref. Aucune parole ne lui répondait jamais ; mais, si le discours était facétieux, la réponse se traduisait par un rire discret, obséquieux — comme on en entend dans des salles d'études ; et, s'il était pratique, par la levée soudaine et le départ de l'escouade. Deux fois ils disparurent ainsi et revinrent avec les éléments futurs de la cité : une seconde maison et un second maniap'. C'était une chose curieuse d'épier de loin, à travers les stipes des cocotiers, l'arrivée silencieuse du maniap', tout d'abord flottant (semblait-il), spontanément dans les airs, — puis, à mesure qu'il approchait, trahissait sous les bords de sa toiture, plusieurs vingtaines de mouvantes jambes nues. Toute la chose n'était pas moins remarquable par une servile délibération que par cette obéissance servile. La brigade s'était rassemblée au signal d'une arme mortelle ; l'homme qu'ils regardaient était le maître indiscuté de leurs vies ; et, à la civilité près, ils s'agitaient comme autant d'employés d'hôtels américains. Le spectateur avait conscience d'une inertie discrète, mais invincible, capable de faire s'arracher les cheveux à un capitaine de vaisseau marchand.

Pourtant, l'ouvrage s'acheva. Au crépuscule, quand Sa Majesté se retira, la ville était fondée et complète, le nouveau et plus rude Amphion l'ayant fait surgir du néant en trois coups de fusil. Et le lendemain matin, le même magicien nous favorisa d'un nouveau miracle : un rempart mystique nous entourait de telle sorte que le sentier qui passait devant nos portes devenait soudain impraticable et qu'il fallait, pour se rendre de l'autre côté de l'île, faire un immense circuit, et nous nous trouvions au milieu, voyant, en vue, mais inapprochables comme des abeilles dans une ruche de verre. Le signe extérieur et visible de cette protection occulte consistait en guirlandes de feuilles de cocotier reliant entre elles les stipes des palmiers en bordure ; mais son symbole reposait sur la redoutable sanction du tabou et sur les fusils de Tembinok'.

Nous fîmes, ce soir-là, notre premier repas dans la cité improvisée où nous devions passer deux mois et qui — sitôt notre départ — devait, en un jour, disparaître comme elle était apparue, ses éléments retournant d'où ils étaient venus, le tabou abrogé, le va-et-vient sur le sentier restauré, et la lune et le soleil épièrent vainement au travers des palmes les constructions disparues, tandis que le vent soufflait sur un site désormais désert. Cependant ce lieu qui, maintenant, n'est plus qu'un épisode dans quelques mémoires, semblait avoir été élevé pour durer des années. C'était un hameau plein d'activité. Un des maniap's fut notre salle à manger, l'autre la cuisine. Les maisons furent réservées au sommeil. Elles étaient construites sur le plan admirable d'Apemama : le meilleur type de maisons des mers du Sud ; élevée sur pilotis à trois pieds du sol ; les côtés faits de panneaux tressés et mobiles, qui peuvent être levés pour laisser entrer la lumière et l'air ou baissés pour protéger du vent ou de la pluie : elle est aérée, saine, propre et étanche. Nous possédions une poule d'une espèce remarquable : unique en son genre dans mes souvenirs, car c'était une poule qui, à l'occasion, pondait des œufs. Non loin de là, Mrs. Stevenson avait fait une plantation de salade et d'échalotte. La salade fut dévorée par la poule — ce qui fut sa perte. L'échalotte nous fut servie feuille par feuille, et accueillie et savourée comme des pêches. Des grogs et des noix de coco vertes nous étaient apportés tous les jours. Le Roi nous fit une fois présent de poisson et une autre fois d'une tortue. Parfois, nous tirions des soi-disant pluviers sur le rivage, et parfois, dans le taillis, des poulets sauvages. Le reste de notre régime consistait en conserves.

Nos occupations étaient très variées. Tandis que les uns dessinaient, Mr. Osbourne et moi, nous travaillions diligemment à un roman. Nous lisions Gibbon et Carlyle à haute voix ; nous soufflions dans des flageolets, nous tapions sur des guitares, nous prenions des photographies à la lumière du soleil, de la lune et du magnésium ; quelquefois nous jouions aux cartes. La chasse au pot-au-feu occupait une bonne part de nos loisirs. J'ai passé moi-même des après-midi entiers, armé d'un revolver, à l'excitante mais inoffensive poursuite du gibier ; fort heureusement, il y avait parmi nous de meilleurs tireurs et heureusement aussi, le Roi nous prêta une meilleure arme sous la forme d'un fusil de chasse, sans quoi notre régime eût été plus maigre encore.

C'est la nuit qu'il fallait voir notre cité, quand la lune était levée, les lampes allumées et que le feu brillait encore dans la cuisine. Nous étions victimes d'une plaie de mouches et de moustiques comparable à celle de l'Egypte ; notre table (prêtée par le Roi, comme tout le mobilier), devait être recouverte d'une tente de filet, notre citadelle et notre refuge ; celle-ci devenait entièrement lumineuse, s'enflait et s'irradiait sous les bords de la toiture comme le globe de quelque lampe monstrueuse, sertie d'une marge sombre. Nos cabines, dont les cloisons étaient étayées à des inclinaisons variées, projetaient au dehors d'étranges morceaux angulaires de clarté. Dans sa cuisine voûtée et grande ouverte, on pouvait voir Ah-Fu près de sa lampe et de son feu, s'agitant parmi ses casseroles. Sur tout cela, s'épandit pendant la saison la splendeur d'un doux clair de lune. Le sable étincelait comme de la poussière de diamants ; les étoiles s'étaient évanouies. De temps en temps un sombre oiseau de nuit, d'un vol lourd et bas, traversait la colonnade des troncs d'arbres et poussait un cri rauque et strident.

CHAPITRE III

Le Roi d'Apemama : le palais de beaucoup de femmes

Le palais, ou plutôt le terrain qu'il englobe, couvre une étendue de plusieurs arpents. Une terrasse le borne du côté du lagon ; du côté de la terre, une palissade avec plusieurs grilles. Celles-ci ne sont pas des moyens de défense ; un homme un peu vigoureux jetterait facilement la palissade à bas ; et point n'est besoin d'une agilité extraordinaire pour sauter de la plage sur la terrasse. Aucun étalage de gardes, de soldats ou d'armes ; l'arsenal est sous clef ; et les seules sentinelles sont certaines vieilles femmes insignifiantes, tapies nuit et jour devant les grilles. Le jour, ces vieilles s'occupaient souvent à faire du sirop ou à quelque autre fonction domestique ; la nuit, elles s'embusquaient dans l'ombre ou rampaient le long de la palissade, eunuques de ce harem, seules gardes de la vie du tyran.

Une garde féminine était l'avant-poste indiqué pour ce palais de nombreuses femmes. Je n'ai aucune idée du nombre des épouses du Roi ; et une idée vague, seulement, de leurs fonctions. Lui-même se montrait embarrassé lorsqu'on faisait attention à elles comme étant ses femmes, les appelait « ma pamille », et expliquait qu'elles étaient ses « cutcheons » — cousines. Nous en distinguâmes quatre dans la foule : la mère du Roi ; sa sœur, une femme grave, touchante, ayant beaucoup de l'intelligence de son frère ; la Reine propre à qui (et à qui seule), ma femme fut formellement présentée ; et la favorite du moment, une gracieuse et jolie fille, toujours assise aux côtés du Roi, et qui, une fois (comme il pleurait), le consola avec des caresses. On m'a assuré que c'était un sentiment tout platonique. A l'arrière-plan figurait une multitude de dames, les maigres, les grosses et les éléphantines, quelques-unes en sarreau, d'autres dans l'imperceptible *ridi ;* nobles et obscures, esclaves et maîtresses, de la Reine au souillon, de la favorite aux sentinelles décharnées de la palissade. Bien entendu, toutes ne sont pas de « ma pamille » — beaucoup sont de simples servantes ; pourtant, un nombre surprenant d'entre elles se partageait la confiance du Roi. Celles-ci étaient porte-clefs, trésorières, gardiennes de l'arsenal, de la lingerie et des magasins. Chacune connaissait et remplissait sa partie dans la perfection. Avait-on besoin de quoique ce soit — un fusil spécial, un morceau d'étoffe, — la reine voulue était requise ; elle venait, apportant le coffre indiqué, l'ouvrait en la présence du Roi et déployait les choses commises à sa garde dans un parfait état de conservation — le fusil nettoyé et huilé, les étoffes bien pliées. Sans interruption et sans hâte, le vaste établissement, tout entier, tournait sur ses roues comme une machine. Je n'ai vu nulle part un ordre aussi parfait. Et pourtant, je pensais tout le temps aux Contes de Norse, aux ogres qui gardaient leur cœur enseveli dans la terre pour plus de sûreté et confiaient ce secret à leurs femmes. Car la vie de Tembinok' est à la merci de ces armes. Il ne vise pas à la popularité ; mais il mène et brave ses sujets avec une simplicité dans la domination qu'il est impossible de ne pas admirer et qui force la sympathie. Que l'une d'elles soit tentée de trahir, que les verrous de l'arsenal soient retirés, que les vieilles se soient endormies auprès de la palissade et que les armes aient été, en secret, introduites dans le village, et l'esprit du tyran d'Apemana s'envolerait rejoindre ses prédécesseurs de Mariki et Tapituea. Et cependant, celles à qui il se confie ainsi sont des femmes et toutes rivales entre elles.

Il y a bien, en réalité, un ministre et un état-major de mâles : cook, stewart et subrécargue, — la hiérarchie d'une goélette. Les espions, « les gazettes quotidiennes de Sa Majesté », comme nous les appelions, viennent tous les jours au rapport et repartent. Le cook et le steward ne s'occupent que de la table. Les subrécargues, qui sont chargés de la taille du copra à raison de trois pounds par mois avec le pourcentage, sont rarement dans le palais ; et deux au moins d'entre eux sont dans d'autres îles. Le charpentier, c'est vrai, ce joyeux et vieux rusé de Rubam — peut-être Reuben ? — promu, lors de ma dernière visite, à la dignité supérieure de gouverneur, est là chaque jour, transformant, agrandissant, poursuivant la série interminable des inventions royales ; et Sa Majesté passe quelquefois toute une après-midi à surveiller l'ouvrage de Rubam en causant avec lui. Mais ces mâles sont tous relégués à l'extérieur ; nul ne semble armé ; nul n'a la garde d'aucune clef ; le soir ils sont tous consignés en dehors du palais et le poids de la monarchie ainsi que la vie du monarque reposent, sans partage, sur les femmes.

Voilà un état de maison qui ressemble bien peu aux nôtres ; moins encore au harem oriental : un homme âgé, sans enfants, menacé dans ses jours, demeurant seul au milieu d'une troupe de femmes de tous les âges, de tous les rangs et de tous les degrés de parenté, — la mère, la sœur, la cousine, la femme légitime, la concubine, la favorite, la plus ancienne et celle d'hier ; — lui, au milieu, le seul maître, le seul mâle, le seul dispensateur d'honneurs, de vêtements, de richesses, le seul but d'ambitions et de désirs sans nombre. Je doute qu'on puisse trouver en Europe un homme assez sûr de lui pour assumer un pareil tour de force, de tact et de gouvernement. Et il semble bien que Tembinok', lui-même, ait eu des difficultés au début. On m'a conté qu'il avait tiré, à bord d'une goélette, sur une femme qui se conduisait mal. Une autre, l'ayant plus gravement offensé, il la tua sur le coup ; il exposa son corps dans une caisse ouverte et (pour rendre la leçon plus mémorable), la laissa se putréfier devant la grille du palais. Sans doute, les années sont venues à son aide ; sur une si vaste échelle, il est plus aisé de jouer au père qu'au mari. Et aujourd'hui, aux yeux d'un étranger tout au moins, tout semble aller sans difficulté, et les épouses sont fières de cette confiance, fières de leur rang et fières de leur astucieux seigneur.

Il était à leurs yeux une sorte de héros, et sa situation était un peu celle d'un professeur à la mode dans une école de jeunes filles. Seulement le professeur n'est pas obligé de manger, de dormir, de vivre et de laver son linge sale au milieu de ses admiratrices ; il peut s'échapper, il a son appartement, il a une vie privée ; n'eût-il rien d'autre, il a les vacances, et le moins fortuné Tembinok' est toujours sur la scène et toujours sur la brèche.

Dans toutes mes allées et venues, je ne l'ai jamais entendu s'exprimer avec rudesse, ni mécontentement. Ses manières étaient plutôt marquées d'une bénignité extrême, assez lourde, — la bénignité de quelqu'un sûr d'être obéi ; de sorte qu'il me faisait parfois souvenir de Samuel Richardson dans son cercle d'admiratrices. Ses femmes prenaient la parole et semblaient donner leur opinion comme nos propres femmes — ou encore comme certaines tantes radoteuses mais respectables. De tout ceci, je conclus qu'il gouvernait son sérail bien plus par la diplomatie que par la terreur, et ceux qui en donnent une idée différente (et dont aucun n'a eu mes facilités d'observation) ont peut-être négligé de distinguer entre les degrés des rangs, entre « ma pamille » et les parasites, les blanchisseuses et autres...

Un trait à noter est la partie de cartes du soir, quand les lampes ont été apportées sur la terrasse et que « moi et ma pamille » jouent pendant une heure pour du tabac. Une des caractéristiques de Tembinok' est qu'il tient à inventer le jeu lui-même ; une des caractéristiques de son dévot entourage, qu'ils ne jurent que par cette absurde invention. Elle est basée sur le poker, se joue avec les figures de plusieurs jeux et est d'une inconcevable monotonie. Mais tous les jeux me passionnent ; j'étudiai celui-ci, et je suis, paraît-il, le seul blanc qui en ait jamais saisi les principes : un fait pour lequel les femmes (près de qui je n'étais pas autrement populaire) m'acclamèrent avec admiration. On ne pouvait pas s'y tromper, c'était un sentiment naturel : elles étaient fières de leur jeu privé, avaient été piquées au vif par le manque d'intérêt montré par d'autres et s'épanouissaient sous ma flatteuse attention. Tembinok' met une double mise, et on lui tend en retour deux mains entre lesquelles il doit choisir : un facile artifice que les femmes, jusqu'en ces derniers temps, n'ont pas encore approfondi. Lui-même, quand nous causions en particulier, ne faisait aucun mystère de sa certitude de gagner; et c'est ainsi qu'il m'expliqua sa libéralité récente à bord de l'*Equateur.* Il laissa les femmes acheter leur propre tabac ce qui leur fit plaisir sur le moment. Il le gagna de nouveau aux cartes, ce qui le rendit derechef, et sans nouvelles dépenses, ce qu'il devait être — la source unique de toutes les indulgences. Et il résuma la chose par cette phrase, qui est d'ailleurs la conclusion de tous ses récits : « Bien meilleu'. »

Le palais et ses entours étaient pavés de fragments de corail, un supplice pour les yeux et pour les pieds nus, mais délicieusement sarclé et ratissé. Une vingtaine de constructions et plus s'alignaient en une sorte de rue le long de la palissade, et dispersées sur la bordure de la terrasse ; habitations pour les femmes et servantes ; magasins pour les curiosités et les trésors du Roi ; spacieux maniap's pour les fêtes et les conseils, élevés les uns sur des piliers de bois, d'autres sur une chaussée en maçonnerie. L'une d'elles était encore inachevée : dernière invention du Roi : c'était une charpente européenne élevée en vue de la fraîcheur à l'intérieur d'un vaste maniap' : le toit fait de planches, comme un pont de bateau, de façon à constituer une promenade élevée, ombragée et pourtant privée. C'est là que le Roi passait des heures avec Rubam ; là que j'allais parfois les rejoindre ; la place avait un aspect des plus singuliers ; et je dois dire que l'idée, m'ayant séduit au plus haut point, je me joignis avec plaisir aux conseils des architectes.

Supposez maintenant que quelque affaire nous amenât chez le Roi dans la journée : nous déambulions sur le sable, le long des palmiers nains, échangions un « Kom ma ori » avec la vieille de service et entrions dans l'enceinte. La grande nappe de corail étincelait, déserte, devant nous ; tous s'étant réfugiés sous des toiles sombres pour fuir cet excès d'étendue. Il m'est arrivé de parcourir de long en large cette place-labyrinthe, à la recherche du Roi ; et la seule créature vivante que je rencontrai fut lorsque, jetant un coup d'œil dans un maniap', je vis le corps brun de l'une des épouses étendues sur le sol, sombre Amazone plongée dans un sommeil silencieux. Si c'était encore l'heure des « Journaux du matin », la recherche était plus aisée, la demi-douzaine de coquins, obséquieux et serviles, tapis sur le sol, devant la maison, aussi serrés que possible à son ombre, et tournant vers le Roi une rangée de regards en coulisse. Tembinok' était là à l'intérieur, les panneaux de la cabine relevés, celle-ci balayée par l'alizé, et lui, écoutant le rapport. Comme certains journalistes plus proches de nous, plus insignifiantes étaient les nouvelles du jour, plus il les délayait en paroles ; et j'en ai vu un remplir une matinée, vide de tout événement avec une conversation imaginaire entre deux chiens. Quelquefois le Roi daigne rire ; quelquefois il les questionne ou plaisante avec eux, sa voix résonnant, stridente, du fond de la pièce. Il arrivait qu'il eût à ses côtés son héritier présomptif, Paul, son neveu et fils adoptif, âgé de six ans, complètement nu, un modèle de jeune beauté humaine. Et toujours aussi la favorite et parfois deux autres femmes réveillées ; les quatre autres couchées nonchalamment sur des nattes et perdues dans le sommeil. Ou si nous venions plus tard et tombions sur une heure plus intime, nous trouvions Tembinok', retiré dans sa maison avec la favorite, entre un crachoir, un encrier de plomb et un grand-livre de commerce.

C'est dans ce dernier que, jour après jour, couché à plat ventre, il écrit l'histoire inaccidentée de son règne ; et quand il était plongé dans cette occupation, il ne pouvait dissimuler un mouvement de mauvaise humeur en se voyant interrompu, ce que j'étais à même de comprendre. Le royal chroniqueur me lut un jour une ou deux pages de son manuscrit, traduisant au fur et à mesure ; mais le passage étant généalogique, et l'auteur barbottant à l'excès au cours de sa version, j'avoue avoir connu des heures plus divertissantes. Il ne se confine pas dans la prose, mais s'attaque aussi à la lyre, en ses moments de loisir, et passe pour le premier barde de son royaume, de même qu'il est son unique personnage public, son premier architecte et son seul négociant. Sa compétence, toutefois, ne s'élève pas jusqu'à la musique, et, quand ses vers sont écrits, il les confie à un musicien professionnel qui les met en musique et les apprend à un chœur. Questionné sur les sujets de ses poèmes, Tembinok' répondit : « Amou'cux — a'bres, — mer. Pas tous la même ve'ité. Tous le même mensonge ! » Pour une vue condensée de la poésie lyrique (sauf qu'il semble avoir oublié les étoiles et les fleurs) ; ceci paraît difficile à corriger ?

Cette multitude d'occupations témoignent (chez un prince indigène et absolu) d'une activité d'esprit peu commune.

La cour du palais, au clair de lune, est un lieu dont on se souvient avec effroi. Le visiteur s'y traînait sur les pierres disjointes dans un cauchemar splendide de lumière et de feu ; mais le souffle du vent le débarrassait des mouches et des moustiques, et, avec le coucher du soleil, il devenait divin.

Je me le rappelle mieux encore par des nuits sans lune. L'air était comme un bain de lait. Innombrables étaient les étoiles sur nos têtes et le lagon était pavé de leurs reflets. Des troupeaux de femmes étaient accroupies, par groupes, sur le gravier, babillant d'une voix douce. Tembinok' rejetait sa jaquette et demeurait nu et silencieux, méditant peut-être des chansons ; la favorite était généralement à ses côtés, également silencieuse. Entre temps, au milieu de la cour, les lanternes du palais étaient allumées et alignées en rang sur le sol, à six ou huit mètres l'une de l'autre. Cette vue donnait une idée étrange du nombre de « ma pamille » : un aperçu comme on peut en avoir, le soir, dans un coin de quelque terminus de chez nous. Puis, ces lanternes s'éloignaient dans toutes les parties de l'enceinte, éclairant les derniers travaux du jour, éclairant, l'une après l'autre, sur le chemin de leur repos, cette prodigieuse réunion de femmes. Quelques-unes s'attardaient au milieu de la cour, autour d'une partie de cartes et regardaient mêler et distribuer les figures et Tembinok' réfléchissant entre ses deux mains et les reines perdant leur tabac. Puis celles-ci, à leur tour, se dispersaient et disparaissaient ; et leur place était prise par un grand feu de joie, la veilleuse de nuit du palais. Quand celui-ci était consumé, d'autres feux plus petits brûlaient devant les grilles. Auprès de celles-ci veillaient les vieilles, invisibles, en éveil — pas toujours muettes. Que n'importe qui approchât dans la nuit, une alerte faisait le tour de la palissade : chaque sentinelle avertissant sa voisine par une pierre ; le cliquetis d'une grêle de cailloux s'éteignait et mourait ; et les gardes de Tembinok' se blottissaient de nouveau à leurs places, silencieuses comme devant.

CHAPITRE IV

Le Roi d'Apemama : Equateur-Ville et le palais

Cinq personnes furent préposées à notre service. Oncle Parker, qui nous apportait du toddy et des noix, était un homme d'un certain âge, presque un vieillard, mais ayant la mentalité, les ruses et la morale d'un garçon de dix ans. Sa figure était flétrie, bizarre et diabolique, la peau tendue sur les os comme une voile le long d'un cordage, et il souriait de tous les muscles de sa tête. Il fallait recompter ses noix chaque jour, sans quoi il nous aurait trompés sur leur quantité; chaque jour il fallait les examiner pour être sûr qu'elles n'étaient pas vides; le nom du Roi seul, et à peine, le maintenait dans le devoir. Quand il avait fini son ouvrage, on lui donnait une pipe, des allumettes et du tabac et il s'asseyait sur le plancher du maniap et fumait. Il semblait ne pas changer un instant de position; cependant chaque jour, au moment de rendre ces objets, la blague à tabac avait disparu; il avait trouvé le moyen de la dissimuler dans le toit d'où il pouvait la retirer et la produire triomphalement le lendemain matin. Bien que ce tour de passe-passe s'accomplît régulièrement devant trois ou quatre paires d'yeux, nous ne pûmes jamais le prendre sur le fait; en vain nous cherchions le tabac après son départ; jamais nous ne pûmes le découvrir. Tels étaient les divertissements de l'oncle Parker, un homme de près de soixante ans. Mais il fut puni comme il le méritait.

Mrs. Stevenson eut la fantaisie de faire son portrait et les souffrances que les séances de pose firent endurer au modèle dépassent toute description.

Trois jeunes filles venaient du Palais pour faire notre lessive, à grand fracas, avec Ah-Fu. Elles appartenaient à la classe la plus inférieure, parasites qu'on gardait pour la commodité des bateaux marchands, venues on ne sait d'où, peut-être d'îles étrangères, dépourvues de tout raffinement dans leurs manières et leur aspect, d'assez belles et joyeuses filles dans leur genre. Nous en appelions une *Guttersnipe,* car vous pouvez voir sa pareille dans les quartiers pauvres de n'importe quelle ville ; le même visage maigre, ardent, vulgaire, aux yeux sombres ; le même rire brusque et rauque, les mêmes façons impulsives et inquiètes à la fois, avec comme un coup d'œil sur le policeman : mais ici, le policeman était le Roi et son bâton un fusil. Je doute que vous puissiez trouver, où que ce soit, en dehors des îles et même là, l'équivalent de *Fatty,* un monument de fille qui devait peser autant de « stones »[1] qu'elle comptait de printemps ; elle eût fait un superbe life-guard, elle avait une figure de bébé et appliquait ses vastes forces mécaniques presque exclusivement au jeu. Toutes trois étaient également gaies. Notre lessive s'accomplissait au milieu de danses et de gambades, et elles fuyaient et se poursuivaient, s'aspergeaient et s'éclaboussaient et se roulaient dans le sable avec un bruit ininterrompu de cris et de rires comme des enfants en vacances. En réalité et pour étranges que fussent leur fonctions dans cet austère établissement, n'étaient-elles pas échappées pour un jour de la plus importante et la plus stricte école de filles des mers du Sud ?

Notre cinquième serviteur n'était pas moins que le cuisinier royal. Il était d'une beauté remarquable, de

1. Le « stone » équivaut à 14 livres.

corps et de visage, paresseux comme un esclave et insolent comme un garçon boucher. Il dormait et fumait chez nous dans des attitudes variées et pleines de grâce ; mais, loin d'aider Ah-Fu, il ne s'occupait même pas de lui. On peut dire de lui qu'il était venu pour apprendre et demeurait pour enseigner ; et ses leçons étaient parfois difficiles à digérer. C'est ainsi qu'envoyé une fois à la fontaine pour remplir un seau d'eau, à mi-chemin, il rencontra une femme, arrosant ses oignons, changea de seau avec elle et, lui laissant celui qui était vide, s'en revint à la cuisine avec celui qui était plein. Une autre fois on lui confia un plat de « dumplings »[1] pour le Roi, en lui disant qu'ils devaient être mangés très chauds et qu'il devait les porter aussi vite que possible. Le misérable s'en fut à la vitesse d'un mille à l'heure, traînant ses pieds, le nez en l'air. A cette vue, ma patience, à l'épreuve déjà depuis un mois, m'échappa. Je le poursuivis, le pris par les épaules et, le poussant devant moi, je lui fis dévaler ainsi la colline, traverser les salles et je l'entraînai au milieu des applaudissements du village, jusqu'au Parlement où le Roi tenait un « pow-wow »[2]. Il eut l'impudence de prétendre que ma violence lui avait occasionné des contusions internes et de manifester des craintes sérieuses pour sa vie.

Nous supportâmes tout cela, car Tembinok' est plutôt sommaire dans ses façons d'agir et je n'étais pas mûr encore pour tremper dans la mort d'un homme. Mais, entre-temps, mon infortuné Chinois avait dû travailler pour deux et tomba malade. Je me trouvai dès lors dans la situation de Cimondain Lantenac et d'ailleurs de tous les personnages de *quatre-vingt-treize :* obligé pour épargner le coupable de sacrifier l'innocent. J'employai le moyen habituel, avec ses

1. Sorte de chausson.
2. Assemblée.

conséquences toujours défectueuses, en essayant de sauver les deux. Ayant bien répété mon rôle, je m'en fus au Palais, je trouvai le Roi seul, et lui tins les plus interminables discours. Le chef était trop vieux pour apprendre : je craignais qu'il ne fît pas de progrès ; ne vaudrait-il pas mieux avoir un garçon ? ? — Les jeunes gens sont plus aptes à apprendre... Ce fut en vain ; le roi ne se laissa pas prendre à mes artifices oratoires et vint droit au fait ; il comprit que le chef avait eu une conduite déplorable et resta un moment sombre et silencieux. « I think he tavoy too much », dit-il à la fin avec une concision chagrine ; et il fit dévier la conversation vers d'autres sujets. Le jour même, un autre grand officier, le steward, apparut à la place du cook et se montra, je dois dire, poli et plein de zèle.

A peine étais-je parti que le Roi se fit donner un fusil et s'en fût rôder de l'autre côté de la palissade, guettant le coupable. Tembinok' était ce jour-là revêtu d'une robe de femme et son déguisement était complété par un casque de liège et des lunettes bleues. Représentez-vous l'étendue éblouissante des sables, les palmiers nains projetant leurs ombres crues, la ligne de la palissade, les vieilles sentinelles (accroupies, chacune, près d'un petit feu clair), faisant cuire du sirop à leur poste, — et cette chimère aux aguets, avec son engin de mort ! Bientôt, vers lui, s'en vint le cook, déambulant la colline sablonneuse d'Equateur-Ville, insouciant, vain et plein de grâce, sans penser au moindre danger. Dès qu'il fut à sa portée, le monarque travesti tira ses six coups au-dessus de sa tête, à ses pieds et sur chacune de ses mains : c'était le second avertissement d'Apemama, terrible en lui-même et d'une signification sans appel, car la prochaine fois, Sa Majesté viserait pour atteindre son but. On m'a conté que le Roi est un excellent fusil ; que lorsqu'il a décidé de tuer, on peut d'avance préparer la tombe ; et que, lorsqu'il a décidé de manquer le but, il le manque de si peu que le coupable goûte, par six fois, l'amertume de la mort. J'eus l'occasion de constater par moi-même l'impression produite sur le cook par cet incident. Comme nous revenions, ma femme et moi, du rivage de l'île, nous aperçûmes quelqu'un venant à notre rencontre à une allure désordonnée, moitié marchant, moitié courant. En approchant, nous reconnûmes le chef, hors de lui d'émotion, sa chaude couleur habituelle de mulâtre transformée en une pâleur bleuâtre. Il nous croisa sans un mot, sans un geste, nous fixant avec une expression satanique et fonça à travers bois vers les parties inhabitées de l'île et la longue plage déserte où il pourrait rager sans témoins et exhaler sa colère, sa peur et son humiliation. Nul doute que le nom de Kaupoi — l'homme riche, — ne revint fréquemment parmi les malédictions qu'il proféra aux lames bondissantes et aux oiseaux des tropiques. J'avais fait de lui la risée du rivage dans l'affaire des *dumplings* du Roi ; j'avais, par mes machinations, provoqué sa disgrâce et mis ses jours en danger ; et finalement, — pour sa plus grande amertume, — il avait fallu qu'il me trouve sur son chemin pour cracher sur lui à l'heure de la plus grande confusion !

Le temps passa, et nous n'entendîmes plus parler de lui. Le moment de la pleine lune était venu où dormir semble une honte ! — et je m'attardai — jusqu'à minuit ou une heure du matin environ — à errer sur le sable brillant, dans l'ombre balancée des palmes. Tout en marchant, je jouais du flageolet, ce qui absorbait mon attention. Les éventails bruissaient au-dessus de ma tête avec un tintement métallique ; et le bruit d'un pied nu sur ce sol mouvant est impossible à saisir. Pourtant, quand je revins à Equateur-Ville où toutes les lumières étaient éteintes, et que ma femme (qui ne dormait pas encore et m'avait suivi des yeux) me demanda qui donc m'accompagnait, je crus qu'elle plaisantait. « Pas le moins du monde », dit-elle ; — « je l'ai vu deux fois tandis que vous passiez, marchant sur vos talons. Il ne vous a lâché qu'au coin du maniap' ; il doit être encore derrière la maison du chef. » J'y courus — comme un fou, sans aucune arme, — et me trouvai face à face avec le cook. Il était dans mon enceinte tabou, ce qui déjà méritait la peine de mort ; il ne pouvait avoir là rien à faire que voler ou tuer ; la conscience de sa faute le rendait timoré ; et, me tournant le dos, il s'enfuit devant moi, dans la nuit, en silence. Comme il allait, je lui allongeai un coup de pied dans cette partie où réside l'honneur et il donna de la voix, faiblement, comme une souris blessée. J'ose dire qu'à cet instant, il se crut certainement atteint par un instrument mortel.

Quel avait été son but ? J'ai toujours vu ma musique plus apte à disperser un auditoire qu'à le retenir ! Vu mon talent d'amateur, je ne pouvais croire qu'il prît quelque intérêt à m'entendre déchiffrer *Le Carnaval de Venise,* ni qu'il ne fût arraché à son repos pour suivre mes variations sur *Le Laboureur.* Et quel que fût son dessein, je ne pouvais admettre qu'il rodât ainsi la nuit autour des habitations. Un mot du Roi et l'homme n'était plus, son cas était impardonnable. Mais tuer un homme soi-même est une chose ; se plaindre de lui, dans son dos, et le faire tuer par un tiers en est une autre ; et je décidai d'en finir avec l'individu grâce à une méthode de ma façon.

Je contai l'histoire à Ah-Fu et le priai de m'amener le cuisinier dès qu'il pourrait le saisir. J'avais cru que ce serait-là une grande difficulté ; loin de là, il vint de son propre gré : ce qui semblait vraiment un acte désespéré, étant donné que sa vie dépendait de mon silence et que ce qu'il pouvait espérer de mieux était l'oubli ! Il se présenta cependant avec une contenance assurée, ni risqua aucune défense ni aucune explication, se plaignit d'avoir été injurié et prétendit qu'il lui était impossible de s'asseoir. Je crois être l'homme le plus faible que Dieu ait jamais créé ; je l'avais atteint dans la partie la moins vulnérable de sa forte carcasse ; j'étais pieds nus et je ne m'étais pas même fait mal au pied ! Ah-Fu ne pouvait contenir son hilarité. Quant à moi, sachant de quelle nature devaient être ses appréhensions, je trouvai qu'une telle impudence touchait à l'héroïsme et j'admirais en moi-même le personnage. Je lui dis que je ne rapporterais rien au Roi de son aventure de la nuit ; que je continuerais à l'autoriser, lorsqu'il aurait une commission à faire, de franchir l'enceinte de mon tabou durant le jour : mais que, si jamais je le rencontrais là après le coucher du soleil, je le tuerais sur place ; et je lui montrai un revolver comme argument à l'appui. Nul doute qu'il ne ressentît un soulagement inexprimable ; mais il n'en montra rien, se retira avec sa nonchalance habituelle et nous ne le vîmes désormais presque plus.

Ainsi donc, ces cinq serviteurs, avec la substitution du stewart au cuisinier, allaient et venaient et étaient nos seuls visiteurs. Le cercle du tabou tenait à distance les habitants du village. Quant à « ma pamille », elles étaient comme des religieuses, cloîtrées dans leur enclos ; une seule fois j'en rencontrai une : c'était la sœur du Roi, et le lieu où je la rencontrai (l'infirmerie de l'île), était probablement un lieu privilégié. Il me reste à parler du Roi. Il avait l'habitude de venir en flânant, toujours seul, un peu avant l'heure du repas, prenait une chaise et causait en mangeant avec nous comme un vieil ami de la famille.

La façon de prendre congé semble être le point défectueux de l'étiquette des îles Gilbert. On se souvient des difficultés que nous avions, à ce propos, avec Karaïti ; et il y avait quelque chose de puéril et de déconcertant dans le brusque : « J'ai besoin de rentrer maintenant » de Tembinok', accompagné d'une sorte de plongeon et suivi d'une retraite précipitée. C'était le seul défaut de ses manières qui, en dehors de cela, étaient simples, convenables, sensées et dignes. Il ne restait jamais longtemps, ne buvait pas trop et s'appliquait à copier ce qui, dans notre conduite, lui semblait différer de la sienne. C'est ainsi, par exemple, qu'il cessa de très bonne heure de manger avec son couteau. Il était décidé, c'était clair, à tirer profit de notre visite, sur toutes choses et principalement sur les points d'étiquette. La qualité de ses blancs visiteurs l'intriguait et le préoccupait ; il les nommait l'un après l'autre, demandant s'ils étaient « un grand chef » ou même un « chef » tout court, — ce qui ne laissait pas d'être embarrassant, quelques-uns étant mes chers et excellents amis et aucun d'entre eux n'étant né dans la pourpre ! Il fut surpris d'apprendre que chez nous, les classes se distinguent par leur façon de s'exprimer et qu'ainsi (par exemple), certains mots sont tabou sur le pont d'un cuirassé ; et il nous pria en conséquence de l'éclairer et de le corriger sur ce point. Nous pûmes l'assurer qu'il n'avait besoin d'aucune correction. Son vocabulaire est étendu et adéquat à un degré rare. Dieu sait où il l'a ramassé ; mais, par quelque instinct ou quelque hasard, il a su éviter toutes les expressions profanes ou grossières. « Obligé », « poignardé », « renifler », « loger », « pouvoir », « compagnie », « svelte », « poli », et « merveilleux » sont parmi les termes inattendus qui enrichissent son dialecte. Mais rien ne lui plut autant que l'idée de baiser le pont d'un cuirassé. Dans sa gratitude pour cette indication, il devint lyrique. « Schooner cap'n no tell me », criait-il ; « I think no tavvy ! You tavoy too much ; tavvy 'teama, tavvy man-a-wa'. I think you tavvy everything ! » Cependant, il ne laissait pas que de m'embarrasser assez souvent avec ses perpétuelles questions.

Je me souviens d'un incident en particulier. Nous donnions une séance de lanterne magique ; un film de

Windsor passa et je lui dis que c'était « the outch »[1] de Victoria. « Quelle est sa hauteur ? » demanda-t-il, et je restai muet devant lui. C'était le constructeur, l'infatigable architecte de palais qui avait parlé ; collectionneur comme il l'était, il ne collectionnait pourtant pas d'informations inutiles et toutes ses questions avaient un but. Après les questions d'étiquette, le gouvernement, les lois, la police, l'argent et la médecine, étaient ses sujets préférés, — sujets d'une importance vitale pour lui en tant que Roi et Père de son peuple. Je m'attachai non seulement à lui fournir de nouvelles informations, mais aussi à corriger les anciennes. Tous ses discours débutaient ainsi : « Mon père, il m'a dit », ou « homme blanc, il m'a dit », — « Vous croire il ment ? » Je le pensais quelquefois, en effet. Tembinok' me soumit une fois une difficulté de ce genre que je mis longtemps à élucider. Un capitaine de goélette lui avait parlé du capitaine Cook ; l'histoire avait vivement intéressé le Roi ; il s'enquit de détails supplémentaires, — non pas dans le Dictionnaire de Mr. Stephen, non dans le *Britannica*, mais bien dans la version insulaire de la Bible, qui consiste surtout dans le Nouveau Testament et les Psaumes ; il y trouva Paul et Festus, et Alexandre le chaudronnier : pas un mot de Cook. La conclusion fut évidente : l'explorateur était un mythe. Tant il était difficile, même à un homme très doué, comme l'était Tembinok', de réaliser les idées d'une société et d'une culture nouvelles.

1. La demeure.

CHAPITRE V

Le Roi et le peuple

Nous vîmes peu les gens de l'île. Au début, nous les rencontrions à la fontaine où ils lavaient leur linge et où nous puisions notre eau de table. La combinaison était détestable et, ayant un tyran à nos ordres, nous nous adressâmes au Roi et obtînmes de lui la permission d'enclore l'endroit dans notre tabou. C'est une des rares faveurs que Tembinok' hésita à nous accorder, et on conçoit combien elle contribua à rendre les étrangers impopulaires. Beaucoup d'habitants du village passaient chaque jour devant nous en se rendant aux champs ; mais ils faisaient un grand détour autour de notre tabou et affectaient de détourner les yeux. De temps en temps, nous allions nous-mêmes au village, — étrange endroit. Hollandais par ses canaux, oriental par la hauteur et la pente abrupte de ses toits qui, au crépuscule, ressemblaient à des temples ; mais on nous invitait rarement à entrer dans une maison ; nous ne rencontrions ni bienvenue ni amitié ; et, de leur vie d'intérieur, nous n'eûmes que cette seule vision : la veillée d'un mort, triste et lugubre tableau : la veuve tenant sur ses genoux le corps glacé et bleuissant de son époux et, tantôt prenant sa part des rafraîchissements qui faisaient le tour de la compagnie, tantôt pleurant et baisant la bouche décolorée. (« Je crains que vous ne soyez dans une affliction profonde », disait le ministre écossais. — « Ah ! sir, vous dites vrai ! »

répliquait la veuve ; « j'ai pleuré toute la nuit ; maintenant je vais à peine manger un tout petit peu de porridge et après, je recommencerai à pleurer. ») J'ai toujours supposé que les insulaires nous évitaient, au cours de nos promenades aux environs, soit par dégoût, soit parce qu'ils en avaient reçu l'ordre ; et, quand nous en rencontrions quelques-uns, c'était généralement par surprise. La surface de l'île est couverte d'une végétation variée, composée de bouquets de palmiers, de fourrés et de vallons romantiques, profonds de quatre pieds, vestiges des anciennes plantations de taro ; et l'on peut ainsi tomber à l'improviste sur des gens au repos ou négligeant leur ouvrage. A une portée de fusil environ de notre commune, une mare s'étendait au bout de la jungle ; les jeunes filles de l'île venaient s'y baigner et furent plusieurs fois alarmées par notre arrivée. Ce n'est pas pour elles que sont les fraîches et brillantes rivières de Tahiti ou de Upolu, ni les rires et les ébats joyeux, à l'heure du crépuscule, avec tous les gais compagnons du village ; il leur faut venir là, à la dérobée et se vautrer et se laver (si cela peut s'appeler se laver), dans une boue tiède, aussi brune que leur peau. D'autres rencontres, mais toujours rares, me reviennent à la mémoire. J'avais été plusieurs fois arrêté par un tendre son de voix, parlant dans le taillis, douces comme des flûtes et avec de suaves intonations. Déjà mon imagination partait... j'écartai les feuilles et, voyez ! au lieu des dryades attendues, j'aperçus deux solides vieilles dames, accroupies avec une pipe de terre et revêtues du disgracieux *ridi*. La beauté de la voix et des yeux était tout ce qui restait à ces vastes dames ; mais celle de la voix était vraiment exquise. Et n'est-ce pas étrange que j'aie entendu le parler de la plus prenante douceur dans ce dialecte qui est remarquable pour ses consonnances rauques, désagréables et grossières ; au point que Tembinok' lui-même disait que sa langue le fatiguait et que c'était un repos pour lui de parler anglais.

Quant à la condition de ce peuple, j'en ai vu si peu de chose que je ne puis guère que la deviner. Le Roi lui-même explique la situation non sans art. « Non, je ne les paye pas », nous dit-il une fois ; « je leur donne du tabac. Ils travaillent pour moi *comme des frères*. » Ils ont tous les caractères de la servilité — une insouciance d'enfants, une incurable paresse, un placide contentement d'eux-mêmes. L'insolence du cuisinier est un trait qui lui était propre ; mais non son insouciance qu'il partageait avec l'innocent oncle Parker. Tous deux, avec la même indifférence, gambadaient à l'ombre de la potence et prenaient avec la mort des libertés qui auraient surpris un psychologue superficiel. J'ai dit de Parker qu'il se conduisait comme un enfant de dix ans : qu'était-il de plus, étant un esclave de soixante ? Il avait passé toute sa vie à l'école, nourri, habillé, n'ayant qu'à obéir et sans penser à rien ; la crainte des punitions lui était familière et il était en coquetterie avec elle. On mène les hommes longtemps par la terreur, mais on ne les mène pas loin. Ici, à Apemama, ils travaillent au péril constant et immédiat de leurs vies et sont plongés dans une sorte de paresse léthargique. On voit couramment l'un ou l'autre s'en aller aux champs dans sa natte raide, sans ceinture, et obligé de marcher les coudes au corps, comme un poulet ficelé ; et quoique sa main droite puisse avoir à faire, l'autre est forcée de s'employer à maintenir son vêtement. On voit fréquemment des hommes se mettre à deux pour porter sur une perche un unique seau d'eau. Que l'on fasse deux parts d'une cerise, passe encore ; mais se mettre à deux pour porter la charge d'un soldat, sur une distance d'environ deux cents mètres, dépasse toute mesure. La femme, étant le moins puéril des animaux, est moins avachie par la servilité. Même en l'absence du Roi, même livrées à elles-mêmes, j'ai vu les femmes d'Apemama travailler consciencieusement. Mais d'un homme, le plus qu'on doive espérer, est qu'il se mette à sa besogne par de courts accès languissants et qu'il se promène entre temps. Ainsi ai-je vu un peintre, fumant sa pipe avec un ami au coin du feu de son atelier. On pourrait croire que la race manque de politesse, voire de vitalité, jusqu'au moment où on les voit danser. Nuit après nuit et parfois jour après jour, ils déroulaient leurs chœurs dans le Grand Parlement, — solennels andantes et adagios, rythmés par le claquement des mains, et clamés avec une énergie qui ébranlait la toiture. La mesure n'était pas extrêmement lente, quoiqu'elle fût lente pour les îles, mais j'ai surtout noté l'effet qu'elle produisait sur l'auditeur. Leur musique avait, entendue de près, un caractère religieux et paraissait, à l'oreille d'un Européen, plus régulière que la musique habituelle des îles. Deux fois, j'ai entendu une dissonance se résoudre régulièrement. Entendues de plus loin, d'Equateur-Ville, par exemple, les mesures s'élevaient et retombaient et crépitaient comme des abois de chiens dans un chenil éloigné.

Les esclaves ne sont pas surmenés — des enfants de dix ans en font plus sans fatigue, — et les travailleurs d'Apemama ont congé quand les chants doivent commencer de bonne heure dans l'après-midi. Le régime est sévère : le copra et un entremets de pandane pilé sont les seuls mets que j'aie rencontrés en dehors du palais ; mais on ne leur mesure pas la quantité et le Roi partage ses tortues avec eux. Il en arriva trois durant notre séjour, dans un bateau de Kuria ; on en garda une pour le palais ; la seconde nous fut envoyée ; la troisième offerte au village. Les insulaires ont l'habitude de faire cuire les tortues dans leur carapace ; comme on nous avait promis celles-ci, nous demandâmes un tabou sur cette pratique absurde. La figure de Tembinok' s'assombrit et il ne répondit rien. J'avais compris sans hésitation dans la question de la fontaine, l'eau étant rare sur une île basse ; mais qu'il refusât d'intervenir dans un détail purement culinaire dépassait ma compréhension ; je supposai (à tort ou à raison), qu'il se faisait scrupule de toucher en quoi que ce soit à la vie privée et aux habitudes de ses esclaves. Comme quoi, jusque là-bas, en plein despotisme, l'opinion publique a du poids ; jusque-là, en plein esclavage, la liberté revendique ses droits.

Régulière, sobre et innocente, la vie s'écoule dans l'île, jour après jour, comme dans une plantation modèle sous un planteur modèle. Les bienfaits de cette règle sévère sont indiscutables. Une politesse curieuse, des manières douces et gracieuses, quelque chose d'efféminé et courtois tout ensemble, distingue les insulaires d'Apemama ; tous les négociants le remarquent ; des résidents, même aussi peu aimés que nous l'étions, en avaient conscience jusque chez le cuisinier et même aux heures de la pire insolence de ce gredin. Le Roi, avec sa tenue simple et virile, était seul en vedette ; il semblait le seul insulaire des Gilbert dans Apemama. Les actes de violence, si communs à Butaritari, y semblent inconnus. Tels y sont le vol et l'ivrognerie. On m'a assuré qu'on avait fait l'expérience de laisser des souverains sur la plage, devant le village : personne n'y toucha. Une seule fois, pendant tout notre séjour dans l'île, on me demanda de quoi boire. Et celui qui me le demanda était un grand et vigoureux garçon, portant des vêtements européens et parlant un anglais excellent ; — Tamaïti était son nom, et plutôt, comme l'ont transformé les blancs, « Tom White » : il était l'un des subrécargues du Roi, à trois pounds par mois, plus le pourcentage ; vaguement médecin par-dessus le marché et sorcier à ses moments perdus. Il me rencontra un jour sur les confins du village dans un endroit solitaire, chaud et privé, où les sillons de taro sont profonds et les plantes élevées. Il me prit par le bouton de ma veste et, jetant tout autour de lui des regards de conspirateur, il me demanda si j'avais du gin ?

Je lui dis que j'en avais. Il observa que le gin était prohibé, loua cette proscription pendant quelque temps, puis commença à m'expliquer qu'il était un docteur, un « dogstar », comme il disait, que le gin lui était nécessaire pour ses infusions médicales, qu'il n'en avait plus du tout et qu'il me serait bien obligé de lui en donner un petit flacon. Je lui dis que j'avais donné ma parole au Roi en venant à terre, de ne jamais en procurer à personne ; mais que, devant un cas aussi exceptionnel que le sien, j'allais me rendre de suite au Palais et ne doutais pas que Tembinok' ne me dégageât de ma promesse. Aussitôt, Tom White fut bouleversé par le trouble et la terreur, me supplia dans les termes les plus pathétiques de ne pas le trahir et s'empressa de fuir mon voisinage. Il était loin d'avoir la bravoure du cuisinier ; des semaines se passèrent sans qu'il osât se montrer à mes yeux ; et il ne le fit plus que par un ordre du Roi ou pour quelque affaire particulière.

Plus je constatais et admirais le triomphe d'une règle sévère, plus j'étais hanté et troublé par un problème, le problème de demain (peut-être) pour nous-mêmes ? Je voyais là un peuple à l'abri de toute sérieuse infortune, débarrassé de toute anxiété grave, et privé de ce que nous appelons notre liberté. En étaient-ils satisfaits ? et quelle sorte de sentiment leur inspirait leur maître ? Il m'était difficile de leur poser la première question, et à eux, peut-être, d'y répondre. La seconde, elle-même, était délicate ; à la fin, pourtant, et dans des circonstances aussi charmantes qu'étranges, je trouvai une occasion de la poser et un homme pour y répondre. C'était peu avant la pleine lune et la brise était délicieuse ; l'île était aussi claire qu'en plein jour — dormir eût été sacrilège, et j'errais dans le fourré — jouant de la flûte. Sans doute est-ce le son de ce qu'il me plaît d'appeler ma musique qui attira dans ma direction un autre promeneur nocturne. C'était un jeune homme vêtu d'une fine natte, les cheveux ornés d'une guirlande, car il venait de danser et de chanter dans la salle publique ; son corps, son visage, ses yeux étaient d'une beauté parfaite. On trouve à chaque instant, dans les Gilbert, des jeunes gens d'une aussi absurde perfection. J'ai vu, un jour, cinq d'entre nous rester une demi-heure en admiration devant un garçon de Mariki ; et déjà, j'avais plusieurs fois remarqué Te-Kop (mon ami à la fine natte et à la guirlande) et l'avais depuis longtemps classé comme un des plus charmants animaux d'Apemama. Le filtre de l'admiration est, sans doute, bien puissant, ou bien ces naturels sont particulièrement sensibles à ses effets, car j'ai rarement admiré un habitant quelconque des îles qu'il n'ait de suite sollicité mon amitié. Ainsi fit Te-Kop. Il me mena au bord de l'océan, et pendant une heure ou deux, nous demeurâmes assis là, devisant et fumant, sur le sable resplendissant et sous l'ineffable éclat de la lune. Mon ami se montrait très sensible à la beauté et à la douceur de l'heure. « Belle nuit ! beau vent ! » s'écriait-il sans cesse. Il y a bien longtemps, j'avais inventé des expressions d'enchantement pareillement répétées pour un caractère (celui de Felipe, dans *Olalla*), que je voulais rendre en partie bestial. Mais il n'y avait rien de bestial en Te-Kop ; rien que le plaisir puéril d'un moment. Il se montrait également satisfait de son compagnon et avait la bonté de me le dire ; il me fit, avant de me quitter, la faveur de m'appeler Te-Kop ; m'apostropha comme « mon nom » avec une intonation d'une tendresse exquise, posant sa main doucement sur mon genou ; et après nous être levés, comme nos sentiers commençaient à se séparer dans le fourré, par deux fois il me cria avec une sorte de gentille extase : « Je vous aime trop ! » — Dès le début, il n'avait fait aucun mystère de la terreur que lui inspirait le Roi ; il ne s'assit et ne se risqua à parler, et encore à voix basse, que lorsqu'il eût mis toute la largeur de l'île entre lui et son monarque alors endormi et inoffensif ; et jusque-là, à une portée de pierre de la grande mer, nos voix couvertes par le bruit des vagues et le tumulte du vent dans les palmiers, il continuait à parler en sourdine, adoucissant sa voix argentée (qui s'élevait assez haut dans les chœurs), et regardait tout autour de lui comme un homme qui se croit espionné. Le plus étrange de la chose est que je ne le revis jamais. Dans n'importe quelle autre île des mers du Sud, si je m'étais avancé à moitié autant avec un naturel, dès le lendemain matin il eût été à ma porte, m'apportant des présents et espérant en recevoir. Mais Te-Kop disparut dans la brousse pour toujours. On ne pouvait, c'est vrai, approcher de ma maison ; mais il savait où me trouver sur la grève de l'océan où j'allais tous les jours. J'étais le *kaupoi,* l'homme riche ; mon tabac et mes provisions passaient pour être inépuisables : il était sûr d'avoir un cadeau. Je me perds en conjectures sur sa conduite, à moins d'admettre qu'il se souvînt avec terreur et regret d'un passage de notre conversation. Voici quel était ce passage :

— « Le Roi, lui brave homme ? » demandai-je.

— « Supposez lui aime vous, lui bon homme, — répliqua Te-Kop ; — pas vous aimer, pas bon. »

C'est une manière de voir, évidemment. Il ne semble pas que Te-Kop lui-même fût un favori, car il ne me parut pas représenter un travailleur modèle ! Et il doit y en avoir beaucoup d'autres que le Roi « n'aime pas » (pour adopter cette formule). Ces malheureux aiment-ils le Roi ? ou plutôt, la répulsion n'est-elle pas réciproque ? et le consciencieux Tembinok' de même que le consciencieux Brasfield, avant lui, et bien d'autres juges et législateurs consciencieux avant eux, ne sont-ils pas entourés d'une masse d'éternels mécontents ?

Prenez par exemple le cuisinier, quand il passa devant nous, bleu de rage et de terreur. Il était très irrité contre moi ; je crois, d'après tous les plus vieux principes qui régissent la nature humaine, qu'il n'était pas très satisfait de son souverain. C'est contre l'homme riche qu'il dressa ses embûches ; je crois qu'il ne s'en était fallu que d'un cheveu qu'il ne les dressât contre le Roi. Et le Roi en donne, ou semble en donner, de nombreuses occasions ; jour et nuit, il se promène tout seul, avec ou sans armes, je ne sais ; et les champs de taro, où l'appellent si souvent ses affaires, semblent un lieu d'assassinat tout désigné. Le cas du cook pesait réellement sur ma conscience. Je ne pouvais supporter l'idée de faire tuer mon ennemi par un tiers ; mais, avais-je le droit de dissimuler au Roi qui m'avait donné sa confiance, le caractère ignoré et dangereux de son serviteur ? Et supposez que le Roi fût tué, quel serait le sort réservé à ses amis ? Notre opinion avait toujours été que nous payerions cher la clôture de la fontaine et que notre vie était entre les mains du Roi ; que si, par hasard, le Roi était, un beau jour, assommé dans un champ de taro, les habitants tant philosophes que musiciens d'Equateur-Ville n'auraient qu'à mettre de côté leurs instruments d'agrément et se nantir de tous les moyens de défense à leur portée, car même alors leurs chances de succès resteraient douteuses. Ces réflexions nous furent suggérées par un incident que je trahis à ma honte. La goélette *H.-L.-Haseltine* (qui depuis s'est perdue en mer avec onze hommes) aborda à Apemama à un moment très favorable pour nous qui étions presque au bout de nos provisions. Le Roi, fidèle à son habitude, passait toutes ses journées à bord ; le gin se trouvait malheureusement à son goût ; il en rapporta une provision à terre ; et pour quelque temps, le tyran de l'île se montra à moitié gris. Il n'était pas positivement ivre, — l'homme n'est pas un ivrogne ; il a toujours des provisions de liqueur à portée de la main, dont il use avec modération — mais il était muet, dolent et confus. Il vint un jour déjeuner avec nous et s'endormit sur sa chaise pendant qu'on mettait le couvert. Sa confusion, lorsqu'il se réveilla et se vit découvert, n'eut d'égale que notre embarras. Quand il ne fut plus là, nous restâmes assis, parlant des périls auxquels il s'exposait et qui, en quelque sorte, nous menaçaient aussi ; avec quelle facilité il pouvait, dans cet état, être surpris par des « gromble to mans » ; des scènes terribles qui suivraient — le trésor royal et les magasins à la merci de la populace, le palais envahi, la garnison de femmes abandonnée sans ressources. Et voilà que pendant que nous causions, un coup de fusil et un cri brusque et sauvage nous firent sursauter. Je crois que tous nous changeâmes de couleur ; mais ce n'était que le Roi faisant feu sur un chien et un écho des chœurs qui se chantaient dans le Parlement. Un ou deux jours après, j'appris que le Roi était très souffrant ; je me rendis auprès de lui et diagnostiquai le cas ; j'acquis instantanément à ses yeux les plus hautes capacités médicales en lui administrant du bicarbonate de soude. Sur l'heure Richard redevenait lui-même ; je le retrouvai dans la maison inachevée, jouissant du double plaisir de diriger Rubam et de dîner avec un chausson aux noix de coco, et très anxieux d'avoir la formule de cette nouvelle espèce de *tueur de peine*, — car *tueur de peine* est, aux îles, le nom générique donné à tous les médicaments. Ainsi se terminèrent la modeste bombance du Roi et notre inquiétude.

D'après toutes les apparences, je dois dire que le loyalisme paraissait inébranlé. Quand la goélette revint enfin, après avoir essuyé de bien mauvais temps, elle nous apporta la nouvelle que Tebureimoa avait déclaré la guerre à Apemama. Tembinok', subitement, devint un autre homme ; sa figure s'illumina ; son attitude, un jour que je le vis présider un concile de chefs dans un des maniap's du palais, était celle d'un jeune homme, sa voix couvrant toutes les autres, perçante et joyeuse. La guerre était ce qu'il lui fallait ; enfin cette chance s'offrait à lui. Le capitaine anglais, lorsqu'il avait jeté ses armes dans le lagon, lui avait interdit à l'avenir (sauf dans un seul cas), toute aventure militaire : et voici que ce cas se présentait ! Toute la matinée, le concile délibéra. On fit faire l'exercice aux hommes, on acheta des armes ; des coups de feu se succédèrent toute l'après-midi ; le Roi me communiqua son plan de campagne, élaboré avec une certaine ingéniosité, mais peut-être un peu subtil vu les vicissitudes rudes et hasardeuses de la guerre. Et en tout ceci, le peuple se montra très bien ; une animation inaccoutumée éclairait les visages, et l'oncle Parker lui-même brûlait d'un feu belliqueux.

Bien entendu, c'était une fausse alarme. Tabureimoa avait d'autres chats à fouetter. L'ambassadeur qui nous accompagna lors de notre retour à Butaritari le trouva retiré dans une petite île sur le récif, en querelle avec les Vieux-Hommes, en pique avec les négociants et beaucoup plus occupé de la crainte d'une insurrection chez lui que d'entreprendre une guerre lointaine. Le plénipotentiaire avait été mis sous ma protection et nous nous saluâmes solennellement en nous rencontrant. Il se montra un excellent pêcheur et prit du bonito par-dessus le bord du bâtiment. Il ramait bien et se rendit utile pendant toute une fiévreuse après-midi en remorquant l'*Equateur* hors de Mariki. Il se rendit à son poste et n'y fit aucun bien. Puis il s'en retourna chez lui, n'ayant fait aucun mal. *O si sic omnes !*

CHAPITRE VI

Le Roi d'Apemama : l'œuvre du diable

La plage qui borde l'Océan était, à Apemama, notre rendez-vous quotidien. La côte est coupée par des baies peu profondes. Le récif est détaché, enlevé et enclôt un lagon d'un mètre environ de profondeur, et qui offre à la mer un bassin agité. Le rivage est tantôt de sable fin, tantôt de corail broyé. La ligne de la côte étant convexe, on ne peut en voir à la fois qu'un quart de mille ; le pays étant si bas, l'horizon semble à une portée de fusil ; et ce rapprochement de la perspective accentue encore le sentiment de la solitude. L'homme évite ces lieux — l'empreinte de ses pas y est rare ; mais une multitude d'oiseaux y voltigent et végètent, pêchant et laissant sur le sable leurs traces crochues. En dehors d'eux, le seul bruit (et j'allais dire la seule société) qu'on trouve là est celui des lames contre le récif.

Sur chaque pointe de la côte, le banc de mâchefer de corail qui domine la plage a été nivelé et on y a élevé un pilier qui mesure à peine la hauteur d'un homme. Ce ne sont pas là des sépulcres ; tous les morts sont enterrés du côté habité de l'île, tout près des maisons et (ce qui est plus grave), tout près des puits. On compte sur eux pour protéger l'île contre les incursions de la mer, — fétiches divins ou diaboliques, sacrés sans doute à Taburik, dieu du tonnerre.

La baie faisant face à Equateur-Ville, que nous

appelions Fu-bay, en l'honneur de notre cuisinier, était également fortifiée à chaque pointe. Elle était bien abritée par le récif, l'eau enclose tranquille et claire, la plage qui l'entoure incurvée en fer à cheval, toutes deux vastes et escarpées. Le sentier débouche au milieu environ de l'angle rentrant, les bois s'arrêtant à quelque distance dans les terres. En avant, entre la frange des bois et le couronnement du rivage, un plan régulier avait été tracé, assez semblable à un terrain de tennis avec des bordures de pierres arrondies et un petit poteau à chaque angle, de pierre également, semble-t-il. C'est le Lieu de Prière du Roi. Lorsqu'il priait, pour quoi priait-il et à qui s'adressaient ses supplications ? je n'ai jamais pu le savoir. L'emplacement était tabou.

Dans l'angle, à la sortie du sentier, s'élevait un maniap' abandonné. Avant notre arrivée, il y avait eu là une maison, transportée depuis à Equateur-Ville. Elle avait été — et elle redeviendrait après notre départ, la résidence du gardien et sorcier de l'endroit — Tamaïti. C'est là, en ce lieu solitaire, au bruit de la mer, qu'il demeurait et se livrait à ses pratiques surnaturelles. C'est le seul homme que je me rappelle avoir jamais vu vivant sur la côte d'un atoll exposé à l'Océan ; il fallait que Tamaïti eût les nerfs solides ou une confiance aveugle en ses incantations, ou, ce que je crois plus vraisemblable, un scepticisme enviable. Tamaïti était-il sous la tutelle du Lieu de Prière ? je ne l'ai jamais su. Mais sa chapelle particulière était située plus au cœur des bois. C'était un arbre d'une taille respectable. Un cercle de pierre s'alignait autour de lui, pareil à celui qui enclôt le Lieu de Prière ; devant, face à la mer, une pierre beaucoup plus grande et un peu creusée, comme une piscine, était adossée au tronc ; et devant celle-ci s'élevait une pile conique de gravier. Dans le creux de ce que j'ai nommé la piscine (quoique ce fût, paraît-il, un siège magique), reposait une offrande de noix de coco ; et en levant les yeux, on apercevait les branches de l'arbre couvertes de fruits étranges : des palmes savamment tressées et de magnifiques modèles de canots, achevés et gréés dans les moindres détails. Le tout donnait une impression estivale et sylvestre de « Christmas-tree *al fresco* ». Cependant, nous étions déjà suffisamment familiarisés avec les Gilbert pour reconnaître là, à première vue, une pièce de sorcellerie ou, comme on dit dans le groupe, « d'ouvrage du diable ».

Nous reconnûmes les palmes tressées. Nous en avions vu de semblables à Apaiang, la plus christianisée de toutes ces îles, où l'excellent Mr. Bingham vivait et travaillait et a laissé des souvenirs inoubliables ; d'où proviennent toutes les traces d'éducation des îles septentrionales du groupe Gilbert ; et où nous avions pris pension chez des petites « Sunday-school-misses » indigènes, en robes fraîches, à l'expression modeste, et chantant des hymnes sans se lasser.

Voici comment nous avions appris à connaître l'ouvrage du Diable à Apaiang : — nous nous étions, par hasard, laissé surprendre par la nuit chez Captain Tierney. Ma femme et moi, nous logions avec un serviteur chinois à un demi-mille environ de là ; et Captain Reid et un garçon du pays nous escortèrent à la lueur d'une torche. En route, la torche s'éteignit et nous nous abritâmes dans une chapelle chrétienne, petite et solitaire, pour la rallumer. Une branche de palmier nouée était fichée dans les poutres de la chapelle. « Qu'est cela ? » demandai-je. « Oh, c'est de l'ouvrage du Diable », dit le Captain. « Et qu'appelez-vous de l'ouvrage du Diable ? » — « Si vous voulez, je vous en montrerai quand nous arriverons à Johnnies », répondit-il. « Johnnies » était une bizarre petite maison, sur la crête du rivage, surélevée de trois pieds sur des poteaux, accessible par un escalier, moitié murs, moitié treillage. Des réclames de photographes la décoraient à l'intérieur. Comme mobilier, une table et une alcove avec un lit dans lequel Mrs. Stevenson put dormir, tandis que je campais par terre, sur les nattes, avec Johnnie, Mrs. Johnnie, sa sœur, et le propre régiment de blattes du diable! Une vieille sorcière avait été convoquée, qui jetait sur nous des regards d'horreur. On posa la lampe par terre; la vieille s'accroupit sur le sol, une palme verte à la main; la lumière tombait en plein sur ses traits flétris et, çà et là, derrière elle, dans la nuit sombre, sur le visage de quelque spectateur effrayé. Notre magicienne commença de psalmodier une incantation; elle employait l'ancienne langue et je n'avais pas d'interprète; et toujours, et sans cesse, j'entendais dans la foule, massée au-dehors, ce rire que tout homme ayant voyagé dans les îles apprend bien vite à reconnaître — le rire de la terreur. Sans aucun doute, ces demi-chrétiens étaient scandalisés; ces demi-païens étaient alarmés. Cheuch ou Taburik ainsi évoqués, nous posâmes quelques questions; la sorcière noua les feuilles, ici l'une, ici l'autre, probablement d'après quelque système mathématique; étudia le résultat avec l'apparence d'une grande attention et nous communiqua les réponses : Sidney Colvin se portait bien et était en voyage, et nous aurions un bon vent le lendemain matin. — Tel fut le résultat de notre consultation qui nous coûta un dollar. Le jour suivant se leva, étouffant et chargé de nuages; mais je soupçonne Captain Reid d'avoir accordé à la Sybille une certaine confiance, car la goélette fut frétée pour reprendre la mer. Vers huit heures, le lagon fut strié par de longues pattes d'oie et les palmiers s'agitèrent en bruissant; avant dix heures nous étions sortis de la passe et voguions à pleines voiles, au bouillonnement des dalots. Ainsi donc nous avions la brise qui, en elle-même, valait bien un dollar! Quant au bulletin concernant mon ami d'Angleterre, mon courrier m'apprit quelque six mois plus tard qu'il était dénué de tout fondement. Peut-être Londres se trouve-t-il en deçà de l'horizon des dieux insulaires ?

Au début de nos relations avec Tembinok', il montra une grande aversion pour la superstition ; et, si l'*Équateur* n'eût un peu tardé, nous eussions quitté l'île en le regardant comme un agnostique. Mais il advint qu'un jour, comme il se rendait à notre maniap', il trouva Mrs. Stevenson au milieu d'un jeu de patience. Elle lui expliqua le jeu le mieux qu'elle put et conclut gaiement en lui disant que c'était là son « ouvrage du diable », et que, si elle gagnait, c'est que l'*Équateur* devait arriver le lendemain. Alors, sans doute, Tembinok' dut pousser un profond soupir : nous n'étions donc pas si supérieurs après tout ! pourquoi dissimuler encore ? et sur l'heure, il se lança dans des aveux. Il faisait « l'ouvrage du diable » tous les jours, nous dit-il, pour savoir si des navires allaient venir ; et depuis, il ne manqua pas de nous communiquer les résultats de ses opérations. Il se trompait avec une régularité surprenante ; mais il avait toujours une explication toute prête. Sûrement, une goélette avait passé au large, hors de vue ; mais, ou bien elle ne se dirigeait pas vers Apemama, ou bien elle avait changé d'itinéraire, à moins qu'elle ne fût en panne. Je regardais le Roi avec vénération quand il se leurrait ainsi, lui-même, publiquement. Je voyais derrière lui tous les Pères de l'Eglise, tous les philosophes et tous les savants du Passé ; devant lui, tous ceux qui sont à venir ; lui-même au milieu ; tout ce long défilé de visionnaires penché sur la commune tâche de coordonner des absurdités. A la fin, Tembinok' ne parlait plus qu'à contre-cœur des dieux des îles et de leur culte et je n'appris que fort peu de chose. Taburik est le dieu du tonnerre ; il porte le vent et la tempête. Il fut un temps où certains sorciers pouvaient le faire apparaître sous la forme d'une lumière. « Mon père, lui me dire lui voir : vous croyez lui mentir ? »

Tienti — prononcé à peu près « Cheuch » et identifié par Sa Majesté avec le diable — envoie et guérit les maladies. Qu'on le siffle, à la manière des Paumotuans et il apparaît ; mais le Roi ne l'a jamais vu. Les docteurs traitent les malades avec l'aide de Cheuch : l'éclectique Tembinok' administre en même temps quelque « tueur de peine », extrait de sa pharmacie, de façon à donner toutes les chances au patient. « Je crois c'est mieux », observe Sa Majesté avec son habituelle satisfaction de soi. Apparemment, les dieux ne sont pas jaloux et se partagent avec placidité le prêtre à l'autel. Ainsi, par exemple, sur l'arbre médicinal de Tamaïti, des canots sont suspendus, ex-votos d'un heureux voyage et, par conséquent, dédiés à Taburik, dieu du temps ; mais la pierre au pied de l'arbre est réservée aux malades venus pour apaiser Cheuch.

Un heureux hasard me fit prendre froid au moment même où nous parlions de ces choses. Ce n'est pas qu'un rhume m'ait jamais fait plaisir, soit avant, soit après ; mais cette fois, l'occasion était unique de voir les sorciers à l'œuvre et je fis appeler la faculté d'Apemama. Ils vinrent en corps, dans leurs plus beaux habits du dimanche, parés de guirlandes et de coquillages, insignes des ouvriers du diable. Je connaissais Tamaïti ; mais je voyais pour la première fois Terutak' — un grand pêcheur des mers du Nord, grand, maigre, osseux, bronzé et grave ; et il y en avait un troisième dont je n'ai jamais su le nom, et qui jouait auprès de Tamaïti le rôle de *famulus*. Tamaïti s'empara de moi le premier et, tout en devisant agréablement, me conduisit jusqu'au rivage de Fu-bay. Le *famulus* grimpa à un arbre pour cueillir quelques noix de coco. Tamaïti lui-même disparut un instant dans le taillis et revint avec une mèche de fibres de cocotier, des feuilles sèches et un rameau de verdure. Je dus m'asseoir sur une pierre, le dos contre l'arbre, la figure du côté du vent ; une des noix de coco fut placée entre moi et le talus de sable, puis, Tamaïti (s'étant mis pieds nus, car il était venu dans des souliers de toile qui le torturaient) me rejoignit dans le cercle magique, creusa le sommet du tas de sable, prépara son feu au milieu et y mit une allumette : elle était de Byrant et May. Le bois avait de la peine à prendre, et l'irrévérencieux sorcier gagnait du temps en me parlant de pays étrangers — de Londres, de « compagnies » et combien d'argent elles avaient ; de San Francisco et des terribles brouillards « tout pareils à la fumée », qui avaient failli causer sa mort. Je m'efforçais en vain de le ramener à son occupation. « Tout le monde faire médecine », dit-il légèrement. Et quand je lui demandai s'il était lui-même un bon praticien, « no savey », répondit-il, plus légèrement encore. A la fin, les feuilles prirent feu et une flamme s'en éleva qu'il continua d'alimenter. Une fumée épaisse me balayait la figure et les flammes léchaient et roussissaient mes vêtements. Lui, pendant ce temps, invoquait ou feignait tout au moins d'invoquer l'esprit du mal, remuant les lèvres rapidement, mais sans émettre un son ; en même temps, il agitait dans l'air son rameau de verdure et m'en frappa par deux fois la poitrine. Sitôt que les feuilles furent consumées, les cendres furent enterrées, le rameau de verdure enseveli dans le sable ; et la cérémonie en resta là.

Un lecteur des *Mille et une nuits* se fût senti là dans son élément ; rien n'y manquait : ni la suffumigation, ni le magicien marmotteur, ni un lieu désert où Aladin fut attiré dans le piège de son mauvais oncle. Mais ces choses gagnent dans le poème ! Dans la réalité, l'effet était détruit par la légèreté du sorcier, entretenant son patient de propos oiseux comme un dentiste aimable et par la présence incongrue de Mr. Osbourne avec son appareil à photographies ! Quant à mon rhume, il ne s'en trouva ni mieux ni plus mal.

Je passai alors entre les mains de Terutak', le praticien chef, ou baronet médical d'Apemama. Il habitait le côté de l'île qui donne sur le lagon, tout près du Palais. Une barrière de bois léger, de deux pieds de haut environ, entoure une surface oblongue de sable qui rappelle le Lieu de Prière du Roi ; un arbre vert s'élève au milieu ; en dessous, sur une table de pierre, deux boîtes sont couvertes d'une natte fine ; et devant celles-ci, on dépose chaque jour une offrande faite de noix de coco, d'un peu de taro ou d'un poisson. De deux côtés, l'enceinte est bordée de maniap's et l'un des nôtres, venu là pour faire quelques croquis, avait remarqué une affluence de personnes qui se renouvelait chaque jour et un nombre extraordinaire d'enfants malades. Car c'est là, par le fait, l'infirmerie d'Apemama. Le docteur et moi pénétrâmes seuls dans l'enceinte sacrée, les boîtes et les nattes furent déplacées, je pris place sur la pierre comme sur un trône, faisant face à l'orient, une fois de plus. Pendant quelque temps, le sorcier demeura caché derrière moi, faisant des passes dans l'air avec une branche de palmier. Après quoi, il frappa légèrement sur le bord de mon chapeau, recommençant par intervalles et parfois brossant mon bras et mon épaule. On a voulu bien des fois me magnétiser, et toujours sans le moindre résultat. Mais cette fois, au premier coup — et sur un point aussi peu vital que le bord de mon chapeau et porté par une simple badine de palmier, maniée par un homme que je ne voyais même pas, — le sommeil fonça sur moi comme un homme en armes. Mes nerfs défaillirent, mes yeux se fermèrent, mon cerveau bourdonna, une somnolence irrésistible m'envahit. Je résistai, d'abord instinctivement, puis avec une certaine ardeur désespérée et enfin avec succès, — si réellement je puis appeler un succès ce qui me permit tout juste de me remettre sur pieds, de rentrer chez moi comme un somnambule, de me laisser choir sur mon lit et d'y tomber instantanément dans une torpeur sans rêves. Quand je m'éveillai, mon rhume avait disparu. J'abandonne un problème que je ne puis résoudre.

Entre-temps, mon appétit de curiosités (peu féroce d'habitude), avait été étrangement aiguisé par les boîtes sacrées. Elles étaient en bois de pandanus, de forme oblongue, d'un aspect strié comme certains ouvrages en paille, légèrement frangées de cheveux ou de fibres et posées sur quatre pieds. L'extérieur était achevé comme un jouet ; l'intérieur, un mystère que j'étais résolu à éclaircir. Mais un lion en défendait le seuil. Je ne devais pas approcher Terutak', ayant promis de ne rien acheter dans l'île ; je n'osais pas recourir au Roi, car déjà j'avais reçu de lui plus de présents que je ne pouvais lui en rendre. Dans ce dilemme (la goélette étant enfin revenue), nous eûmes recours à un stratagème. Captain Reid s'avança à ma place, affecta d'éprouver une passion folle pour les boîtes et demanda la permission, qui lui fut aussitôt accordée, de les acheter au magicien. Le jour même, le capitaine et moi nous précipitâmes à l'infirmerie, pénétrâmes dans l'enceinte et, ayant soulevé les nattes, nous commencions à examiner les boîtes tout à notre aise, quand la femme de Terutak' bondit d'une des maisons voisines, tomba sur nous, rafla les trésors et disparut. Jamais surprise ne fut plus brusque. Elle vint, elle prit, elle disparut, impossible de savoir où, tandis que nous demeurions, l'air hagard et secoués d'un fou rire dans l'enclos déserté. Tel fut le prologue de notre mémorable marché.

Sur ce, Terutak' arriva, escorté de Tamaïti, tous deux souriants ; et nous prîmes place, accroupis tous trois en dehors de la barrière. Un certain nombre de personnes étaient rassemblées dans les trois maniap's de l'infirmerie : la famille d'un enfant malade en traitement ; la sœur du Roi, jouant aux cartes, une jolie fille qui jure que j'étais le portrait de son père ; en tout, une vingtaine environ. L'épouse de Terutak' était revenue (comme elle était partie), sans qu'on s'en aperçût et elle était assise là, retenant son souffle et attentive aux côtés de son époux. Peut-être le bruit de notre requête avait-il transpiré ou peut-être avions-nous donné l'alerte par notre inconvenante liberté ; toujours est-il qu'un mélange d'expectative et d'alarme se reflétait sur la figure de tous les assistants.

Captain Reid annonça sans préambule et sans artifice que je venais en qualité d'acquéreur ; Terutak', avec une dignité soudaine, dit qu'il refusait de vendre. On insista, il persista. On lui expliqua que nous n'en désirions qu'une : peu importe, il en fallait deux pour guérir les malades. On le pressa, on le raisonna : en vain. Il était là, assis, sérieux et immobile et refusait toujours. Ce n'étaient là que des escarmouches préliminaires ; jusqu'ici, il n'avait été question d'aucune somme d'argent. Alors le capitaine fit avancer ses batteries. Il proposa un pound, puis deux, puis trois. L'un après l'autre, des gens sortaient du maniap' pour se joindre à l'assistance, les uns simplement excités, d'autres avec des figures consternées. La jolie jeune fille se glissa près de moi ; c'est à ce moment que, — avec la plus innocente flatterie — elle me parla de ma ressemblance avec son père. Tamaïti, l'infidèle, était assis, la tête penchée, donnant tous les signes d'un abattement profond. Terutak', en sueur, ruisselait, l'œil vitreux, la figure coupée par un rictus pénible, la poitrine haletante comme celle d'un homme essoufflé par la course. L'homme devait être avare de sa nature ; je ne crois pas avoir jamais vu une agonie morale aussi tragiquement étalée. A côté de lui, son épouse encourageait passionnément sa résistance.

Alors vint la charge de la vieille garde ! Le capitaine,

faisant un saut, proposa le chiffre stupéfiant de cinq pounds ! A ce mot, tous les maniap's se vidèrent. La sœur du Roi jeta ses cartes et s'avança pour écouter, le front barré de nuages. La jolie jeune fille se frappa la poitrine, criant avec une insistance fatigante que, si la boîte eût été sienne, elle serait déjà à moi. La femme de Terutak' était hors d'elle, agitée d'une pieuse terreur, la figure décomposée, sa voix (qui ne cessait de presser et encourager son mari), perçante comme un sifflet. Terutak', lui-même, perdit l'immobilité de statue qu'il avait gardée jusque-là. Il se balançait sur sa natte, croisant ses genoux l'un après l'autre, et se donnait des coups dans la poitrine comme certains danseurs. Mais il sortit de la fournaise pur comme l'or et, avec ce qui lui restait de voix, il continuait de rejeter l'offre corruptrice.

Et voici qu'une exclamation s'éleva bien à propos. « L'argent ne guérira pas les malades », observait la sœur du Roi, sentencieusement ; et sitôt que j'eus entendu cette remarque, mes yeux se dessillèrent et je commençai à rougir de mon rôle. Là se trouvait un enfant malade et je m'ingéniais, sous les yeux de ses parents, à enlever la boîte de médecine ! Là se trouvait le prêtre d'une religion et je m'occupais, (moi païen millionnaire), à l'induire en sacrilège ; là un homme cupide, torturé entre sa passion et sa conscience, et j'étais là, jouissant de ses tourments et les aiguisant de gaieté de cœur. *Ave Cæsar !* Relégué dans un coin, endormi mais non pas mort, tous nous portons au fond de nous un instinct commun : une passion d'enfants pour le sable et le sang de l'arène. Ainsi se termina la première et la dernière expérience que j'aie faite des joies des millionnaires et je me retirai au milieu d'un silence respectueux. En aucun autre lieu du monde, je ne puis espérer bouleverser le tréfonds d'une nature d'homme par l'offre de cinq pounds ! En aucun autre lieu, dépenserais-je des millions, je ne risquerais de voir la cruauté des riches aussi clairement mise en lumière. De tous les assistants, aucun, sinon la sœur du Roi, ne garda aucun souvenir de la gravité du danger couru. Leurs yeux brillaient, la jeune fille se frappait la poitrine, dans une excitation tout animale. On ne leur offrait rien ; il ne s'agissait pour eux ni de perdre ni de gagner ; au seul énoncé de ces sommes énormes, Satan s'emparait d'eux !

Au sortir de cette singulière interview, je m'en fus droit au Palais ; je trouvai le Roi ; je lui avouai ce que je venais de faire et je le priai de féliciter Terutak' en mon nom pour sa vertu et de me procurer un coffre semblable aux siens avant le retour de la goélette. Tembinok', Rubam et un des Daily Papers — que nous surnommions « the Facetiæ Column » ruminèrent quelque temps une idée qu'ils finirent enfin par rendre intelligible. Ils craignaient que je ne me figure que le coffre me guérirait en cas de maladie ; or, sans sorcier, il ne servait à rien ; et si, d'aventure, je reprenais froid, je ferais mieux de recourir au « tueur de peine » habituel. Je leur expliquai que je désirais simplement le conserver dans mon « outch »[1] comme un souvenir d'Apemama, et ces braves gens se montrèrent très soulagés.

Assez tard, ce même soir, ma femme, en traversant l'île, perçut un chant qui s'élevait du taillis. Rien n'est plus commun à cette heure et en ces lieux que la joyeuse chanson du « toddy-cutter », alors que celui-ci se balance sur ses hauteurs, contemplant sous lui l'étroit ruban de l'île, l'étendue environnante de l'Océan et les feux du soleil couchant. Mais ce chant-ci avait un caractère plus grave et semblait sortir de terre. S'avançant un peu dans le fourré, Mrs. Stevenson aperçut une clairière, une fine natte étendue au milieu et, sur la natte, une guirlande de fleurs blanches

1. Maison.

et l'une des boîtes, diaboliques. Une femme — que nous supposâmes être Mme Terutak' — était assise en avant, tantôt penchée sur la boîte comme une mère sur un berceau, tantôt relevant la tête et lançant son chant vers le ciel. Un « toddy-cutter » qui passait par là dit à ma femme qu'elle priait. Sans doute, elle n'était pas tant occupée à prier qu'à conjurer le sort ; et peut-être même était-ce une cérémonie de désenchantement ? car le sort de la boîte était fixé ; elle allait quitter l'ombre de l'arbre à médecine, son enceinte sacrée, ses dévots serviteurs ; elle allait être maniée par des profanes ; traverser trois mers ; atterrir enveloppée de papier de Saint-Paul ; être consacrée à la santé de Lillie Bridge ; être époussetée par une servante anglaise et prendre, peut-être, les bruits de Londres pour la voix de la grande mer le long du récif. Avant la fin de notre dîner, Cheuch avait commencé son voyage et l'un des « news papers » avait déjà placé le coffre sur ma table comme un présent de Tembinok'.

Je me rendis de suite au palais et je remerciai le Roi, mais je lui proposai de lui rendre le coffre, préoccupé que des malades pussent manquer de secours par le fait de sa disparition. Je fus stupéfait de sa réponse. Terutak' avait, paraît-il, en réserve, trois ou quatre autres coffres, en cas d'accident ; et ses hésitations et la frayeur peinte sur tous les visages n'étaient nullement provoquées par la crainte de voir disparaître des médicaments, mais par la divinité immédiate de Cheuch. J'acquis de ce fait un respect singulier pour l'autorité du Roi qui avait acquis, pour rien, et en un instant, la faveur sacrilège que j'avais vainement tenté d'obtenir à coups de millions ! mais, j'avais, à présent, une tâche difficile à accomplir. Il n'entrait pas dans mes desseins que Terutak' fût victime de sa vertu ; et je voulais persuader le Roi de me permettre d'enrichir un de ses sujets et (ce qui était plus délicat), de payer le présent que j'avais reçu. Rien n'éclaire le caractère du

Roi d'une lumière plus favorable que le fait de ma réussite. Il commença par hésiter ; puis, à l'énoncé de la somme, il s'exclama : « Beaucoup d'argent », s'écria-t-il avec un déplaisir marqué. Mais sa résistance n'était pas sérieuse, et quand il eut exhalé toute sa mauvaise humeur : « A' right », dit-il ; « donnez-lui ; c'est mieux. »

Fort de cette autorisation, je m'en fus droit à l'infirmerie. La nuit était venue, fraîche, sombre, étincelante d'étoiles. Sur une natte, tout près d'un feu clair de bois et d'écales de noix de coco, Terutak' était étendu auprès de sa femme. Tous deux souriaient ; la récente agonie était oubliée ; l'ordre du Roi avait, je le suppose, apaisé les scrupules qui les agitaient ; ils me prièrent de m'asseoir auprès d'eux et de partager leur pipe. J'étais un peu ému lorsque je mis cinq souverains d'or dans la main du sorcier ; mais Terutak' ne manifesta aucune émotion en les retournant, désigna du doigt le palais et nomma Tembinok'. Les rôles étaient renversés quand j'arrivai à m'expliquer. Terutak', vieux pêcheur silencieux qu'il était, exprima sa satisfaction avec réserve ; mais la femme rayonnait ; et il y avait là un vieillard, — son père, je crois, — qui semblait transporté. Les yeux lui sortaient de la tête : « *Kaupoi, Kaupoi* — riche, riche ! » ces mots passaient et repassaient comme un refrain sur ses lèvres ; et il ne pouvait rencontrer mon regard sans être secoué de fou rire.

Et maintenant, je pouvais rentrer chez moi et méditer sur les événements étranges de ma journée, laissant cette réunion de famille, surexcitée, couver des yeux ses nouveaux millions. J'avais éprouvé et récompensé la vertu de Terutak'. J'avais joué au millionnaire ; je m'étais conduit d'une façon abominable, puis, j'avais, tant bien que mal, réparé mon étourderie. Mais enfin j'avais ma boîte et je pouvais l'ouvrir et en inspecter le contenu. Elle contenait une natte à dormir en miniature et un coquillage blanc. Tamaïti, que j'interrogeai le lendemain au sujet du coquillage, m'expliqua qu'il ne représentait pas exactement Cheuch, mais une cellule, un corps qu'il habiterait un jour ou l'autre. Puis, comme je demandais des explications au sujet de la natte, il répondit avec indignation : « Pourquoi avez-vous des nattes ? » O sceptique Tamaïti ! mais le scepticisme des îles n'est jamais que sur le bord des lèvres.

CHAPITRE VII

Le Roi d'Apemama

Ainsi donc, sur l'île, toutes choses, et les prêtres eux-mêmes, obéissent à la parole de Tembinok'. Il peut donner et il peut prendre, il peut tuer et il peut marcher sur tous les scrupules de conscience et il peut tout faire (au moins en apparence), excepté d'intervenir dans la préparation culinaire d'une tortue. « J'ai reçu le pouvoir », est son mot favori ; il revient sans cesse dans sa conversation ; sa pensée le hante avec un plaisir toujours renouvelé ; et lorsqu'il a fini de vous interroger au sujet des contrées lointaines et de méditer vos récits, il vous regarde avec un sourire et vous rappelle : « J'ai reçu le pouvoir. »

Non seulement sa possession mais aussi son exercice lui sont un sujet de délices. Il aime à suivre les sentiers tortueux et violents de la royauté comme un homme vigoureux aime à lutter à la course, et comme un artiste aime son métier. Sentir son pouvoir et en user, embellir son île et le tableau de la vie insulaire d'après un idéal privé, exploiter cette île vigoureusement, développer son singulier musée — tout ceci emploie délicieusement la somme de ses aptitudes. Je n'ai jamais vu un homme plus parfaitement adapté à sa situation.

Telles que sont les choses, il semblerait que cette monarchie se fût transmise, intacte, de génération en génération. Et cependant elle date d'hier. J'étais déjà sur les bancs de l'école, que Apemama était encore une république, gouvernée par un bruyant conseil de « Vieux-Hommes » et déchirée par d'incessantes querelles intestines. Tembinok' n'a donc rien d'un Bourbon ; mais plutôt du fils d'un Napoléon. Evidemment, il est de bonne naissance. Dans les îles du Pacifique, aucun homme ne peut aspirer à quelque dignité si sa généalogie ne remonte pas assez haut et jusqu'à des régions mythologiques. Et notre Roi cousine avec les plus illustres familles de l'Archipel et peut remonter, sur l'échelle de ses ascendants, jusqu'à un requin ! « Je crois cela mensonge », commente le Roi avec emphase ; et cependant, il est fier de la légende. Depuis cet illustre début, la fortune de la race semble avoir décliné ; et Tenkoruti, le grand-père de Tembinok', était le chef d'un village à l'extrémité septentrionale de l'île. Kuria et Aranuka étaient encore indépendantes ; Apemama elle-même servait d'arène à des luttes dévastatrices. La figure de Tenkoruti s'élève, mémorable, au-dessus de cette période perturbée de l'histoire. Il se montrait dans les combats prompt et sanguinaire ; plusieurs villes furent anéanties sous ses coups et leurs habitants massacrés comme un seul homme. Dans la vie civile, son arrogance défiait toute comparaison. Quand le conseil des Vieux-Hommes s'assemblait, il se rendait au Parlement, émettait ses décisions et s'en allait sans attendre de réponse. La sagesse avait parlé : les autres n'avaient qu'à opiner au gré de leur folie. Il était craint et haï et s'en réjouissait. Ce n'était pas un poète ; il ne se souciait ni des arts ni de la science. « My gran' patha one thing savvy, savvy pight », observait le Roi. Lors d'une accalmie entre leurs propres disputes, les Vieux-Hommes d'Apemama entreprirent la conquête d'Apemama, et ce Caïus Martius mal léché fut élu général des troupes unifiées. Le succès l'attendait ; les îles furent soumises et Tenkoruti s'en revint dans son propre gouvernement, glorieux et détesté. Il mourut en 1860 environ, dans la soixante-dixième année de son âge et en pleine odeur d'impopularité. Il était grand et maigre, disait son petit-fils, paraissait extrêmement vieux et « marchait pourtant comme un jeune homme ». Le même observateur me donna un détail significatif. Tous les survivants de cette rude époque étaient défigurés par la marque des coups de lance ; seul le corps de l'adroit combattant n'en portait aucune trace. « J'ai vu Vieil Homme, pas un coup de lance », disait le Roi.

Tenkoruti laissa deux fils, Tembaitake et Tembinatake. Tembaitake, père de notre Roi, était de taille moyenne, plutôt court, poète, bon généalogiste et assez batailleur ; il semblait se prendre au sérieux et avoir à peine conscience qu'il était en toutes choses la créature et le nourrisson de son frère. Il ne s'élevait jamais entre eux l'ombre d'une dispute ; le plus gros remplissait avec diligence et satisfaction la seconde place ; il se tenait sur la brèche en temps de guerre et avait tous les portefeuilles en temps de paix ; et quand son frère le réprimandait, il l'écoutait tête basse et en silence. Le second était comme Tenkoruti, grand, maigre et rapide marcheur, — particularité assez rare aux îles. Il avait tous les talents. Il connaissait la sorcellerie ; il était le premier généalogiste du temps ; il était poète, il savait danser, fabriquer des canots et des armures, et le fameux mât d'Apemama qui dépassait d'un nœud le grand mât d'un navire, avait été conçu et dessiné par lui. Mais ce n'étaient là que des distractions : le vrai métier de l'homme était la guerre. « Quand mon oncle allait faire la guerre, lui rire », disait Tembinok'. Il interdisait l'usage des fortifications de campagne, cette protection des hostilités entre les naturels ; ses hommes devaient combattre à découvert et vaincre ou se faire vaincre dans le moins de temps possible ; sa propre ardeur se communiquait à ceux qui le suivaient et la rapidité de ses coups abattit, au cours d'une seule vie, la résistance de trois îles. Il fit de son frère un souverain et laissa son neveu monarque absolu. « Mon oncle, lui, tout arrangé », disait Tembinok' ; — « moi, plus Roi que mon père : moi reçu pouvoir ! » répétait-il avec une satisfaction formidable.

Tel est le portrait de l'oncle dessiné par le neveu. A côté de celui-ci, je puis en placer un autre, fait par un artiste différent qui m'a souvent — je puis même dire toujours — enchanté, par la manière romantique de ses récits, mais ne m'a pas toujours — je peux même dire m'a rarement — persuadé de leur exactitude. Je me suis déjà si souvent refusé l'emploi de tant de bonne matière provenant de cette source, que je crois le moment venu de rompre avec cette bonne résolution ; et ce qu'il raconte de Tembinatake s'accorde si bien avec ce que dit le Roi, qu'il se peut fort bien que ce soit (comme je l'espère) le souvenir d'un fait et non (comme je le crains) la fantaisie d'une imagination vagabonde. A..., car peut-être ferai-je mieux de le désigner ainsi, traversait l'île, une fois, le crépuscule venu, arriva dans un village de quelque étendue, se fit conduire à l'habitation du chef et demanda la permission de se reposer et de fumer sa pipe. « Vous vous assiérez, vous fumerez une pipe, vous vous laverez, vous mangerez, vous dormirez, — répondit le chef, — et demain vous repartirez. » On apporta des aliments, on récita les prières (car ceci se passait dans les temps fugitifs du Christianisme) et le chef lui-même pria avec éloquence et une apparente sincérité. Toute la soirée, A... resta là et l'admira à la lumière du feu. Il était haut de six pieds, maigre, d'aspect très âgé, avec un air de grandeur et d'autorité extraordinaire. « Il avait l'air d'un homme qui vous tuerait en riant », disait A..., se faisant l'écho d'une des expressions du Roi. Et une autre fois : « J'ai lu l'histoire des Trois Mousquetaires et il me rappelait Aramis ». Tel est le portrait de Tembinatake, esquissé par un romancier expérimenté.

Nous avions souvent entendu parler de « my patha[1] », mais jamais de « mon oncle » jusqu'à l'avant-veille de notre départ. Comme le moment de ce départ approchait, Tembinok' devint tout différent ; un homme plus doux, plus mélancolique et, dans l'intimité, plus communicatif, apparut à sa place. Il entreprit laborieusement d'expliquer à ma femme que, sachant bien qu'il était dans l'ordre des choses qu'il dût perdre son père, il n'avait jamais cru ni réalisé la chose jusqu'à l'instant où elle s'était produite ; et voici qu'au moment de nous perdre, il faisait à nouveau la même expérience. Un soir, nous tirâmes un feu d'artifice sur la terrasse. Ce fut un dur labeur ; la pensée de la séparation planait sur nous tous et la conversation languissait. Le Roi, particulièrement affecté, était assis sur sa natte, inconsolable et poussait de nombreux soupirs. Soudain, une de ses femmes surgit d'un massif, s'approcha de lui, l'embrassa en silence, et silencieusement disparut. Telle la caresse que nous donnerions à un enfant pour le consoler et le Roi la reçut avec la simplicité d'un enfant. Après cela nous prîmes congé et nous nous retirâmes ; mais Tembinok' retint Mr. Osbourne, arrangeant la natte auprès de lui et disant : « Asseyez-vous. Je me sens mal, j'aime causer. » Osbourne s'assit auprès de lui. « Vous aimez la bière ? » dit le Roi ; et une des épouses en apporta une bouteille. Le Roi n'en prit pas, mais demeura assis, soupirant et fumant une pipe en écume de mer. « Moi très triste vous partir », dit-il à la fin ; « miss Stlevens lui bon, femme bonne, garçon bon, tous bons ; femme lui, belle comme homme. Ma femme (jetant un regard vers ses épouses), lui bonne, pas très belle. Je pense que Miss Stlevens, lui homme riche, tout comme moi. Tous partir goélette. Moi très triste. « My patha », lui partir, mon oncle partir, mes cousines partir. Miss Stlevens

1. Mon père.

lui partir : tous partir. Vous pas encore avoir vu Roi pleurer ; Roi, homme tout de même : sentir mal, lui pleurer. Moi très triste. »

Le lendemain matin, il n'était question dans le village que de cet événement : le Roi avait pleuré. Il me dit : « Hier soir, moi pas pouvoir parler : trop lourd là » — montrant sa poitrine ; — « maintenant, vous partir tout pareils ma pamille. Mes frères, mon oncle partir. Tous pareils. » Ceci fut dit avec une consternation passionnée. Et c'était la première fois que je l'entendais nommer son oncle et même employer ce mot. Ce même jour, il m'envoya en présent deux corselets, faits à la mode des îles, en fibres tressées, lourds et solides. L'un avait été porté par Tenkoruti, l'autre par Tembaitake ; et le cadeau ayant été reçu avec reconnaissance, au retour des messagers, il m'en renvoya un troisième, — celui de Tembinatake. Ma curiosité était piquée ; je demandai des détails sur les trois propriétaires, et le Roi se répandit avec transports dans les explications déjà relatées. N'était-ce pas étrange qu'il eût tant parlé de sa famille sans avoir jamais mentionné le parent dont il était précisément le plus fier ? Bien mieux : il avait, jusque-là, beaucoup vanté son père, quoiqu'il y eût peu de chose à dire de lui ; et voici que les qualités qu'il lui avait attribuées dans le passé se trouvaient maintenant attribuées à qui de droit — à son oncle. Ç'aurait pu être le fait d'une confusion, assez naturelle parmi les insulaires qui appellent du nom commun de père tous les fils de leur grand-père. Mais ce n'était pas le cas avec Tembinok'. Maintenant que la glace était rompue, le nom de son oncle était constamment sur ses lèvres ; lui, qui avait été tout prêt à encourager une confusion, avait à présent grand soin de distinguer ; et le père retombait ainsi graduellement dans les proportions d'un homme tout ordinaire et content de lui-même, tandis que l'oncle reprenait sa stature véritable de héros, fondateur de la race.

Plus j'entendais ces choses, plus j'y pensais et plus la façon d'agir de Tembinok' m'intriguait et m'intéressait par son mystère. Et l'explication en tout ceci, quand elle me fut donnée, était certes de nature à frapper l'imagination d'un auteur dramatique. Tembinok' avait deux frères. L'un, surpris dans l'exercice d'un commerce interdit, fut banni, puis pardonné ; il vit à l'heure qu'il est dans un coin de l'île et est le père de l'héritier présomptif, Paul. L'autre s'est rendu coupable sans espoir de pardon. J'ai entendu parler d'une histoire d'amour avec une des femmes du Roi et la chose est plus que possible dans ce romanesque archipel. Une tentative d'insurrection fut ébauchée ; mais Tembinok' fut trop prompt pour les rebelles et le frère coupable s'échappa dans un canot. Il ne partait pas seul. Tembinatake avait trempé dans la rébellion et l'homme qui avait conquis un royaume à son frère débile était banni par le fils de ce frère. Les fugitifs abordèrent à d'autres rivages, mais Tembinok' à l'heure qu'il est, ignore tout de leur destin.

Tout ceci est de l'histoire ; mais voici où commencent les conjectures. Tembinok' avait coutume de confondre non seulement les attributs et les mérites de son père et ceux de son oncle, mais jusqu'à leur aspect extérieur. Bien avant qu'il m'eût jamais parlé et même pensé à me parler de Tembinatake, il m'avait fait de fréquentes allusions à un père grand, maigre, plein d'ardeur dans les combats et qui avait été son maître en généalogie et pour tous les arts insulaires. Mais, si tous deux étaient son père, quel était le père véritable ? et quel était le père d'adoption ? Et, si l'héritier de Tembaitake, comme l'héritier de Tembinok' lui-même, se trouvait n'être pas un fils, mais un neveu adopté ? Et si le fondateur de la monarchie, tandis qu'il travaillait pour son frère, avait travaillé en même temps pour son fils ? Et admettez qu'à la mort de Tembaitake, les deux natures les plus vigoureuses, le père et le fils, le Roi et le faiseur de roi, se soient trouvés aux prises et que Tembinok', en chassant son oncle, ait chassé l'auteur de ses jours ? Voilà bien de quoi construire une tragédie en quatre actes.

Le Roi nous mena à bord dans sa propre chaloupe ; il avait revêtu, pour cette circonstance, son uniforme d'officier de marine. Il parla peu, refusa les rafraîchissements, nous donna une brève poignée de main et retourna à terre. Cette nuit même, les cimes des palmiers d'Apemama avaient disparu pour nous sous l'horizon, et la goélette voguait, solitaire, sous les étoiles.

PREMIÈRE PARTIE

LES ÎLES MARQUISES

DEUXIÈME PARTIE

LES PAUMOTU

TROISIÈME PARTIE

LES GILBERT

QUATRIÈME PARTIE

LES GILBERT — APEMAMA

COLLECTION FOLIO

Dernières parutions

1395. Anita Loos — *Les hommes préfèrent les blondes.*
1396. Anita Loos — *Mais ils épousent les brunes.*
1397. Claude Brami — *Le garçon sur la colline.*
1398. Horace Mac Coy — *J'aurais dû rester chez nous.*
1399. Nicolas Leskov — *Lady Macbeth au village, L'Ange scellé, Le Vagabond enchanté, Le Chasse-Diable.*
1400. Elio Vittorini — *Le Simplon fait un clin d'œil au Fréjus.*
1401. Michel Henry — *L'amour les yeux fermés.*
1402. François-Régis Bastide — *L'enchanteur et nous.*
1403. Joseph Conrad — *Lord Jim.*
1404. Jean de La Fontaine — *Contes et Nouvelles en vers.*
1405. Claude Roy — *Somme toute.*
1406. René Barjavel — *La charrette bleue.*
1407. Peter Handke — *L'angoisse du gardien de but au moment du penalty.*
1408. Émile Zola — *Pot-Bouille.*
1409. Michel de Saint Pierre — *Monsieur de Charette, chevalier du Roi.*
1410. Luigi Pirandello — *Vêtir ceux qui sont nus,* suivi de *Comme avant, mieux qu'avant.*
1411. Karen Blixen — *Contes d'hiver.*
1412. Jean Racine — *Théâtre complet,* tome I.
1413. Georges Perec — *Quel petit vélo à guidon chromé au fond de la cour ?*
1414. Guy de Maupassant — *Pierre et Jean.*
1415. Michel Tournier — *Gaspard, Melchior & Balthazar.*
1416. Ismaïl Kadaré — *Chronique de la ville de pierre.*

1417.	Catherine Paysan	*L'empire du taureau.*
1418.	Max Frisch	*Homo faber.*
1419.	Alphonse Boudard	*Le banquet des Léopards.*
1420.	Charles Nodier	*La Fée aux Miettes,* précédé de *Smarra* et de *Trilby.*
1421.	Claire et Roger Quilliot	*L'homme sur le pavois.*
1422.	Philip Roth	*Professeur de désir.*
1423.	Michel Huriet	*La fiancée du roi.*
1424.	Lanza del Vasto	*Vinôbâ ou Le nouveau pèlerinage.*
1425.	William Styron	*Les confessions de Nat Turner.*
1426.	Jean Anouilh	*Monsieur Barnett,* suivi de *L'orchestre.*
1427.	Paul Gadenne	*L'invitation chez les Stirl.*
1428.	Georges Simenon	*Les sept minutes.*
1429.	D. H. Lawrence	*Les filles du pasteur.*
1430.	Stendhal	*Souvenirs d'égotisme.*
1431.	Yachar Kemal	*Terre de fer, ciel de cuivre.*
1432.	James M. Cain	*Assurance sur la mort.*
1433.	Anton Tchekhov	*Le Duel* et autres nouvelles.
1434.	Henri Bosco	*Le jardin d'Hyacinthe.*
1435.	Nathalie Sarraute	*L'usage de la parole.*
1436.	Joseph Conrad	*Un paria des îles.*
1437.	Émile Zola	*L'Œuvre.*
1438.	Georges Duhamel	*Le voyage de Patrice Périot.*
1439.	Jean Giraudoux	*Les contes d'un matin.*
1440.	Isaac Babel	*Cavalerie rouge.*
1441.	Honoré de Balzac	*La Maison du Chat-qui-pelote, Le Bal de Sceaux, La Vendetta, La Bourse.*
1442.	Guy de Pourtalès	*La vie de Franz Liszt.*
1443.	***	*Moi, Christiane F., 13 ans, droguée, prostituée...*
1444.	Robert Merle	*Malevil.*
1445.	Marcel Aymé	*Aller retour.*
1446.	Henry de Montherlant	*Celles qu'on prend dans ses bras.*
1447.	Panaït Istrati	*Présentation des haïdoucs.*
1448.	Catherine Hermary-Vieille	*Le grand vizir de la nuit.*
1449.	William Saroyan	*Papa, tu es fou !*

1450. Guy de Maupassant — *Fort comme la mort.*
1451. Jean Sulivan — *Devance tout adieu.*
1452. Mary McCarthy — *Le Groupe.*
1453. Ernest Renan — *Souvenirs d'enfance et de jeunesse*
1454. Jacques Perret — *Le vent dans les voiles.*
1455. Yukio Mishima — *Confession d'un masque.*
1456. Villiers de l'Isle-Adam — *Contes cruels.*
1457. Jean Giono — *Angelo.*
1458. Henry de Montherlant — *Le Songe.*
1459. Heinrich Böll — *Le train était à l'heure* suivi de quatorze nouvelles.
1460. Claude Michel Cluny — *Un jeune homme de Venise.*
1461. Jorge Luis Borges — *Le livre de sable.*
1462. Stendhal — *Lamiel.*
1463. Fred Uhlman — *L'ami retrouvé.*
1464. Henri Calet — *Le bouquet.*
1465. Anatole France — *La Vie en fleur.*
1466. Claire Etcherelli — *Un arbre voyageur.*
1467. Romain Gary — *Les cerfs-volants.*
1468. Rabindranath Tagore — *Le Vagabond et autres histoires.*
1469. Roger Nimier — *Les enfants tristes.*
1470. Jules Michelet — *La Mer.*
1471. Michel Déon — *La Carotte et le Bâton.*
1472. Pascal Lainé — *Tendres cousines.*
1473. Michel de Montaigne — *Journal de voyage.*
1474. Henri Vincenot — *Le pape des escargots.*
1475. James M. Cain — *Sérénade.*
1476. Raymond Radiguet — *Le Bal du comte d'Orgel.*
1477. Philip Roth — *Laisser courir,* tome I.
1478. Philip Roth — *Laisser courir,* tome II.
1479. Georges Brassens — *La mauvaise réputation.*
1480. William Golding — *Sa Majesté des Mouches.*
1481. Nella Bielski — *Deux oranges pour le fils d'Alexandre Lévy.*
1482. Pierre Gripari — *Pierrot la lune.*
1483. Pierre Mac Orlan — *A bord de L'Etoile Matutine.*
1484. Angus Wilson — *Les quarante ans de Mrs. Eliot.*
1485. Iouri Tynianov — *Le disgracié.*
1486. William Styron — *Un lit de ténèbres.*

1487. Edmond Rostand — *Cyrano de Bergerac.*
1488. Jean Dutourd — *Le demi-solde.*
1489. Joseph Kessel — *La passante du Sans-Souci.*
1490. Paula Jacques — *Lumière de l'œil.*
1491. Zoé Oldenbourg — *Les cités charnelles ou L'histoire de Roger de Montbrun.*
1492. Gustave Flaubert — *La Tentation de saint Antoine.*
1493. Henri Thomas — *La vie ensemble.*
1494. Panaït Istrati — *Domnitza de Snagov.*
1495. Jean Racine — *Théâtre complet*, tome II.
1496. Jean Freustié — *L'héritage du vent.*
1497. Herman Melville — *Mardi.*
1498. Achim von Arnim — *Isabelle d'Egypte* et autres récits.
1499. William Saroyan — *Maman, je t'adore.*
1500. Claude Roy — *La traversée du Pont des Arts.*
1501. *** — *Les Quatre Fils Aymon ou Renaud de Montauban.*
1502. Jean-Patrick Manchette — *Fatale.*
1503. Gabriel Matzneff — *Ivre du vin perdu.*
1504. Colette Audry — *Derrière la baignoire.*
1505. Katherine Mansfield — *Journal.*
1506. Anna Langfus — *Le sel et le soufre.*
1507. Sempé — *Les musiciens.*
1508. James Jones — *Ce plus grand amour.*
1509. Charles-Louis Philippe — *La Mère et l'enfant. Le Père Perdrix.*
1510. Jean Anouilh — *Chers Zoiseaux.*

Impression Bussière à Saint-Amand (Cher),
le 15 novembre 1983.
Dépôt légal : novembre 1983.
Numéro d'imprimeur : 2511.

ISBN 2-07-037511-0. Imprimé en France